Burkhard Spinnen
Rückwind

Roman

LESEEXEMPLAR

Ab dem 30.7.2019
im Buchhandel

Besprechungen bitte nicht vorher

Schöffling & Co.

Erste Auflage 2019

Satz: Fotosatz Amann, Memmingen
Druck & Bindung: Pustet, Regensburg
ISBN 978 3 89561 049-3

www.schoeffling.de

Rückwind

1

Trössner, was ist? Stellst du dir vor, du bist derjenige, dessen Namen wir tunlichst vermeiden? Selbst in diesen unbedachten Momenten, wenn man ihn ausspricht, ohne ihn zu meinen. Der, dessen Namen wir unterdrücken, weil wir von seiner Nichtexistenz so tief überzeugt sind. Und das auch, ja, gerade jetzt, da man von Leuten in deiner Situation gerne sagt, sie würden das Beten lernen.

Jedenfalls sieht er so aus, Hartmut Trössner, wie er jetzt mit einem langen Finger auf die Bildschirmanzeige des Fahrkartenautomaten zielt. Recht ähnlich dem besagten weißbärtigen Herrn, wie er von seiner Wolke herab so energisch auf seinen Adam zeigt, an dem, wenn man etwas strenger hinschaut, alles ein bisschen schlaff ist, auch der Finger, den er dem Herrn entgegen streckt. Als scheute er die Berührung mit seinem Schöpfer. Du erinnerst dich, Trössner: in Rom, du musstest dir den Kopf verrenken, um das zu sehen, und der Vater las dazu der Mutter aus dem Reiseführer vor. Hätte es damals schon Mobiltelefone gegeben, hätte er daran erinnert, dass man sie an diesem Ort unbedingt ausschalten muss. Schon aus Respekt vor dem da oben. Aber ich schweife ab.

Jetzt drückt er. Ziemlich kräftig sogar.

Warum kräftig, Trössner? Damit da Leben reinkommt? Oder denkst du vielleicht, deine Fingerkuppen könnten zu kalt sein, um den erwünschten Impuls auszulösen? Die Vorstellung passt zwar nicht zur Jahreszeit und dem wunderbaren Wetter, aber zur persönlichen Verfassung. Das hätte eine gewisse Poesie.

Wohin reisen?, fragt der Bildschirm.

Nach Berlin.

Und wann?

Jetzt.

Und warum?

Das frage ich. Mit Nachdruck. Zumal, soweit ich weiß, noch gestern überhaupt nicht von Aufbruch oder Reise die Rede war.

Ich bekomme allerdings keine Antwort.

Der Vorgang wird bearbeitet. Trössner soll seine Karte in den Schlitz stecken und seine Geheimnummer eingeben.

Jetzt wird es ernst! Haben sie womöglich sein Privatkonto gesperrt? Dieses antiquarische, besser nostalgische Girokonto, das, wenn ich richtig unterrichtet bin, der Vater für ihn eingerichtet hatte, als ihm sein Taschengeld erstmals überwiesen wurde. Und auf dem sich momentan ein Betrag befinden müsste, den Trössner mit fünfzehn ein Vermögen genannt hätte und ab dreißig wieder ein Taschengeld.

Er tippt die Geheimzahl. 6369. Geboren auf dem Mond. Eine ausnehmend schöne Eselsbrücke.

Umgehend kommt die Meldung, dass alles funktioniert. Bitte die Karte entnehmen. Fällt hier etwa jemandem ein Stein vom Herzen? Es wird ein Fahrschein gedruckt.

Sag mal, Trössner, bei der Gelegenheit, wann bist du zum ersten Mal Bahn gefahren? Ist das vierzig Jahre her? Würde ich schätzen. Wer in deinen Kopf schauen kann, der sieht darin die Großraumwagen der ersten Intercity-Generation. Gelborange die Wände, die Gepäckablagen und die Sitze, rötlich braun die Stirnwände, und die Reservierungsschildchen steckten hinter verkratztem Plexiglas.

Man konnte das grauenhaft finden. Späte Pop-Art auf

staatseigenen Rädern. Aber ich wette, Trössner, du hast das gemocht. Gib's zu! Du warst jung, diese Farben waren jung, das passte einfach wunderbar zusammen, ein fantastischer Auftakt für eine Klassenfahrt. Vielleicht nach Berlin? Das wurde doch vor Zeiten einmal staatlich bezuschusst. Womit ich auch ganz zwanglos wieder bei meiner Frage wäre: Warum nach Berlin?

Und wieder keine Antwort.

Dafür ist der Fahrschein gedruckt. Trössner nimmt ihn aus dem Kästchen, in dem ein kleines Licht sehr dringlich flackert. Dergleichen Kommunikation mit der Maschine war zu seinen Klassenfahrtzeiten noch unbekannte Zukunft und wirkt heute schon wieder überkommen. *Einszweidrei, im Sauseschritt, läuft die Zeit*. Aber jetzt keine Nostalgie. Es muss gefahren werden. Mag der Himmel wissen, warum. Und warum ausgerechnet nach Berlin!

Aber das wirst du mir noch sagen, Trössner, nicht wahr? Das wirst du doch nicht vor mir verheimlichen, oder?

Und nicht so schnell! Ich komme ja kaum hinterher.

Hier oben auf dem Bahnsteig ist er nicht allein. Hoffentlich verdirbt ihm das nicht die Stimmung. Nach all den Jahren in so aberwitzig viel Gesellschaft ist er mittlerweile wieder ein Profi im Alleinsein, und er scheint es zu schätzen. Allerdings galt es ja nur, alte Fähigkeiten wiederzubeleben. Als Einzelkind und Unternehmersohn in einem noblen Vorort ohne Kindergarten, da lernt man das Alleinsein von der Pike auf.

Er hatte sich sogar ein gewisses Vergnügen daran bewahrt, als es um ihn herum lebhafter wurde. Das hat er in meinem Beisein einem der Therapeuten erzählt. Mit zwölf oder dreizehn besuchte er dieses altmodische Kino am Bahnhof, das damals still vor sich hin starb. Nachmittagsvorstellung, außer ihm vielleicht nur vier, fünf andere im Saal, unerkennbar in der Dunkelheit. Der Film war ihm egal, es ging nur um das Gefühl, so etwas wie der Einzige oder sogar der Letzte zu sein. Wenn einer kam und fragte, ob jemand Eis wolle, sei das wie eine persönliche Botschaft gewesen.

Lange her, Trössner!

Er nickt bloß. Klemmt dabei die Daumen hinter die Tragegurte des neuen Rucksacks und schaut die Schienen entlang. Trete ich also einen Schritt beiseite. Ich will ihm ja seine wertvollen Momente nicht ruinieren.

Aha, er murmelt etwas. Man wünschte, man könnte von den Lippen lesen. Beziehungsweise: Ich wünschte, ich könnte es nicht. Kann es aber, bräuchte nicht einmal hinzusehen. Zwei Silben, je ein Vokal, die Lippen erst breit, dann rund. Also vielleicht A und O. Ja, was das denn wohl heißen mag?

Dabei soll er bloß nicht beleidigt sein, wenn ich aus seinen Jugenderinnerungen zitiere. Die Zeit war doch, alles in allem, ganz okay. Seine eigenen Worte. Trotz dieses Vaters, der täglich mit dem Damoklesschwert der Firmennachfolge über dem Kopf seines einzigen Sohnes fuchtelte. Letzten Endes ist gar nichts Schlimmes passiert. Damals.

Jedenfalls wollte sich Trössner nie zu den Leuten rechnen, die eine schlimme Jugend hatten und daher immer eine gute Entschuldigung für alles und jedes. Und dabei ist es doch geblieben, oder?

Übrigens: A, O. Das ist Arschloch. Das hat er gesagt. Da bin ich mir vollkommen sicher.

Trössner, warum? Was ist so schlimm daran, ein bisschen an früher zu denken, an das Davor? Warum müssen wir uns darüber immer streiten? Ich habe doch keinen Schritt auf vermintes Gelände getan, ich habe keines deiner heiklen Themen berührt. Wer bin ich denn? Ich habe nur, ganz vorsichtig, ein bisschen von dem zu retten versucht, was noch nicht vollständig verloren ist. So wie man nach einem Zimmerbrand herumgeht und Dinge sucht, die noch zu brauchen sind.

Oh nein! Entschuldigung, mein Fehler. Falscher Vergleich. Jetzt hätte ich Prügel verdient.

Trössner macht einen Schritt Richtung Bahnsteigkante, da kommt die Durchsage. Noch fünf Minuten bis zur Ankunft des Zuges, der infolgedessen pünktlich wäre. In einer halben Stunde das Umsteigen mit zehn Minuten Wartezeit, und dann pfeilschnell auf einer gedachten Geraden Paris-Moskau in Richtung Hauptstadt. Ankunft dort zehn Uhr soundsoviel.

Wenn alles gutgeht.

Trössner, bitte, tritt ein Stück zurück von der Bahnsteigkante. Ich kann das nicht sehen, dich in unmittelbarer Gefahr. Das ist mein wunder Punkt. Danke.

Fünf Minuten also. Das heißt übrigens auch: Noch ist es möglich, umzukehren. Wir müssen ja nicht zurück in dieses zugegebenermaßen jämmerliche Hotel. Gehen wir doch woandershin. Das Wetter ist gut, sehr gut sogar, dieser unglaubliche Sommer nimmt einfach kein Ende, und es ist noch so früh am Tag. Machen wir doch einen Ausflug, oder gleich einen kurzen Urlaub. Die Mittel dazu stehen zur Verfügung. Die Karte hat funktioniert, das alte Taschengeldkonto ist nicht gesperrt. Was öffnen sich da für Möglichkeiten!

Lass uns ins Blaue fahren, wie man so sagt. Und dann, entschuldige, wenn ich wieder damit anfange, dann machen wir einen Plan. Einen positiven Plan, wohlgemerkt. Lass uns darüber nachdenken, ergebnisoffen, aber in einem optimistischen Sinne. Ich hätte so einige Vorschläge. Und, ja, keine Bange, noch ganz andere Vorschläge als die, mit denen ich dich seit Wochen verfolge.

Wieder diese einwandfrei lesbare Lippenbewegung. A und O.

Trössner, zum Teufel, mir platzt gleich der Kragen! Bitte: Was willst du in Berlin? Klassenfahrt – nein! Das war vor Jahrzehnten. Dienstreise – nein! Das ist aus und vorbei.

Also was? Was verheimlichst du vor mir? Oder besser gesagt: Was glaubst du vor mir verheimlichen zu können?

Aber das sagt er nicht. Dreht sich stattdessen um, geht die Bahnsteigkante entlang und tritt nach einer Taube, die sich darum einen Dreck schert. Eine Dame im mittleren Alter ist von dem Tritt nicht angetan, obwohl niemand verletzt wurde. Sieht ja auch furchtbar aus, ein erwachsener Mann, der wie ein Rotzjunge nach Vögeln tritt.

Zum Glück behält die Dame ihre Ansichten für sich. Man hätte ihr sonst womöglich klarmachen müssen, dass es Trössner ist, der hier nach Tauben tritt. Hartmut Trössner, ein in vielerlei Hinsicht besonderer, ein womöglich auserwählter Mensch. Einer, auf den es mit dem Finger gezeigt hat wie auf den besagten Adam, wenngleich mit anderem Resultat, leider. Und wenn dieser Hartmut Trössner auch nicht weiß, wie besonders und wozu er auserwählt ist und wer oder was mit dem Finger auf ihn gezeigt hat, dann, zum Teufel, ändert das nichts daran, dass er hier, wenn Tauben seinen Weg kreuzen –

Trössner, entschuldige bitte, hast du etwas gesagt? Habe ich jetzt etwas überhört? Vielleicht, warum wir ausgerechnet nach Berlin fahren?

Doch sicher nicht wegen der Sehenswürdigkeiten. Und hoffentlich nicht als Nostalgie-Tour, zur Erinnerung an die Zeit, in der Berlin auch deine persönliche Hauptstadt war, mit Büro in der Geschäftsstelle des Interessenverbands, Treffen auf Führungsebene und Arbeitsessen in Ministerien. Oder willst du etwa nach Berlin, weil dorthin alle gehen, die nicht wissen, wohin? Willst du der letzte Lemming sein, der Richtung Hauptstadt zieht?

Entschuldige. Ich wollte nicht so reden.

Die nächste Durchsage, nach einem hässlichen Knacken: Der Zug trifft ein, man möge bitte von der Bahnsteigkante und so weiter. Trössner reagiert folgsam und macht einen Schritt zurück. Dabei sagt er, leise, so dass nur ich es hören kann: Charlotte.

Nun gut. Mittlerweile weiß ich zur Genüge, wie er versucht, bestimmten Themen aus dem Weg zu gehen. Oder gar, mir etwas zu verschweigen. Nämlich so wie jetzt. Es ist ein schlichtes Verfahren, aber wirksam, wie ich zugeben muss.

Die Sache funktioniert immer gleich. Ich frage ihn etwas, zum Beispiel beim Frühstück, ganz harmlos, betont freundlich: Na, was machen wir denn heute? Im Sinne von: Wie verbringen wir, möglichst mit Gewinn, diesen Tag, der bekanntlich der erste vom Rest des Lebens ist?

Woraufhin er mir ein Wort vor die Füße wirft, eines aus der Handvoll von Codewörtern für seinen Unglückstag, den neunten April, den Tag, an dem er, ich zitiere ihn, *alles verloren* hat, was er einmal war oder besaß. So macht er es immer. Statt einer Antwort auf meine konstruktiven Vorschläge ein Codewort für das *alles verloren*; diesmal: Charlotte.

Ich sage es nicht gerne, aber das hat mich anfangs mundtot gemacht. Ich musste ihn dann in Ruhe lassen, wider Willen. Mittlerweile habe ich Wege gefunden, im Gespräch zu bleiben. Ich reiche ihm zum Beispiel einen seiner späteren Tage zurück, ganz freundlich, versteht sich. Vielleicht auch nur ein paar Stunden, Worte oder Gesten. Gewissermaßen Schnappschüsse aus Trössners Leben danach, nach dem neunten April, von mir persönlich gesammelt. Damit er sieht, dass ich nicht sein Feind bin, sondern vielmehr sein Freund und mehr noch: sein Bodyguard, bewaffnet mit nichts als unerschütterlichem Optimismus, der besten Waffe, die man tragen kann, wenn Glaube und Gottvertrauen nicht zur Hand sind.

Also kontere ich jetzt, da er wieder seinen neunten April ausspielt, mit dem fünfundzwanzigsten August, vorgestern, Samstag. Und reiche ihm den entsprechenden Schnappschuss.

Auf dem geht Trössner mitten durch die Natur. Damals, als er ein Junge war, soll es hier nichts als Felder gegeben haben. Inzwischen ist die Firma in seinem Rücken auf Sichtweite herangewachsen. Es ist schon warm, obwohl so früh. Ringsum ist alles von der Dürre gezeichnet, der Mais kaum brusthoch und so gelb wie die Stoppelfelder. Ein schmaler, holpriger Feldweg, mittig eine Grasnarbe, auch verdorrt, Traktorspuren rechts und links, die schlimmsten Schlaglöcher auf Trössners Veranlassung mit Splitt verfüllt. Und hier also geht er, den unlängst erworbenen Rucksack geschultert, bis zu dem Platz, an dem alles verbrannt ist, das Haus, sein Haus, die Nebengebäude und sogar die Bäume im Wald dahinter.

Und was tat er dort, vorgestern? Ich könnte sagen, sich

seiner innewerden. Aber ich will nicht bewerten. Das ist nicht mein Ding, oder sollte es nicht sein. Nur begleiten soll ich und zeigen. Und nach Möglichkeit raten.

Am Morgen in aller Frühe hatte er ein Taxi bestellt und mit dem Fahrer einen Pauschalpreis für die Überlandstrecke vereinbart. Es folgte eine unspektakuläre Fahrt, zuletzt vorbei an der Firma; dann hatte er den Wagen genau da halten lassen, wo der Feldweg von der Landstraße abzweigt, nicht weit hinterm Industriegebiet. Nach ein paar Hundert Metern feldeinwärts versank die Firma hinter einer sanften Bodenwelle, dafür ragten die drei Windräder auf der kleinen gelben Anhöhe voraus umso mächtiger empor. Am Rande der schwarz verbrannten und von Reifenspuren durchzogenen Fläche machte Trössner Halt, zog das seltsame Buch aus seinem Rucksack, öffnete es, nahm die kleine Glock aus ihrem Samtbett, hielt sie hoch in den Morgen und prüfte, ob sie geladen war. Sie war es, wie sie es von Anfang an gewesen war. Hätte ich ein taugliches Organ dafür gehabt, ich hätte ihm das Ding aus der Hand geschlagen!

Selbstmord also. Schluss machen, genau dort, wo es an jenem neunten April angefangen und geendet hatte. Gut, das war nun wirklich nicht abwegig, auch wenn der zeitliche Abstand zwischen Ursache und Reaktion, sagen wir, befremden konnte. Für gewöhnlich gilt ja: gleich oder gar nicht. Aber viereinhalb Monate warten und dann? Das kann halbherzig wirken. Als sei da einer zuerst für den großen Abgang zu schwach und später auch fürs tapfere Weiterleben.

Nein, ich sollte nicht urteilen! Außerdem gilt jemand, der Hand an sich legt, laut psychologischer Lehrmeinung zwar als verrückt, ist aber immer im Recht. Jedenfalls bringt er die Kritik zum Schweigen, vorausgesetzt, er ist erfolgreich.

Und dennoch hatte ich hier, zwischen Feldern und Brandstelle, meinen Job zu machen, und das hieß: dafür zu sorgen, dass Trössners Lebensbuch nicht zugeschlagen wurde, indem der Held sich nach dem dritten von fünf Kapiteln eine Kugel in den Kopf schoss. Einen Fachmann für die Kommunikation mit Suizidverdächtigen, wie man ihn aus Filmen kennt, konnte ich allerdings nicht beiziehen, ich musste schon selbst verhandeln. Vielleicht, so dachte ich, sollte ich nicht mit der Tür ins Haus fallen, sondern mich über Verfahrensfragen an die Sache heransprechen. Und vielleicht könnte ein bisschen Ironie der Szene das Dramatische nehmen.

Also fragte ich: Trössner, wie lautet der Plan? Kopf oder Brust?

Das war ihm natürlich unangenehm, dass ich so ins Detail ging. Aber große Gesten sind auch Gesten; und für die ist der Körper zuständig. Also habe ich es durchdekliniert. Erstens, in den Kopf. Das ist männlich, heroisch, aber nicht so sicher, wie viele denken. Es sei denn, man nimmt mitsamt dem Pistolenlauf einen Schluck Wasser in den Mund, aber dann wird es eine arge Schweinerei. Zweitens, in die Brust. Das ist dezenter, hat aber etwas von *Wasch mir den Pelz und mach mich nicht nass*. Außerdem erhöht es die Chance auf längeres Leiden. Das Herz knapp verfehlt, erstickt man am Blut, das in die Lunge läuft, und wer will das schon! Fazit also wie so oft: Für alles gibt es Argumente. Letzten Endes bleibt es eine Frage des Geschmacks.

Trössner würdigte mich keiner Antwort, hob stattdessen die Glock an die Schläfe.

Ich dachte: Scheiße! Ich hab's verbockt. Jetzt drückt er ab, und wir sind geschiedene Leute.

Da sagte er, er wolle noch etwas erzählen. Und das tat er auch, er sprach ganz leise vor sich hin, die Waffe an der Schläfe wie einen Finger, der beim Denken helfen soll. In seiner Grundschulklasse, sagte er, in diesem miefigen Altbau, hätten alle Mädchen in den beiden rechten und alle Jungen in den beiden linken Reihen gesessen. Er in der linken, ganz am Fenster, und an was er sich am besten erinnere, das seien die großen Bäume draußen vor dem Schulhof, wie sie im Wind rauschten und wie im Herbst die Kastanien auf den Boden schlugen und platzten.

Ich fragte mich, worauf das hinauslaufen sollte.

Zur Erstkommunion, sagte er, dasselbe Spiel. Die Jungen, alle in schwarzen Anzügen mit weißem Hemd und Fliege, seien auf dem Schulhof in einer Doppelreihe aufgestellt worden und vor ihnen, ebenfalls in Doppelreihe, die Mädchen, alle in weißen Kleidern und mit weißen Blütenkränzen im Haar. Was für ein Unsinn! Wo es doch so viel schöner ausgesehen hätte, wenn sie zu Paaren gegangen wären, lauter kleine Brautpaare, nach Größe zusammengestellt oder besser noch danach, wer zu wem am besten gepasst hätte. Er selbst wäre gerne neben einer Marlene gegangen, das hätte sehr gut gepasst, beide hatten sie dunkelblonde Haare, graue Augen und helle Haut.

Das war's?

Nein. Als sie vom Schulhof losgehen sollten, sei er aus der Jungenreihe ausgebrochen und habe sich neben die besagte Marlene gestellt. Tatsächlich machte ihm das Mädchen an ihrer Seite wortlos Platz. Doch sofort sei die Lehrerin gekommen und habe gefragt: Was soll das? Und er, Hartmut

Trössner, neun Jahre alt, konnte keine Antwort geben. Sie wiederholte ihre Frage, und als er immer noch stumm blieb, führte sie ihn zurück in die Jungenreihe. Dann gingen sie alle los, er mit rotem Kopf, nicht aus Scham, sondern aus Wut. Denn er glaubte damals, sie hätten ihn gelassen, wo er war, hätte er bloß geantwortet. Oder besser noch: hätte er ein Zauberwort gekannt.

Und? Waren das jetzt seine letzten Worte? Etwas rätselhaft. *Rosebud*, Marke Trössner? Das rutschte mir so raus; gleicht tat es mir leid, und ich erwartete den Schuss, der auch mich treffen würde.

Doch Trössner ließ die Waffe sinken. Mit einem Blick, der den Windrädern galt oder der Brandstelle oder mir. Egal, die Glock zeigte jetzt auf den Boden. Ich atmete auf, zu Recht, wie sich herausstellte.

Aber ich will mich nicht mit fremden Federn schmücken. Denn wenn mein Held davon Abstand nahm, sich an diesem Augustmorgen zu erschießen, dann war mein albernder *Rosebud*-Kalauer sicher nicht der Grund dafür. Ich vermute eher, es lag an der Glock.

Und ich meine das ganz im Ernst. Hätte ich Freude am Tonfall unserer Therapeuten, würde ich sagen: Der Besitz einer Handfeuerwaffe fungierte hier einerseits als Stimulus, andererseits als Aufhebung einer suizidalen Tendenz. Schlichter gesagt: Mit einer Glock in der Tasche lässt man sich nicht zu spontanen Aktionen hinreißen, man springt nicht vom Dach seines jämmerlichen Hotels oder plündert das Medizinschränkchen in der Portiersloge.

Und wer weiß! Wäre Trössner ohne Pistole hierhin geraten, zwischen Firma und Brandruine, womöglich hätte er sich in seinem Keller ertränkt, der noch immer voll Löschwasser stand. Oder er hätte soviel schwarze Asche geschluckt, wie man braucht, um daran zu sterben. Doch füllt sich nicht für den, der eine Waffe in der Hand trägt, die vormals leere Welt wieder mit Möglichkeiten? Vielleicht ist die kleine Glock das eigentliche Ticket für unsere Fahrt nach Berlin.

Aber ich spekuliere. Zurück in den Schnappschuss.

Trössner machte ein paar Schritte mit hängenden Schultern, setzte sich an den Rand des schwarzen Areals, den Rücken zur Brandstelle. Bloß gut, dass gerade niemand vorbeikam. Keiner hätte ihn so sehen dürfen, am Boden sitzend und neben sich eine kleine schwarze Pistole im vertrockneten Gras.

Und noch war wenig gewonnen. Was einmal gutgegangen war, musste nicht immer gutgehen. Also sagte ich: Trössner! Schmeiß das Ding weg! Oder besser noch, wisch deine Fingerabdrücke runter und vergrab es im Feld. Dem Ökoweizen im nächsten Jahr wird es nicht schaden.

Tatsächlich stand er auf und machte ein paar Schritte weg vom Schwarz und hinein ins gelbe Stoppelfeld. Der Boden dort war hart wie Stein. Da müsste, so dachte ich, die kleine Pistole sich selbst ihr Grab hacken.

Trössner aber hatte ganz anderes im Sinn. Denn da lag etwas, recht gut getarnt durch seine hellbraune Hülle. Seit dem neunten April musste es dort liegen, seit seinem Flug aus dem Fenster und der offenbar weichen Landung im Weizen. Das Etui war staubig und ein bisschen verkratzt, vielleicht von einer Erntemaschine, drinnen aber steckten die beiden, wohl geborgen: rechts Trössners Smartphone und links die Karte für sein Privatkonto.

Ich wollte, erleichtert wie ich war, etwas über glückliche Zufälle sagen, aber es hatte mir die Sprache verschlagen.

Trössner dagegen reagierte souverän, wie früher. Er steckte die Glock ins Buch, das Buch in den Rucksack, das Smartphone in die Hosentasche und machte sich auf, zurück in Richtung Landstraße. Zwanzig Minuten brauchten wir von dort bis ins Industriegebiet, noch eine Viertelstunde zum Elektromarkt, wo er ein passendes Ladegerät kaufte, zur Sicherheit nicht mit der Karte, sondern von seinem zur Neige gehenden Bargeld. In dem Schnellrestaurant nebenan gab es einen Tisch mit Stromanschluss. Trössner bestellte ein spätes Frühstück, aß es aber nicht und wartete nur, bis das Gerät mit der üblichen Melodie auf den Knopfdruck reagierte.

Und sieh an, alles war wieder da!

Ich saß atemlos daneben. Da war der Terminkalender, immer noch vollgepackt bis weit hinaus ins nächste Jahr. Das Verzeichnis der Kontakte, ein vollständiges *Who is Who* von Wirtschaft, Politik und Medien. Die Chat-Gruppen für die Firma, für den Interessenverband, für die Familie, eine nur für Charlotte und ihn. Alles seit dem neunten April verwaist, im Stich gelassen.

Und natürlich das Icon für die Galerie. Ich wollte warnen, doch ich kam zu spät. Schon hatte Trössner es berührt, und winzig klein, jedes ein Steinchen in einem Mosaik, das kein Bild ergibt, erschienen Tausende Fotos, jahrelang von einem Gerät zum nächsten kopiert. Auf eine weitere Berührung öffnete sich das letzte, aufgenommen am achten April: Charlotte auf dem Balkon, wie sie ein Skript las, im Hintergrund ganz klein die Windräder. Ich brachte immer noch kein Wort heraus.

Trössner öffnete ein Menü, tippte *Alles Auswählen* und schwebte über *Alles Löschen*. Ich wusste nicht, sollte ich ihn ermuntern, oder sollte ich abraten. Doch da tippte er schon *Home*, die Bilder verschwanden, er öffnete seine Kontakte, telefonierte kurz und trat auf den Parkplatz vor dem Schnellrestaurant. Keine zehn Minuten dauerte es, bis leise vor sich hin dieselnd ein uralter, aber penibel gepflegter Benz erschien. Der Fahrer hielt an und kurbelte das Seitenfenster herunter.

Herr Trössner, sagte er, sind Sie das wirklich?

Tag, Herr Wiechmann, sagte Trössner. Fahren Sie mich auf Kredit?

Der Fahrer nickte, die Augen aufgerissen, als sähe er einen wandelnden Toten.

Trössner bekommt einen Fensterplatz und ist wahrscheinlich gar nicht glücklich darüber, weil er gleich umsteigen muss. Mit seinem Rucksack blockiert er den Nebensitz. Das ist die übliche, asoziale Praxis, wenngleich in seinem Falle womöglich zu entschuldigen. Denn es darf ja keiner diesem Mann zu nahe kommen, sich ranschmeißen an ihn, das heißt: an so einen wie ihn, der *alles verloren* hat, und das auf einen Schlag.

Oder hat er Angst um seinen Rucksack? Der es, wie soll ich sagen, in sich hat. Will er ihn nicht aus den Augen lassen, weil er eine Gefahr für andere bergen könnte? Das wäre dann wieder ein sozialer Zug.

Trössner nimmt den Rucksack auf den Schoß und sieht mürrisch vor sich hin. Mir kommt ein Gedanke. Ob er am Ende darauf spekuliert hat, ich könnte zu Hause bleiben? In diesem jämmerlichen Hotel, unter der Beobachtung von Portier und Staatsanwaltschaft.

Sag mal, Trössner, wolltest du mir etwa ausreißen? Nicht nach Berlin, sondern weg von mir?

Er schaut aus dem Fenster.

Keine Bange, mein Lieber, ich nehme das nicht persönlich. Glaub bloß nicht, du könntest mich kränken. Aber denk auch nicht, du würdest mich los. Und vergiss bitte nie: Ich habe dir geholfen. Ich habe dich beschützt! Ich habe dich gerettet vor den Leuten, immer wieder, vor ihrem Gerede, vor ihrem Mitgefühl, vor ihrem Verständnis. Und vor allem vor ihren Fragen.

Ich weiß, dass Trössner sich an diese Fragen erinnert. Wie es ihm geht nach so einem schrecklichen Tag? Was er fühlt nach diesen Erlebnissen? Was er machen will nach diesem furchtbaren Schicksalsschlag? Vor solchen Fragen habe ich ihn gerettet. Und sollte er versuchen, das zu vergessen, werde ich das zu verhindern wissen. In seinem Interesse!

Der erste Frager war dieser Mann in der neongelben Weste, am Vormittag des neunten April, im Ambulanzwagen, als Trössner nach der ersten Sedierung die Augen wieder aufschlug. Der war noch am leichtesten zu ertragen, der interessierte sich nur für Trössners Körper. Ob der womöglich infolge einer Mischung aus Schock und Betäubungsmittel irgendeine lebenswichtige Funktion einstellen wollte. Nein, wollte er nicht, die Dosis war korrekt gewesen, damit war der Neonmann zufrieden.

Der nächste Frager war der Arzt im Kittel, da war es schon Mittag geworden. Der Mann war schwerer zu ertragen. Sein Auftrag lautete: möglichst schnell herauszufinden, ob der Privatpatient Hartmut Trössner nach dem, was ihm widerfahren war, zu fatalen Kurzschlusshandlungen neigte. Und ihn davon möglichst abzuhalten, schon aus ökonomischen Gründen. Selbstmörder landen manchmal nicht im Grab, sondern im Rollstuhl, und das kostet. Sorry, aber man muss die Dinge beim Namen nennen.

Schließlich der Arzt in Zivil, spät in der Nacht, eigentlich schon am nächsten Morgen. Der stellte auch seine Fragen; außerdem wollte er die Botschaft vermitteln, dass einer, der noch lebt, durchaus nicht *alles verloren* hat. Dass man die Rechnung nicht ohne den Körper machen solle, und Trössners Körper war nicht einmal unterkühlt, obwohl er nackt auf dem Wirtschaftsweg gelegen hatte. Da waren nur zu viel Alkohol und Chemie im Blut. Und ein paar Schrammen an Armen und Beinen, fast ein Wunder bei jemandem, der sein brennendes Haus über den Balkon verlassen hatte. Jedenfalls vorerst kein Hinweis auf bleibende Schäden, wie die Untersuchung ergeben hatte. Und also sei doch zu viel verblieben, so der Arzt am Morgen, als dass man sich vollständig aufgeben und verschleudern dürfe.

Schon da hast du dich gewehrt, Trössner, mit aller Kraft, gegen die Zumutung, dein Unglück auf irgendein Mittelmaß zu verkleinern. Auf irgendein *dumm gelaufen* mit anschließendem Aufstehen, Mundabwischen, Staubabschütteln und so weiter. Aber deine Gegenwehr ging ins Leere, der Arzt am Morgen redete letzten Endes nur pro forma. Seine aufmunternden Sätze waren bloß die Hintergrundmusik zu seiner Absicht, dir wiederum Substanzen zuzuführen, die dich ausschalten sollten; und das taten sie auch.

Das wirklich Schwierige, und ja, ich gebe zu: das schwer Erträgliche waren später die Sitzungen bei der Frau in der geschlossenen Einrichtung. Die hättest du alleine womöglich nicht ausgehalten. Die Frau sprach nämlich im Gegensatz zu dem Neonmann und den Ärzten kaum und forderte stattdessen dich auf, du mögest doch erzählen. Von dir. Von früher, von heute. Wie es dir geht. Wie du dich fühlst. Was dir gerade so durch den Kopf geht. Oder was du dich bislang zu sagen nicht getraut hast.

Anderen mag das helfen. Dir, Trössner, half es wohl nicht. Du hast nach Hilfe gerufen. Du hast um Hilfe gefleht, gib's zu. Also bin ich gekommen, in Gestalt eines Rauschens in deinen Ohren, das übertönte, was die Frau auf der anderen Seite des Schreibtisches sagte. Das war eine Erleichterung. Und noch besser, geradezu grandios war, dass du auch nicht mehr hören musstest, was du selber sagtest. Stundenlang konntest du jetzt reden, über diesen Schreibtisch hinweg, ohne ein Wort davon zu hören. Mein Rauschen hat jeden Satz, der aus dir kam, vor dir verheimlicht. Du hast geredet, Trössner, glaub's mir, ich war dabei, du hast geredet wie ein Buch, ein grauenhaftes Buch; und du hast dabei nichts als Stille vernommen.

Die Frau war zufrieden mir dir, allerdings nur insofern, als du redetest wie ein Wasserfall. Mit dem Inhalt deiner Suada kam sie weniger gut zurecht. Und ich musste ihr zustimmen, aber ich verspreche dir: Niemals werde ich dir verraten, was für ein krauses Zeug du von dir gegeben hast. Wen du alles verflucht hast! Wem du die Schuld an den Ereignissen gegeben hast, die Verantwortung für den neunten April und dein *alles verloren*. Nur soviel sei gesagt: Grolle nicht mit den Leuten, die dich für verrückt gehalten haben und für hochgradig selbstmordgefährdet überdies.

Aber wie auch immer, die Zeit verging. Die Stunden mit der Frau hinter dem Schreibtisch waren auch nur Stunden, und wie ganz normale Stunden waren sie vorbei, wenn der große Zeiger wieder auf der Zwölf stand. Anschließend hatten wir frei, da konnten wir fernsehen, am liebsten Tierfilme auf Discovery Channel; die anderen Sender waren allerdings auch gesperrt. Oder wir konnten im Park hinter der geschlossenen Einrichtung spazieren gehen und dabei lebhaft miteinander schweigen, wir zwei, Trössner, du und ich.

Ich erinnere mich nicht ungern an diese Tage. Manchmal denke ich, es waren unsere schönsten. Damals hast du den neunten April noch nicht als Totschlagargument benutzt wie eben auf dem Bahnsteig. Damals war der Schrecken noch frisch, dein höchst verständliches Grauen war eines wie am ersten oder am letzten Tag; es war unvergleichlich, und ich wage zu sagen: Es war rein. Wenn wir aus den Stunden entlassen waren, brachte es dich zum Schweigen; anderswo würde man es ein heiliges Schweigen nennen. Natürlich taten die Tabletten das ihre dazu.

Und was gab es da nicht alles, was wir schweigend betrachten konnten. Ein wirklich reiches Leben. Die Familie, die Firma, die Sondermaschinen, die Schulzeit, das Exil im Studium, das Leben als Unternehmer, der Aufstieg der Firma, die Frau und das Kind, die Ämter und die Prominenz. Vielleicht sogar: der Ruhm.

Ja, Trössner, da stimme ich dir ein Stück weit zu: Du warst einer, den es nicht alle Tage gibt. Einer der wenigen, bei dem die Arbeit für das Gemeinwohl untrennbar ist von der für das persönliche Wohlergehen. Du warst populär und wirktest doch beinahe im Verborgenen. Und wenn es so etwas gibt wie die wahre Mitte der Gesellschaft, vom langweiligen Durchschnitt so weit entfernt wie von allen unerfreulichen Extremen, gleichermaßen konservativ wie der Zukunft zugewandt, dann, Trössner, warst du nicht ganz im Unrecht, wenn du sagtest, du seiest diese Mitte.

Doch aus dieser lebendigen Mitte hat es ihn leider herausgerissen. Seit viereinhalb Monaten steckt Hartmut Trössner wie einbetoniert im neunten April und im *alles verloren*. Tatsächlich ist ihm einiges abhandengekommen, hat sich aufgelöst, am Ende sogar in Rauch. Beim Aufwachen am neunten April hatte er nur die üblichen Probleme, die jeder hat, der Milliarden umsetzt; und am Abend waren da, wenn ich so sagen darf, nur noch rote Zahlen.

Dass sein Fall Schlagzeilen machte, ging damals an ihm vorbei. Die Ärzte sorgten dafür und die Tabletten. Doch während wir unsere schweigenden Parkrunden drehten, sprach man draußen von einem geradezu rekordverdächtigen Unglück und von Trössner als einem Weltmeister der Niederlagen. Die Öffentlichkeit war interessiert, sie war elektrisiert und meldete ihr Grundrecht an, die Details zu erfahren, das sogenannte Menschliche an den Fakten. Doch bis heute kennen alle Beteiligten nur jeweils einen Teil von Trössners neuntem April. Mitarbeiter und Geschäftspartner, die Leute aus dem Verband und aus der Politik, Charlottes Familie, die Leute vom Film, die Rettungssanitäter, Feuerwehrmänner, Polizisten, Versicherungsangestellten, Pfleger, Ärzte und Therapeuten – selbst wenn sie alle ihr Teilwissen zusammentragen würden, was den meisten durch ihre Schweigepflicht strengstens verboten ist, so ergäbe sich doch kein Ganzes. Denn zum Ganzen würde unbedingt eine Frage gehören. Es ist die Frage, der Trössner leider, als unser schönes Schweigen ein Ende fand, mit Haut und Haaren verfallen ist.

Es ist die Frage: Warum?

Warum ist das passiert? Warum so? Warum ausgerechnet ihm, Hartmut Trössner? Und was bitte hat es zu bedeuten?

Wohlverstanden, es geht ihm nicht mehr um Details, um das, wofür Polizei und Insolvenzverwalter zuständig sind. Über solche Kleinkrämerei ist er hinaus. Es geht ihm ums Ganze. Und das Ganze muss doch etwas bedeuten. Meint er. Es muss! Es kann doch nicht sein, dass ihn dieser neunte April getroffen hat wie ein umgekehrter Lottogewinn, also wahllos, zufällig, bedeutungslos.

Also bitte: Warum?

Mit dieser Frage quält sich Trössner, ziemlich genau seit dem Tag, da wir aus der geschlossenen Einrichtung übersiedelten, in dieses einsam gelegene und recht komfortable Haus am Fuße der Berge, das sich offiziell Reha-Klinik nennt. Dort reduzierte man Trössners Medikamente, und prompt erschien in seinem Kopf, aus dem der Nebel verschwand, die Frage nach dem großen Warum? Mal zog sie dort ein wie ein Wolkenband von den Bergen her, mal wie das nächtliche Klopfen aus dem Gebälk, mal wie ein Vogel von der Fensterbank, bis Trössner schließlich ganz ausgefüllt war von ihr. Er grübelte und spekulierte, aber – war das eine Überraschung? – es kam nichts dabei heraus, rein gar nichts; oder alles Mögliche, was auf dasselbe hinauslief.

Mein Rauschen war damals nicht mehr gefragt. Stattdessen habe ich es auf mich genommen, den, wie soll ich sagen, den *advocatus vitae* zu spielen. Ich plädiere seitdem, wann immer das nötig ist, auf Weiterleben, gegebenenfalls ohne Sinnfrage. Ich war und bin gegen Grübeln und Sinnieren. Ich war und bin gegen Depression und erst recht gegen das suizidale Gedankenspiel. Ich bin der Geist, der stets bejaht, mal mit erhobenem Zeigefinger, mal mit einer spitzen Bemerkung.

Zugleich habe ich Trössner eine neue Stimme gegeben.

Das war Schwerstarbeit. Doch um die sogenannte Reha-Klinik überhaupt noch einmal verlassen zu können, musste er unbedingt den richtigen Ton im Umgang mit dem Personal finden. Es gab genug abschreckende Beispiele, Mitinsassen, die diesen Ton nicht fanden oder nicht finden wollten und deshalb schon die Hälfte ihres Lebens am Fuße der Berge verbracht hatten.

Man könnte sagen, ich bin Trössners Coach geworden. Ich habe ihm geholfen, in jeder Sitzung bei den zuständigen Damen und Herren einen kleinen Stern für gutes Betragen zu bekommen. Ich habe ihren Jargon und ihren Tonfall analysiert und Trössners Sätze entsprechend gestylt. Ich habe mit ihm ihre Lieblingsvobakeln gepaukt: den *sicheren Ort*, den *Tresor*, den *Regler*.

Und ich habe ihm geholfen zu lügen.

Oder sagen wir, ich bin mit ihm sein Leben durchgegangen, täglich, stundenlang, und zusammen haben wir eine Version davon erstellt, die er den zuständigen Damen und Herren auf Befragen unterbreiten konnte. Eine Legende für die Legende! Alles, was sie interessieren könnte, in der Form eines freundlichen, aber vollkommen nichtssagenden Bulletins. Trössners ganzes Leben, großartig und glamourös, aber im Grunde stinknormal von Anfang an. Nirgendwo Klippen und Kanten, in denen die Leute vom Fach sich einhaken könnten, keine weichen Stellen, in denen sie so gerne bohren.

Ich habe aber auch dafür gesorgt, dass seine Sätze filigran und zerbrechlich blieben. Monatelang hat man daher niemanden von draußen zu ihm gelassen, mochte es auch um Millionen gehen. Einige Male haben wir beobachtet, wie Wagen mit verräterischen Nummernschildern den Weg zur

Klinik hinauffuhren, aber keiner schaffte es durch das große Tor. Das Leben draußen sollte bitte so tun, als würde es ohne Trössner weitergehen; und das tat es wohl auch, irgendwie.

Doch man kann nicht beides haben: sich selbst ganz fit oder wenigstens am *sicheren Ort* und zugleich den vollkommenen Schutz vor der Welt. Vier Monate lang haben wir abgewogen, Trössner und ich, zwischen den Vorteilen des Attests einer geistigen Gesundheit und den Vorteilen dieses Hochsicherheitstraktes. Schließlich wurde uns klar, irgendwann müsste es heißen: jetzt raus oder nie.

Genau eine Woche ist es heute her, dass wir die Reha-Klinik im Rücken haben. Seitdem lebt Trössner in einem Zwischenreich, in einem vorläufigen Inkognito, genauer gesagt, in diesem jämmerlichen Hotel und in Furcht vor dem Moment, da er sich endlich mit den Funktionären wird abgeben müssen. Mit dieser Meute wohlmeinend-unbeteiligter Kreaturen, die seit dem neunten April darauf warten, ihm mit ihren Formularen, Bestimmungen und Vorschriften auf den Pelz zu rücken. Lieber, nicht wahr, Trössner, wärest du weiter mit mir allein.

Und machtest mir das Leben schwer. Zum Beispiel durch unangekündigtes Reisen in Hauptstädte.

Bei der Gelegenheit, was tut er jetzt?

Gar nichts. Schaut noch immer zum Fenster hinaus. Bemerkt vielleicht, wie viel Landschaft da an ihm vorbeizieht, immer wieder gespickt mit Windrädern, die sich träge drehen.

Eigentlich könnte er lesen. Was hat er früher im Zug gelesen! Lauter Irrelevantes, Romane, Krimis, Illustrierte, Comics. Wie ein kleiner Junge, sagt er, habe er sich darauf gefreut, wenn eine Zugreise anstand und er ein paar Stunden lang sein Smartphone ausschalten durfte. Doch seit dem neunten April liest er nicht mehr. Ich bedauere das zutiefst.

Und ich bin skeptisch, was seine Begründung angeht. Geschichten, sagt er, würden ihn schmerzen, weil sie alle einen Schluss hätten, eine Auflösung, eine Antwort auf die Fragen, die sie aufgeworfen haben. Noch die Erbärmlichsten könnten damit aufwarten und erinnerten ihn dann an sein eigenes Manko. Außerdem führe das Lesen zu unfreiwilligen Erinnerungen, warum auch immer. Dann spüre er plötzlich, wie der Arbeiter auf ihm liegt, neben der zerstörten Limousine. Oder er höre sich selbst in sein Smartphone schreien. Oder er rieche die Schwimmhalle, wo der Kleine – nun ja, das gechlorte Wasser und das nasse Badezeug. Oder er schmecke den Wein und höre dabei das Knistern der Kerzen. Oder er fühle den Wirtschaftsweg unter seiner nackten Haut. Und all das sei absolut unerträglich, selbst wenn er eines der Medikamente nehme, die er laut Anweisung immer bei sich tragen soll.

Der Umsteigebahnhof wird angesagt. Trössner tut überrascht, wahrscheinlich ist er es auch, hat beim Starren in die rasende Landschaft die Zeit vergessen. Dafür muss er jetzt als erster an der Tür sein. Hat er etwa Angst, nicht rechtzeitig aus dem Zug zu kommen? Bitte, Trössner, mach dich nicht lächerlich! Und tritt niemandem auf die Füße.

Auf dem Nachbargleis rollt der ICE Richtung Berlin ein, beinahe ohne Verspätung. Trössner steht genau richtig an einer Tür, doch beim Einsteigen bleibt er mit seinem Rucksack an der Kante hängen und rutscht von der obersten Stufe zurück auf die zweite. Das ist ein kleiner Fehltritt, doch früher konnte das den alten Schmerz wecken und ihn dazu ermuntern, sich über Schultern oder Becken in Arme oder Beine aufzumachen. Es war ein vagabundierender Schmerz; er peinigte eine Zeit lang irgendwo im Körper, zog dann weiter und ließ verwundetes Terrain zurück. Kaum, dass man ihn tasten konnte. Wie die Maus unterm Teppich war er immer schon nicht mehr da, wo es sich gerade beulte.

Trössner hat in der Reha von dem Schmerz berichtet, mehrmals, immer wenn es um seinen Körper ging. Ein widerlicher Kumpan, dieser Schmerz, der gerne auftauchte, wenn man ihn am wenigsten brauchte. Zum Beispiel in den Sitzungen des Interessenverbands oder beim Besuch ausländischer Staatsgäste. Mit Salben war er nicht zu vertreiben; und sowohl die sanfte Krankengymnastik als auch die Rackerei im Fitnessstudio hatten ihm nur immer neue Quartiere gemacht, in die er dankend einzog. Am besten war es noch, ihn zu ignorieren. Auch das Radfahren half ein wenig, außerdem passte das perfekt zum Image des alternativen Unternehmers, genau wie die verfluchte Elektrolimousine. Hätte er allerdings am Morgen des neunten April unter Missachtung gesundheitlicher Interessen und öffentlicher Imagepflege das Auto für den Weg zur Firma genommen, dann –

Nein! Trössner, ich war das nicht. Das warst du! Bitte lass das! Keine Sätze über diesen Tag, in denen das Wort *hätte* vorkommt. Du hast mir das geschworen, immer wieder. Du weißt, das bringt nichts.

Immerhin ist seit dem besagten Tag der Schmerz verschwunden. Er ist unbekannt verzogen. Ich entschuldige mich für den Kalauer. Nicht einmal eine Erinnerung hat er zurückgelassen; es ist, als hätte es ihn nie gegeben. Trössner findet dafür keine Erklärung. Vielleicht, hat er einmal gesagt, ist sein Fall so tief, dass er nirgendwo mehr aufschlagen wird und sich infolgedessen im Zustand dauernder Schwerelosigkeit befindet. Und in diesem Zustand ist womöglich die ganze Muskulatur dermaßen entspannt, dass der Schmerz keine Spießgesellen mehr findet.

Mir hat die Erklärung nicht besonders gefallen. So eine Mischung aus Esoterik und Küchenmedizin. Ich glaube, Trössner hängt auch nicht daran. Außerdem profitiert er gar nicht davon, dass der Schmerz ihn verlassen hat. Früher konnte er es immerhin genießen, wenn der sich einmal für eine Weile verzog. Doch auch das rangiert jetzt unter *alles verloren*.

In einem Großraumwagen gibt es einen nicht reservierten Fensterplatz, einen Einzelsitz. Der Platz gegenüber, auf der anderen Seite des kleinen Tisches, ist nicht besetzt. Das nenne ich Glück. Trössner nimmt Platz und zwingt den Rucksack in eine Ecke wie einen großen, aber duldsamen Hund. Um ihn herum Männer und Frauen in Geschäftskleidung, ein paar Notebooks, die leise vor sich hin klappern, Mobiltelefone mit Kabelverbindung in die Ohrmuscheln.

Übrigens hat Trössner immer darauf gehofft, der Schmerz werde ihn einmal ohne jeden Anlass für immer verlassen. Einem Therapeuten sagte er sogar, er besitze einen Vertrag mit seinem Schicksal, oder immerhin mit seinem Körper. Quasi ein Geschäft auf Gegenseitigkeit. Er habe von seinem Körper schon seit frühester Kindheit nichts Besonderes verlangt, weder ungestüme Kraft noch Ausdauer oder die Fähigkeit, irgendwelche Exzesse folgenlos wegzustecken. Und im Gegenzug habe sich der Körper verpflichtet, ihn als

Dank für die Schonung nicht mit den unerfreulichen Begleiterscheinungen des Alterns zu behelligen.

Niedlich, nicht wahr? Aber jeder hat so seine rosafarbenen Fantasien. Und natürlich seine Schreckensbilder. Trössners Dämonen waren die ehemaligen Schülerhelden. Er sah sie auf den Klassentreffen, die er besuchte, um nicht für arrogant gehalten zu werden. Da waren sie und erzählten. Die Sportskanonen hatten nach einem Bänderriss dies und das aufgeben müssen und anschließend zwanzig Kilo zugelegt. Wenn sie nicht gar dauerhaft humpelten. Und die Wilden, die so gar nichts hatten anbrennen lassen, waren jetzt säuerlich und magenkrank und nicht imstande, von zwanzig Speisen auch nur eine ohne Bedenken zu verzehren. Lauter traurige Figuren, mit denen er nichts gemein haben wollte.

Was er auch nicht hatte. Da stimme ich ihm zu. Trössner war in guter Fasson geblieben. Kein Sportler, aber auch kein verfetteter Champion. Nicht aus dem Leim geraten, nicht faltig, nicht kahl, nicht grau, nicht schief, nicht allergisch oder intolerant. Und trotz des vagabundierenden Schmerzes immer noch in der Hoffnung, die aufgesparten Früchte der Jugend beim Älterwerden in kleinen Portionen verzehren zu dürfen.

Doch dann kam leider der neunte April.

Trössner, wohin des Weges?

In den Speisewagen? Von mir aus herzlich gern. Wir könnten uns das sogenannte Bordfrühstück bestellen. Schlechter als das, was wir heute Morgen im Hotel haben ausfallen lassen, kann es unmöglich sein.

Wenn er isst, muss ich allerdings wegschauen. Seine Art, seit dem neunten April Lebensmittel zu verachten, finde ich unerträglich. Tut er das, weil sie Lebens-Mittel heißen? Das Bordfrühstück findet jedenfalls auch keine Gnade vor seinen Augen. Nicht einmal seinen Kaffee trinkt er aus. Er legt einen Geldschein auf den Tisch und beschwert ihn mit dem vollen Saftglas, was zu einem Wasserrand führt. Während er das mit der linken Hand tut, will die rechte das Portemonnaie wieder zurück in die Hosentasche stecken.

Aber es gelingt nicht. Es gelingt schon wieder nicht! Als hätte ich es geahnt. Es ist furchtbar.

Seitdem er dieses Portemonnaie besitzt, also seit – Moment, heute ist Montag – seit vier Tagen ist es Trössner noch kein einziges Mal gelungen, das Scheißding aus der Tasche zu ziehen oder in die Tasche zu stecken, ohne dabei hängen zu bleiben. Das heißt, ohne dabei denken zu müssen: Das ist nicht mein Portemonnaie.

Was, streng betrachtet, stimmt. Denn erstens hat er es von dem Geld erworben, das ihn nach dem Verlassen der Reha-Klinik im Hotel erwartete und von dem er fürchtet, er müsse es zurückzahlen. Und zweitens ist es nicht das Portemonnaie, das er am neunten April besaß, damals auch mehrmals benutzte und das er in frühestens zwei Jahren ausrangiert hätte.

Das lässt sich tatsächlich beweisen. Trössner hat es den Therapeuten vorgerechnet. Bis zuletzt besaß er nämlich eine Sammlung aller Portemonnaies, die ihm jemals gehört hatten. Nun ergibt sein Lebensalter, abzüglich der ersten Jahre ohne Geldbörse, geteilt durch die Zahl der Portemonnaies deren durchschnittliche Nutzungsdauer, in seinem Fall vier Komma soundsoviel Jahre. Und diese Zeit war noch nicht abgelaufen, als die ganze Sammlung – nun, wir wollen ja nicht in die Details gehen.

Was ist los, Trössner? Knickst du jetzt ein? Wäre es nicht, nach allem, was du schon geschafft hast, eine eher leichte Übung, den Verlust einer Sammlung von abgegriffenen und formlosen Ledertäschchen, vollgesogen mit dem Geruch von Schweiß und Geld, locker zu verkraften? Eine therapeutische Petitesse?

Aber nein, das ist vergebliche Liebesmühe. Ich weiß, was er jetzt sagen wird. Trössner, bitte sag das nicht!

Aber er sagt es. Ich wollte, ich könnte zur Abwechslung einmal mir die Ohren zuhalten. Er sagt, da habe er eben einen wunden Punkt. Niemand könne sich aussuchen, wo er seine wunden Punkte habe. Und einer von seinen wunden Punkten sei nun mal seine Sammlung von Portemonnaies, angefangen beim ältesten, das ihm der Vater mit einem Fünfmarkstück darin zur Einschulung schenkte, bis zum jüngsten, das er zum letzten Mal zückte, um Wiechmanns Taxi zu bezahlen, das ihn am Nachmittag des neunten April vom Krankenhaus zu seinem Haus am Waldrand fuhr.

Trössner, was soll das? Schon stecken wir wieder knietief in den Details. Dabei waren wir uns doch einig, das tunlichst zu vermeiden.

Und wieder dieses böse Wort, A und O, das ihm lautlos über die Lippen geht. Bringen wir es also zu Ende.

Regelmäßig hat Trössner nämlich alle Portemonnaies hervorgeholt und in die richtige Reihenfolge gebracht. Diese schiefen, am Körper gebogenen und allesamt irgendwie bräunlichen Dinger. Und während er sie ordnete, wurde er jedes Mal wieder von der Hoffnung gestreift, es könnte sich in einem noch etwas finden, das bislang unentdeckt geblieben war. Ein einigermaßen leserlich gestempelter Fahrschein, eine Eintrittskarte, eine Visitenkarte oder, was mit Abstand das Beste wäre, eine handschriftliche Notiz auf einem Fetzen Papier, mit einem Wort darauf, das ebenso rätselhaft wie einleuchtend wäre. Also hat er immer wieder jedes Portemonnaie geöffnet und in jedes der zerschlissenen Fächer geschaut; und natürlich waren sie alle vollkommen leer.

Ja, Trössner, und dann sagen wir jetzt auch noch, dass du, vielleicht um die enttäuschte Hoffnung zu überspielen, dem Kleinen zu jedem Portemonnaie eine Geschichte erzählt hast. Schon als Vierjähriger konnte er sie in die richtige Reihenfolge bringen.

So ist das also auch gesagt.

Das Portemonnaie, das gerade mal wieder nicht so glatt, also gedankenlos in die Hosentasche wollte, hat Trössner übrigens zusammen mit dem Rucksack ersteigert, letzten Donnerstag. Da saß er in dieser nackten Halle beim Güterbahnhof, wo die Bahn ihre Fundstücke versteigerte, auf der Suche nach einem möglichst billigen Gepäckstück. Aus der Reha-Klinik war er buchstäblich mit einem Pappkarton entlassen worden; und schließlich, so Trössner, brauche ein Mensch, auch wenn er noch so wenig besitzt, irgendein tragbares Behältnis, zumal wenn weitere Ortswechsel anstehen. Ich hatte da meine Einwände, habe die Aktion aber nach Kräften unterstützt. Im Grunde war sie ganz in meinem Sinne, ein Zeichen von Aufbruch und Zukunft, obwohl ich Trössners Armutsrituale ein bisschen unanständig finde.

Es begann allerdings sehr langweilig, mit Dutzenden von ramponierten Fahrrädern, bis es dann um die verlorenen und vergessenen Gepäckstücke ging. Da kam Stimmung auf. Der Mann von der Bahn, kein gelernter Auktionator, aber ein Mensch mit Freude an seiner Aufgabe, tat routiniert geheimnisvoll. Keinesfalls nenne er zuvor den Inhalt der Objekte. Nein, sagte er, da komme jetzt der Zufall zu seinem Recht, da kaufe man einmal mit voller Absicht die Katze im Sack.

Gleich als erstes kam ein mittelgroßer, nicht besonders professionell und ziemlich gebraucht aussehender Rucksack dran, offenbar prall gefüllt. Der Auktionator klopfte ihm auf die Flanken. Damit, sagte er, sei jemand gerade aufgebrochen, ein Globetrotter vielleicht. Man könne diesen Rucksack weitergeben wie ein Staffelholz oder besser: wie ein Überlebenspaket. Er schlug sich eine Hand auf den Mund. Wenn er jetzt mal nicht zuviel verraten habe.

Was immer der Mann damit bewirken wollte, es misslang ihm gründlich. Sein Publikum traute ihm nicht, er hatte übertrieben. Es wurde nur zögernd gesteigert, in sehr kleinen Schritten. Trössner bekam das Teil für einen beinahe läppischen Betrag.

Sie Glückspilz, sagte der Auktionator. Trössner bezahlte bei seinem Kollegen, der neben einer tragbaren Kasse saß und immer eine Hand auf dem Wechselgeld liegen ließ.

Weißt du noch, Trössner? Wie lange du neben dem verschlossenen Rucksack auf dem Bett in unserem Hotelzimmer gesessen hast, neben diesem tapferen Teil, das schon so einiges an Schweiß und Sonne hatte aufsaugen müssen. Richtig mulmig ist dir dabei geworden. Schließlich hattest du dir nur ein praktisches Gepäckstück für wenig Geld besorgen wollen, etwas, um, so deine Worte, dein bisschen Besitz von Exil C zum noch unbekannten Exil D zu befördern. Und jetzt stand nach den Worten des Auktionators zu befürchten, es könnte ein Zeichen für dich in diesem prall gefüllten Rucksack stecken. Etwas, das dich ganz persönlich ansprechen würde.

Na, wie lange haben wir da gesessen? Eine Stunde, zwei? Jedenfalls lange. Dann hast du den Rucksack geöffnet. Wie aus einem Füllhorn strömte es aus ihm heraus. Doch das Allermeiste war ein Rätsel. Nur ein paar Dinge hast du überhaupt erkannt: eine gut verpackte Regenhaut, ein kleines Reisenecessaire mit den nötigsten Dingen, offenbar wasserdicht, und ein Etui mit Nähzeug und Ersatzknöpfen. Der Rest aber, und das war nicht wenig, bestand aus Sachen, die du noch nie gesehen hattest und von denen du nicht wusstest, wozu sie dienten. Vielleicht, um Wasser zu entgiften, Wunden zu desinfizieren, Insekten fernzuhalten oder Notsignale abzusetzen. Alles originalverpackt, eingeschweißt und asiatisch beschriftet.

Und schließlich das Portemonnaie, in einer Vortasche, brandneu, leer und robust. Das hat die Stimmung endgültig gekippt. Der wunde Punkt. Ich hätte schreien können. Da war er doch gewesen, ich hatte ihn gespürt, diesen Funken Glaube, es gebe für dich noch ein Ziel, zu dem du aufbrechen könntest, mit einem Plan in der Tasche.

Du hast geweint, Trössner, ich sage dir das ganz offen, für den Fall, du hast es vergessen. Du hast geweint.

Keine Träne in der geschlossenen Einrichtung, drei Wochen lang, mag sein, das lag an den Medikamenten. Aber auch keine Träne danach, in der Reha-Klinik, und nicht einmal unlängst, als dich der Brandexperte am Waldrand entlang nach Hause fuhr und du dein Fahrrad sahst, an einen Baum gelehnt, ein letzter Besitz. Keine Träne auch angesichts des Dokuments über die ordnungsgemäße Ausstreuung der Asche aus zwei Urnen auf offener See, abgeheftet mit einem Packen anderer Unterlagen in zwei Aktenordnern, die diese Arschlöcher, deine Worte, für dich im Hotel deponiert hatten. Als wollten sie dich ermuntern, damit eine neue Lebensbuchhaltung zu beginnen: mit einer Urnenquittung, ein paar Polizeiberichten und medizinischen Gutachten und einigen mehr oder weniger kurz gehaltenen Zusammenfassungen der juristischen Angelegenheiten, die jetzt allesamt drängten. Diese Arschlöcher, ich schließe mich ausnahmsweise deinem Wortlaut an, an ihrer Spitze der Insolvenzverwalter, am Ende deine Anwälte. Keine Träne über diese monumentale Herzlosigkeit. Aber über ein nagelneues, vollkommen unbenutztes, vielfächriges, steifledernes Portemonnaie aus dem Besitz eines Unbekannten, Trössner, hast du geweint. Bis du endlich, mit aller Kraft, den Rucksack gegen den Spiegel überm Waschbecken warfst.

Unvergesslich sind mir die Momente der Stille, nachdem die letzte Spiegelscherbe ins Becken gefallen war. Stille, gespeist aus ungläubigem Staunen; denn seit wann, zum Teufel, wirft man mit einem leeren Rucksack einen Spiegel ein? Das schlaffe Ding lag zwischen den Scherben im Becken, und du musstest es sehr vorsichtig herausholen, um dich nicht zu verletzen.

Ein physikalisches Wunder war es dann nicht. Denn ganz unten im Rucksack, in einem doppelten Boden aus Stoff, steckte dieses Buch, das kein Buch war. Das heißt, ein Buch war es schon, aber umgebaut zur Kiste und zum Versteck. Es ließ sich aufschlagen, der Titel und die ersten Seiten blätterten sich ganz normal, der Rest war allerdings zusammengeklebt und hatte in der Mitte, sauber ausgeschnitten und mit grünem Samt ausgeschlagen, ein kantiges Bett.

Darin lag sie, klein, schwarz und irgendwie zart, die Glock. Modell 26.

2

Na, Trössner, wach geworden?

Was für ein Geschenk, im Zug schlafen zu können! Allerdings hat sich inzwischen jemand auf den freien Platz jenseits des kleinen Tisches gewagt, womöglich nach Überwindung eines gewissen Misstrauens gegenüber einem Mann mit Vollbart im honigfarbenen Breitcord-Anzug.

Bisschen steif gelegen?

Nein, nicht der Rede wert; der Körper hat ja nichts mehr zu sagen.

Oder etwas Schlimmes geträumt?

Verzeihung, ich vergaß, er träumt nicht mehr. Sagt er jedenfalls. Denn wenn er träumte, müsste er sich ja sofort aus dem Schlaf lachen, weil was immer er träumen sollte ein alberner Wunschtraum wäre, verglichen mit dem Albtraum, in dem er lebt. Nun ja, was soll man dagegen sagen?

Und? Wie spät ist es? Wo sind wir?

Trössner schaut auf die Uhr in seinem Smartphone, dann aus dem Fenster. Schon weit nach neun, und draußen der alte Osten. Gerade spritzt etwas grauer Beton, der nach ehemaliger LPG aussieht, mit Karacho in Richtung Westen. Ihm auf den Fersen ein Windpark. Trössner muss das Logo auf den Köpfen der Windräder gar nicht erkennen, er weiß auch so, wer die gebaut hat. Er. Also seine Firma. Es sind *Fliegende Holländer* der dritten Generation.

Lass die Windräder, Trössner. Schau dir lieber sie an!

Ja, die junge Lady gegenüber. Ein wesentlich erfreulicherer Anblick, zumal sie eine elegante Pose eingenommen hat, wenngleich wahrscheinlich nur, um deinen Füßen auszuweichen.

Trössner zieht die Beine ein und schafft ein jungenhaftes Lächeln, soweit der Bart das erlaubt. Als wäre es ihm unangenehm, dass ihn diese Frau womöglich werweiß wie lange im Schlaf beobachtet hat, vielleicht mit offen stehendem Mund. Geschnarcht hat er immerhin nicht. Er schnarcht nämlich nie. Das habe Charlotte gesagt, und wer sollte es besser wissen?

Vorsicht, Trössner! Keine Details. Kein vermintes Gelände. Reiß dich zusammen! Am besten, du sagst jetzt was. Wer etwas sagt, kommt am schnellsten auf andere Gedanken. Zum Beispiel, dass wir jetzt wohl bald in Berlin sind. Gut, das ist nicht originell, aber damit macht man auch nichts falsch.

»Ja«, sagt die junge Lady. »Gott sei Dank.«

Und sie lächelt. Ach was, sie strahlt.

Wenn sie doch nur im Zug schlafen könnte! Sagt sie. Aber sie kann ja leider gar nichts, nicht schlafen und auch nicht arbeiten. Im Zug, wohlgemerkt.

Hoppla! Wird das jetzt eine Unterhaltung? Unverhofft kommt oft. Könnte allerdings für Trössner eine ziemliche Herausforderung werden. Schließlich hat er sich in den letzten viereinhalb Monaten praktisch nur mit dem medizinischen Personal unterhalten, und neuerdings wechselt er bloß einmal täglich ein paar Floskeln mit dem Hotelportier. Wer so aus dem Training ist, der muss sich konzentrieren. Wie ging das doch gleich: ein zwangloses Gespräch führen?

Und welchen Einfluss hat es, wenn die Gesprächspartnerin nicht unbedingt eine ganz besondere, umwerfende Schönheit ist, aber viel unternommen hat, um ihre angenehme Erscheinung zu betonen? Blauer Rock, weiße Bluse, darüber etwas leicht Asymmetrisches, auch in Blau, alles businessmäßig, aber nicht zu streng. Halblange Haare hat sie, eher dunkel. Sagt man dazu schon brünett? Sie ist nicht stark geschminkt, bis auf die Lippen; die sind eindeutig ihr Schmuckstück, herzförmig, man möchte sagen: wie gemalt.

Dass er viel Zug fahre.

Sagt Trössner, nicht ohne Mühe. Und bemerkt sofort das falsche Tempus. Gefahren ist, wäre richtig. Schon weiß er nicht mehr weiter.

Wird das jetzt peinlich?

Wird es nicht. Er bekommt nämlich Hilfe, und zwar von der jungen Frau, die wir jetzt einmal auf Ende Zwanzig, allenfalls Anfang Dreißig schätzen. Denn die verlangt ihm gar keine weiteren Beiträge zur Konversation ab, sondern erzählt ihm rasch, dass sie zwar nicht aus Berlin stammt, dort aber wohnt und arbeitet, wenngleich es in ihrem Falle eigentlich nicht so wichtig ist, wo genau sie wohnt, Homeoffice, er wisse schon. Aber inzwischen ist Berlin ja nun einmal Berlin, also, da ergibt sich einfach mehr als anderswo, das muss man schon einkalkulieren, wenn man sich über die hohen Mieten beschwert oder darüber, wie anstrengend es ist, in einer Metropole zu leben. Anstrengender jedenfalls als auf dem Land, woher sie eigentlich kommt. Und dann nennt sie den Namen eines Ortes, den Trössner nicht versteht.

Er sitzt mittlerweile ganz gerade, aber entspannt. Da kann überhaupt nichts passieren. Glück gehabt. Da braucht er jetzt wahrscheinlich nur zu nicken, und diese nette Person erzählt ihm bis Berlin den kompletten Rest ihres Lebens. Die Aussicht beruhigt. Und vielleicht, weil gleich neben der Ruhe die Sorglosigkeit haust, nickt Trössner nicht nur, sondern sagt, woher er kommt.

Hoppla, mein Lieber! Was, wenn das nette Gegenüber

gleich aus purer Höflichkeit fragt, was du denn da tust und ob du beruflich nach Berlin und so weiter?

Das wäre nicht gut. Denn Hartmut Trössner, den seit dem neunten April die Ärzte, die Staatsanwaltschaft und neuerdings auch ein Portier mit Erfolg vor der interessierten Öffentlichkeit schützen, besitzt, soweit ich weiß, keine Legende, keine Tarnidentität und, zu meinem Leidwesen, keine wie auch immer geartete Begründung für Hauptstadtbesuche.

»Ah!«, sagt die junge Frau und spricht noch einmal den Namen der Stadt aus, den Trössner genannt hat. Da arbeite eine Freundin, mit der sie in Stuttgart auf der Uni war. Soll ja eine ganz nette Stadt sein, leider noch nicht dagewesen. Nur das Wetter in der Gegend, so jedenfalls die Freundin, sei nicht das allerbeste, aber darauf gebe sie nichts, die Leute hielten sich zu oft an Vorurteile, statt eigene Erfahrungen zu machen.

Wunderbar! Gerettet. Trössner, du solltest jetzt mit dem Nicken aufhören, wenn du nicht aussehen willst wie ein Wackeldackel.

»Und«, sagt sie, »fahren Sie auch bis Ostbahnhof?«

»Ja.«

Trössner, ich staune. In diesem Moment beschlossen? Aus dem verständlichen Wunsch heraus, deinem Gegenüber zuzustimmen? Nur erwarte bitte keinen Kommentar von mir, ich habe ja nicht die blasseste Ahnung, was du eigentlich vorhast.

Die junge Frau zieht ein Smartphone aus ihrer Tasche, einem bauchigen, sackförmigen Teil, das nicht so richtig zu ihrem Business Outfit passt. »Kleiner Anruf«, sagt sie, aber keine Bange, sie zeigt auf das Logo an der Wand des Wagens, sie wisse ja, was sich gehört, und suche sich dafür ein stilles Örtchen. Steht auf und sagt: »Bis gleich.« Ihre Tasche nimmt sie mit.

Bis gleich?

Ja, Trössner, warum denn eigentlich nicht? Ist diese gewisse Sache denn so gar nicht mehr zu denken? Schau doch hin: Da geht sie durch den Gang, und weil sich der Zug in eine Kurve legt und sie schon das Smartphone ans Ohr hält, muss sie ein wenig den Po zur Seite herausstrecken, als Gewichtsverlagerung, damit es sie nicht über die Sitze wirft. Das sieht doch ganz reizend aus, oder? Werden da nicht Wünsche wach?

Trössner tut, als winkte er ab. Er will da nicht hinschauen und schließt, damit ich es glaube, beide Augen, als wollte er ein erneutes Einschlafen erzwingen.

Und schon sehe ich's hinter seinen Lidern: es. Es kam früh am Morgen, letzten Dienstag, am Ende der ersten Nacht im Hotel. Es kam zuerst als Bild, dann als Gefühl. Trössner erkannte die Szene sofort. Ein *Räuberball*, so hieß das, wenn ihre Tanzschule am letzten Tag vor den Ferien schon mittags öffnete. Der ganze Saal war voller aufgekratzter junger Leute; mittendrin er, ich erkannte ihn sofort, sechzehn, nein, gerade siebzehn geworden, also ohne die geringste Ahnung von dem, was er einmal sein und besitzen und verlieren sollte. Und natürlich galt das Gefühl einem Mädchen, so alt wie er, nicht üppig, aber sinnlich, immer in Bewegung und ständig lachend. Er kannte sie flüchtig von den Discoabenden in der Tanzschule, sie hieß Elke, ansprechen konnte er sie nicht, geschweige denn berühren.

Es war noch dunkel, als es aufploppte wie Spam mit Werbung für ein heikles Produkt. Trössner schaltete rasch das Licht ein, doch es ließ sich nicht vertreiben, das Verlangen nach einer Umarmung und mehr noch nach einem Wort, das die Umarmung erlaubte. Würde damit jetzt eine schwere Zeit beginnen? Das heißt natürlich: eine über die schlimmen Umstände seiner Existenz hinaus noch weiter erschwerte Zeit.

In den letzten Monaten hatte Trössner gelegentlich, nun ja, Hand an sich gelegt. Und Verzeihung, wenn ich das so sage, er tat es nicht, um ein Bedürfnis zu befriedigen, sondern um es im Keim zu ersticken. Nicht wahr? Eine Immunisierung gegen die wenigen Kontakte mit Frauen, die der Alltag in der Reha-Klinik erzwang. Und es hatte gewirkt. Kein hübsches Bein unter einem weißen Rock, kein offen stehender Knopf, keine Locke im Wind hatten es über seine Erregungsschwelle geschafft, auch als dieser unerhörte Sommer ausbrach und viel mehr Haut zu sehen war als sonst.

Jetzt aber, da es ihn in diesem Hotel erwischt hatte, was tun? Trössner war aufgestanden. Nebenan konnte er einen Mann atmen hören, vielleicht der Chef einer erfolgreichen Vertreterkolonne. Im Badezimmer trank er kaltes Wasser aus der hohlen Hand. Zurück im Bett, hatte sich das Verlangen nicht gelegt, doch der Impuls, es abzuleiten, war schwach. Außerdem ahnte Trössner, es würde alles nur schlimmer machen. Also wartete er darauf, dass der Tag anbrach.

Am Nachmittag ging er zum ersten Mal seit dem neunten April alleine auf die Straße. Man hätte meinen können, er ginge spazieren. Der Stadtpark stand ganz unter der Fuchtel dieses Rekordsommers, ebenso die Fußgängerzone; hier wie dort fühlte sich Trössner davon persönlich angesprochen und berührt. Das Verlangen nach Umarmung dieser munteren Elke vom *Räuberball* hatte sich in ein allgemeines Begehren verwandelt, das stand jetzt fest. In einem Textilgeschäft kaufte er das billigste Handtuch und die billigste Badehose. Als er das Hallenbad betrat, musste er innehalten. Sein Herz, ich fühlte es, machte ein paar unregelmäßige Schläge.

Es war ein anderes Bad, und trotzdem. Ein Bild, das er nie gesehen hat, erschien und verschwand nicht gleich wieder: ein nasser Körper, der schlaff auf dem Beckenrand liegt. Trössner verdeckte es mit einem anderen Bild: er und der Kleine auf einer Wasserrutsche, irgendwann im Urlaub, der Kleine noch ganz klein, zwischen seinen Beinen, und während sie ganz langsam rutschen, überholt sie rechts und links das Wasser, bis es schließlich über ihnen zusammenschlägt.

Zuerst schwamm Trössner, ohne anzuhalten, etliche Bahnen; ich habe nicht mitgezählt. Die Augen ließ er unter Wasser offen, sein Blick wurde schleierig, auch der Blick nach innen. Später lag er, das Handtuch zusammengerollt im Nacken, auf einer Plastikliege unter falschen Palmen im Wellnessbereich. Mittag war längst vorbei. Die Rentner gingen, auch die Mütter mit Kindern im Vorschulalter. Dafür kamen die jungen Frauen, immer in Paaren oder kleinen Gruppen. Trössner sah wieder klar. Wenn sie die Halle betraten, Körper, Haare und Badezeug noch trocken, spürte er das Verlangen, es rumorte und schrie, obwohl das künstliche Licht den Frauen nicht gut tat, genau wie der tapsige Barfußgang auf den nassen Fliesen. Dennoch war da, wofür er gekommen war, was er hatte sehen wollen: weibliche Körper, die zu ihm sprachen.

Doch kamen die jungen Frauen dann später aus dem Becken, war ihr Anblick so abstoßend, wie Trössner es erwartet und erhofft hatte. Die Haare klebten ihnen an Hals und Schultern, manchmal war Make-up verschmiert, waren die Badesachen grotesk verschoben oder hingen lieblos um den Körper, und jetzt überzog das Schwimmbadlicht die kalte, nasse Haut mit milchigen Schlieren. Nicht um alles in der Welt hätte Trössner diese Körper berühren mögen.

Er war zufrieden. Er hatte das Verlangen besiegt, mit schlagenden Beweisen dafür, dass ihn am Ende doch nur Ekel erwartete. Das galt es zu erinnern, wenn es ihn wieder heimsuchen würde wie an diesem Morgen. Ich versuchte, ihm klarzumachen, was für einen jämmerlichen Unsinn er da verzapfte. Aber davon nahm er keine Notiz, stand auf, mittlerweile längst getrocknet, ließ das Handtuch liegen, zog sich in den nach Chlor und Desinfektionsmittel riechenden Kabinen an und ging langsam durch den Hochsommernachmittag nach Hause. Die Badehose warf er in einen Mülleimer. Als er das Hotel betrat, schmunzelte der Portier und legte einen Finger auf den Mund.

Wir wussten beide nicht, was davon zu halten war.

Sie ist tatsächlich wiedergekommen, die freundliche junge Frau. Vielleicht nicht Trössners wegen, sondern weil da Gepäck an ihrem Platz auf sie wartet? Die Ablage über ihrem Sitz ist allerdings leer.

Trössner, du hast dich um solche Informationen bemüht? Während ich Trottel glaubte, wir hingen beide in der Schwimmbad-Episode. Ich bin ehrlich verblüfft. Hat dich der kleine Hüftschwung etwa doch aus der Fassung gebracht? Hat er dein Immunsystem umgangen?

Aber Trössner kann jetzt wirklich nicht antworten, er muss sich darauf konzentrieren, wie die Wahlberlinerin vom Lande mit Stuttgarter Uni-Vergangenheit sich beim Hinsetzen ihren Rock faltenfrei untern Po streicht, mit einer ausgesprochen anmutigen Bewegung. *Sowas ist nicht geübt, das ist gekonnt.* Einer der wenigen Aussprüche, die von Trössner senior überliefert sind.

Ich wünschte mir jetzt sehr, Trössner wäre ein bisschen besser angezogen. Nun, zu spät; die Cordhose, das Cordsakko, das karierte Holzfällerhemd und die derben Schuhe, insgesamt ein Dutzend Brauntöne, die einander beißen, die muss er jetzt weglächeln, auch seine viel zu langen Haare und diesen Bart. Das tut er; und er strahlt, dass sich das gespannte Backenfleisch gegen die Zähne drängt.

»So!«, sagt die Frau.

»Ja!«, sagt Trössner.

Grandios, wie man mit ein bisschen Emphase selbst ein schieres Nichts als Konversation ausgeben kann. Wohin das wohl führt?

»Eigentlich«, sagt Trössner, »habe ich in Berlin gar nichts Bestimmtes vor.«

Ging das vielleicht in meine Richtung? War das die Antwort auf meine drängenden Fragen? Und war das die Antwort, die diese Fragen verdienen?

»Sie Glücklicher!«, sagt die Frau. Und wird dann von einer Sekunde auf die andere knallrot im Gesicht, jedenfalls stellenweise, bekommt also die berühmten hektischen Flecken, auch am Hals, links wie rechts, ziemlich symmetrisch. Dabei kann sie doch gar nicht wissen, in was für einen Fettnapf sie da getreten ist, oder?

»Ich«, sagt sie schnell, »ich hab in den letzten Monaten praktisch keinen freien Tag gehabt, jedenfalls keinen, den ich einfach so verbummeln konnte.« Obwohl das tatsächlich ihre Lieblingsbeschäftigung sei: bummeln und in der Sonne sitzen und definitiv nichts tun.

Trössner nickt. Nach seinem Satz über den zweckfreien Berlin-Besuch darf er vielleicht eine Konversationsrunde aussetzen.

Die Frau sieht das offenbar genauso. »Berlin ist natürlich ideal zum Bummeln«, sagt sie.

Trössner nickt. Draußen gibt es seit einiger Zeit Großstadt zu sehen, jetzt wird der Bahnhof Spandau angekündigt. Er greift nach seinem Rucksack, was mich wundert, er kennt die Strecke doch aus dem Effeff. Sofort wird die junge Frau ein bisschen panisch.

»Wollen Sie doch schon vorher aussteigen? Sie hatten doch gesagt: Ostbahnhof, oder?«

Trössner, jetzt raff mal bitte deinen Verstand zusammen! Was ist hier los? Was will diese Person von dir?

Er weiß es nicht. Woher denn auch?

»Nein«, sagt er. »Es bleibt bei Ostbahnhof. Ich werde vielleicht einen großen Spaziergang unternehmen. Von dort aus Richtung Westen, immer der Nase nach.« Das Wetter lade ja dazu ein. Und der Rucksack trage sich ganz bequem.

Die junge Frau wirkt erleichtert.

»Ich heiße übrigens Müller«, sagt Trössner. »Bertram Müller.«

Wie bitte?

»Ach«, sagt die Frau und hat gleich wieder etwas Panisches in den Augen. »Iris Hellmann.« Sie reicht ihm die Hand, er gibt ihr seine, sie hält sie so lange, wie zu vermuten stand. Und der Name passt zu ihr. Iris Hellmann, wie ein Künstlername, fast schon zu glatt.

»Schön«, sagt Trössner. »Ich war bis vor kurzem in der Softwarebranche tätig.« Die Stimme aus dem Lautsprecher redet immer noch von den nächsten Verbindungen.

»So?«, sagt Iris. »Wie spannend.« Es klingt, als begegnete sie zum ersten Mal jemandem, der in der Softwarebranche tätig ist.

»Ja.« Trössner zieht die Stirn in Falten. »Die meisten Leute denken das. Man hat dann diese Bilder vor Augen. Ein paar Studenten, die in einer Garage ein Startup aufmachen und im Handumdrehen eine Million verdienen, mit einer App, die das Leben verändert.«

Iris schaut etwas betreten. Ist sie auch eine, die so denkt?

»In Wirklichkeit«, sagt Trössner, »ist das anders. Überall stehen Computer und machen langweilige Jobs. Irgendwas verwalten, irgendwas berechnen. Also läuft darauf auch nur langweilige Software.«

Iris macht »Hm«. Es klingt immer noch interessiert.

»Aber dieses langweilige Zeug muss auch jemand herstellen. Das fällt nicht vom Himmel in die Computer.« Und wo solche Software hergestellt werde, da gehe es ebenfalls langweilig zu.

»Ach ja?«, sagt Iris.

»Genau«, sagt Trössner. Und mit der Herstellung und Verbreitung solch langweiligen Zeugs sei er eine geraume Zeit seines Lebens beschäftigt gewesen.

Wer, er? Bertram Müller?

Ich fasse es nicht. Was soll das jetzt? Dabei ist das alles nicht einmal gelogen. Natürlich wurde in der Firma Trössner auch langweilige Software hergestellt. Unter anderem.

Iris lehnt sich zurück, als sollten all diese Information Platz bei ihr finden wie ein Wurf junger Hunde auf dem Schoß. Sie wird ganz starr und schweigt. Dann sagt sie etwas von »vergessen«, zieht ihr Smartphone aus dem Beutel und verschwindet damit. Erst als der Lautsprecher den Hauptbahnhof ankündigt, erscheint sie wieder. Sie wirkt erleichtert.

Draußen gibt es jetzt in Fahrtrichtung rechts etwas Grün, dann wieder Architektur zu sehen, schließlich jenseits des

Flusses die weißen Mauern, hinter denen das Land regiert wird.

Wie oft, Trössner, warst du dort, wohlgemerkt, drinnen, hinter den weißen Mauern, als Mitglied von Expertenkommissionen, als Gast bei Empfängen und Arbeitsessen? Ein Dutzend Mal? Häufiger? Zwei Kanzler sind gegangen, bevor sie kam. Und wie viele Minister? Auch die Mitglieder der Kommissionen haben gewechselt, fast alle, bis auf dich, denn du bist kein Mitglied, sondern eine Instanz. Deine eigenen Worte. Das heißt, du warst eine Instanz.

Weiter links scheint gerade sehr eindrucksvoll die Sonne durch die Kuppel des Reichstags, in der Ferne markieren die Hochhäuser den Potsdamer Platz. Trössner – oder ist es Bertram Müller? – macht eine Handbewegung über das Panorama und nickt der Iris anerkennend zu, als schuldete er ihr, der Hauptstädterin, die Hochachtung des Provinzlers auf Besuch. Sie scheint den Blick nicht zu verstehen, aber da verdeckt schon der Glaskörper des Hauptbahnhofs die Aussicht. Ein Gefunkel in den Scheiben, dann steht der Zug. In wenigen Sekunden leert sich der Wagen, niemand steigt ein.

»Wissen Sie was?«, sagt Trössner, als der Zug den Glaspalast verlässt. »Ich bin jetzt entschieden. Definitiv. Ich gehe hierhin zurück. Einmal quer durch die Mitte.«

Er lacht. Über sein bescheidenes Wortspiel? Oder darüber, dass er wieder Pläne macht? Und sich als Ziel originellerweise das Zentrum der Hauptstadt aussucht. Ach, Trössner! Hoffentlich werde ich nicht am Ende bereuen müssen, dich begleitet zu haben.

Sorry, das war ein Scherz. Mir bleibt ja keine andere Wahl.

Der weiße Kubus der Charité flitzt vorbei, alte und neue Hinterfronten, platt liegt die Spree vorm Bahnhof Friedrichstraße, wo der Zug nicht hält. Dann geht es quer durch die Baukörper der Museumsinsel, und noch immer ist unsere Iris stumm, wenngleich entspannt. Das Schweigen wird allerdings schon etwas drückend. Draußen weitere Ansichten der ehemaligen Hauptstadt eines ehemaligen Staates. Der Westen, oder soll ich sagen der Kapitalismus, hat mittlerweile die meisten Baulücken geschlossen, das müssen ihm die Kritiker lassen. Endlich ist hinter dem hässlichen Fernsehturm einen Moment lang die Schlossbaustelle zu sehen.

»Alexanderplatz«, sagt Trössner-Müller. Noch länger konnte er wohl nicht schweigen. Den Satz hat er einmal gelesen: *Es gibt Menschen, mit denen zu schweigen sich auch der größte Held nicht trauen würde.* Und tatsächlich scheint dieses eine Wort den Knoten zu lösen, denn Iris rutscht jetzt ein bisschen nach vorne und Trössner entgegen.

»Ich muss Ihnen etwas sagen.«

Von der Seite betrachtet könnte das aussehen wie ein Beratungsgespräch, ein Coaching, oder eher noch wie etwas Vertrauliches unter Eheleuten. Iris, Liebes, hat das nicht Zeit bis morgen?

Das bringt mir natürlich einen bösen Blick ein. Keine Bange, Bertram, ich mische mich nicht ein, wenn es nicht unbedingt sein muss. Du bist dein eigener Herr, Herr Müller. Weißt du noch, was sie in der Reha-Klinik zu dir gesagt haben, jeden Tag: Die Zukunft liege vor dir wie ein ungeschriebenes Buch. Also bitte, greif zur Feder! Schreibe das Kapitel Iris. Meinen Segen hast du.

»Nur zu. Sagen Sie es!«

Aber sie scheint keine Worte zu finden. Der schöne Mund bleibt stumm.

Weiter geht die Fahrt. Rechter Hand jetzt wieder die

Spree, am gegenüberliegenden Ufer frisch renovierte Fabriken, wahrscheinlich vollgestopft mit Startups, die langweilige Software produzieren. Nun ja. Der Ostbahnhof wird angesagt. Der Zug endet hier. Bitte alle aussteigen.

»Worum handelt es sich denn?« Trössner beugt sich zur Seite, zerrt den schlafenden Rucksack aus seiner Ecke und fährt mit dem rechten Arm durch den Träger. »Aber vielleicht sollten wir das lieber draußen besprechen?«

Er ist kaum aus dem Sitz, da steht sie schon vor ihm im Gang.

»Ja, natürlich, das war ungeschickt von mir. Entschuldigung.«

Die Bremsen quietschen. An der Tür wartet nur ein älterer Herr, der sich schwer tut, den grünen Knopf zu finden. Trössner kommt ihm zur Hilfe, und dann stehen wir alle auf dem Bahnsteig, der nicht sehr bevölkert ist und sich zügig leert.

Gegenüber an der Hallenmauer hängen, den ganzen Raum beherrschend, zwei Werbebanner, offenbar die Ankündigung der vierten Staffel von PPC auf *Bluescreen TV.* Das Banner links zeigt nur das Logo der Serie, ein Kreuz, das die drei Buchstaben trägt, als wären es Körper, weiß auf schwarzem Grund. Auf dem Banner daneben die Köpfe der Hauptdarsteller, aufgereiht wie die der amerikanischen Präsidenten in Mount Rushmore. Außen die Kanzlerin und die Leitwölfe der alten Parteien, in der Mitte der Geistliche, der Chefdenker der PPC, und der Professor, ihr Stratege. Zwischen den beiden, da, wo eigentlich die Vorsitzende Carola Henrichs hingehörte, ein Frauenkopf, das Gesicht bis zur Unkenntlichkeit verpixelt.

Clever! Nicht wahr? Entweder steht noch nicht fest, wer Charlotte Wendler als Hauptdarstellerin von PPC nachfolgen soll, oder es wird mit Fleiß geheim gehalten. Schau einfach nicht hin, Trössner! Lass die Fernsehrepublik darüber rätseln. Das wird die fantastischen Quoten nur noch höher treiben.

»Also, Sie wollten mir etwas sagen?«

Die beiden stehen einander gegenüber, jetzt könnte man es für eine Begrüßungsszene halten. Dann mal heraus mit der Sprache, Fräulein Iris.

»Ja«, sagt sie. »Also.« Ihre Tasche liegt auf ihren Füßen wie ein ängstlicher Hund, sie ballt die Fäuste vor dem Bauch und verdreht die Augen. Das sieht niedlich aus, nicht wahr, Herr Müller? Dazu macht sie ein Geräusch wie ein zehnjähriges Mädchen, das im *Mensch ärgere Dich nicht* verliert.

»Herr Trössner.«

Das sagt sie, die Iris, wirklich und wahrhaftig!

Der so Angeredete wollte gerade mit dem linken Arm durch den Rucksackträger, bringt diese Bewegung aber nicht mehr zu Ende.

»Wie bitte?«

Müller, der es jetzt nicht mehr ist, steht leicht in sich verdreht und wirkt unterkühlt.

»Ich muss Ihnen etwas sagen. Bitte laufen Sie nicht weg!«

Sieht er aus, als wollte er weglaufen? Jedenfalls sollte er wissen, dass er zum Weglaufen nicht mehr allzu viel Zeit hat, wenn es denn halbwegs echt wirken soll.

»Herr Trössner, ich weiß, wer Sie sind. Und ich weiß, was Ihnen Fürchterliches passiert ist. Das heißt, so ungefähr.«

Was sie nicht weiß, ist, wohin mit ihren Händen. Die hatten sich eben noch hinter ihrem Rücken versteckt, jetzt sieht es aus, als wollten sie auf Trössners Schultern springen, wo inzwischen beide Rucksackträger liegen.

»Ich möchte mit Ihnen sprechen, Herr Trössner, verstehen Sie?«

»Der Portier.«

Es ist keine Frage, sondern eine Feststellung, kühl und nüchtern. Und ganz meine Meinung. Wer sonst sollte hier die Petze sein?

Sie zuckt die Schultern.

Trössner schüttelt den Kopf.

»Bitte«, sagt sie. »Ich verstehe ja, wenn Sie das, ich weiß nicht, also wenn Sie mich aufdringlich finden. Ich war –. Ich habe –«

Es wird ein Zug aus Warschau angesagt, sehr laut. Trössner hebt eine Hand, und Iris unternimmt keinen weiteren Versuch, einen Satz zu Ende zu sprechen. Als die Ansage verstummt ist, sagt er: »Presse?«

»Nein«, sagt sie, ohne zu zögern.

»Lügen Sie mich nicht an! Das ist doch lächerlich.«

Sie schließt die Augen und nickt.

»Gut«, sagt Trössner. Er fährt sich mit Daumen und Zeigefinger der linken Hand von den Mundwinkeln zum Kinn, genau die Strecke, auf der die wenigen grauen Haare in seinem Bart wachsen. Er atmet tief durch die Nase ein, schließt kurz die Augen, atmet aus durch den Mund. Das sieht nicht schlecht aus. Wäre ich hier der Regisseur, ich würde sagen: Cut. Die Szene ist im Kasten.

»Unten im Bahnhofsfoyer«, sagt er endlich, »da ist ein Café, direkt neben dem Haupteingang. Dahin gehe ich jetzt. Sie kommen nach. In einer Viertelstunde, das heißt in exakt fünfzehn Minuten von jetzt an. Nicht früher, nicht später. Verstanden?«

»Verstanden.«

Und er geht, Richtung Treppe. Nach fünf Schritten tippt er sich an die Schläfe. Und wenn er einen sehe, sagt er, ohne sich umzudrehen, der ihn fotografieren wolle, dann, Handbewegung: Schluss, aus, Schicht am Schacht, keine Diskussion.

Mein Beifall, Trössner. Ich weiß gar nicht, was ich sagen soll.

Aber geh nicht so schnell! Ich komme ja kaum hinterher. Warte gefälligst auf mich.

Bei Trössners ersten Berlin-Fahrten, Anfang der neunziger Jahre, sah es in der Eingangshalle des Ostbahnhofs noch ziemlich trist aus, schlimmstenfalls nach Republikflucht. Inzwischen hat die schöne neue Zeit viel Licht und Luft hereingebracht sowie allerhand Angebote, etwas Ungesundes zu essen. Aber Trössner hat offenbar keine Augen für das aktuelle Ensemble von Systemgastronomie. Stattdessen geht er rasch quer durchs Foyer in den Nachbartunnel unter den Gleisen und dann in die Toilette. Hier ist es noch heller und noch luftiger. Für seine fünfzig Cent Eintritt bekommt man verdammt viel Hygiene und Atmosphäre geboten. Vor einem Spiegel betrachtet Trössner aus kurzer Entfernung sein Gesicht.

Eine Selbstvergewisserung? Ein Anflug von Eitelkeit, stimuliert durch eine Frauenbekanntschaft? Ich würde das begrüßen. Vielleicht stört ihn jetzt seine rustikale Erscheinung. Diese Frisur, die keine ist, nur rausgewachsenes Haar, und dieser Bart, der nach Protest aussieht, für mein Empfinden ein Fremdkörper in seinem jahrzehntelang akribisch rasierten Gesicht. Immerhin ist alles sauber. Die erstaunlicherweise rötlichen Härchen, die ihm seit ein paar Jahren auf den Ohrmuscheln wachsen, hat er gestern noch selbst geschnitten, ebenso die in der Nase, alles mit der vorne abgerundeten Schere aus dem Reisenecessaire im Rucksack.

Er tritt zurück, bis das Cordsakko und das Holzfällerhemd ins Bild kommen. Seine Herbstgarderobe in diesem Ausnahmesommer. Das Licht hier ist alles andere als gnadenlos, kann aber nicht vertuschen, dass die Sachen von einer sozialen Einrichtung stammen, ebenso wie Hose und Wäsche und die robusten braunen Schuhe; alles kaum getragen und natürlich desinfiziert. Die neue Garderobe hatte ihn im Hotelzimmer erwartet, von einem der Anwälte beschafft, den Trössner damit beauftragt hatte, ungeachtet meines leidenschaftlichen Einspruchs. Als wenn wir dermaßen blank wären! Aber Trössners Wille ist sein Himmelreich, heute mehr denn je, und deshalb trägt er jetzt Couture von der Caritas. Eins muss man ihm lassen: Es kostete ihn keinerlei Überwindung, diesen Plunder anzuziehen.

Und jetzt? Händewaschen? Gründlich, mit viel Seife?

Na, wen funkelt er da an, im Spiegel, sich oder mich?

Er weiß natürlich, dass ich Dinge über ihn und das Thema Reinlichkeit erzählen könnte, nach denen sich das kleine Pressefräulein da oben auf dem Bahnsteig die Finger lecken würde.

Habe ich das richtig verstanden? Das hatte nichts zu bedeuten?

Ach so, Trössner. Dann hättest du also nichts dagegen, wenn ich deiner Iris erzähle, wie wir letztens gestunken haben? Das würde sich in ihrer Story sicher gut machen. Als *Opener* am besten. So sagt man doch? Wenn es gilt, das Publikum mit wenigen Sätzen in die abgrundtief traurige Lebenswelt eines gescheiterten Menschen zu führen.

Trössner winkt ab. Schaut sein Spiegelbild an und sagt: Charlotte.

Schon klar. Kontere ich also mit einem weiteren Schnappschuss aus dem jüngeren Leben des Hartmut T. Aber wohlverstanden, ich tue das nicht, um ihn zu beschämen, sondern im Gegenteil, um ihm zu zeigen, dass in ihm noch enorme Kräfte schlummern, mag er sie auch an die falschen Dinge wenden.

Ich darf dann mal. Im Juni, in der Reha-Klinik, als die Hitze schon schwer erträglich wurde, hatte Trössner nämlich das Waschen eingestellt und seine Unterwäsche nicht mehr gewechselt. Anfangs hatte er sich dazu zwingen müssen. Schon am dritten oder vierten Tag ekelte ihn sein eigener Körper, wie der jetzt umherging in seiner, sagen wir, Aura. Anschauen konnte er das nicht. Er zog sich in der Dunkelheit an und aus, ein Grottenolm, der in seiner Kleidung lebte wie in einer modrigen Höhle.

Bald stank er. Bei anderen hatte er das früher kaum ertragen, nicht einmal für kurze Zeit. Er atmete dann durch den Mund, was es nicht besser machte, eher schlimmer. Doch jetzt stank er selbst. Jahrzehnte der Körperpflege und des täglichen Wäschewechsels hatten die Zeitspanne nicht verkürzt, die es brauchte, um auch ihn stinken zu lassen wie einen, dem schon lange alles egal ist. Das medizinische Personal in der Reha-Klinik musste glauben, es sei ein schwerer Rückfall eingetreten, verhielt sich aber diskret, wahrscheinlich aus Sorge, dass jedes Einschreiten die Lage verschlimmern würde.

Und warum, Trössner, hast du dich nicht mehr gewaschen? War es ein Akt der Selbsterfahrung? Oder der Selbsterhaltung? Wolltest du dir, da du so abgebrannt und obdachlos bist, ein neues Haus bauen, unzerstörbar und überdies beweglich, dir ganz angemessen: ein Haus im eigenen Gestank? Eigentlich ein schöner Gedanke, nur vielleicht ein bisschen eitel.

Oder wolltest du etwa mich aus deiner Nähe ekeln, mich loswerden, weil ich dir zu laut und zu fordernd geworden war? Weil mein positives Denken dir auf den Geist gegangen ist?

Nein, Trössner, du wirst mich nicht treffen, wenn du jetzt in den Spiegel spuckst. Ich für mein Teil hätte dir damals gern rechts und links ins Gesicht geschlagen, auf die Gefahr hin, dass dein Gestank zurückgeschlagen hätte. Und ganz ehrlich, du und ich, wir sind uns damals schon ein bisschen fremd geworden. Oder sagen wir: Du widertest mich an. Deine Haare, die in fettig glänzenden Strähnen über den Ohren hingen, dein Bart, der kein Bart war, eher eine haarige Schmutzschicht, deine Augen, rot gerändert und gelblich verklebt, von den Zähnen zu schweigen. Ich war ernsthaft versucht, mich auf und davon zu machen.

Trössner?

Der trocknet sich jetzt die Hände ab, als wären sie aus echtem Meissener Porzellan, mit Sorgfalt jeden Finger einzeln.

O Mann! Ich bitte dich. Wie hätte ich dich denn jemals bei lebendigem Leibe verlassen können? Wie, glaubst du, wärst du mich losgeworden, ohne – du weißt schon?

Und schließlich hat er das verstanden. Vermute ich. Hat sich jedenfalls wieder gewaschen, am fünfzehnten Juli, die Haare, die Achseln, die Scham. Ist so lange unter der Dusche gestanden und hat sich immer wieder neu eingeschäumt, bis das Wasser eiskalt wurde und jemand vom Pflegepersonal an die Zimmertür klopfte. An Charlottes Geburtstag. Mich hat es gefreut, von mir aus hätte er auch gleich den Bart abrasieren können, obwohl ich zugeben muss, dass er ihm eigentlich so übel nicht steht.

Aber Schwamm drüber, wenn ich mir den Kalauer gestatten darf. Der Behälter für die gebrauchten Papiertücher ist übrigens unter den Waschbecken. Und wirf den Voucher nicht weg!

Wieder im Foyer, fällt Trössner etwas ins Auge. Ich muss ihn gar nicht erst darauf aufmerksam machen. Da steht doch tatsächlich eine von diesen antiquierten Modellbahnplatten unter Glas, auf der für Geld die Züge im Kreis fahren. Treten wir doch einmal näher. Sieh an, Trössner, da hat vermutlich die Wende diese damals schon leicht verstaubte kleine Welt hier in den Osten verschlagen, und sie hat tatsächlich sämtliche Renovierungen überlebt. Respekt.

Und schau! Da auf dem Hügel, den die Bahnstrecke untertunnelt und auf dem zu deinen Kinderzeiten die obligatorische Burg stand, da steht jetzt was? – Na, was wohl? Natürlich ein Windrad im Maßstab Ha-Null. Das Logo deines *Fliegenden Holländers* könnte auf der Gondel des kleinen Ventilators prangen, der hier den Staub so gleichmäßig über die Häuser, die Züge und die erstarrten Menschen verteilt.

Trössner, reiß dich los! Du bist verabredet.

Aber, so lautet die Frage: wo denn? Neben dem Haupteingang logiert jetzt etwas, das sich *American Sports Bar* nennt und an das sich Trössner nicht erinnern kann. Es sieht aus, wie man sich dergleichen vorstellt, also grauenhaft kitschig. Zum Glück ist der Laden mit ein paar Tischen und Bänken auf den Bahnhofsvorplatz expandiert. Dort nimmt Trössner Platz, es gibt immerhin frische Luft, und er bestellt ein Mineralwasser, amerikanisch, mit Kohlensäure, sehr viel Eis und einem Stück Zitrone.

Dreizehn Minuten und eine halbe sind vergangen. Ich glaube übrigens, ich habe es begriffen. Trössner will hart sein, sehr hart. Womöglich gibt er der Iris von der Presse bloß ein winziges Zeitfenster von zwanzig Sekunden: Kommt sie mehr als zehn Sekunden zu früh oder zu spät, wird er schweigen wie ein Grab. Sie soll gleich zu Anfang wissen, wer hier das Sagen hat. Aber ich bin mir sicher, er wird auch fair sein, er wird nicht um sich schauen, sondern nur auf die Uhr im Smartphone, damit Iris selbst den exakten Moment ihres Erscheinens bestimmen kann.

Aber, Trössner, weißt du wirklich, was du hier tust? Und wenn ich bei der Gelegenheit, auf die Gefahr hin zu nerven, noch einmal ganz kurz fragen darf: Was haben wir eigentlich in Berlin zu suchen? Und warum, bitte, wollen wir auf Schusters Rappen vom Osten in die Mitte?

Ja, ich weiß, die Frage kommt zur Unzeit. Vierzehn Minuten und fünfundzwanzig Sekunden. Aber sie ist, ich scheue nicht das schwere Wort: substantiell. Trössner, ich hege Befürchtungen, die ich gar nicht laut äußern will, um die Sache nicht noch schlimmer zu machen! Aber ich hege auch Hoffnungen.

Gut, wir sind erstmal aus dem Geschäft. Das ist traurig, aber ein Faktum. Eine Insolvenz ist kein Pappenstiel und ein Insolvenzverwalter ist kein Pausenkasper. Aber wer sagt denn, du bist aus allen Ämtern geschieden, quasi automatisch?

Das sagst du!

Und einverstanden: Kein Mensch ist eine Insel und kein Mensch ist eine Instanz. Vielleicht teilen sie tatsächlich dein Imperium auf und dein Vermögen. Aber deine Erfahrungen, deine Kompetenzen, die verflüchtigen sich doch nicht, die verrotten doch nicht wie eine aus der Erde gerissene Pflanze –

Ach, da ist sie! Vierzehn Minuten, fünfzig Sekunden.

Sei's drum! Ich kann ja später noch mal fragen.

Trössner hebt langsam den Kopf, und da steht sie, etwas außer Atem. Hat uns wohl ein wenig suchen müssen. Abstand etwa fünf, sechs Meter, ein kerzengrades Fragezeichen. Glaubt sie vielleicht, Trössner winkt sie jetzt fröhlich heran? Nein, das muss sie schon selbst entscheiden.

Sie kommt. Ihren Beutel trägt sie über der Schulter. Sie zeigt auf die Uhr in ihrem Smartphone.

Bitte, Trössner, mach es ihr nicht so schwer! Was immer du auch vorhast. Sie kann doch nichts dafür. Sie macht nur ihren Job.

Er deutet auf die Bank ihm gegenüber.

Sie setzt sich. »Danke«, sagt sie.

Hast du das gehört, Trössner? So ein Danke haben wir lange nicht mehr bekommen. Das ist ein anderes Danke als das der Zuständigen mit und ohne Kittel, wenn wir uns auf die andere Seite gedreht oder eine persönliche Frage besonders ausführlich beantwortet hatten.

»Bitte«, sagt Trössner. Das Schweigen danach kostet er aus. Es sei ihm gegönnt. Es ist seit Monaten das erste Schweigen, das er jemand anderem verordnet.

Doch jetzt muss geredet werden. Und Trössner tut es: »Ich kann mir«, sagt er, »denken, was Sie wollen.«

»Natürlich.«

»Sind Sie sich dessen bewusst, wie unverschämt das ist?«

»Ja.«

Sollte ihre Strategie etwa lauten: Sag zu allem Ja und Amen?

»Sie wollen über mich schreiben.«

Sie antwortet nicht, sie wirkt ratlos, schaut dann aber gleich so demütig, wie es gerade eben noch durchgehen kann, ohne verlogen zu wirken. Ihr Mund kommt dabei ihren Augen zur Hilfe.

»Gut«, sagt Trössner. »Und dazu soll ich jetzt mit Ihnen reden.« Sein Tonfall ist geschäftsmäßig, als ginge es hier um eine Transaktion, die aufs Ganze gesehen so unbedeutend ist, dass man sich nicht länger als eine Stunde damit beschäftigen sollte. Er greift sich kurz in den Nacken. »Hören Sie zu«, sagt er. »Sie haben Glück. Ich werde mit Ihnen reden.«

Ihre Hände flattern aus ihrem Schoß. Beinahe wäre ihre Tasche von dort auf den Boden gesunken.

»Aber ich verlange eine Gegenleistung.«

Oho! Aber man kann ja wohl davon ausgehen, dass sie über einen gewissen Etat verfügt.

»Nicht das, was Sie denken«, sagt Trössner.

»Okay.« Sie nickt.

Offenbar ist sie auch einverstanden damit, dass Trössner immer schon weiß, was sie denkt.

»Ich verlange einen ganz bestimmten Preis«, sagt er. »Ich verlange, dass alles genau so abläuft, wie ich das will.«

Es ist deutlich zu sehen, wie der Iris allerhand Gedanken durch den Kopf gehen. Sie verscheucht sie mit den Händen. Sie sei, sagt sie endlich, und die Worte kommen wie durch eine Kaugummiblase, natürlich ermächtigt, mit ihm über alles Wichtige zu verhandeln. Womöglich müsse sie einmal Rücksprache nehmen. Sie holt ihr Smartphone aus der großen Tasche.

»Darf ich«, sagt Trössner.

Ohne einen Moment zu zögern, liefert sie ihm ihre Verbindung zur Welt aus. Vielleicht glaubt sie, das sei eine Vertrauen stiftende Maßnahme wie früher das Ablegen des Revolvergürtels vor dem Saloon.

»Damit fangt es schon an«, sagt Trössner und legt das Teil

auf den Tisch. Nicht mittig, mehr zu sich hin. »Ab sofort gibt es nur noch uns zwei. Sonst wird nichts aus der Sache.«

Iris schaut ihr Smartphone an. So nah und doch so fern. Weiß sie, dass sie verloren hat, wenn sie jetzt danach greift? So ist es doch, Trössner, oder?

Aber den Herrn darf ich jetzt wirklich nicht stören. *Jedem Anfang wohnt ein Zauber inne* und so weiter. Obwohl er ja einen eher nüchternen Eindruck macht. Fast hätte ich wieder gesagt: souverän.

Iris verabschiedet sich mit einem Seufzer von ihrem Gerät und damit womöglich von einem Großteil ihrer Pläne. »Und«, sagt sie, »wie haben Sie sich den« – Pause – »Ablauf gedacht?«

»Ganz einfach.« Trössner gibt dem Smartphone einen seitlichen Schubs, so dass es um seine Mitte rotiert. Er macht sich gerade. »Wir treffen uns. Hier in Berlin. Jetzt. Irgendwo in der Nähe. Wir haben nichts Bestimmtes vor, wir kennen uns nicht, aber wir sind uns auf Anhieb sympathisch. Also kommen wir ins Reden.«

Stimmt, Trössner, im Reden warst du eine Kapazität. Aber hast du nicht eben im Zug gemerkt, wie sehr du aus der Übung bist? Oder ist es mit dem Reden wie mit dem Fahrradfahren, und man verlernt es nie?

»Okay«, sagt Iris. »Wir kommen also ins Reden. Einfach so?«

Trössner macht eine vielsagende Handbewegung. »Sie kennen das. Kaum haben zwei Menschen Interesse aneinander gefunden, da legen sie sich gegenseitig ihre Lebensgeschichten in den Schoß. Oder stülpen sie sich über den Kopf.« Er lacht. »Ich wette, Sie haben das auch schon ein paarmal gemacht.«

Sollte sie es getan haben, scheint sie sich im Moment nicht daran zu erinnern.

»Ja, und dann kommt es, wie es kommen muss. Überm Reden verlieben wir uns. Sehr intensiv. Wir verbringen eine schöne Zeit zusammen. Eine sehr schöne Zeit. Aber!« Und Trössner schaut, als wollte er sagen: Vollenden Sie sinnvoll!

Iris sagt allerdings nichts, doch ihr Gesicht ist in hellem Aufruhr.

»Aber!« Trössner lehnt sich zurück, so gut das geht auf der schmalen Sitzbank. »Es ist auch eine sehr bewegte Zeit. Die Gegensätze zwischen uns erweisen sich als unüberbrückbar. Wir haben beide unsere Geschichten, und diese Geschichten sind nicht einfach. Man könnte auch sagen: Sie sind eine Zumutung. Schließlich trennen wir uns wieder. Es bricht uns zwar beinahe das Herz, aber es muss sein. Und womöglich gehen wir gestärkt aus der Trennung hervor. So wird es sein. Genau so.«

»Aber«, sagt Iris, ein bisschen heiser, »warum?«

Es ehrt sie, dass sie nicht um den heißen Brei herumredet.

»Meine Sache«, sagt Trössner. »Weil ich es so will.« Außerdem habe er vergessen zu erwähnen, dass die Angelegenheit gar nicht so viel Zeit koste. Er schaut auf das Smartphone. Mehr als ein paar Stunden habe er heute sowieso nicht zur Verfügung. Später warteten noch Verpflichtungen auf ihn.

Trössner, was für Verpflichtungen? Müssen wir das nicht noch dringend besprechen? Allerdings mein vollkommen ehrlicher Applaus dafür, dass du mit diesem Affentheater eine Menge Geld ausschlägst. Darf ich das als Indiz dafür werten, dass deine alberne Sorge vor der Altersarmut sich allmählich auf ein normales Maß reduziert? Trössner, hörst du?

Aber er reagiert nicht. Fixiert sich stattdessen ganz auf die Iris.

»Herr Trössner«, sagt sie. In ihrem Gesicht hat sich alles beruhigt, ihre Hände liegen auf dem Tisch, als würden ihre Nägel auf Sauberkeit kontrolliert. Sie räuspert sich. »Also, ich soll über Sie schreiben. Über Sie und über das, was Ihnen passiert ist.«

»Ja«, sagt Trössner, mit gedehntem Vokal. Das sei ihm weder entgangen noch entfallen.

»Gut.« Iris erholt sich von Sekunde zu Sekunde. »Und ich kann davon ausgehen, dass dieses, nun ja, dieses Arrangement, das Sie gerade vorschlagen, dabei behilflich ist?«

»Können Sie.«

»Und –. Wie soll ich sagen? Hat das auch für Sie einen positiven Effekt, wenn Sie mit mir reden?«

Trössner richtet das Gerät auf dem Tisch so aus, als wäre es eine Fernbedienung für seine Iris.

»Frau – wie war doch gleich der Name?«

»Hellmann.«

Er beugt sich ein wenig vor. »Liebe Frau Hellmann, Sie kennen das doch aus Film und Fernsehen. Nichts ist so hilfreich und heilsam für einen Menschen wie ein ungezwungenes und offenes Gespräch unter Liebenden.«

Wie bitte?

»Okay«, sagt Iris.

Was man mit diesem Wort so alles sagen kann! Inklusive: Ich verstehe gar nichts.

»Noch eine Kleinigkeit«, sagt Trössner. »Ich bin, der ich bin. Ich erzähle von mir. Ich beantworte auch alle Ihre Fragen. Und zwar wahrheitsgemäß. Sie dagegen«, ein Lächeln, »Sie können sein, wer Sie wollen.« Er zieht die Stirn kraus. »Nur keine Klatschreporterin.« Aber das verstehe sich wohl von selbst.

Auch Iris' Stirn liegt jetzt in Falten.

»Am besten, Sie ändern zuerst Ihren Namen. Wie wollten Sie als Kind am liebsten heißen?«

»Rebekka.«

»Schön. Rebekka würde mir gefallen. Aber das ist kein Muss.«

Wenn ich richtig vermute, hat Iris allerdings größere Probleme als das, unter welchem Namen sie bei dieser Scharade auftreten soll. Wäre ich jetzt sie, ich sorgte mich um meine Haut. Und ich glaube, sie sucht gerade nach einem Satz, um von dieser Sorge zu reden, ohne dass ihr Trössner, dieser seltene Fisch, gleich wieder von der Angel geht.

»Ich denke nur –«

»Ich weiß.«

Stimmt, das weiß er. Wie das ist, wenn man Angst hat. Wenn die Panik kommt. Wenn man spürt, dass man die Kontrolle verliert, dass nicht mehr der ruhige Verstand das Sagen hat, sondern der verstörte Körper, die katastrophalen Umstände, die teilnahmslosen Idioten, die gerade als fürsorgliche Mitmenschen fungieren, oder, wenn es das denn gibt, das Böse. In viereinhalb Monaten hat er viel von dem gelernt, was Menschen über Angst wissen konnen. Gut, dass das kleine Kärtchen mit den sechs Tabletten in seiner Brusttasche steckt. Tut es doch, oder?

»Ich schenke Ihnen ein Wort«, sagt er.

»Was für ein Wort?«

»Ein Wort, mit dem Sie alles sofort abbrechen können. Auf Null stellen, egal in welcher Situation. Sobald dieses Wort fällt, mache ich mich auf der Stelle aus dem Staub. Ich gehe dann, ohne mich umzudrehen.«

»Kann ich mich darauf verlassen?«

»Sagen Sie mir einfach, worauf ich schwören soll, und ich schwöre es.«

»Ach Gott!« Sie hat so lange still gesessen, dass es sie jetzt förmlich aufwirft. »Schwören, worauf denn? Ich habe doch keine Ahnung, was Ihnen so wichtig ist, dass Sie –«

Sie bricht ab. »Entschuldigung«, sagt sie. »Ich weiß etwas. Schwören Sie auf Ihr Unglück.«

Herzlichen Glückwunsch, Trössner! Vielleicht hast von euch beiden du hier den größeren Fang gemacht.

Er hebt eine Hand. »Ich schwöre. Auf mein Unglück.«

»Gut. Und jetzt das Wort. Sie müssen es aussuchen.«

»Von mir aus«, sagt Trössner. »*Zauberwort.* Das Zauberwort lautet: *Zauberwort.*«

Iris lacht. »Okay. Hier in der Nähe ist so eine kleine Mall. Auf der anderen Seite vom Bahnhof gleich links, dann läuft man direkt darauf zu. Darin ist neuerdings so ein Sandwichladen.«

»Abgemacht«, sagt Trössner. Dass er Sandwichs verabscheut, sagt er nicht. »Und tun Sie etwas Besonderes. Etwas Überraschendes, damit ich ins Spiel kommen kann. Ich habe vieles verlernt. Tun Sie etwas, um mich aus der Reserve zu locken. Etwas, das mir keine andere Wahl lässt.«

Sieh an, eben war er noch freundlich, jetzt baut er wieder Druck auf. Ist das wieder der große Unternehmer in ihm?

»Ich werd's versuchen.«

Sie macht eine Bewegung hin zu ihrem Smartphone, bricht sie aber gleich wieder ab. Trössner steckt das Teil in seinen Rucksack. Eine Frau in roter Uniform kommt und fragt nach weiteren Bestellungen.

»Tut mir leid«, sagt Trössner. »Wir müssen jetzt los.«

3

Der Sandwichladen in der besagten Mall hat es offenbar nicht leicht. Er scheint hier eine Art Pionier zu sein. Mit Ausnahme eines Billigmarktes gleich nebenan stehen nämlich alle Ladenlokale leer. Zum Glück ist Trössner keiner von den Unternehmern, die immer und überall Geschäftsmodelle prüfen und Marktchancen bewerten müssen. Ich glaube, was ihn nicht unmittelbar anging, hat ihn nie interessiert.

In dem Laden gibt es tatsächlich nur Sandwiches, frisch zubereitet, wie es auf großen Tafeln heißt, und dann hygienisch verpackt. Man nimmt sie aus einer langen Kühltheke, zahlt sie an der Kasse und isst sie, wenn man nicht gleich damit abzieht, an einem der wenigen Stehtische. Eine kleine Kaffeebar macht, dass es nicht völlig nach *to go* aussieht.

Sie haben vereinbart, dass Trössner vorangeht. Vielleicht bittet Iris jetzt Leute auf der Straße, sie an ihr Telefon zu lassen, damit sie irgendwelche Instanzen im Hintergrund kontaktieren kann. Oder sie besitzt eine Telefonkarte und sucht eine der selten gewordenen Zellen.

Trössner tut einstweilen so, als hätte er Mühe, sich für ein Sandwich zu entscheiden. Es gibt Dutzende von Belägen und die in verschiedenen Kombinationen. Man könnte hier viel Zeit damit verbringen, ein für alle Mal festzustellen, welcher Sandwichtyp man ist. Auf einem Schild über der Kühltheke steht etwas in dieser Richtung. Schließlich nimmt Trössner irgendeins, mit geschlossenen Augen. Er zahlt und bezieht den Stehtisch, von dem aus er den ganzen Laden uberblicken kann.

Vielleicht ist die Situation günstig. Vielleicht kann ich jetzt mit ihm reden. Vielleicht gewährt er mir die Gnade, mich in seine Pläne für die nächsten Stunden einzuweihen. So er tatsächlich Pläne hat. Auf dem Weg hierhin war er jedenfalls vollkommen abweisend. Hat eisern geradeaus geschaut oder so getan, als müsste er sich orientieren. Hat sich sogar für den kleinen Gerümpelmarkt vis-à-vis vom Bahnhof interessiert.

Ich versuche also mein Glück: Herr Trössner, Räuspern, Sie haben da eben sehr unorthodox auf das Ansinnen einer jungen Pressevertreterin reagiert. Könnten Sie vielleicht etwas mehr zu Ihren Beweggründen sagen? Nach unseren Erfahrungen aus den letzten viereinhalb Monaten sind wir nicht wenig überrascht, dass Sie sich hier einen Brust- beziehungsweise Wortlöser einfach von der Straße aufgabeln. Oder sollte ich sagen: sich von einem solchen Geschöpf abschleppen lassen? Außerdem sind wir natürlich hochgradig neugierig, in welcher Verbindung dieses Arrangement mit Ihren weiteren Berliner Plänen steht?

So Sie denn welche haben.

Trössner reibt als Antwort die spröde Folie um das Sandwich zwischen den Fingern. Das gibt ein Knistern, ähnlich dem, das manche Leute automatisch im Ohr haben, wenn jemand mit ihnen ein ernstes Wort reden will.

Gut, dann wechsle ich das Thema.

Trössner, mein Verständnis für persönliche Eitelkeiten reicht weit. Zumal in einem Falle wie deinem, wo dem Ego ein paar Spielplätze geschlossen wurden. Aber hast du wenigstens eine Sekunde lang darüber nachgedacht, ob tatsächlich du das Objekt der Begierde dieser jungen Dame bist? Oder ob sich ihr eigentliches Interesse nicht mehr, um nicht zu sagen ausschließlich, auf jemand anderen richtet, zum Beispiel, um das Nächstliegende zu erwähnen –

Er macht eine Geste zur Tür hin.

Ach so! Die Iris tritt auf.

Gut, dann vielleicht später. Ich will ja nicht stören. Das wollte ich nie. Aber ich bitte dich. Du weißt, was ich meine. Ich muss nicht ins Detail gehen. Glaub mir, ich werde dafür sorgen, dass du meine Warnung im Ohr behältst!

Und was sieht man?

Hat sie sich etwa umgezogen? Wohnt sie gleich hier beim Ostbahnhof? Der Rock ist noch derselbe, die weiße Bluse auch, aber das asymmetrische Oberteil ist verschwunden, womöglich in ihrem Beutel. Stattdessen trägt sie jetzt etwas Sportliches, Leichtes, für das mir die korrekte Bezeichnung fehlt. Vorausgesetzt, es gibt eine. Und sie hat ihre Haare aufgesteckt. Das steht ihr gut und macht sie gar nicht strenger. Im Gegenteil, wenn sie sich jetzt in dem Laden umsieht und dabei eine lose Strähne hinters Ohr streicht, gibt ihr das etwas Frisches und Unbeschwertes. Ich denke, wir können uns ziemlich sicher sein, dass sie noch keine dreißig ist.

Trössner stimmt mir zu. Immerhin scheint es so.

Was macht sie jetzt? Jedenfalls gibt sie sich Mühe, keine Frage. Spielt eine junge Frau, die es okay findet, sich zu ernähren wie ein Astronaut im Weltraum und dabei die vollkommen irrelevanten Geschmacksunterschiede ernst zu nehmen, die man hier feiert. Womöglich fällt ihr das gar nicht schwer. Sie ist immerhin Journalistin, und man kann sich vorstellen, bei was für einem Blatt. Oder Format. Oder Blog oder was auch immer. Also ist es wahrscheinlich Teil ihres Berufes, alles, was gerade angesagt ist, in Bausch und Bogen gut zu finden. Oder *megagut*.

Aha, jetzt hat sie sich entschieden, sie legt das Sandwich auf ein kleines Tablett und stellt eine Flasche Mineralwasser dazu. An der Kaffeebar bestellt sie ein kompliziertes Getränk mit dreiteiligem Namen. Dabei plaudert sie mit dem jungen, bärtigen Mann hinter der Theke. Es ist ganz wunderbar, geradezu bühnenreif. Ich denke, auch Trössner ist kurz davor zu applaudieren. Mit seriösen Bedenken kann ich ihm vorerst nicht kommen. Von dem, was jetzt passiert, wird er sich nicht ablenken lassen.

Iris verstaut ihr Portemonnaie in der großen Tasche, bekommt ihr Kaffeegetränk, auf dessen Schaumhaube ein Blatt oder eine Taube gemalt ist, nimmt das Tablett und schaut sich um. Wo ist denn noch Platz hier? Gleich da in der Ecke, bei dem Mann in rustikalem Cord? Wohl eher nicht.

Sie macht einen Schritt in die andere Richtung, noch einen – und schreit. Nicht laut, aber laut genug, dass die Gäste in dem Sandwichladen zu ihr hinschauen. Pardon, hinschauen würden, denn außer Trössner, der Frau an der Kasse und dem Bartjungen an der Kaffeebar ist niemand anwesend.

Großes Pech für die Abwesenden, denn es gibt was zu sehen! Iris ist nämlich ihr Rock heruntergerutscht, hat sich komplett von ihrer Taille verabschiedet und bildet jetzt eine Stofffessel um ihre Füße, so dass sie keinen Schritt machen kann, ohne sich lang hinzulegen. Ist das peinlich! Und das beladene Tablett kann sie auch nirgendwo abstellen, kein Tisch, keine Theke in der Nähe. Sie müsste es auf den Boden – aber sie kann sich doch nicht hinhocken! Nicht im Slip, wenngleich es einer von der eher züchtigen Sorte ist.

Mit drei Schritten ist Trössner bei ihr. Und geistesgegenwärtig nimmt er ihr nicht etwa das Tablett ab, sondern bückt sich, fasst beidhändig den Rock, erwischt ihn offenbar gleich beim Bund und zieht ihn hoch zur Taille.

»Upps«, sagt sie, nein, eher *Oups*, und versucht, das Tablett so zu halten, dass es ihren Retter nicht stört. Aber natürlich stört es, und Trössner muss sich ganz schön verbiegen, damit er die offene Sicherheitsnadel am oberen Ende des Reißverschlusses findet. Damit heftet er den Rockbund zusammen.

»Jetzt geht es«, sagt er, in gedämpftem Ton. »Kommen Sie rüber zu mir?«

Sie folgt ihm an seinen Tisch, das Tablett mit den etwas verrutschten Sachen an die Brust gedrückt. Nicht unwahrscheinlich, dass das Personal im Laden gar nicht mitbekommen hat, was passiert ist. Es ging ja wahnsinnig schnell. Den Po mit wenig Stoff darüber hat außer Trössner vermutlich niemand gesehen.

Kaum hat sie das Tablett abgestellt, kümmert sich Iris um ihren Rockbund, wendet dabei das Gesicht ab, kann aber nicht verbergen, dass sie wieder rot geworden ist. Reizend!

»Dieser Knopf«, sagt sie. »Der ist heute Morgen abgegangen. Nähen ist nicht so meins, also habe ich gedacht: Sicherheitsnadel.« Wie der Name schon sagt.

»Name ist Schall und Rauch«, sagt Trössner.

Könnte das schon sein Stichwort sein? Ein erstaunliches Tempo, das er da vorlegt.

Iris schaut wieder hoch. »Das war toll von Ihnen. Nicht, dass ich prüde wäre. Aber zwischen Wannsee und dem hier gibt's schon gewisse Unterschiede.« Sie prustet leise. »Ich fasse es nicht«, sagt sie. »Ich hab mich gefühlt wie damals beim Schulschwimmen im Umkleideraum.«

Nein, Trössner, das ist ein Zufall. Das kann sie nicht wissen. Und wenn sie wüsste, was dem Kleinen passiert ist, würde sie so etwas nicht sagen. Schau sie an. Sie mag ein Naseweis sein, aber keine Bestie.

»Vielleicht liegt es an den Sandwichs«, sagt Trössner. »Ein ziemlich prüder Laden hier. Alles eiskalt und in Folie eingeschweißt.«

Sie lacht. »Jedenfalls vielen Dank.« Sie reicht ihm ihre Hand. »Ich heiße Rebekka.«

»Oh«, sagt Trössner. Es klingt überrascht.

Ob er vielleicht was Schlimmes mit dem Namen verbinde? Eine unglückliche Liebe vielleicht?

»Nein«, sagt Trössner. »Absolut nicht. Ich kenne«, er zieht die Augenlider hoch und schaut nach oben, »nicht eine einzige Rebekka. Da ist bei mir noch alles frei.«

»Und darf ich fragen, wie mein Retter heißt?«

»Hartmut.«

Trössner zuckt die Schultern. In den Jahren vor seiner Geburt sei das fast ein Modename gewesen, später eigentlich nicht mehr, aber es habe familiäre Rücksichten gegeben, ein Onkel, leider, wie man so sagt, im Krieg geblieben, genauer gesagt, an den Folgen einer Kriegsverletzung gestorben. Mittlerweile könne er mit dem Namen leben.

»Was ist denn so schlimm an Hartmut?«, sagt Iris.

Pardon! Rebekka.

»Dass es so klingt, als würde es etwas bedeuten.«

»Das geht mir gar nicht so.« Sie kenne einen Hartmut, ein Redakteur, und bei ihm müsse sie nie daran denken, ob der nun besonders hart oder mutig sei.

»Redakteur?«, sagt Trössner. »Sind Sie Journalistin?«

Rebekka hat inzwischen ihr Sandwich aus der Folie geholt, schaut es aber nur kritisch aus der Nähe an und schüttelt dann den Kopf, so dass eine der losen Strähnen über die weiße Dreiecksscheibe fegt. »Nein. Ich kenne die Redaktion, weil ich da manchmal Sachen abgebe.«

Trössner macht das Gesicht eines Menschen, der sich sehr für das Leben anderer Leute interessiert, aber ein bisschen zu schüchtern ist, um gleich nachzufragen.

Rebekka legt das Sandwich zurück aufs Tablett. »Fahrradkurier. Das ist so ein Job, den ich gelegentlich mache. Sachen quer durch Berlin fahren, die nicht durchs Fax oder durchs Netz passen. Irgendwelche Originale. Und zu eilig, um sie mit der Post zu schicken. Oder zu wertvoll.«

»Ein interessanter Job?«

»Nicht wirklich. Aber ich bin an der frischen Luft und hab Bewegung. Und manchmal geben die Leute ein anständiges Trinkgeld.«

»So?«

»Ja.« Sie trinkt einen Schluck von ihrem Wasser. »Wenn ich richtig auftrete. Geht alles nur um Sex, wie immer.«

»Tatsächlich?«

»Ja.« Rebekka wischt sich etwas Schaum von der Oberlippe ihres schönen Mundes. »Das geht so: Da sitzt jemand, Anfang Vierzig vielleicht, redet mit seinem Geschäftspartner, und dann geht die Tür auf, ich komme rein, die engen Radsachen an, den Helm auf, und geb ihm seine Sachen. Das gefällt ihm. Da kann er seinem Geschäftspartner zeigen, wie sexy seine Papiere unterwegs waren. Und dass eine Frau für ihn arbeitet. Ich meine: körperlich!« Sie legt den Kopf ein wenig schief. »Ich hab immer eine Flasche Wasser am Rad. Bevor ich reingehe in so ein Büro, spritze ich mir was auf die Stirn.« Eine Kollegin habe ihr den Tipp gegeben.

»Und das wirkt?«

Trössner tut so, als schaute er gerade in den Abgrund der Großstadt.

»Einwandfrei.« Sie nimmt noch einen kleinen Schluck von ihrem Kaffee.

Hoppla, da drückt diese Rebekka aber anständig aufs Tempo. Trössner sollte jetzt zügig nachlegen.

»Ich fahre auch Rad«, sagt er, »und ein bisschen sogar von Berufs wegen.« Sein Sandwich steckt übrigens immer noch in der merkwürdig spröden Folie.

»Dabei habe ich das Fahrradfahren als Junge gehasst. Wir haben am Stadtrand gewohnt. Der letzte Bus fuhr abends um zehn, also ging alles nur mit dem Rad. Aber immer war irgendetwas kaputt, meistens der Dynamo. Und wenn ich abends ohne Licht nach Hause kam, stand garantiert mein Vater hinter der Gardine.«

»Aber jetzt fahren Sie?«

»Ja«, sagt Trössner. »Ich war in der Energiebranche tätig. Alternative Energie. Da lässt man sich besser so wenig wie möglich in einem Auto blicken.«

Ich vermute, das gefällt der Rebekka. Informationen nach ihrem Geschmack. Wahrscheinlich wünschte sie jetzt, dass hinter ihren übrigens sehr gleichmäßig geformten Ohren mit den dezenten Perlensteckern ein kleines Aufnahmegerät klemmen würde, das sich automatisch einschaltet, wenn Trössner solche Details aus seinem Leben preisgibt. Oder hat sie etwa eine entsprechende Technik in dieser monströsen Tasche? Hätte man die vielleicht filzen müssen?

»Und jetzt mögen Sie es.«

»Das Radfahren?« Trössner ist unkonzentriert. »Das ist nicht mehr wichtig.«

Sein letztes Fahrrad hatte ihn am neunten April nach Hause gebracht und steht seitdem an einen Baum gelehnt im Wald. Das wäre jetzt auch so eine kostbare kleine Geschichte, aber ich glaube, die behält er für sich.

Trössner, als dein Coach muss ich jetzt eingreifen, auch wenn mir das ganze Spiel überhaupt nicht gefällt. Aber du hast es gewollt, und nun hilf bitte der Rebekka, deine Komödie über die Bühne zu kriegen. Roll ihr einen roten Teppich aus. Beziehungsweise dir selbst. Vorausgesetzt, du glaubst immer noch, dass du die Hauptfigur bist.

Er schiebt den Teller mit seinem Sandwich zur Seite und macht eine Handbewegung, die alles Mögliche bedeuten kann. »Wie ich bei den Leuten ankomme, das spielt für mich keine Rolle mehr.«

Ein Satz in die richtige Richtung. Auch wenn er zu sehr nach Aussteiger klingt. *Zurück zu den wichtigen Dingen des Lebens*. Trössner, du solltest jetzt endlich konkreter werden.

»Ich bin –«

Ja, ich höre.

»Ich bin nämlich momentan praktisch nichts.«

Rebekka tut, als verstünde sie kein Wort, und macht das ziemlich überzeugend.

»Mein Name ist Trössner.«

Warum nicht gleich: Trössner. Pause. Hartmut Trössner.

Sorry.

»Okay«, sagt Rebekka. Diesmal dehnt sie zweite Silbe so weit, dass es eindeutig eine Frage ist.

»Sie könnten mich kennen. Mir gehörte eine Firma, die Windräder herstellt. Derselbe Name. Ziemlich groß und ziemlich bekannt.«

»Tut mir leid.« Rebekka zieht das Gesicht einer Musterschülerin, die ausnahmsweise eine Frage nicht beantworten kann. Technik und dergleichen, das sei leider nicht ihr Ding.

»Natürlich«, sagt Trössner. »Aber ich bin mir sicher, Sie kennen meine Frau. Charlotte Wendler, die Schauspielerin.«

»O Gott, natürlich!«, sagt Rebekka. »Die jetzt tot ist. Und deren Kind –«

»Ja, die«, sagt Trössner rasch.

Ja, die.

Ein richtiger Satz ist das nicht. Eigentlich fehlt ihm alles zu einem richtigen Satz. Andererseits ist es das erste Mal, dass Trössner diesen traurigen Umstand, eine der Säulen seines Unglücks, vor jemandem ausspricht, der nicht zum medizinischen Personal gehört. Ich kann das bezeugen; ich habe seit dem neunten April keine Minute gefehlt.

»Können wir bitte hier raus?«, sagt er. Er müsse unbedingt an die frische Luft.

Und das meint er ernst. Da bin ich mir absolut sicher. Ich glaube sogar, ich spüre seinen kurzen Atem und ein paar unregelmäßige Herzschläge.

»Klar.« Rebekka hat ihren übermalten Kaffee noch nicht einmal zu Hälfte getrunken, aber darüber verliert sie kein Wort, wie denn auch, angesichts dessen, was sie gerade gehört hat.

Draußen auf der Straße sieht Trössner nicht aus, als ginge es ihm besser. Er sagt es aber, als Rebekka ihn danach fragt.

»Vielleicht sollten Sie sich erst mal irgendwo hinsetzen. Am besten, wo es etwas ruhiger ist. Und die Luft etwas besser.«

Ein ruhiges Plätzchen? Aber nein, wir dürfen Rebekka nicht übelnehmen, wenn sie an ihren Job denkt. Und ein bisschen Ruhe mit frischer Luft kann im Moment wirklich nicht schaden. Ich plädiere dafür.

»Ja, gerne«, sagt Trössner. Aber er kenne sich in diesem Teil von Berlin überhaupt nicht aus.

»Dann kommen Sie. Es sind nur ein paar Minuten.«

»Und wohin gehen wir?«

»Überraschung. Ist echt nicht weit.« Sie hilft ihm, den Rucksack anzulegen, und hakt sich dann tatsächlich bei ihm ein!

Ist sie dafür nicht eigentlich zu jung? Oder haken sich junge Frauen immer noch ein? Egal, ein bisschen Anlehnung kann Trössner jetzt wirklich brauchen. Ich würde auch zu einer der kleinen Tabletten raten, die in der Brusttasche des Cordsakkos stecken. Aber ich sehe schon, Trössner will es ohne versuchen.

Nur ein paar Schritte, dann erfahren wir, wie die Straße hier heißt. Das Schild neben einer Litfaßsäule im Vintagestil gibt Auskunft: Koppenstraße. Hier sieht es nicht aus, als wäre ein großer Bahnhof in der Nähe. Es sieht nicht einmal nach Innenstadt aus, eher nach Trabantenstadt. Plattenbauten aus verschiedenen Epochen, die älteren mit vier oder fünf Stockwerken, die neueren doppelt so hoch und glatt weiß, ihre Spitzen kaum sichtbar, weil sie das Sonnenlicht reflektieren. Vielleicht einmal Wohnungen für die mittleren Ostkader. Gute Lage, Müllschlucker und Zentralheizung, so sah wohl der Luxus im Sozialismus aus.

Das alles hier hat jetzt fast dreißig Jahre Wiedervereinigung erlebt. Einer der großen Klötze ist ausgeweidet und steht als Gerippe da. Mehrere von den älteren Platten sind eingerüstet; Plakaten ist zu entnehmen, dass sie renoviert und aufgestockt werden, zur Kapitalanlage und zum Selbstbezug. Trössner zeigt auf einen Mann im Trainingsanzug, der rauchend am offenen Fenster steht.

»Was ist mit dem?«, sagt Rebekka.

Trössner lacht.

Ich kenne das. Gleich wird er improvisieren. So lenkt er gerne ab, von allem Möglichen, vor allem von sich und jetzt wahrscheinlich von seiner Schwäche.

Und wirklich. »Der Mann da«, sagt er, »ist schätzungsweise Jahrgang dreiundfünfzig. Hauptabteilungsleiter einer Regierungsdienststelle, bis er wegen mangelnder Eignung für das neue Jahrtausend entlassen wurde. Womöglich auch politisch belastet. Berufsleben beendet mit nicht einmal fünfzig. Immerhin hat er Glück, dass die Mietgarantie nach der Wende nicht verfallen ist. Aber jetzt hat er Angst, dass sie ihn aus seinem Plattenbau sanieren. Wenn sich nicht vorher das Rauchen rächt.«

Respekt, Trössner! Eine ganze Lebensgeschichte, still und ohne Drama im Sande verlaufen, einfach so aus dem Ärmel geschüttelt. Nun, du kennst dich ja aus mit schlechten Enden.

»Glauben Sie das wirklich?«, sagt Rebekka.

»Eine komische Gegend«, sagt Trössner.

»Kann sein. Aber wissen Sie, in Berlin ist alles in Bewegung. Irgendwann ist auch das hier angesagt.«

Hat sie gerade seinen Arm gedrückt?

»Außerdem glaube ich, dass ihm die Wohnung gehört. Er hat sie kurz nach der Wende billig gekauft, und jetzt müssen sie ihm anständig was dafür zahlen. Demnächst zieht er raus aus der Stadt, irgendwohin, wo er in Ruhe rauchen kann.«

»Sie kennen sich hier aus?«

»So einigermaßen«, sagt Rebekka. »Ich muss hier lang zum Bahnhof.«

»Und wir gehen jetzt zu Ihnen?«

»Wo denken Sie hin!« Er soll sich überraschen lassen.

Sie gehen. Trössner missfällt diese Gegend, ich spüre das. Vielleicht, weil er nicht weiß, wer die Leute sind, die hier leben. Sind das Wendeopfer, Altersarme, Nichtintegrierte, Aufsteiger, Angehörige einer neuen Gentry? Die Passanten sehen allesamt unauffällig aus, wie Durchschnitt.

Wie wäre es, Trössner? Wir könnten doch genau hier leben, in diesem Irgendwo oder Nirgendwo. Immerhin würde es dich von dem Zwang befreien, vor aller Augen der ärmste Hund zu sein.

Er knurrt etwas.

Gut, ich bin still.

Rechter Hand ändert sich jetzt der Anblick. Das müsste eines der Zuckerbäckerhäuser an der Karl-Marx-Allee sein. Und tatsächlich, ein paar Schritte weiter ist der Blick nach beiden Richtungen frei in die Prachtstraße. Aber Rebekka ist nicht auf Sightseeing aus, und sie spielt auch nicht den Fremdenführer. Zügig überquert sie die Straße an einem Zebrastreifen, noch immer in Trössners Arm. Auf der anderen Seite geht es vorbei an einem Parkplatz und an flach verputzten Gründerzeitfassaden.

Als links voraus eine Backsteinkirche mit gekapptem Turm erscheint, sagt Rebekka: »Wir sind da. Nur noch ein paar Schritte.«

Auf der anderen Straßenseite wölbt es sich grün über eine hässliche Mauer. Rebekka stoppt vor einem unscheinbaren Eingang.

»Ziel erreicht«, sagt sie.

»Ein Friedhof?«

Ich glaube, Trössner ist wirklich überrascht.

Rebekkas Gesicht wird schlagartig ganz leer und bleich.

»Kein Problem.« Trössner hebt eine Hand. »Gräber tun mir nichts. Meine Frau und mein Sohn sind auf See bestattet worden. Und ich war nicht mal dabei.«

Ich staune. Die Seebestattung gehört zu all dem, über das er bislang kein Wort verloren hat. Weder vor den Leuten in der Reha-Klinik, noch gegenüber Charlottes Familie, die mit diesem zweifellos würdigen Akt das Feld für ihre juristischen Attacken bereitet hat. Ich staune aber auch über unsere Rebekka. Ist der Friedhof jetzt eine bewusste Provokation? Teil einer journalistischen Taktik? Oder ist sie wirklich so naiv?

»Hier lang«, sagt sie und muss ein paarmal schlucken, um ihre Stimme wieder frei zu kriegen. Sie geht voran, einen Zickzack-Weg unter großen Bäumen und vorbei an pompösen alten Gräbern. Richtige Mausoleen sind darunter, Totentempel aus schwarzem und rotem Marmor, die Dächer gestützt auf Säulen mit Kapitellen. Aber alles ist verfallen, zerbrochen, eingestürzt und überwuchert. Einem mannshohen Engel fehlt der Kopf, einem antiken Philosophen was immer er in seinem Schoß so ernst betrachtet. Vor einem in der Mitte gespaltenen Grabstein aus rotem Marmor wächst ein Baum, selbst schon alterskrank oder verdorrt. Anderswo ziehen sich Einschüsse in Wellenlinien über einen Sandstein. Wenn man hier und da noch etwas entziffern kann, liegt es daran, dass selbst das Unkraut in diesem Sommer gelitten hat. Das hier, wenn ich mir dieses Wortspiel gestatten darf, ist der Friedhof eines Friedhofs.

Trössner bleibt stehen. Rebekka bemerkt es und dreht sich um. Hier ist noch so ein altes Grab, kein besonders schöner Vertreter seiner Art, der Stein aus rötlich geflecktem Marmor, ebenso die Begrenzungssäulen, zwischen denen massive Ketten hängen, als müsste man das Terrain vor großen Tieren schützen. Aber es ist perfekt erhalten oder unlängst restauriert. Und vor dem Grab steht ein Rasensprenger, der dafür sorgt, dass es hinter den Ketten wächst und gedeiht, geradezu üppig, grün, weiß und rot.

»Wir sind jetzt wirklich gleich da«, sagt Rebekka.

Hinter einem Backsteinbau biegt sie rechts ab. Ich wette, das da vorne ist ihr Ziel, eine Art Lichtung, in der Mitte ein schmuckloser runder Brunnen, um den herum vier Bronzefiguren auf Sockeln sitzen. Stellen sie die Jahreszeiten dar oder vielleicht die Temperamente? Eine wird überwuchert von mannshohen Sonnenblumen, die jemand ihr mit Schnur an die Brust gebunden hat. Zwischen den Figuren stehen Bänke ohne Lehne, dahinter, zwischen niedrigen Buchsbaumhecken, reihen sich schmale Gräber im bescheidenen Nachkriegsstil. Ein fast schon heiterer Ort, verglichen mit der Ruinenallee.

Trössner will sich auf eine der Bänke setzen, aber Rebekka fasst ihn am Arm. »Nicht hier«, sagt sie und geht voran. Auf der anderen Seite der Brunnenlichtung führt ein Weg zurück in den Schatten hoher Bäume. Hier steht eine Bank mit Rückenlehne, an deren Beine ein Dutzend Gießkannen festgemacht ist wie ein Rudel kleiner Hunde vor einem Geschäft. Sie bekommen jetzt Gesellschaft von Trössners gefährlichem Rucksack.

»Das ist mein Lieblingsplatz«, sagt Rebekka. Ihre Stimme hat sie wieder; sie setzen sich.

»Nochmal sorry wegen des Friedhofs«, sagt sie. »Ich wohne hier ganz in der Nähe, und ich liebe diesen Ort, wirklich. Aber ich vergesse immer, dass sowas nicht jedermanns

Sache ist.« Hoffentlich habe er jetzt keinen falschen Eindruck von ihr. Alte Friedhöfe und verfallene Gräber, irgendwelcher Horror, das sei gar nicht ihr Ding. Nur dieser Platz hier –

»Schon gut«, sagt Trössner.

Eine alte Frau erscheint zwischen den Hecken um die Brunnenlichtung, schaut sich um, geht ein paar Schritte, schaut sich wieder um und bleibt dann stehen. Sie hat einen Korb in der einen und eine Schaufel in der anderen Hand.

»Einen Moment bitte. Das geht ganz schnell.« Rebekka steht auf und geht hinüber zu der Frau.

Können wir hören, was sie sagt? Nein, aber wir können sehen, dass sie der Frau den Korb abnimmt, sie bei der Hand fasst und sie den Weg zurück führt, den sie gekommen sein muss. Könnte das ein geplanter Auftritt sein, Teil einer Inszenierung?

Trössner, ich tippe entschieden auf Nein.

Vielleicht fünf Minuten, dann ist Rebekka wieder zurück.

»Sie kennen die Frau?«

»Ein bisschen. Sie sucht immer das Grab ihres Mannes.«

»Und Sie zeigen es ihr?«

»Nein. Ihr Mann ist verbrannt worden. Ich zeige ihr jedes Mal irgendein Grab, und da zupft sie dann ein bisschen Unkraut.«

»Ich verstehe«, sagt Trössner. »Meine Mutter ist so ähnlich drauf. Alzheimer. Das ist der Zustand, der einem erspart bleibt, wenn man mit Mitte Vierzig ein sogenanntes Verkehrsopfer wird.«

Aha. Schlägt das Imperium Trössner zurück? Ist das die Rache für den Friedhof. Auge um Auge, Tod gegen Tod?

Rebekka schweigt. Und bekommt einen kleinen Flecken am Hals.

Weißt du, was ich denke, Trössner? Sie hat sich übernommen. Sie hat sich gedacht: Was für ein prima Stoff! Und jetzt muss sie feststellen, dass ihre Augen größer waren als ihr schöner Mund. Ich würde mich nicht wundern, wenn sie gleich *Zauberwort* sagt.

»Das stelle ich mir schön vor«, sagte sie.

»Was?«, sagt Trössner. »Ein Verkehrsopfer zu werden?«

»Nein, um Gottes Willen! Ich meine so eine Seebestattung. Rundherum nur Wasser, in dem man sich auflöst. Statt verscharrt zu werden und dann, naja –«

»Vor sich hin zu faulen? Vergessen zu werden?«

»Schon. Ja.«

»Geschmackssache«, sagt Trössner. »Ein Grab ist jedenfalls nicht so schnell verschwunden.«

Komm, sag es ihr ruhig! Ich spüre doch, wie es in dir rumort.

»Kann sein, dass ich diese Seebestattung verhindert hätte, wenn ich dazu in der Lage gewesen wäre.«

Was er nicht war. Charlottes Familie hat das entschieden, innerhalb von Stunden. Natürlich, um die Öffentlichkeit vollkommen auszuschließen. Bloß keine Beerdigung von Charlotte Wendler und ihrem einzigen Kind, bei der uniformierte Ordner die Leute davon abhalten müssen, den Friedhof zu stürmen. Bloß kein Trauerakt für die Vorsitzende der PPC, bei dem man die Sprechchöre der Leute hört, die eine Fernsehserie mit der Wirklichkeit verwechseln. Genau das musste unbedingt verhindert werden; also haben sie es verhindert. Wochen später, als die Aufmerksamkeit sich gelegt hatte, sind sie an die Küste gefahren und haben die Asche vor einer Insel ins Meer gestreut. Die Einzelheiten kennt Trössner erst, seitdem er die Unterlagen darüber in Kopie besitzt.

Und jetzt kennt sie auch die Nachwuchsjournalistin neben ihm auf der Bank. Trössner, ist das deine bescheidene Rache an Charlottes Familie, in Sonderheit an deiner Schwägerin, der Königin aller Besserwisser?

Er fährt sich mit den Fingern durch den Bart; hoffentlich wird das nicht seine neue Standardgeste beim Nachdenken.

»Aber irgendwie passt das auch«, sagt er. »Ich habe keine Firma mehr, keine Familie und kein Haus. Hätte ich noch ein Grab, dann wäre das peinlich. Oder was meinen Sie?«

»Und Sie konnten wirklich nichts dagegen unternehmen?«

Sie macht ihren Job.

Trössner zuckt die Schultern. »Ich war in einer geschlossenen Anstalt. Ich galt als selbstmordgefährdet.«

»Waren Sie es?«

Dabei wirkt sie ganz entspannt. Man darf sie wohl nicht unterschätzen. Sie hat ihren Beutel auf den Schoß genommen und stülpt ihn jetzt zur Hälfte um. Zum Vorschein kommt alles, was die beiden in dem Sandwichladen gekauft haben. Sie reicht Trössner eine der Wasserflaschen, er nimmt sie und trinkt.

Liebe Güte, er ist ja halb verdurstet! Ich überlege. Soll ich ihn noch einmal an die kleinen Tabletten erinnern?

»Ich weiß nicht«, sagt er. »Ich weiß nur, dass ich mit niemandem reden wollte. Allerdings wollten alle mit mir reden. Reden, reden, reden. Klar, es gab nun wirklich eine Menge zu besprechen. Gibt es noch immer. Aber ich wollte nicht. Das heißt, ich konnte nicht. Mir fehlten einfach die Worte.«

Den Therapeuten hast du dazu diese Geschichte von deiner Klassenfahrt nach London erzählt. Ein Mitschüler hatte rasende Zahnschmerzen bekommen, er konnte kaum noch gerade stehen. Du hattest den armen Jungen zum Arzt begleitet. Aber das warst nicht du, der dann nicht mehr wusste, was Mund, Zähne und Schmerz auf Englisch heißen. Das war er, und du hast gedolmetscht.

Trössner trinkt noch einen Schluck. Offenbar hat er sich gegen die Tabletten entschieden. Rebekka reicht ihm sein Sandwich. Er nimmt es, holt es aber nicht aus der Verpackung.

Ich finde, er könnte sich allmählich einmal dafür bedanken, dass sie sich so rührend um seine angeschlagene Konstitution bemüht. Er macht es, wenn auch nur mit den Augen.

»Vielleicht«, sagt sie, »tut es ja wirklich gut, über alles zu reden.«

Oje. Ich fürchte, das gibt jetzt Punktabzug wegen forcierter Küchenpsychologie.

Trössner macht die Kann-sein-/Kann-nicht-sein-Bewegung. Schultern und Unterlippe hoch, Kopf einmal nach links, einmal nach rechts. Er sagt: »Na ja«, die altmodische Variante dessen, was heute ein langgezogenes Okay ist.

»Ich glaube, dass es gut tut«, sagt Rebekka.

»Ja, mag sein.«

Ich bin ein bisschen überrascht. Trössner, hast du die geschlossene Einrichtung vergessen? Was haben wir uns da für eine Mühe gegeben, alle Sätze über die therapeutische Kraft des Erzählens zu überhören. Und jetzt so ein lauwarmes *Mag sein*? Bitte sag der Rebekka, was Sache ist. Ich bin sonst regelrecht beleidigt.

»Tinnitus«, sagt er. Ob sie wisse, was das ist?

Natürlich weiß sie das.

»Davor haben alle Angst. Wahrscheinlich zu Recht. Aber ich hab mir damals einen zugelegt. Damit ich meine Ruhe hatte.«

»Das gibt's doch nicht. Das kann man sich doch nicht bestellen.«

Doch, man kann, wie der vorliegende Fall beweist. Trössner, erzähl's ihr nur ganz genau. Soll sie etwas lernen. Vielleicht kommt sie auch einmal in die Lage, einen Störsender in ihrem Kopf installieren zu müssen, um den Redeaufforderungen von Menschen zu entgehen, die dienstlich zur Anteilnahme verpflichtet sind.

Und wenn du schon dabei bist: Erzähl ihr ruhig auch von all den Leuten, die dich retten wollten, deinen Körper, deine soziale Existenz, deine Zukunft. Aber bitte versuche dabei, nicht zu sehr auf sie zu schimpfen! Bitte. Sie hatten ihre Anweisungen, ihre Regeln, die sie befolgten. Und wer will schon dafür verantwortlich sein, wenn ein Mann, der sich eben noch aus seinem brennenden Haus gerettet hat, ein paar Stunden später aus dem vierten Stock des Krankenhauses springt. Oder sich ein paar Wochen später nach gründlicher Erwägung allen Fürs und Widers im Pool der Reha-Klinik ertränkt.

»Die Leute machen doch nur ihre Arbeit.«

Sagt tatsächlich auch Rebekka. Danke dafür! Es ist allerdings nicht leicht zu verstehen, denn sie kaut auf einem Bissen Sandwich, vielleicht, damit das nicht so autoritär rüberkommt.

»Mag sein«, sagt Trössner noch einmal. Spüre ich jetzt die alte Wut, die wieder in ihm aufsteigt? »Eine schöne Arbeit. Die vom staatlichen Gesundheitssystem veranlasste Bemühung, den Leuten ihr Unglück kleinzureden.«

Nun ja. Vielleicht wäre diese menschenfreundliche Bemühung erträglicher gewesen, wenn sie etwas origineller rübergekommen wäre. Wenn jemand zum Beispiel den Arsch in der Hose gehabt hätte, zu sagen: Nun ja, Herr Trössner,

Hochmut kommt vor dem Fall. Oder: *The higher the top, the longer the drop.* Von mir aus auch: *Der Krug geht so lange zum Brunnen, bis er bricht.* Stattdessen Sätze auf dem zugegebenermaßen bescheidenen Niveau von: *Morgen ist ein neuer Tag.* Er habe doch noch sich, er sei körperlich intakt; und was brauche es eigentlich mehr, um noch einmal neu anzufangen. Nicht von vorne! Nur neu. Denn seine Lebenserfahrung, die sei ihm ja keineswegs genommen. Im Gegenteil.

Das hat ihn wütend gemacht, sehr wütend.

»Man muss sich das vorstellen«, sagt er. »Die Rechnung geht so: Für alles, was man sich hart erarbeitet und liebgewonnen hat, gibt es den Gegenwert an Lebenserfahrung. Das ist Bullshit!«

Trössner, du weißt, ich bin da etwas anderer Ansicht. Aber zum Argumentieren war damals keine Zeit. Ich konnte nur das Rauschen sein, das dir half, nicht einfach aufzustehen und diesen Leuten ins Gesicht zu schlagen, sondern still dazusitzen. Ich habe möglichst viele dieser Kittelträgersätze in akustischen Schrott verwandelt. Manchmal bin ich stolz darauf, manchmal nicht. Und die Zeiten haben sich geändert – aber ich will nicht schulmeistern.

Rebekka trinkt von ihrem Wasser. Vermutlich um davon abzulenken, wie etwas in ihr hastig mitschreibt. Oder läuft doch ein ganz normales Aufnahmegerät? Die große Tasche liegt immer noch halb offen auf ihrem Schoß, während Trössners Rucksack neben der Bank sitzt.

Willst du ihr auch von unserem Meisterstück erzählen? Von dem Zaubertrick, mit dem wir es geschafft haben, uns selbst nicht mehr zu hören? Ich sehe, du willst es, Trössner. Dann erzähle ihr von diesem wunderbaren Gefühl, von dem du gar nicht genug bekommen konntest: dich selbst beim

Reden nicht zu hören! Als könntest du deine Ohren wie deine Augen schließen. Und wer glaubt, so seien keine Gespräche zu führen, der irrt. In der Reha-Klinik haben wir es in dieser Disziplin zu wahrer Meisterschaft gebracht.

Es war in jeder Sitzung dasselbe Spiel. Zuerst spultest du die Bulletin-Sätze ab, die wir vorher geübt hatten. Kindheit, Jugend, Firma, Liebe, alles getränkt in sämige Normalität. Dann kamen die Nachfragen, du schlossest deine Ohren, und wenn wir spürten, dass du antworten musstest, dann war es wie ein Flug auf Sicht. Von der Miene deiner Gegenüber konnten wir nach ein wenig Übung ablesen, ob das, was du sagtest, noch so gerade in der erwünschten Spur blieb. Und tat es das nicht, dann zogst du ein bisschen nach rechts, bis die Augenbraue sich wieder senkte, oder nach links, bis der Mundwinkel sich wieder hob. Das funktionierte wunderbar. So konntest du langsam, schrittweise, peu à peu, deine Gesundung vermitteln, ohne dich auf irgendetwas zu verpflichten; denn du wusstest ja nicht, was du gesagt hattest, um deinen Gegenübern schönzutun.

Trotzdem, Trössner, ist es gut, dass du diese Fähigkeit abgelegt hast.

Hast du doch, oder?

»Okay«, sagt Rebekka. Es ist das alte Okay, die schlichte Zustimmung, und es klingt ein bisschen unpassend, als würde sie mit jemand anderem telefonieren. Sie hat doch nicht etwa einen Knopf im Ohr, durch den ihr jemand souffliert? Nein, die hochgesteckten Haare geben den Blick frei, und da ist nichts an ihren Ohren außer den beiden Perlen.

»Und wie ist es heute?«, sagt sie. »Wahrscheinlich sprechen die Menschen Sie immer noch darauf an. Ihre Frau war ja total –«

Das bekannte Spiel: *Ergänzen Sie sinnvoll!* Prominent, berühmt, beliebt, verehrt, umstritten. Alles passt.

»Nein«, sagt Trössner. »Mit mir sprechen keine Menschen.«

Rebekka sieht ihn an, natürlich fragend.

»Ich rede nicht mit Menschen. Ich rede nur mit Funktionären. Das ist etwas anderes, das sind Leute mit«, er macht diese grauenhafte Gänsefüßchen-Bewegung, »eng umrissenen Interessen. Die wollen nur etwas ganz«, wieder dieses Kratzen in der Luft, »eng Umrissenes von mir. Bislang wollten sie, dass ich am Leben bleibe. Demnächst werden sie meine Unterschrift wollen. Irgendwo liegen schon Tausende von Papieren bereit, die voller Ungeduld darauf warten, von mir unterschrieben zu werden.«

»Das verstehe ich nicht«, sagt Rebekka. »Ich dachte, Ihre Frau ist –«

»Tot und begraben. Oder verstreut. Stimmt. Um die geht es nicht. Aber ich habe am selben Tag meine Firma verloren. Und glauben Sie mir, wenn Unternehmen in dieser Größe unter die Räder kommen, dann vergeht viel Zeit, bis die Leichenteile weggeräumt sind. Und man braucht eine Unmenge von Papier, um die Blutlachen abzudecken.«

Trössner, was für ein Vergleich!

»Sie haben ihre Firma verloren, am gleichen Tag? Das gibt's doch nicht.«

»Nein«, sagt Trössner. »Sie haben vollkommen Recht. Das gibt's nicht. Nicht im wirklichen Leben. Das ist so ein blödsinniger Albtraum, den man bekommt, wenn man abends was Falsches gegessen hat. Ich zum Beispiel, ich brauche nur nach zehn etwas Käse zu essen, schon besucht mich eine ehemalige Freundin im Traum und macht mir Vorwürfe.«

»Im Ernst?« Rebekka tut so, als müsste sie ein Lachen unterdrücken. Vielleicht muss sie es tatsächlich.

»Ja«, sagt Trössner. »Auf Ehre. Und glauben Sie mir, das ist nicht komisch. Das ist furchtbar. Sie steht vor mir, Liane, sie sieht genau so aus, wie sie früher aussah, und sie macht mich runter. Alles, was ich je getan habe, ist falsch. Sagt sie. Und ich bin an ihrem Unglück schuld, ich ganz allein.«

»Was haben Sie ihr denn getan?«

»Nichts«, sagt Trössner. »Rein gar nichts. Ich sagte doch, es ist ein blöder Albtraum, nichts weiter.«

Rebekka schweigt.

Trössner, schau auf ihren Mund. Ich glaube, man kann dort mehr lesen als in ihren Augen. Und wenn ich mich nicht irre, hat sie gerade wieder das Gefühl, sich mit dir übernommen zu haben. Gut, es mag ja sein, dass sie vorbereitet ist. Sie kennt die Eckdaten deiner jüngsten Geschichte, die hat sie recherchiert. Aber womöglich hat sie nicht damit gerechnet, dass hinter der spektakulären Katastrophe ein Mensch steht, der, wie soll ich sagen?, der noch andere Seiten hat. Und wäre das nicht verzeihlich?

»Was war denn mit Ihrer Firma?«

»Bitte?«

Trössner, du wirst verlangt.

»Sie sagten Leichenteile. Was meinen Sie damit?«

»Ich nehme den Ausdruck zurück«, sagt Trössner. »Er ist unangemessen. Und beleidigend gegenüber meinen Mitarbeitern. Ein Verstoß gegen unsere Compliance-Regeln.« Er will noch einen Schluck Wasser nehmen, aber die Flasche ist leer.

»Denken Sie sich nichts Besonderes.« Er schlägt mit der leeren Flasche gegen die Bank. »Es ist im Grunde alles ganz profan. Nichts als ein Eigentumswechsel im größeren Stil. So etwas passiert alle fünf Minuten. Ist nicht so, dass sich die Erde auftut und alles verschlingt. Nur ein paar Dinge, die bis vor kurzem A gehört haben, gehören jetzt B. Früher erledigte man das mit Handschlag. Heute müssen Dutzende von Funktionären anrücken und tonnenweise Papier produzieren.«

»Ich verstehe«, sagt Rebekka. Überzeugend klingt das nicht.

Hinter einer der vier Bronzestatuen ist wieder die alte Frau erschienen.

»Sekunde!« Rebekka springt auf. »Ich muss nochmal kurz hin. Manchmal vergisst sie, wo der Ausgang ist.«

Schau mal, Trössner! Ist doch nett, wie sie da in ihrem halb businessmäßigen Outfit zwischen den Gräbern hindurch geht und die verwirrte alte Dame einhakt. Eine ehemalige Pfadfinderin, die ihr Leben jetzt in einem Homeoffice verbringt, aber jeden Tag an ihre gute Tat denkt.

Übrigens, wenn du mich fragst, nicht ohne erotische Ausstrahlung.

Oder kommt das bei dir nicht an? Dann hätte ich einen Vorschlag: Befiehl dir doch einfach, sie sexy zu finden! Das kannst du doch. Schließlich bist du der Herr dieser Komödie.

»Das muss schrecklich sein«, sagt Rebekka, als sie von ihrer Mission zurück ist.

Trössner, du weißt, was sie meint: die Funktionäre, die dir mit ihren Papieren auf den Leib rücken werden.

»Ja, schrecklich. Zum Glück muss ich dafür nicht aus dem Haus. Vorerst wenigstens.«

Mal sehen, was sie darauf sagt. Ob sie sich verplappert? Schließlich wissen nur sehr wenige Leute von Trössners momentaner Bleibe, und sie gehört offenbar dazu.

Aber er macht es ihr leicht. »Ich lebe nämlich inkognito. Wie im Zeugenschutz.« Und wenn sie ihn da noch ein paar Wochen lassen, erspart ihm das vielleicht die meisten Besuche in Amtsstuben und Glaspalästen.

Das ist nicht hoch genug zu schätzen! Eigentlich wäre es seit genau einer Woche Trössners Hauptaufgabe, permanent auf der falschen Seite von Schreibtischen zu sitzen, über die hinweg man ihm die exakten Details seiner Pleite vermittelte. Alles in einem moderaten Tonfall vorgetragen, aber knallhart in der Sache. Und nach einer halben Stunde mit tödlicher Sicherheit der dezente Auftritt eines Assistenten der Geschäftsleitung, der seinen Chef auf wichtige Termine aufmerksam macht. Sprich, der Rausschmiss, bevor der gefallene Mogul noch wehleidig oder sogar renitent werden könnte.

»Das ist ja erniedrigend.«

»Das wäre es«, sagt Trössner. »In der Tat. Aber wenn sie jetzt was von mir wollen, müssen sie Hausbesuche machen.«

Nicht, dass es ihm dadurch in der Sache besser erginge. Aber immerhin ist er in seinem jämmerlichen Hotelzimmer der Hausherr. Er kann zum Klo gehen, ohne zu fragen. Und wenn er will, dass die Leute verschwinden, dann müssen sie das tun.

»Ist das der einzige Grund, warum Sie abgetaucht sind?«

»Nein«, sagt Trössner.

»Die Medien, nicht wahr?«

Geschickt! Hätte ich einen, ich zöge den Hut.

»Sie sagen es.« Trössner verschenkt einen anerkennenden

Blick. »Charlottes Unfall war am selben Abend schon in den Nachrichten. Das mit dem Kleinen ist dann durchgesickert. Eine Woche später wurde meine Insolvenz bekanntgegeben, und damit war der Fall perfekt.«

Stimmt, damit war er eine Nachricht. Und was für eine. Sein Name der Name einer Versuchsanordnung: Wie viel kann ein Mensch auf einen Schlag verlieren?

Rebekka nickt. Sagt nichts. Versucht nicht, Abscheu vor den skrupellosen Medien und ihrer Gier nach menschlichen Katastrophen zu simulieren. Das gibt einen Pluspunkt.

»Solange ich in der Klapse und in der Reha saß, war das kein Problem. Es kam ja niemand an mich ran. Aber dann stellte sich die Frage: wohin mit mir?«

»Sie haben keine Verwandten?«

»Mein Vater ist schon lange tot, und meine Mutter hält mich mal für ihren Verlobten und mal für den Gärtner. Keine Onkel und Tanten, keine Geschwister. Und die Familie meiner Frau – die können momentan nicht mit mir. Besonders ihre Schwester. Die ist ein Mensch von der Sorte, die unbedingt für alles einen Schuldigen braucht. Und da komme eben nur ich in Frage. Am besten hätte ich mich ins Ausland verdrückt, in eine Wüstenoase.«

»Warum haben Sie nicht?«

»Ganz einfach. Weil ich nicht darf.«

Schließlich ist das kein Kiosk, der ihm da Pleite gegangen ist. Es geht, bitte nicht erschrecken, liebe Zuhörerin, um Milliarden. In so einem Fall dürfen die Beteiligten, solange die Vermögensverhältnisse nicht restlos geklärt sind, eigentlich nicht einmal an ihr Sparschwein, bildlich gesprochen. Und weil es immer Grund für die Vermutung gibt, dass solche Leute ein paar fette Sparschweine im Ausland haben, müssen sie erreichbar bleiben. Also haben sie Trössner fürs Erste in dieses Hotel verfrachtet.

Das ist allerdings seine Version. Ich für mein Teil versuche seine Aufmerksamkeit lieber darauf zu lenken, dass man seine Angelegenheiten ausgesprochen diskret behandelt.

»Funktioniert das?«, sagt Rebekka.

Trössner grinst. »Haben Sie irgendetwas über mich gelesen? Oder irgendwelche Fotos gesehen?«

Erzähl ihr von dem Coup, Trössner. Das war geradezu filmreif. Im Wagen einer Reinigungsfirma haben sie ihn aus der Reha-Klinik abgeholt und quer durchs Land in diese unauffällige Kleinstadt gebracht, fünfzig Kilometer von seinem Ex-Zuhause, und dort in diesem kleinen Hotel deponiert, ohne alle Formalitäten. Polizei und Staatsanwaltschaft waren im Boot, es gab eine ausdrückliche Nachrichtensperre, und die Ärzte waren sowieso zum Schweigen verpflichtet.

»Hotel ist übrigens der falsche Ausdruck«, sagt Trössner. »Es ist eher so eine Pension, in der Vertreter absteigen. Nur der Portier ist eingeweiht, ein älterer Mann, so einer, der seine Gäste reflexartig verleugnet. Kennen Sie solche Typen?«

Rebekka benutzt wieder ihr Sandwich, um ihre Antwort unkenntlich zu machen.

Wie lange will sie eigentlich noch an diesem pappigen Teil herumkauen? Ich schätze, Trössner würde für seines nicht mehr als drei Bissen brauchen. Davon hat er allerdings noch nicht einen getan. Stattdessen packt er es in seinen Rucksack und kramt dann noch darin.

Alles an Ort und Stelle? Sei unbesorgt!

»Nicht, dass ich kein Verständnis für die Journalisten hätte. Im Gegenteil.« Trössner faltet seine Hände im Schoß. »Ich verstehe jeden, der sich für meine Geschichte interessiert. An einem Tag buchstäblich alles verloren. Alles! Da fragt man sich doch automatisch, ob das einfach nur so passiert ist oder ob womöglich irgendein Sinn dahinter steckt. Etwas, das die Dinge zusammen hält. – Lesen Sie Krimis?«

»Klar«, sagt Rebekka.

»Dann kennen Sie das. Ein Mord, ein zweiter, ein dritter, schon ist es sicher: Das muss derselbe Täter sein. Und dann die Frage: Ist das vielleicht eine Strafe? Und für was?«

»Kenne ich«, sagt Rebekka beim Kauen.

»Wer nicht! Und es muss nicht gleich Mord sein. Stellen Sie sich einmal vor: Sie gehen morgens aus dem Haus, und Ihr Fahrrad ist platt. Sie sind spät dran, Sie wollen ein Taxi rufen, aber Ihr Handyakku ist leer. Und als Sie zurück ins Haus wollen, stellen Sie fest, Sie haben sich ausgeschlossen. Na, fragen Sie sich dann nicht, ob irgendwas oder irgendwer sich gegen Sie verschworen hat?«

»Vielleicht. Kann sein.«

»Gut. Und jetzt multiplizieren Sie so eine Alltagspanne mit zehn: Dann verlieren Sie am Ende Ihren Job. Mit tausend: Sie verlieren Ihre Firma und Ihre Familie und Ihr Haus, und ich sage Ihnen: Dann werden Sie sich verdammt schwer damit tun, irgendwelche höheren Mächte aus dem Spiel zu lassen. Auch wenn Sie die letzten dreißig Jahre nicht an irgendetwas geglaubt haben, das über den EU-Behörden steht.«

»So wie Sie?«

»Ja«, sagt Trössner.

»Bereuen Sie das jetzt?«

»Nein. Und Sie? Glauben Sie an Gott?«

Warum nicht gleich: *Wie hast du's mit der Religion?*

»Ich weiß nicht. Ich glaube, ich habe mich noch nicht entschieden.«

»Schnell jetzt!«, sagt Trössner. »Nennen Sie mir die drei Dinge, die Ihnen am wichtigsten sind. Nicht lange nachdenken.«

»Puh. Schwierig.«

»Ihre Eltern?«

»Ja, klar!«

»Ihr Freund, Ihr Mann?«

Sie schüttelt den Kopf.

»Ihr Job?«

»Ja, schon. Doch.«

»Ihre Wohnung?«

»Eher nicht.«

»Ein Haustier?«

»Hab ich nicht.«

Trössner dreht sich zu ihr hin. »Ihr Mund. Sie haben einen ausgesprochen schönen Mund.«

Rebekkas linke Hand springt hoch, aber es gelingt ihr, sie noch vor ihrem Gesicht abzufangen.

»Okay. Ich improvisiere jetzt. Sagen wir mal, Sie arbeiten irgendwo in der Modebranche. Sie fahren mit Ihren Eltern auf der Autobahn, da kommt ein besoffener Geisterfahrer und Peng! Ihre Eltern sind auf der Stelle tot, Sie haben schwere Gesichtsverletzungen, und als Sie aus der Narkose aufwachen und zum ersten Mal in den Spiegel sehen, ist Ihnen klar, dass man Sie mit diesem Mund nicht mehr zu den Kunden lässt.«

Rebekka schüttelt sich, und es sieht nicht aus, als würde sie das spielen. Oder sie spielt das sehr gut.

»Und jetzt?«, sagt Trössner.

»Ich verstehe, was Sie meinen.«

»Nein!« Trössner klatscht in die Hände. »Sie drücken sich.

Ich wollte wissen, ob Sie an Gott glauben, wenn Ihnen so etwas passiert.«

»Eher an den Teufel.«

»Das ist dasselbe. Es gibt den einen nicht ohne den anderen.«

»Meinen Sie? Und wenn Teufel einfach ein Wort für blöder Zufall ist?«

Respekt, das nenne ich schlagfertig.

»Soll das heißen, Sie könnten damit leben, sich zu sagen: dumm gelaufen? War ein blöder Zufall, dass ich mit einem Schlag meine Familie, mein Gesicht und meinen Beruf verloren habe?«

Rebekka sucht nach Worten.

Trössner, du quälst sie! Muss das sein?

»Ich glaube, man kann dazu nichts sagen, wenn einem sowas nicht selbst passiert ist.«

»Sie haben Recht«, sagt Trössner. »Ich bitte um Entschuldigung.«

»Sie müssen sich nicht entschuldigen.« Und nach einer Pause. »Aber ich verstehe, wenn Leute sich für so einen Fall interessieren. Also auch Leute, die eigentlich nichts damit zu tun haben. Vielleicht, um besser vorbereitet zu sein, wenn ihnen sowas passiert.«

»Ach was«, sagt Trössner mit komisch gedehntem a. Er streckt die Beine aus. »Es ist bloß eine Story. Etwas für die Seite Vermischtes.«

Kurz nachdem es passiert war, hatten sie sich bei seinen Anwälten gemeldet, mit Angeboten für die Exklusivrechte. Aber Trössner war nun wirklich nicht ansprechbar, ausnahmsweise im Wortsinne. Er tut, als würde er sich etwas in die hohle Hand schütten und es anschließend in den Mund stecken.

»Wegen der Medikamente? Nehmen Sie immer noch welche?«

Das ist keck.

»Wenn ich es täte, meinen Sie, ich sollte es lieber laut sagen oder lieber für mich behalten?«

Trössner, schau jetzt bitte mal hin! Sie hat praktisch nichts von ihrem Sandwich gegessen. Es gibt Leute, die können das. Sie sehen aus, als wären sie Gott weiß wie hungrig und als stopften sie Unmengen in sich hinein; dabei tun sie nur so, auf eine unglaublich geschickte Art und Weise. Jetzt verpackt sie das Teil wieder in diese knisternde Folie und steckt es in ihre Tasche. Wischt sich sogar den Mund mit einer Papierserviette. Ihren sehr schönen Mund, der eigentlich gar keinen Lippenstift brauchte. Das dauert. Dann holt sie tief Luft.

»Ich muss Ihnen etwas sagen. Etwas Unangenehmes.«

»Bitte«, sagt Trössner. Gleiches Recht für alle. Er habe ja bislang auch nicht zur allgemeinen Erheiterung beigetragen.

»Ich habe Sie angelogen.«

Hab ich's nicht gesagt! Sie ist doch ein braves Mädchen. Endlich sieht sie ein, dass sie sich übernommen hat, und gibt es auch zu. Gleich kommt *Zauberwort*!

»Ich komme mir total bescheuert vor.«

»Müssen Sie nicht. Sagen Sie es nur frei heraus.«

Rebekka schüttelt den Kopf. »Das mit dem Rock, in dem Sandwichladen, das war alles nur Show. Das war Absicht, um jemanden kennenzulernen. Um ins Gespräch zu kommen.«

Warum denn so umständlich? Warum nicht einfach *Zauberwort*?

»Nicht, was Sie jetzt vielleicht denken.«

Ich könnte bei Bedarf bestätigen, dass Trössner momentan nichts in diese Richtung denkt.

»Es gehört zu meiner Ausbildung. Ich arbeite bei einer Bank, und ich mache gerade eine Weiterbildung, so ein Psycho-Seminar. Es geht um Kundenansprache.«

Sie atmet tief durch.

»Genau. Und meine Aufgabe war: Ich soll mir eine Identität ausdenken. Irgendwas, nichts Besonderes, darum geht es gar nicht. Bloß darum, einen wildfremden Menschen anzusprechen oder irgendwie mit ihm ins Gespräch zu kommen und ihm dann diese Identität zu vermitteln.«

Sie stellt ihre Tasche zwischen ihre Füße.

»Vermitteln, verstehen Sie? Bei uns, also in der Bank, geht es immer um Sachen, meistens um Geld. Deshalb vergessen wir, dass man alles vermitteln muss, von Mensch zu Mensch. Und das lernen wir jetzt in der Fortbildung. Diese Mittel. Also reden, sich bewegen, Körpersprache, bestimmte Gesten, die ganze Haltung. Sie wissen schon.«

Nicht schlecht gemacht.

Aber warum um alles in der Welt? Zu welchem Zweck wechselt sie mitten im Stück die Rolle? Was für ein Interesse hat sie daran, sich irgendwie wichtig zu machen?

»Und Sie haben sich dazu entschieden, die Haltung einer Fahrradbotin zu vermitteln?«

Rebekka lacht. »Okay, das war dann wohl daneben. Ich bin nicht gut darin, mir was auszudenken.« Dabei sei sie das tatsächlich einmal gewesen, Fahrradbotin, ein paar Wochen lang. Ein absolut langweiliger Job. Aber im Seminar habe es geheißen, darauf komme es nicht an. Im Gegenteil, je weniger spektakulär die Geschichte sei, desto schwieriger werde es, sie glaubhaft rüberzubringen. Durch sich selbst. Das heißt, durch seine Mittel.

Ja, Trössner, das leuchtet dir ein! Und darf ich fragen, wie du es findest, dass sie jetzt eine neue Haut über die Knochen ihrer Rolle zieht? Spürst du einen neuen Stimulus, eine Anregung? Das hier soll doch eine Liebesgeschichte werden.

Aber ich will nicht unterbrechen.

»Ich fand Ihre Fahrradbotin ganz überzeugend«, sagt Trössner. »Und ausgesprochen sympathisch. Warum sind Sie nicht dabei geblieben?«

Rebekka lässt ihre Hände kurz aus dem Schoß flattern.

»Ach Gott«, sagt sie. »Ich kann doch nicht ausgerechnet mit Ihnen – Also ich meine, ich kann doch nicht weiter diese alberne Rolle spielen, wenn jemand wie Sie –«

Ihr Blick bittet darum, Trössner möge ihre Sätze zu Ende sprechen.

»Ich verstehe«, sagt er. »Da sind Sie wohl an den Falschen geraten. Meine Story toppt Ihre. Großpleite schlägt Fahrradbotin.«

»Nehmen Sie das jetzt wirklich so locker?«

Das würde mich auch interessieren. Immerhin wird ihm hier seine Komödie umbesetzt; und wenn er weiterspielen will, darf er nichts dazu sagen.

»Wie heißen Sie denn wirklich?«

»Ismene. Der Mann in der Fortbildung hat gesagt, wir sollten es mit einem Namen machen, mit dem wir nichts verbinden.«

»Und Sie kennen niemanden, der Rebekka heißt?«

Sie schüttelt den Kopf.

»Ich fand Sie jedenfalls nicht schlecht«, sagt Trössner. »Also die Fahrradbotin. Ich hätte Sie bestimmt gleich nach einer besonders komischen Anekdote aus ihrem Berufsalltag gefragt.«

»Hören Sie auf!« Rebekka lacht.

Pardon, Ismene lacht.

»Nein«, sagt sie. »Es war nicht gut. Vor allem der Anfang nicht, das war total übertrieben. Sowas ist typisch für Leute, die kein Zutrauen zu sich haben. Wissen Sie, was mein Problem ist? Ich habe immer den totalen Horror, dass das erste, was ich zu einem Kunden sage, falsch rüberkommt. Und dann kann ich das nie wieder korrigieren. Das ist schrecklich! Ich sage meinen ersten Satz – und schon merke ich: zu laut. Oder zu leise. Oder zu aufdringlich. Oder zu zögernd. Und dann bin ich das ganze Gespräch über nur noch damit beschäftigt, weiter so zu sein, wie ich am Anfang zufällig war. Natürlich, damit ich echt wirke, damit alles zusammenpasst. Damit die Kunden nicht denken, das ist so eine haltlose Person, die redet mir nach dem Mund, weil sie mich reinlegen will. Aber wissen Sie, was dann passiert?«

»Nein.«

»Ich mache alles falsch. Ich sehe die Leute vor mir gar nicht mehr, weil ich nur noch darauf achte, irgendwie authentisch zu sein. Verstehen Sie? So wie aus einem Guss. Das ist dann, als würde ich vor einem Spiegel stehen und zu mir selbst reden.«

»Deshalb dieser Slapstick mit dem Rock?«

»Ja. Sowas kann ich wahrscheinlich besser. Stumme Rollen.« Aber, damit das jetzt nicht untergeht: Sie muss noch einmal sagen, wie leid es ihr tut, ausgerechnet ihn mit so einer peinlichen Nummer behelligt zu haben.

»Ach«, sagt Trössner. »Nackte Beine stören mich nicht.«

»Sie wissen schon, was ich meine.«

Natürlich weiß er das.

»Vielleicht lasse ich Sie jetzt besser allein.«

»Hier?«, sagt Trössner, und ich spüre bei ihm eine ganz und gar echte Heiterkeit. »Wirklich? Sie sind mir vielleicht eine. Sie schleppen jemanden, der kürzlich noch als suizidverdächtig galt, auf einen verfallenen Friedhof und lassen ihn dort alleine! Ernsthaft?«

»Nein, um Gottes Willen!«

Wir warten auf das Händeflattern, aber es kommt nicht.

»Wenn ich irgendetwas für Sie tun kann, dann sagen Sie es mir bitte.«

»Sagen Sie mir als erstes, warum Sie Ismene heißen. Sind Sie die vernünftige kleine Schwester?«

Trössner, ist das vielleicht ein Test? Und wenn ja, auf was?

Rebekka schlägt die Beine übereinander. Meine ich das nur, oder ist sie jetzt, nach ihrem Pseudo-Bekenntnis, ein bisschen entspannter?

»Stimmt«, sagt sie. »Das hat mit der *Antigone* zu tun. Meine Familie stammt aus Ostpreußen, und da waren sie alle was Höheres, Schule und Ministerium, immer irgendwas mit Bildung. Also kriegten die Mädchen solche Namen. Und als Ostpreußen Geschichte war, haben sie eisern daran festgehalten. Tradition, haben sie gesagt.«

»Dann heißt Ihre Mutter Claudia?«

»Woher wissen Sie das?«

»Statistische Wahrscheinlichkeit«, sagt Trössner. »Der Name war vor fünfzig Jahren große Mode, nicht nur bei Bildungsbürgern. Ich habe neben einer Claudia in der Grundschule gesessen.«

Trössner, das ist gelogen! Du kennst keine Claudia, da bin ich mir absolut sicher. Der Name wäre irgendwann gefallen.

Aber ich verstehe, dir gefällt dieses Update, das deine Begleiterin von sich produziert hat; mag der Himmel wissen, warum. Und ich muss zugeben: Ich habe zwar immer noch keine Ahnung, was du mit deiner Scharade bezweckst, doch allmählich sieht es wenigstens so aus, als könnte sie unterhaltsam werden.

»Wirklich?«, sagt Ismene. »Der Name war die Idee meiner Großmutter. Meine Mutter war dagegen, aber Ostpreußen hat gewonnen. Und ich hieß dann überall Isi. Oder noch schlimmer: Issi.« Das sei das Gute an Berlin: Seitdem sie hier lebt, darf sie wieder Ismene heißen. Hier lacht man nicht über Namen.

»Und wo ist die Antigone?«

»Ich bin Einzelkind.« Sie macht eine Handbewegung. »Schwierige Verhältnisse.«

Urplötzlich spürt Trössner einen starken Schmerz im rechten Fuß. Er lockert sein Schuhband, möglichst unauffällig, und der Schmerz verschwindet.

»Wie ich«, sagt er. »Hätte ich einen Bruder bekommen, dann hätte er Günther geheißen, Günther mit th, nach dem anderen toten Onkel.«

»Wäre vielleicht schön, wenn Sie jetzt Geschwister hätten.«

»Nein, ich glaube nicht. Geschwister holen einen gerne zurück in die Kinderzimmer und nageln einen dort an. Das brauche ich jetzt als Letztes.« Er macht eine Pause. »Nur für den Kleinen hat es mir immer leid getan. Dass er so wenig Verwandtschaft hatte.« Er lacht. »Besonders natürlich zu Weihnachten.«

Trössner! Was soll das?

Haben wir uns nicht darauf geeinigt, dass der Kleine tabu

ist? Haben wir nicht immer gesagt: Kein Wort darüber? Und sind wir nicht gut damit gefahren?

Letzte Woche zum Beispiel, als deine reizende Schwägerin, kaum hatte sie läuten hören, dass du womöglich wieder greifbar bist, bei deinen Anwälten aufschlug. Natürlich wegen dieser Erbschaftsgeschichte, wegen dieses unerträglichen Geredes über Todeszeitpunkt und Erbfolge. Wie souverän hast du da reagiert. Hast die Damen und Herren Juristen mitteilen lassen, dass Charlottes Familie mit deinem Einverständnis alles entscheiden dürfe, was ihre Verwandten betreffe. Vorausgesetzt, es gehe dabei nicht um Geld. Das war eine Meisterleistung in Psychohygiene. Das war cool. Und der Kleine war tabu geblieben. Was man nicht ausspricht, ist auch nicht da. Das weißt du doch.

Und jetzt?

Trössner, wenn du sehen könntest, wie du guckst. Wie du stierst. Ich sage dir: Das geht nicht gut!

»Ich kenne das«, sagt die neue Ismene. »Ich habe auch keine Geschwister. Als meine Eltern sich scheiden ließen, war ich ein paar Jahre bei meiner Tante in Kiel.«

Das macht sie gut. Meine Anerkennung! Sofort hat sie gemerkt, dass sie Trössner möglichst schnell aus dem Loch holen muss, in das er sich geredet hat.

»So?«, sagt er. Und stiert noch immer. Man muss kein Arzt sein, um zu spüren, dass hier ein Notfall droht.

»Ja. Eigentlich ist das eine schlimme Geschichte. Nach der Scheidung sollte ich natürlich bei meiner Mutter bleiben, aber der ging es nicht so gut. Depressionen.«

»Ach.«

Trössner, eine Tablette. In der Brusttasche. Zieh das bitte in Erwägung.

»Erzählen Sie ruhig weiter«, sagt er.

»Wirklich?«

»Ja.«

Gut, er müsse sich das vorstellen: Sie selbst war damals gerade neun und musste sich um ihre Mutter kümmern, die an manchen Tagen nicht einmal aus dem Bett kam! Also das Nötigste einkaufen, darauf achten, dass die Mutter ihre Medikamente nahm und die Arzttermine einhielt. Vor allem aber, das war die wichtigste Aufgabe: dafür sorgen, dass die Mutter gelegentlich etwas zu lachen bekam.

»Wie macht man das, mit neun?«

Einverstanden, Trössner. Ich sehe, die Ablenkung funktioniert.

»Ich hab das Fernsehprogramm gecheckt. Und dann hab ich eine Wochenliste geschrieben: jeden Tag ein, zwei Sachen, die ganz bestimmt lustig waren.«

Trössner lacht.

»Nein!«, sagt Ismene. »Lachen Sie nicht! Das war sowas von schwierig. Es ging ja nicht um Filme, über die ich gelacht hätte, Disney und solche Sachen, sondern um was Lustiges für Erwachsene. Stellen Sie sich vor: Sie müssen etwas Lustiges aussuchen, über das Sie selbst gar nicht lachen können.«

Ja, ich weiß, Trössner. Auch du hast Filme für den Kleinen ausgesucht, sie mit ihm angesehen und dich dabei von Herzen gelangweilt. Ich weiß. Lass uns das einfach vergessen.

»Und es hat überhaupt nicht funktioniert.« Ismene verdreht die Augen. »Meistens ist meine Mutter vor dem Fernseher eingeschlafen. Und wenn Tiere vorkamen, hat sie geweint. Ich weiß nicht, was mit uns passiert wäre. Aber dann kam meine Tante zu Besuch, und nach einer Stunde hat sie zu meiner Mutter gesagt: Du bist eine Gefahr für das Kind. Basta. Keine Widerrede. Sie hat mich dann gleich mitgenommen, nach Kiel.«

Und, Trössner, hat die Geschichte von der traurigen Mutter gewirkt? Fremde Geschichten verjagen die eigenen. Und man kann sich an ihnen festhalten. Da stimmst du mir zu? Danke. Das hat uns gefehlt, solche fremden Geschichten. Stattdessen immer nur die eigene, immer nur die eigene, immer nur die eigene.

»Er war acht, knapp neun«, sagt Trössner. »Drittes Schuljahr.«

Ach, nein! Warum?

»Ich bin nicht gut mit ihm zurechtgekommen.«

Trössner, halt den Mund!

»Er war so ein Raufbold. Nicht bösartig, das sicher nicht. Aber immer ging es darum: Wer hat am meisten, wer kann am besten, wer kommt zuerst, wer kriegt, wer gewinnt, wer ist der Größte.«

Ismene sagt etwas, aber ich fürchte, Trössner hört nicht zu.

»Zum Beispiel Fußball«, sagt er. »Der beschissene Fußball.« Keine Ahnung, ob der Sohn sich überhaupt etwas aus Fußball gemacht hat; selber spielen wollte er nicht. Aber ein Fan sein, das wollte er. Und das konnte er! Hatte sich den Verein ausgesucht, der am meisten gewann. Ohne dass es irgendeine Beziehung dazu gegeben hätte. Nur, um bei den Siegern zu sein.

»Ich bin mit ihm in unser Stadion gegangen«, sagt Trössner. »Zu einem Heimspiel. Er wollte anfangs gar nicht. Kein Interesse. Und dann konnte ich ihn kaum davon abhalten, seine Bayern-Fahne mit ins Stadion zu nehmen. Wir hätten auf der Tribüne sitzen können, aber ich habe mit ihm in der Fankurve gestanden.«

Nicht diese Geschichte! Trössner, bitte!

»Schau dir die Jungs hier an, habe ich gesagt. Mag ja sein, dass die nicht in der Bundesliga spielen. Aber das sind die Jungs, die für unsere Stadt spielen. Für uns. Also auch für dich! Das hat ihm gar nichts bedeutet. Die steigen ab, hat er gesagt. Das sind Flaschen, gegen die Bayern hätten die keine Chance.«

Nicht so laut! Trössner, komm da wieder runter.

»Wir haben damals verloren. Ziemlich hoch sogar. Er hat sich über die Mannschaft lustig gemacht. Und über die Fans, die sie angefeuert haben. Wäre er nicht so klein gewesen, wir hätten Ärger bekommen. Ich war froh, als wir aus dem Stadion raus waren.«

»Und seine Freunde!«, sagt Trössner. »Seine sogenannten Freunde. Immer etwas in der Hand, mit dem man eine Spur hinterlassen kann. Einen Stift, einen Stock, demnächst vielleicht ein Messer. Einzeln waren sie noch zu ertragen, zu zweit klappte es auch manchmal. Aber sobald sie zu dritt waren, wurde es schlimm, und als Horde waren sie grauenhaft. Immer nur auf Krawall aus. Und darauf, sich gegenseitig zu übertrumpfen. Man konnte sie zu keinem halbwegs vernünftigen Spiel anhalten, zu nichts, das irgendwie nach Regeln ging.«

Trössner, verpass' mir jetzt bitte nicht den letzten Ausgang.

»Einmal«, sagt er. »Bei seinem Kindergeburtstag, voriges Jahr.« Er stockt.

Ausgang verpasst. Jetzt zieh es durch!

»Es war alles bis ins Kleinste vorbereitet. Der Tisch gedeckt, wir hatten selbst gebacken und gekocht, es gab Geschenke, einen Turm von Geschenken, es war ein Schlaraffenland für kleine Jungs. Und dann fällt diese Horde über alles her. In fünf Minuten steht nichts mehr gerade, alles ist verschmiert, zwei von ihnen liegen auf dem Boden und ringen miteinander und sind einfach nicht voneinander loszukriegen. Nicht mit Worten; mit Worten ging sowieso nichts, nicht einmal mit Drohungen. Aber auch nicht mit Gewalt. Ich ziehe an dem einen, will ihn wegziehen von dem, der unten liegt und schreit wie am Spieß, da klammert der, der schreit, sich an den anderen und lässt ihn nicht los. Man hätte zwei starke Männer gebraucht, um die beiden zu trennen. Und der Rest von der Horde steht drum herum und brüllt und ist auch kurz davor, sich aufeinander zu stürzen, ohne jeden Grund.«

Während er, Trössner, auf dem Boden zwischen zwei Siebenjährigen halb hockte und halb lag. Sie haben ihn getreten und geschlagen, das stimmt, und schließlich ist er aufgestanden, und im Aufstehen hat er einem von beiden auf den Knöchel getreten. Er war in Straßenschuhen, und eine Sekunde lang hat er mit seinem ganzen Gewicht auf dem kleinen zarten Gelenk gestanden.

Ein Versehen. Natürlich, was denn sonst? Eine Ungeschicklichkeit bei dem Versuch, Schlimmeres zu verhüten. Eine Stunde lang hat der Junge mit einem kalten Umschlag um seinen Fuß wimmernd auf der Couch gesessen. Und natürlich hat er gewusst, dass du es mit Absicht getan hast. Aber Angst hat er nicht gehabt, das war in seinen Augen zu sehen. Angst hatte Trössner, als seine Eltern ihn abends abholten, Angst vor dem, was er zu Hause erzählen würde.

»Kleine Jungs sind vielleicht alle so«, sagt Ismene. »In dem Alter.«

Sicher. Das hätte sich womöglich mit der Zeit gegeben. Aber den netten kleinen Jungen, den Sohn als Kumpel, vielleicht sogar als Freund und Vertrauten, den wird Trössner nicht kennenlernen. Der widerspenstige kleine Großkotz wird immer der widerspenstige Großkotz bleiben. Auf ewig hat Trössner jetzt einen Sohn, der sich bedenkenlos zu denen schlägt, die schon vorab als die Gewinner feststehen.

Gut.

Dann ist das jetzt gesagt. Raus ist raus. Vollständig, soweit ich die Geschichte kenne. Können wir also gleich wieder von vorne damit anfangen, es sauber zu verdrängen. Mein lieber Sisyphos, ich hoffe, du hast bemerkt, dass das ironisch gemeint war.

»Man macht sich immer Vorwürfe«, sagt Ismene. »Wenn man sich trennt, wenn einen jemand verlässt. Einfach weil man denkt, man hat die Zeit nicht richtig genutzt.«

Trössner nickt. Am Abend nach dem furchtbaren Kindergeburtstag habe er im Bett gelegen und im Dunkeln geweint, bemerkt habe es keiner. Und der einzige Trost, den er hatte, war der: Morgen ist ein neuer Tag. Morgen fängt er von vorne damit an, einen kleinen Jungen davor zu bewahren, ein gedankenloser, gewalttätiger Mitläufer zu werden. Kommt Zeit, kommt Rat. *Arbeiten und nicht verzweifeln.* Allerdings müssen dafür alle am Leben bleiben. Und das sind sie nicht.

Trössner, was schaust du in den Himmel? Ob es jetzt regnet? Auf den Rekordsommer soll ja eine Art Monsun folgen. Aber gibt es dafür irgendwelche Anzeichen? Nein. Der Himmel ist von einem Blau, als wäre da oben nichts von Bedeutung. Und die kleinen Wolken über der Lichtung mit dem Brunnen sehen aus wie eine Verlegenheitslösung. Wahrscheinlich sind sie verschwunden, wenn du das nächste Mal hinsiehst.

Eigentlich schade. In Trössners Rucksack steckt ein Regencape aus ganz dünnem Plastik, zusammengefaltet in einer Hülle nicht größer als eine Zigarettenschachtel. Wahrscheinlich könnte es vor einem Wolkenbruch schützen. Ich vermute allerdings, wenn man es einmal aus der Hülle genommen hat, bekommt man es nie wieder dort hinein.

»Und wie waren Sie so als Junge?«, sagt Ismene.

»Anders.«

»Vielleicht waren Sie auch manchmal nicht so, wie Ihr Vater sich das gewünscht hätte.«

»Fast korrekt«, sagt Trössner. »Ganz korrekt muss es heißen: Ich war vierundzwanzig Stunden am Tag etwas vollkommen anderes als das, was mein Vater sich gewünscht hatte.«

»Na, dann wissen Sie ja Bescheid.«

»Ich war ein anderer Fall.«

Trössner steckt das Etui mit dem Cape wieder zurück in den Rucksack.

»Erzählen Sie mal!«

»Wirklich? Das interessiert Sie?«

»Ja klar.«

Und wie sie das interessiert. Eine Bankangestellte, die den Umgang mit Kunden übt. Zugewandt und einfühlsam. Sie macht das wirklich gut.

»Nun denn«, sagt Trössner. »Dann stellen Sie sich mal Folgendes vor: Ein kleiner Junge geht einmal in der Woche an der Hand seines Vaters durch die Firma. Pardon. Durch unsere Firma. Es hieß: unsere Firma. Der Durchmarsch findet immer am Freitagnachmittag statt. Und er läuft immer gleich ab. Nach rechts und links freundlich grüßen, die Leute grüßen zurück. Dabei redet der Vater, als wäre er alleine auf der Welt: wie die Leute an den Maschinen heißen, was sie gerade machen und wofür das gut ist.«

Ismene signalisiert, sie könne sich das vorstellen.

Sag mal, Trössner, das ist doch der Anfang der Geschichte, um die wir uns in der Reha-Klinik mit Erfolg herumgeredet haben. Die wir so sauber versteckt haben, hinter all den Bulletins und Legenden, wieder und wieder. Oder täusche ich mich?

»Und dabei immer derselbe dämliche Spruch. *Hallo Chef, den Sohnemann schon mal einarbeiten?* Allgemeines Gelächter.«

Ich täusche mich nicht. Dann bitte, Trössner, tu, was dir beliebt. Es ist deine Entscheidung. Spendieren wir dem Boulevard deine absolut authentische Biografie. Wer weiß, wofür es gut ist. Und mach dir bitte keinen Kopf. Es bereitet mir wirklich nicht die geringste Pein, wenn meine ganze Arbeit damit den Bach runter geht. Tun wir einfach so, als wären alle unsere Pläne und Schwüre, den Blick streng und starr in die Zukunft zu richten, bloßes Geschwätz gewesen. *Rauch, der vergeht vor starken Winden.*

Nur bitte, tu mir die Liebe, lass mich erzählen! Ich will nicht, dass du mit dir zu hart ins Gericht gehst. Keine Selbstbezichtigungen. Keine Abrechnungen. Lass uns der Iris-Rebekka-Ismene die Chance geben, sich ihr eigenes Bild zu machen.

Einverstanden? – Danke.

4

Es war immer kurz vor Feierabend, die Leute packten zusammen, stellten die Maschinen ab, fegten die Gänge. Immer dasselbe. Wenn der Vater grüßte, sah es aus, als würde er die Leute segnen. *Früh übt sich.* Das wurde auch gesagt. Und manchmal: *Was du ererbt von deinen Vätern, erwirb es, um es zu besitzen.* Das sagten die Leute von der Gewerkschaft, aber das wusste der Junge nicht.

Ein Leben ohne eigene Firma hatte sich Trössner als kleiner Junge niemals ausgemalt. Dass die Väter der Mitschüler irgendwo angestellt waren, also keine eigene Firma hatten, das wusste er, er war ja nicht blöde, schließlich gab es in der Firma jede Menge Angestellte. Aber das Leben ohne eigene Firma schien ihm so etwas wie eine unvollkommene Daseinsform zu sein, vermutlich etwas irgendwie Zweitklassiges, unter dem die Leute zu leiden hatten. Dass er später einmal die Firma, also unsere Firma, übernehmen und leiten würde, war für ihn so selbstverständlich wie das große Haus, in dem sie wohnten, oder die gemeinsamen Mahlzeiten mit den Eltern, die der Vater immer als erster verließ. Aus seinen Lego-Steinen baute er Maschinen, die er seinem Vater erklärte. Jahrelang war alles eine große Selbstverständlichkeit. Es gab praktisch keine Probleme.

Dann kam die Pubertät, und es war Schluss mit allem Selbstverständlichen. Zusammen mit den Haaren am Kinn und zwischen den Schenkeln brach der Widerspruch durch. Das mochte noch für normal gelten; in den Familien der Schulfreunde wurde auch gestritten, über alles Mögliche:

wohin man abends ging, wie lange man ausblieb, ob man trank, rauchte und so weiter. Nicht normal war, dass bei Trössners aller Streit auf einem einzigen Schauplatz stattfand; und dieser Schauplatz war die Firma. Unsere Firma. Es ging um eine einzige Frage: Würde der Sohn sie auch wirklich übernehmen? Die Lego-Maschinen hatte der Vater nicht ernst genommen, jetzt wollte er verbindliche Zusagen. Von einem Vierzehnjährigen!

Anfangs war Trössner solchen Gesprächen aus dem Weg gegangen. Er wollte in Ruhe gelassen werden, und wenn das mit ein paar Worten zu bewerkstelligen war, dann bitte, warum nicht. *Klar, Papa. Mach ich, Papa.* Und vielleicht nach der Freitagsrunde einmal im ganzen Satz: *Natürlich werde ich später die Firma übernehmen.* Unsere Firma. *Ist doch klar. Wo denkst du hin?*

Doch allmählich wurde Trössner das Thema unheimlich. Über seine Zukunft nachzudenken, das kam ihm vor, als müsste er sich auf eine Klassenarbeit vorbereiten, deren Stoff sie nicht behandelt hatten. Wenn er sich ernsthaft vorstellte, einmal ein Erwachsener zu sein wie sein Vater oder die Männer in der Firma, dann schüttelte es ihn. Genauso gut hätte er sich vorstellen können, unheilbar krank zu sein oder nach einem Unfall irgendwo auf einer Landstraße qualvoll zu sterben.

Schließlich wusste er nicht mehr, wohin er ausweichen sollte. So kam es zum Widerstand. Und Widerstand hieß nicht wie bei seinen Schulkameraden: lange ausbleiben, rauchen und trinken, sondern in den Gesprächen über die Firma patzige Antworten geben. *Mann, Papa, nerv mich nicht! Ist mir doch egal. Interessiert mich nicht.* Oder er behauptete aus der blauen Luft heraus, er wolle Kunst studieren oder

Politikwissenschaft, was auch immer, egal, Hauptsache, es qualifizierte nicht dafür, die Firma zu übernehmen. Anschließend lief er dann möglichst schnell weg, warf die Tür zu und schloss sich in seinem Zimmer ein. Alles nicht besonders originell, aber bestens geeignet, das Feuer zu schüren.

Dabei waren Kunst oder Politik nicht mal aus dem Hut gezaubert. Trössner interessierte sich für das Meiste von seinem Schulstoff, ohne ein Streber zu sein. Er las Bücher, nicht manisch, aber viel mehr als die anderen Jungen in seinem Alter. Er lernte Klavierspielen, nicht übermäßig engagiert, immerhin spielte er in einer kleinen Band. Er machte sogar gerne beim Sport mit, vorausgesetzt, es wurde nicht allzu anstrengend und die anderen blieben ihm einigermaßen vom Leibe. Er wurde der Torwart ihrer Handballmannschaft, da hatte er einen Raum für sich, den niemand betreten durfte, und mit etwas Glück konnte er glänzen. Mit sechzehn war das Wichtigste für ihn, dass man ihn machen ließ. Ein guter Tag, das war ein Tag, an dem niemand etwas Unerwartetes von ihm verlangte, und vor allem: ein Tag, an dem niemand mit ihm über seine Zukunft reden wollte.

Doch der Vater wollte das, und je mehr Trössner sich dagegen wehrte, desto drängender wurde er. Außerdem hatte er jetzt ständig etwas an ihm auszusetzen, und immer lief es darauf hinaus, dass er sich zu wenig für die Firma interessiere. In den Schulferien nahm Trössner einmal einen Job als Bademeister im Freibad an. Ein Traumjob. Er war den ganzen Tag in der Sonne und konnte, quasi von Berufs wegen, ganz zwanglos mit Mädchen in Bikinis plaudern. Gelegentlich konnte er auch so tun, als würde er eine aus dem Wasser retten. Es war grandios, aber der Vater geriet darüber völlig aus dem Häuschen. Warum zum Teufel wollte er nicht in der

Firma arbeiten? Da könnte er mindestens so viel Geld verdienen. Und ob er überhaupt wisse, was sie herstellten? Der Streit tobte tagelang. Schließlich übernachtete Trössner im Umkleideraum des Freibads.

Irgendwann bekam er das Patzige, das Überlegene und die starken Abgänge nicht mehr hin. Er wurde verletzend. In einem höchst ironischen Ton rechnete er dem Vater vor, um wie viel größer die Chance auf einen willigen Firmenerben gewesen wäre, wenn er mehr Kinder in die Welt gesetzt hätte. Der Vater verlor daraufhin beinahe die Kontrolle. Man hätte draußen auf der Straße jedes Wort verstanden, zum Glück hatte das Haus praktisch keine Nachbarn. Wochen später erfuhr Trössner von seiner Mutter, dass die Eltern sich jahrelang vergeblich weitere Kinder gewünscht hatten. Für eine Entschuldigung war es da allerdings zu spät.

Einen anderen Knall gab es, als Trössner einmal zu seinem Vater sagte: Dich haben sie gezwungen, und jetzt willst du dasselbe mit mir machen. Ob das vielleicht seine Rache sei?

Tatsächlich war der Vater weder ein Selfmademan noch ein geborener Ingenieur. In den fünfziger Jahren hatte er die Firma schrittweise von seinem Vater übernommen, der sie vor dem Krieg gegründet hatte. Seine beiden älteren Brüder waren da schon tot; Günther war auf See verschollen, Hartmut mit einer schweren Verletzung nach Hause gekommen, von der er sich nicht mehr erholte. Es hieß, die beiden seien von klein an so interessiert an Technik gewesen, dass ihr jüngster Bruder, Trössners Vater, schon die Erlaubnis gehabt habe, Jura zu studieren. Als dann der zweite Bruder starb, hatte er eingewilligt, Ingenieur werden. Anfangs hatte er es nur dem Vater zuliebe getan, erst später fand er Interesse an dem Beruf. Trössner hatte also gut daran getan, ein derart vermintes Gelände wie die Familiengeschichte gar nicht erst zu betreten. Doch er tat es, und als es aufs Abitur zuging, immer öfter. Es verging kaum ein Tag ohne Streit, die Wochenenden waren furchtbar.

Was ist, Trössner? Bist du einverstanden mit meinem Tonfall? Und schau, die Wolken sind tatsächlich verschwunden. Wird es wieder heiß? Jedenfalls zieht Ismene jetzt ihr namenloses Oberteil aus und legt es über die Rückenlehne der Bank.

»Was hat die Firma Ihres Papas denn hergestellt? Auch schon solche Windräder?«

Nein, Trössner, da hat sie sich jetzt nicht verplappert. Deine Windräder hast du selbst schon erwähnt, vorhin in dem Sandwichladen.

Die Firma Trössner, mit vollem Namen *Eduard Trössner Maschinen- und Anlagenbau*, hatte anfangs Fördertechnik hergestellt, Kräne, Transportbänder und dergleichen, vor allem für die Eisenbahn. Im Krieg war sie in Schutt und Asche gefallen, danach gewissermaßen auferstanden aus Ruinen, und seit den sechziger Jahren baute sie nur noch Sondermaschinen.

»Sortiermaschinen?«

Nein. Tatsächlich: Sondermaschinen. Ziemlich ausgefuchste Apparate, deren Funktion nur Fachleute begreifen. Meistens mittelgroß bis groß und immer maßgeschneidert, Maschinen, mit denen man in automatisierten Abläufen Lücken schließt, die man sonst durch teure Handarbeit schließen müsste. Wenn Trössners Vater die Arbeit seiner Firma irgendwo vorstellte, nannte er sich einen Schneider, der ausschließlich für Leute arbeite, für die es im Kaufhaus nicht einmal Zwischengrößen gebe. Große Heiterkeit im Publikum garantiert, der Vergleich traf es ziemlich gut.

Leider war der Name Trössner zum großen Bedauern des

Vaters keine Marke geworden. Das heißt, sie hatten kein Portfolio, geschweige denn ein Spitzenprodukt. Es gab ein Firmenlogo, aber das kannte niemand, und auf den großen Industriemessen hatten sie den definitiv langweiligsten Stand. Aber es ging nicht bloß ums Image. Es war definitiv gefährlich, ausschließlich auf Bestellung zu planen und zu produzieren. Der Ruf der Firma mochte in der Branche noch so gut sein, doch jederzeit konnte jemand um die Ecke kommen, der bessere oder einfach nur billigere Lösungen anbot. Und dann war man weg vom Fenster.

Folgerichtig hätte das Unternehmen in Zukunft einen Chef gebraucht, der begnadeter Erfinder, kluger Betriebswirt und umtriebiges Marketingtalent zugleich gewesen wäre. Ein Mann, in dem sich das ganze Trössnersche Know how sammeln würde, um von ihm ins neue Jahrtausend getragen zu werden. Mit achtzehn hätte Trössner das nicht so ausdrücken können; aber er war sich absolut sicher, nicht dieser Mann zu sein. Tatsächlich konnte er sich nichts Schrecklicheres vorstellen, als sein Leben lang für Halbroboter zu schuften, die irgendein namenloses Teil von einer Maschine zur anderen schafften und ihm unterwegs noch ein paar Löcher verpassten.

Allerdings, der Wahrheit die Ehre, er wusste auch nicht, wofür er stattdessen der richtige Mann wäre. Er wollte nicht einmal darüber nachdenken. Wenn er überhaupt einen Plan für seine Zukunft hatte, dann den, sich irgendwie in Sicherheit zu bringen. Und die Richtung dafür war klar: weg von der Firma.

Ich sage das jetzt ziemlich frei heraus, Trössner. Ich finde, das ist verständlich. Nachvollziehbar und verständlich. Und durchaus nicht beschädigend.

Sein einziger Trumpf in dem Nachfolgestreit waren seine

guten Noten. Damit konnte er den Vater gelegentlich zum Schweigen bringen. Dann spielte er, statt unverschämt zu sein oder Türen zu schlagen, den Musterschüler, dem sein Notendurchschnitt praktisch jede berufliche Zukunft öffnete und dem man nicht sein Leben verderben durfte, indem man ihn vor die sterbenslangweiligen Sondermaschinen spannte. Manchmal dozierte er ohne Ankündigung über Biochemie oder Kernforschung. Seine Vorträge waren dann gespickt mit Fachausdrücken; das klang sehr gut, interessiert und engagiert. Aber in Wahrheit hielt er nur Monologe, die er sich ausdachte, um damit aus einem Stück, in dem er nicht mitspielen wollte, möglichst elegant zu verschwinden.

Nach dem Abitur, Note eins Komma fünf, damals noch eine echte Rarität, drohte Trössner die Einberufung zum Wehrdienst. Der Vater, der den Widerstand seines Sohnes einfach nicht wahrhaben wollte, versuchte das zu verhindern. Sein Junge sollte auf dem Weg zur Regentschaft über die Firma nicht wertvolle Zeit bei einem schlecht ausgestatteten Sicherheitsdienstleister vertun. Der Vater hatte einen großen Bekanntenkreis, darunter waren mehrere Ärzte, die irgendein unauffälliges Leiden hätten attestieren können, das für eine Wehruntauglichkeit ausgereicht hätte.

Aber davon wollte der Sohn nichts wissen. Von wegen, der Vater tut ihm einen großen Gefallen! Kein Gedanke. Während seine Klassenkameraden vor der Musterung schwarzen Kaffee tranken und irgendwelches Zeug schluckten, um ihren Kreislauf für ein paar Stunden zu ruinieren, machte Trössner vor dem Arzt im Kreiswehrersatzamt mit Absicht eine gute Figur. Drei Wochen nach der Abiturfeier zog er in eine Kaserne. Die Eltern standen in der Tür, als er den kleinen Wagen bepackte, den er zum Abitur bekommen hatte.

Die Mutter fotografierte. Auf den Fotos sieht man, dass Trössner mit einem Lächeln ging.

Die folgenden fünfzehn Monate lebte er wieder unter Gleichaltrigen, es war, als ginge die Schule einfach weiter. Sie verstanden sich auch weniger als Soldaten und mehr als Zöglinge in einem lächerlich strengen Internat. Die meiste Zeit des Tages verbrachten sie damit, sich vor allem Möglichen zu drücken; noch der kleinste Erfolg dabei wurde als Heldentat gefeiert. Trössner gefiel das. Er verheimlichte seinen Mitsoldaten sein Einserabitur und beteiligte sich leutselig am permanenten Gerede darüber, wie man sich am besten verpisste. Gegenüber Vorgesetzten, die keine Ironie verstanden, riskierte er ironische Bemerkungen.

Doch das alles war nur Tarnung. Tatsächlich genoss Trössner den Wehrdienst. Gut, er stand in der Kälte herum, er watete durch Schlamm, er fror, er schlug sich mit altmodischen Maschinen und schwierigen Menschen herum, das alles im absurden Lebensgefühl des Kalten Krieges, in dem man, wie es hieß, nicht mehr kämpfte, sondern nur auf den atomaren Erstschlag wartete. Aber die Armee beschützte ihn vor den Ansprüchen seines Vaters. In der Kaserne kommandierte man ihn ein paar Stunden am Tag herum und ließ ihn buchstäblich stramm stehen; das war nicht angenehm, aber es gab immer einen Dienstschluss, immer war ein Ende abzusehen. Und nichts von alldem dort betraf ihn wirklich, nicht einmal die blutigen Blasen oder der Muskelkater nach Gepäckmärschen. Beschädigt wurde nur sein Körper, in dem er selbst ganz unbeschädigt wohnte. Zu Hause hatten sie dagegen vor, ihm seine Seele zu stehlen und ihn auf ewig und drei Tage unglücklich machen.

Bei seinen Kameraden kam Trössner ziemlich gut an. Er

galt als cool, ein Lob, das nicht zu übertreffen war. Wenn es darum ging, ihre Interessen zu vertreten, konnte er sehr geschickt und überzeugend auftreten. Auch seine Vorgesetzten mochten ihn, allerdings deuteten sie sein Verhalten falsch. Sie verstanden sein entspanntes in sich Ruhen weitab vom Elternhaus als Begeisterung für den Dienst und schlugen ihm eine Laufbahn als Offizier vor. Damit hatte Trössner nicht gerechnet, er war denkbar verblüfft. Allerdings fiel es ihm in der Kaserne erheblich leichter, *Nein Danke* zu sagen, als im elterlichen Wohnzimmer, unter der Kassettenholzdecke, die wie ein Deckel auf seinem Leben lag.

Bevor der Wehrdienst zu Ende war, hatte er einen Plan entwickelt, um der Firma auch weiterhin zu entkommen. Obwohl, ehrlich gesagt, Plan vielleicht ein zu großes Wort ist. Eher war es wohl eine Mischung aus Wunsch und Intuition. An den letzten Wochenenden kam er vorsätzlich in Uniform nach Hause, verdreckt und übermüdet, einmal sogar mit einer Verletzung, die gefährlicher aussah als sie war. Den Vater, der damals gerade fünfzig geworden war, stimmte das weich und sentimental. Womöglich weckte es die Erinnerung an seinen Bruder, den anderen Hartmut, der noch einarmig Klavier gespielt hatte, bevor er immer schwächer wurde.

Am Tag seiner Entlassung aus der Bundeswehr gab Trössner vor den Eltern bekannt, er habe sich für das Studienfach Internationales Management beworben. Der Vater sagte kein Wort. Natürlich hätte er seinen Sohn lieber als Ingenieur gesehen. Finanzleute könne man sich kaufen, hieß es immer. Aber jetzt nickte er bloß, wahrscheinlich, weil er wirklich und wahrhaftig froh darüber war, dass sein Sohn den Kalten Krieg überlebt hatte.

Internationales Management studierte man damals nicht an jeder Ecke, und das war ein wichtiger Teil des Plans. Trössner wählte eine Universität in England, die einen guten Ruf hatte. Im Herbst zog er nach Manchester. Von seinem zweiten Aufbruch gibt es keine Fotos, aber man kann davon ausgehen, dass er wieder lächelnd ging, zurück ins Exil, und diesmal nicht gezwungenermaßen, sondern mit den allerbesten Gründen. Dabei kostete das Auslandsstudium eine ziemliche Menge Geld, aber schließlich war es der Vater, der immer von *Best Practice* redete; und wo sollte ein angehender Manager besser ausgebildet werden als mitten in der Weltgeschäftssprache Nummer eins. Der Vater zahlte und schwieg weiter. Es hätte ja viel Schlimmeres passieren können. Und vielleicht bekam der Sohn beim Studium der internationalen Wirtschaft am Ende Appetit auf die eigene Firma in der deutschen Provinz.

Dafür hätte Trössner allerdings studieren müssen, und das tat er nicht, jedenfalls nicht so, wie der Vater sich das wohl vorstellte. Nach vier Semestern wechselte er an eine Universität im amerikanischen Mittelwesten. Jede Meile mehr zwischen den Sondermaschinen und ihm war ein Gewinn an Sicherheit, so lautete die Devise. Offiziell sollten die Semester in Amerika ihn in die dortigen Wirtschaftsverhältnisse einführen, doch Trössner besuchte vor allem Seminare in amerikanischer Literatur und Theaterwissenschaft und, mit einer gewissen Leidenschaft, den studentischen Debattierclub. Er mochte Updike, Roth und Salinger, und das war nicht so dahin gesagt; tatsächlich las er jetzt noch mehr als in seiner Schulzeit. Nicht ganz unwichtig war allerdings auch, dass man in den Literature Departments erheblich mehr junge Frauen traf.

Und sage bitte keiner, er habe nichts gelernt! Er hatte immer schon sehr gut Englisch gesprochen, sein Amerikanisch aber war nach kurzer Zeit grandios. Er beherrschte die verschiedensten Tonfälle. Wenn man nicht wusste, wer er war, hätte man ihn je nach dem für einen jungen Harvard-Professor, einen New Yorker Polizisten oder einen italienischen Einwanderer halten können. Er lernte sogar Pennsylvania Dutch, die Sprache der deutschen Einwanderer, und improvisierte darin komische Vorträge, meistens Reiseberichte aus Deutschland, mit denen er in der Studiobühne der Universität auftrat. Der Erfolg war enorm; eine kleine Künstleragentur wollte ihn als Comedian verpflichten. Wäre es nach ihm gegangen, dann hätte seine Zeit in Amerika nie geendet.

Schade eigentlich, Trössner, dass du so wenig darüber sprichst. Ich glaube, du hättest viele Gesellschaftsabende in der Reha-Klinik mit Geschichten aus deiner amerikanischen Zeit bestreiten können. Schon mit den jugendfreien, und mit den anderen erst recht. Aber du hast nie gerne über diese Zeit geredet, ich vermute, weil das Ende so ausgesprochen plötzlich kam. Und weil es doch der Vater veranlasst hatte, auch wenn es das letzte war, was er tat.

Tatsächlich war alles im Handumdrehen versunken, die schönen Sommermonate auf dem Campus, die fabelhaften Abende nach seinen Auftritten als Komiker, die Girls, vor allem Jenny aus Pittsburgh, die deutsche Vorfahren hatte und ihn förmlich anhimmelte, ihre nächtlichen Schwimmbadbesuche, die Landpartien in dem geliehenen Cabrio. Alles war untergegangen wie ein sagenhafter Kontinent, ohne jeden Beweis dafür, dass es überhaupt existiert hatte.

Vom Ende seines amerikanischen Traums erfuhr Trössner durch ein Telegramm. Sein Vater war gestorben, urplötzlich, an einer brüchigen Arterie in seiner Brust. Die hatte wie eine Bombe in ihm gesteckt, unbemerkt und mit einem Zünder, der immer empfindlicher geworden war.

Es passierte während einer Dienstreise, ausgerechnet in Amerika, im Frühjahr 1989, auf einem Highway in Kalifornien. Der Vater besuchte dort ein Projekt der Firma. Er bat den Fahrer anzuhalten, weil er sich schlecht fühle. Es müsse an dieser verdammten Hitze liegen, sagte er. Er nahm eine Flasche Wasser aus dem Handschuhfach und öffnete sie. Dann schloss er die Augen und verblutete innerlich in wenigen Minuten. Sie standen mitten im Nirgendwo; aber später hieß es, selbst wenn ein Rettungsteam hinter ihnen her gefahren wäre, hätte man ihm nicht mehr helfen können.

Auf die Nachricht hin flog Trössner von Pittsburgh nach Kalifornien. Er identifizierte seinen Vater und organisierte die Überführung der Leiche nach Deutschland. Ziemlich viele Formalitäten waren zu erledigen, nicht alles funktionierte reibungslos, es dauerte ein paar Tage. Das Schlimmste aber war, dass ihn die amerikanischen Geschäftspartner seines Vaters bedrängten. Offenbar stand einiges auf dem Spiel, und der Tod des deutschen Unternehmers stellte sie vor Probleme.

Trössner wusste damals nur ganz ungefähr, worum es bei dem amerikanischen Projekt der Firma überhaupt ging. In den letzten Jahren, da er kaum noch zu Hause gewesen war, hatte der Vater eine Entwicklungsabteilung für Windräder gegründet und war in die Produktion eingestiegen. Gelegentlich hatten in seinen Briefen nach Amerika Artikel aus Fachzeitschriften über seine Prototypen gelegen, einmal auch der Bericht einer großen Zeitung.

Noch so eine Sondermaschine!

Das hatte Trössner einmal zu Jenny gesagt. Und dazu eine im doppelten Sinne. Denn, das wusste er immerhin, die Windräder waren in der Firma so etwas wie Eindringlinge oder Außenseiter. Der Vater war beileibe kein Grüner. Von alleine wäre er nie auf die Idee gekommen, sich mit alternativer Energie zu befassen. Aber er hatte einen Studienkollegen aus Süddeutschland; und der war ein Grüner, bevor man solche Leute überhaupt so nannte. Genau wie Trössner senior hatte auch er die väterliche Fabrik übernommen, doch schon in den siebziger Jahren hatte er sich ganz auf Windräder verlegt, allerdings mit dem Resultat, dass seine Firma von einer Krise in die nächste stolperte.

Trössner hatte ihn schon als Junge kennengelernt. Die Mutter nannte ihn einen komischen Heiligen, und auch der Vater sprach nicht besonders gut über ihn. Aber wenn der Mann zu Besuch kam, er hieß übrigens Karolus mit Nachnamen und war auffallend dünn, dann wirkte der Vater ihm gegenüber kleinlaut, manchmal sogar unterwürfig. Karolus hielt endlose aufgeregte Vorträge über Umweltschutz und das Schwinden natürlicher Ressourcen. Irgendwann, sagte er, werde unser ganzes hoch gelobtes Wirtschaftssystem den Bach runtergehen. Alles müsse radikal verändert werden, wenn wir noch weiter auf diesem Planeten leben wollten. Trössner senior, ansonsten ein unbeirrbarer CDU-Wähler, widersprach ihm nicht. Irgendwann hatte Trössner erfahren, dass der Vater die Firma Karolus sogar finanziell unterstützte, inoffiziell, also am Finanzamt vorbei. Vielleicht war Karolus so etwas wie das schlechte Gewissen des Vaters. Und mit großer Wahrscheinlichkeit waren die Windräder das Resultat einer Einflüsterung dieses komischen Heiligen.

Doch von all dem hatte der Sohn nur eine vage Ahnung;

und deshalb wollte er sich die kalifornischen Windradleute möglichst weit vom Leibe halten. Er musste den Sarg nach Hause bringen, die Zeit drängte gewaltig. Also versuchte er es in seinem besten Amerikanisch, aber das ließ die Leute nur glauben, er sei ihr neuer Ansprechpartner. Praktisch gegen seinen Willen erfuhr er von einem geradezu beängstigend großen Windraddeal, den der Vater vor ein paar Jahren hier in Kalifornien abgeschlossen hatte. Und davon, dass es Probleme gab, praktisch von Anfang an. Um sich keine Blöße zu geben, packte Trössner sein gesamtes Wirtschaftsenglisch aus und tat, als wäre alles unter Kontrolle. Nie zuvor in seinem Leben hatte er sich so lange und eingehend mit seinem Vater und dessen Angelegenheiten befasst.

Erst am Morgen der Beerdigung traf Trössner mit dem Sarg in Deutschland ein. Für ihn war es schon gut nach Mitternacht, er hätte ins Bett gehört. Die Sarghalle auf dem Friedhof war überfüllt, Dutzende Menschen standen draußen vor der Tür. Die Feier war kurz. Trössners Mutter hatte den Pfarrer gebeten, nichts Persönliches über den Verstorbenen zu sagen. Der Mann hielt sich daran und spulte nur sein Programm ab. Dann zog die Menge zu dem Familiengrab, in dem schon Trössners Großvater lag, der Firmengründer. Auch hier ging alles sehr schnell. Doch dann stand Trössner neben dem Grab und musste sämtlichen Bekannten des Vaters und allen Mitarbeitern der Firma die Hand schütteln, wobei ihm jeder, mehr oder weniger wortreich, alles Gute für die Zukunft wünschte.

Trössner litt schwer unter der Zeitumstellung. Inzwischen fehlte ihm eine ganze Nacht. Innerlich verfluchte er jeden, der ihm kondulierte und dabei von der Zukunft faselte. Allerdings kannte er den Grund dafür. Unternehmen wie das ihre wurden nach dem plötzlichen Tod des Chefs gerne an Konkurrenten oder an große Konzerne verkauft. Übrigens oft genug zu bescheidenen Preisen. Man hatte vielleicht ganz gut gewirtschaftet, gehörte aber zu großen Teilen den Banken, bei denen man in der Kreide stand. Und die Banken sahen es nun einmal gerne, wenn kleinere Fische von größeren gefressen wurden; das minderte ihre Sorge um die Kredite. Leider war oft genug die Folge, dass der große Fisch das Know-how und den Kundenstamm aus seiner Neuerwerbung herausoperierte, bei sich selbst einpflanzte und den Rest des kleinen Fisches vergammeln ließ. Anders gesagt: Alle Mitarbeiter der Firma Trössner fürchteten um ihren Arbeitsplatz.

Traurig, dachte Trössner am Grab, das war keine Frage. Er sah jetzt wieder die Männer, die er von seinen Rundgängen am Freitagnachmittag kannte, und eigentlich mochte er sie; immerhin waren sie freundlicher zu ihm gewesen als sein Vater. Viele von ihnen waren Tüftler, von denen es hieß, sie würden nicht für Geld in der Firma arbeiten, sondern für die Gelegenheit, fünf Tage in der Woche technische Denksportaufgaben zu lösen. Einige waren im Alter des Vaters, manche älter, ein Verkauf des Unternehmens würde sie sehr hart treffen.

Aber was sollte er tun? Er hatte fast fünf Jahre im Ausland verbracht, die meiste Zeit allerdings damit, sein Englisch zu verbessern. Er hatte sich intensiv für das Leben interessiert, vor allem für seine angenehmen Seiten. Über Sondermaschinen kannte er ein paar lustige Geschichten, die zu Hause am Wohnzimmertisch erzählt worden waren, nicht viel mehr; für Technik konnte er sich immer noch nicht begeistern. Und was sein eigenes Fach anging: Ganz ehrlich gesagt, die meisten der Managementstudenten waren ihm vorgekommen wie Leute, die bloß hofften, man würde sie irgendwo mittun lassen, wenn sie ihre lustlos erworbenen Diplome vorzeigten.

Doch jetzt war die Firma, *unsere Firma*, von der er nichts hatte wissen wollen, seine Firma geworden. Der Vater hatte kein Testament hinterlassen, keinerlei Verfügung darüber, was nach seinem Tod geschehen sollte. Er hatte sich Sorgen über seine Nachfolge gemacht, das hatte Trössner zur Genüge erfahren; aber offenbar hatte er keinen Gedanken an die Möglichkeit seines plötzlichen Todes verschwendet. Er war ein mittelständischer Unternehmer gewesen, um ihn herum lauter unsichere Umstände, nur sich selbst hatte er für sicher gehalten. Jetzt waren seine Frau und sein Sohn nach dem Gesetz zu gleichen Teilen Besitzer der Firma, doch noch bevor Trössner aus Amerika zurückgekommen war, hatte die Mutter verbindlich erklärt, keinerlei Rechte ausüben zu wollen. Ihr Sohn hatte damit die einzige Stimme in der Gesellschafterversammlung. Trössner hatte es von ihr erfahren, als er mit dem Leichenwagen zu Hause ankam. Er wollte sie zur Rede stellen, aber sie verschwand nach oben ins Schlafzimmer. Sie müsse sich jetzt umziehen. Wann immer er später mit ihr über diesen Punkt reden wollte, ging sie ohne ein Wort aus dem Zimmer.

Für den Empfang nach der Beerdigung wäre keine Gaststätte in der Nähe des Friedhofs groß genug gewesen, deswegen hatte man in die Fabrik geladen, Busse besorgten den Transfer. Eine der Werkshallen war dem Anlass entsprechend umgebaut worden. Lange Reihen von Biertischen waren mit weißem Papier abgedeckt. Als Trössner mit seiner Mutter zusammen ankam, stand die gesamte Belegschaft in schwarzen Anzügen und Kostümen vor den grauen und grünen Werkzeugmaschinen, von denen ein öliger Geruch ausging.

Trössner hatte nicht das Gefühl, nach dem schier endlosen Händeschütteln am Grab noch irgendetwas tun zu müssen. Er war so unverschämt müde. Vielleicht könnte er unauffällig hinüber ins Chefbüro gehen, dort stand eine Liege, auf der der Vater übernachtet hatte, wenn es spät geworden war. Da forderte ihn die Mutter auf, zu den Mitarbeitern zu sprechen. Ein paar leitende Angestellte standen neben ihr, sie nickten ihm aufmunternd zu.

Trössner, hattest du Angst, vor so vielen Menschen zu reden? Nein, nicht wahr, diese Angst hattest du nie. Diese nie.

Im Gegenteil. Wo andere sich fast in die Hose machten und rot anliefen, war er in seinem Element. Es hatte in der Pubertät begonnen, als die Gleichaltrigen nur verstockt oder unverschämt waren. Später, besonders im Studium, hatte er keine Gelegenheit ausgelassen, vor Menschen zu sprechen. Am liebsten hörte er sich in der fremden Sprache reden. Es war dann, als spürte er einen anderen Hartmut Trössner, einen, den er selbst erschaffen und der mit den Sondermaschinen überhaupt nichts zu tun hatte. Jetzt aber sollte er kein Statement in einem studentischen Debattierclub abliefern, geschweige denn einen Comedy-Auftritt, sondern zu dreihundert verängstigten Arbeitern und Angestellten sprechen, für die er demnächst womöglich Schicksal spielen würde.

Er weigerte sich nicht; dazu war er viel zu überrascht und viel zu müde. Aber als er dann auf das Heck eines Gabelstaplers geklettert war, von wo er einen besseren Überblick hatte und besser gehört werden konnte, bekam er buchstäblich weiche Knie. Er begann leise zu sprechen. Als er bemerkte, dass er es auf Englisch tat, verstummte er wieder.

Doch so nervös oder schläfrig konnte er nicht sein, um nicht zu begreifen, worum es jetzt ging. Nicht darum, den neuen, den selbst geschaffenen Hartmut ein bisschen glänzen zu lassen, sondern darum, den alten Hartmut endgültig loszuwerden, für alle ersichtlich, unmissverständlich. Es ging darum, jede Verantwortung für diesen ganzen Zirkus hier abzulehnen, ein für alle Mal.

Natürlich durfte er das nicht herausstottern. Außerdem überbringt man schwierige Botschaften nicht, indem man mit der Tür ins Haus fällt. Also begann er, über seinen Vater zu reden. Eigentlich wusste er nicht viel über ihn, aber es reichte natürlich für die Einleitung einer solchen Ansprache. Eine Anekdote fiel ihm ein, die alle kannten und zu der infolgedessen alle nickten. Das war gut. Trössner hatte es immer geliebt, wenn er merkte, dass er die Leute im Debattierclub auf seine Seite brachte, oder wenn Jenny im Auto bei seinen Geschichten nach seiner Hand griff.

Es fielen ihm noch mehr Anekdoten über seinen Vater ein, und er erzählte sie. Gelegentlich lachte jemand, unterdrückt, aber hörbar, und es war klar, das war erlaubt, auch wenn das hier eine Beerdigungsfeier war. Das Lachen machte Trössner Mut; und so traute er sich, aus dem Handgelenk so etwas wie ein Charakterbild seines Vaters zu zeichnen, des Mannes, der seine eigenen Lebenspläne zurückgestellt hatte, um das Familienunternehmen groß zu machen und zum Erfolg zu führen, natürlich auch für seine Mitarbeiter. Trössner war sich nicht sicher, ob das alles stimmte, aber seine Sätze gelangen ihm grandios.

Als er in einer kurzen Redepause die Zeit hatte, etwas genauer in sein Publikum zu sehen, erkannte er Karolus. Der war nicht am Grab gewesen und hatte sich auch sonst nicht bemerkbar gemacht. Trössner erschrak. Der Mann war noch dünner, als er ihn in Erinnerung hatte. Sein schwarzer Anzug hing an ihm, als hätte man ihn an einen Haken gehängt. Ein Moment lang war Trössner verwirrt, dann fielen ihm die Windräder ein.

Was für ein großartiger Gegenstand für so eine Ansprache. Und beinahe hätte er ihn vergessen! Was für ein Patzer wäre das gewesen. Trössner senior, ein Pionier der alternativen Energiegewinnung, wie könnte man das bei dieser Gelegenheit ungesagt lassen? Also sagte er es, obwohl er nicht wusste, ob die Windräder eine gelungene Innovation darstellten oder ob der Vater bloß den Einflüsterungen eines abgedrehten Spinners erlegen war. Genauso wenig wusste er, ob der amerikanische Deal eine Station in der Erfolgsgeschichte der Firma war oder eine gefährliche Spekulation, die sie alle den Kopf kosten könnte.

Es wäre eine knifflige Aufgabe für jeden Debattierclub, eine Herausforderung für alle Könner: Reden Sie zehn Minuten über eine technische Revolution, von der sie nichts verstehen, und verbinden Sie das mit dem Nachruf auf einen Menschen, den Sie nicht kennen. Trössner nahm die Aufgabe an, und er löste sie bravourös. Dabei gab er vermutlich ein schönes Bild ab, ein schlaksiger, aber nicht uneleganter Junge auf einem orangefarbenen Gabelstapler, der mit Worten ein Bild seines Vaters zeichnete, so plastisch, so wahr, als würde der Mann selbst im Raum stehen, zusammen mit allem, was er je getan und bewirkt hatte, und zusammen mit den Träumen, für die er gelebt hatte. Ein historischer Moment in der Firmengeschichte. Viele der Zuhörer weinten.

Trössner spürte selbst, was ihm da gelang. Das hier war ein großer Auftritt, der erste wirklich große Auftritt in seinem

Leben, kein Vergleich mit dem Gerede in den Seminaren, kein Vergleich mit seinem Erfolg auf der Bühne oder bei Jenny. Und nun galt es nur noch, ihn zu einem möglichst gelungenen Ende zu bringen, einem Ende, das dieser Auftritt verdient hatte. Und deshalb, aus genau diesem Grunde, versprach Hartmut Trössner, sechsundzwanzig Jahre alt, am Schluss seiner Totenrede auf den Vater, dass er alles tun werde, um das Erbe dieses Mannes in seinem Sinne zu bewahren und seine Träume in die Tat umzusetzen. Ein klassisches Finale, nicht originell, das nun wirklich nicht, aber überaus wirkungsvoll.

Er bekam donnernden Applaus, Applaus für eine Totenrede. Als er von dem Gabelstapler herunterstieg, ein paar Angestellte mussten ihm dabei helfen, rauschte der Beifall durch ihn hindurch. Doch schon, als er, viele Hände auf seinen Schultern, zu seiner Mutter trat, wurde ihm klar, was er getan hatte.

Und er sah vor sich ein Bild. Vor drei Monaten, auf einer verschneiten amerikanischen Landstraße, am frühen Abend, er war mit Jenny unterwegs zu ihren Eltern, gab es plötzlich ein Geräusch, ein doppeltes, und der Wagen bockte zweimal hoch. Sie schauten einander an, Jenny lachte noch über seinen letzten Scherz, er fuhr weiter, ein paar Hundert Meter, dann hielt er den Wagen am Straßenrand an. Besser, man sah nach, ob da etwas passiert war; das war ja außerdem Vorschrift. Er öffnete die Fahrertür, es war kalt draußen, und in diesem Augenblick hatte eine Gewissheit alles andere verschluckt. Sie lautete: Er hatte etwas überfahren. Und wenn dieses Etwas vorher gelebt hatte, dann war es jetzt schwer verletzt, womöglich sogar tot.

Schweigend gingen sie nebeneinander die Straße zurück,

dem Strahl einer Taschenlampe folgend. Eine Kurve nahm ihnen lange die Sicht. Trössner fühlte sich schrecklich. Gleich, in der nächsten Sekunde, könnte da ein toter Mensch auf dem weiß-grauen Asphalt liegen, und sein Leben wäre von diesem Moment an nicht mehr das, was es bislang gewesen war. Seine Freiheit wäre dahin, dieses Gefühl, nirgendwo wirklich dazuzugehören, niemandem etwas schuldig zu sein. Sie mussten lange gehen, aber Trössner wusste: Was er überfahren hatte, konnte sich nicht davongemacht haben.

Endlich sahen sie es. Es war ein großer Hund mit langem, weiß-braunem Fell, vielleicht ein Australian Shepherd, jedenfalls kein wildes Tier, sondern eines, das wahrscheinlich zu einer Familie gehört hatte. Jetzt war es tot, ohne jeden Zweifel, die Reifen hatten es beinahe mittendurch getrennt, das Blut färbte den Schnee. Jenny schrie, als wäre von allem Vorstellbaren das Schlimmstmögliche geschehen. Sie wandte sich ab und schlug die Hände vors Gesicht. Trössner hingegen hatte das Gefühl, als würde ihm gerade sein Leben zurückgegeben. Er hatte einen Hund getötet, keinen Menschen. Das war zu verkraften. Alles würde weitergehen wie bisher. Kein Ende war abzusehen. Er brachte es fertig, den Kadaver von der Straße zu ziehen, die Blutspur sah aus wie eine rote Haltelinie.

Am Halsband des toten Hundes hing eine Kapsel, in der ein Zettel mit Adresse und Telefonnummer steckte. Sie gingen zurück zum Wagen und fuhren weiter, schweigend. Aus dem Wohnzimmer von Jennys Eltern rief er an. Er tat es mit großer Ruhe, geradezu souverän, wie einer, der in einer schwierigen Lage über sich hinauswächst. Am Telefon redete er sein perfektes Amerikanisch; sein Bedauern über den Vorfall war gut artikuliert, ebenso seine nachdrückliche Weigerung, irgendeine Schuld zu übernehmen. Nachts gehöre ein Hund ins Haus und nicht auf eine Landstraße, darüber sei nicht zu diskutieren. Die Besitzer des Hundes waren schockiert, aber sie gaben ihm Recht. Jenny weinte die ganze Zeit. Ihr Vater bot Trössner einen Whisky an; er trank ihn, obwohl er Whisky nicht mochte.

Auf dem Weg zu seinem Platz in der Halle, an den Tisch, an dem die Familie und die Firmenleitung saßen, brach Trössner lautlos in Tränen aus. Das verstanden alle, aber sie verstanden es falsch. Er hatte gerade, sechsundzwanzig Jahre alt, sein bisheriges Leben beendet, und das aus Versehen. Ohne Not hatte er sich selbst vor den Karren gespannt, dem er seit Jahren zu entkommen versuchte. Hätte er den Mund gehalten, dann hätte er in ein paar Tagen wieder im Flugzeug nach Amerika sitzen können, irgendwer würde in seinem Namen über das Schicksal der Firma entscheiden, und niemand von denen, die es betreffen würde, bekäme ihn je wieder zu Gesicht. Er würde ein paar Unterschriften leisten und ansonsten der Junge bleiben, von dem man eigentlich nichts erwartet hatte. Ob er danach mehr oder weniger reich gewesen wäre, hätte ihm weit weniger bedeutet als die Gewissheit, die Firma endgültig los zu sein.

Und genau das hatte er sich gerade verscherzt. So jung, so unbedarft konnte niemand sein, dass er nicht merkte, wenn er vor Hunderten Zeugen heilige Eide schwor. Nacheinander kamen sie alle ein zweites Mal zu ihm, vom leitenden Ingenieur bis zum Hilfsarbeiter, und dankten ihm. Manche redeten mit ihm, als wäre er schon sein Vater. Tatsächlich fühlte sich Trössner wie in den Körper dieses Mannes versetzt. Sie hatten sich gar nicht ähnlich gesehen; doch jetzt war es dem Sohn, als würde er aus den Augen des Vaters seine Mitarbeiter ansehen und mit seiner Zunge zu ihnen reden.

Was er sagte, hatte er im Moment darauf vergessen. Es kam ihm vor, als redete er Leuten nach dem Munde, die drohten, ihm Gewalt anzutun. Noch einmal brach er in Tränen aus, aber niemand hakte ihn unter und brachte ihn in Sicherheit. Diese Tränen wollte niemand verbergen, man sollte sie sehen, jede Träne ein Garant dafür, dass der, der sie vergoss, antreten würde, das große Ganze zu retten.

Karolus, den komischen Heiligen, sah Trössner an diesem Tag nicht mehr. Viel später, als sie sich häufig trafen, fragte er ihn einmal, ob er wirklich bei der Beerdigung des Vaters war. Es war spätabends, sie hatten getrunken, es gab ein größeres Geschäft zu feiern. Karolus hatte als Antwort nur gelacht.

Am Morgen nach dem Beerdigungstag begann Trössners neues Leben. Er wurde Geschäftsführer, von der Gesellschafterversammlung, also von sich selbst auf diesen Posten berufen. Damit erfüllte er die allgemeine Erwartung, schließlich hatte er jahrelang studiert, wie man viel größere und global operierende Unternehmen leitet. Außerdem wollten die Banken umgehend Gewissheit darüber, wer in der Firma das Sagen hatte. Trössner hätte jetzt ein stattliches Gehalt beziehen können, ließ das aber aus seinem Vertrag streichen; stattdessen bekam er weiterhin den monatlichen Betrag, den sein Vater ihm zu Beginn des Studiums ausgesetzt hatte, sein Taschengeld. Die Sekretärin, die den Vertrag geschrieben hatte, erzählte es sofort weiter. Es sorgte für ein gewaltiges Aufsehen. Der neue Chef verdiente sage und schreibe weniger als ein angelernter Mann an der Maschine.

In den ersten Monaten bewegte sich Trössner in der Firma, als hätte man ihn auf eine Bühne gestellt, ohne eigenen Text, mitten in ein Stück, das er nur vom Hörensagen kannte. Jeden Tag gab es Besprechungen mit den leitenden Mitarbeitern, mit Banken, mit Anwälten, mit Kunden; oft wurde über Dinge geredet, von denen Trössner kein Wort verstand. Er beruhigte sich dann damit, dass um ihn herum genug Leute waren, die das Geschäft verstanden, die es seit Jahren betrieben und infolgedessen wussten, was als nächstes zu tun war. Vielleicht, dachte er, könnte er eine Zeit lang den Prinzregenten spielen, den Stammhalter, das Aushängeschild, um dann alles diesen Leuten zu überlassen und sich ganz unspektakulär aus dem Staub zu machen.

Trössner, hast du jemals geglaubt, das könnte funktionieren? So ein unsäglicher Kinderplan?

Immerhin begriff er bald, warum er sich nun wirklich nicht einfach davonmachen durfte. Der Sondermaschinenbau war ein heikles Geschäft. Ohne einen, der den Weg vorgab, der die Kräfte dirigierte, der sein Eigentum repräsentierte und es notfalls mit Zähnen und Klauen verteidigte, würde die Firma sang- und klanglos untergehen. Trössner verstand das.

Und nicht nur das. Er begriff auch endlich, dass die Windräder kein Spleen waren oder bloß das Resultat der Einflüsterungen eines komischen Heiligen. Nein, sie waren Ausdruck der alten Hoffnung auf ein sicheres, ein langlebiges Geschäft, die Hoffnung darauf, den Namen Trössner endlich zu einer Marke zu machen.

Man erzählte dem neuen Chef, was er alles nicht gewusst hatte. Bei einem Besuch in den USA Anfang der achtziger Jahre hatte Trössner Senior davon erfahren, dass in Kalifornien ein staatliches Förderprogramm anlaufen sollte, das den Betreibern von Windenergieparks enorme Unterstützung versprach, in so hohem Maße, dass es möglich schien, mit Windenergie praktisch risikofrei Geld zu verdienen. Allerdings gab es in den Staaten kaum Hersteller von Windrädern, man würde sie importieren müssen. Führend in der Windenergietechnik waren damals die Dänen, aber Trössner senior schien der amerikanische Förderkuchen groß genug zu sein, um ein Stück davon ergattern zu können.

Wieder zu Hause, hatte er sich mit Karolus in Verbindung gesetzt. Der schuldete ihm ja mehr als einen Gefallen. Karolus wusste natürlich von dem amerikanischen Programm, aber sein eigenes Unternehmen war viel zu schwach, um sich dort zu engagieren. Es kam zu einem Deal. Karolus trat der Firma Trössner gegen eine Beteiligung ein paar seiner Patente ab, dazu einen Ingenieur mit dem höchst originellen Namen Rindfleisch. Der Mann erwies sich dann für den Aufbau der Produktion als mindestens so wichtig wie die Patente.

Der Vater war nämlich in der eigenen Firma auf Widerstände gestoßen, als er in den Windradbau einsteigen wollte. Bei den Ingenieuren alten Schlages galten Windräder als die Spinnerei von ein paar Hippies mit Werkzeugkästen. Da brauchte es dringend jemanden, der dafür stand, dass sie vor allem eine echte Herausforderung an die Ingenieurskunst waren. Rindfleisch war dieser Mann. Darüber hinaus hatte der Vater eine Art Wahlspruch des Hauses formuliert. Die Firma Trössner, sagte er, baut Maschinen, die es vorher so noch nicht gegeben hat. Und dabei bleibe es, auch wenn man Windräder baue. Das mochte ein bisschen schief sein, aber es war ihm schwer zu widersprechen.

Tatsächlich brachten Rindfleisch und sein Team es in kürzester Zeit zu einem rentablen Serienmodell, sie schafften es auch in das kalifornische Programm. Zwar zeigten sich die Trössnerschen Windräder der dänischen Konkurrenz unterlegen, wenn es um Einsatzzeiten und Zuverlässigkeit ging, aber die amerikanischen Fördermittel waren so hoch, dass es sich lohnte, im Spiel zu bleiben. Außerdem, so hieß es, stand ja noch eine ganze Welt für die neue Energiegewinnung offen. Einmal am Markt, könnte man vielleicht wer weiß wohin exportieren. Und wo immer ein Förderprogramm wie in Kalifornien aufgelegt würde, müsste geradezu ein Boom ausbrechen, ein neuer Goldrausch. So weit die Theorie. Leider ging das Geschäft nur schleppend voran, auf jeden Erfolg kam mindestens ein Rückschlag. Kurz vor dem Tod des Vaters war die Produktion sogar wieder zurückgegangen. Und ohne Aussicht auf gute Rendite hatten die Windräder in der Firma einen schweren Stand.

In seiner ersten Zeit als Chef wohnte Trössner wieder in seinem alten Kinderzimmer. Die Mutter hatte es zwischenzeitlich zu einem Fitnessraum umgebaut; jetzt war es in großer Eile ungefähr so hergerichtet worden, wie er es verlassen hatte, mit einfachen Möbeln aus dem Kaufhaus. In einer Ecke stand ein Karton mit Sachen aus seiner Schulzeit, Heften, Zeitschriften und Büchern, von der Mutter aus dem Keller geholt. Trössner ließ ihn ungeöffnet. Ein anderer Karton enthielt ein paar Flugzeugmodelle, die er einmal gebaut und in sein Zimmer gehängt hatte, zu einer Zeit, da er noch Freude daran gehabt hatte, so zu tun, als interessierte er sich für Technik. Die Haken an der Decke waren allerdings längst entfernt. Nur die große, dreistufige Saturn-Rakete holte Trössner aus dem Karton, steckte sie zusammen und stellte sie neben sein Bett.

Jede Nacht lag er stundenlang wach und verlor sich in seinen Kinderplänen. Er stellte sich dann vor, am nächsten Morgen in aller Frühe heimlich seine Sachen zu packen und zurück nach Amerika zu fliegen. Kein Abgang, weder offiziell noch diskret, sondern eine Flucht. Nicht elegant, aber ehrlich. Und nach ihm die Sintflut. Eine Begründung würde er nachreichen. Am besten: die Prüfungen an der Uni; so ein Studium gehörte ja schließlich ordentlich zu Ende gebracht, besonders wenn man in der Wirtschaft etwas darstellen wollte. Morgens saß er dann mit seiner Mutter beim Frühstück, müde und schweigend, wie damals sein Vater. Die ersten Anrufe kamen, man fragte, wann er in der Firma sein werde, um dies oder jenes zu unterschreiben. Es war, als würde ohne seine dauernden Unterschriften der Betrieb nicht mehr arbeiten können. Dann legte Trössner seine Serviette beiseite, stand auf und sagte: *Ich muss*, so wie sein Vater es jeden Morgen gesagt hatte, bevor er aus dem Haus ging, das Brot kaum angebissen und den Kaffee nur zur Hälfte getrunken.

Waren die Unterschriften geleistet, saß Trössner im Büro seines Vaters wie ein Junge, der darauf wartet, abgeholt zu werden. Ein Malbuch hätte auf dem Schreibtisch vor ihm liegen sollen oder ein Puzzle, eines mit nicht zu vielen Teilen, das hätte zum Bild gepasst. Sobald es ihm irgendwie vertretbar erschien, ging er nach Hause, dann lag er auf seinem billigen Bett und fantasierte weiter über seinen Ausstieg.

»Und Jenny? Die mit den deutschen Vorfahren. Was war mit der?«

Hoppla! Trössner, du siehst, wir sitzen keineswegs alleine auf dieser friedhöflichen Parkbank. Und schau an, Ismene hat aufgepasst. Hat ein loses Ende der Geschichte gefunden und zupft jetzt daran. Natürlich ist es ein weibliches Ende.

Sag es einmal, Trössner. Sag *Jenny*, wie du es früher ausgesprochen hast, so ganz und gar amerikanisch.

Danke.

Trössner rief sie jeden zweiten Tag an und schilderte ihr, was er den Stand der Dinge nannte. Bei so einer Gelegenheit hätte er sagen können, dass er sie wahnsinnig vermisse und dass ihm klar geworden sei, sie gehörten für immer zusammen. Sie hätte ihn geheiratet, auf der Stelle, daran gab es keinen Zweifel. Ihrem Vater gehörte ein großes Autohaus. Er sprach keine zehn Wörter Deutsch, war aber Mitglied in einem deutschen Heimatverein, und ein deutscher Schwiegersohn wäre das Größte für ihn gewesen. Trössner hätte Jenny heiraten und seine Zelte in Deutschland endgültig abbrechen können. Ihr Vater hätte ihn ins Geschäft einsteigen lassen, und er hätte ein Leben als Autoverkäufer im amerikanischen Mittelwesten geführt. Würde ihn dann jemand fragen, warum um alles in der Welt er sein Familienunternehmen verlassen habe, könnte er immer behaupten, er habe es aus Liebe getan. Und gegen Liebe dürfte niemand etwas sagen.

Aber das war nicht einmal ein Plan B. Ein Leben als Autoverkäufer wäre keinen Deut besser als eines mit den Sondermaschinen. Trössner wusste das; doch das Wissen half ihm nicht, seine schlaflosen Nächte zu verkürzen. Jeden Morgen stand er auf, absolut ratlos und überzeugt, für nichts auf der Welt zuständig zu sein.

Erst nach langem Zögern besuchte er die firmeneigene Abteilung für Windenergie. Sie war in einer der älteren Werkshallen untergebracht. Dort wurden die Gondeln montiert, in denen das Getriebe und der Generator saßen. In einem ziemlich behelfsmäßig abgetrennten Teil hatten Rindfleisch und seine Ingenieure ihr Büro. Auf den Regalen ringsum standen ein paar Modelle von Windrädern, es hingen Fotos davon an den Wänden, ohne dass der Raum dadurch an Atmosphäre gewonnen hätte. Mit Ausnahme von Rindfleisch waren die Ingenieure alle recht jung, zwei von ihnen kaum älter als Trössner selbst. Sie begrüßten ihn überschwänglich und verbreiteten Heiterkeit. Offenbar fürchteten sie seit dem Tod des Seniors, dass ihre Abteilung geschlossen und ihnen gekündigt würde.

Die Männer waren Trössner auf Anhieb sympathisch. Sie waren, genau wie er, am falschen Ort, und sie fühlten sich unwohl. Rindfleisch, ihr Kopf, verlor womöglich gerade die große Chance, seine Ideen in die Tat umzusetzen. Die jüngeren Ingenieure hatten ihren Ziehvater verloren. Wer sollte ihnen jetzt den Weg für ihre Karriere bahnen? Wahrscheinlich litten die Windradmänner mehr unter dem Tod seines Vaters als Trössner selbst.

Der Senior hatte sie regelmäßig besucht, um ihre Entwürfe zu studieren und sie zu ermuntern, besonders, als das amerikanische Geschäft in Schwierigkeiten geriet. Sie schwärmten von ihm; wenn sie über ihn redeten, erkannte Trössner ihn kaum wieder. Seit seinem Tod kam selten jemand aus der Geschäftsführung in ihre Abteilung, am ehesten noch der Finanzchef, der unangenehme Fragen stellte. Man behandelte die Windleute wie etwas, das nach dem Tod seines Besitzers herumsteht und stört und das man bloß aus Pietät nicht gleich aus dem Haus schafft.

Trössner redete von nun an oft und lange mit den Männern, sogar über sein Leben in Amerika. Er schwindelte ihnen vor, er habe die Anlage in Kalifornien mit eigenen Augen gesehen. Beinahe täglich war er in der Windhalle, sie war der einzige Platz in der Firma, an dem er sich nicht vollkommen überflüssig fühlte.

Natürlich weckten Trössners Besuche bei Rindfleisch und seinen Ingenieuren neue Hoffnung. Sie hielten ihm lange Vorträge, und Trössner hörte zu, als wäre er in der Schule und die Windenergie ein Lehrstoff, für den er sich interessierte. Was er verstand, war vor allem dies: Es ging natürlich, wie überall in der Wirtschaft, um Aufwand und Effizienz. Aber es ging auch um die Vision von einer neuen Welt, die ihren Hunger nach Energie nicht mehr befriedigte, indem sie sich selbst verbrannte, sondern ihre natürlichen Kräfte dorthin umleitete, wo sie gebraucht wurden. Windräder waren nicht irgendwelche Sondermaschinen, *One-Trick-Ponys*, versteckt in Fabriken, die außer ihrer Belegschaft keiner betrat. Es waren vielmehr ganz besondere Maschinen, die weithin sichtbar waren und mit denen man vielleicht die ganze Menschheit retten konnte. Wenn Rindfleisch sprach, hörte Trössner Karolus, den komischen Heiligen. Und vermutlich fühlte er sich dabei, wie sein Vater sich gefühlt hatte, wenn Karolus predigte.

Schon bei seinem zweiten Besuch nahmen die Ingenieure Trössner mit zu einem Feld, das etwa zwei Kilometer vom Industriegebiet entfernt auf einem kleinen Hügel lag. Die Firma hatte es für die Erprobung ihrer Prototypen von einem Bauern gepachtet. Auf dem Hügel stand ein hohes Gerüst, an dessen Spitze die neuen Antriebseinheiten und Rotorblätter getestet wurden. Die Mühle, so nannten sie die Ingenieure, drehte sich im Wind, langsam, wie Trössner fand. An ihrem Fuß, in einer kleinen Wellblechbaracke, wurde alles Mögliche gemessen, vor allem natürlich, wie viel Strom die Anlage bei welcher Windstärke lieferte. Auf dem Teil des

Feldes, das die Firma nicht benötigte, blühte gerade der Raps. Trössner kam das Ganze vor wie eine Forschungseinrichtung weitab der Zivilisation, in der einsame und ein bisschen verrückte Wissenschaftler ohne jeden Kontakt zur Außenwelt leben und arbeiten.

Es gefiel ihm dort. Im Gegensatz zu den Sondermaschinen erzählten die Windräder eine Geschichte. Und sie zeigten Haltung. Allerdings war sich Trössner so gut wie sicher, dass sein Vater auf dem Holzweg gewesen war. Das alles hier, die ganze Windradsparte, sah ihm nicht so aus, als würde man damit auch nur eine einzige Mark verdienen. Demnächst würde man ihm wahrscheinlich nahelegen, ihrer Schließung zuzustimmen. Und vermutlich würde er keine Gegenargumente in petto haben, jedenfalls keine, die überzeugten.

Es dauerte allerdings, bis erstmals die Rede von einem Aufgeben der Windsparte war. Das Thema kam mehr oder weniger zufällig auf, in einer der regelmäßigen Sitzungen der Geschäftsleitung. Der für die Finanzen zuständige Mann war einer, der beim Reden oft ins Allgemeine geriet. So auch diesmal. Mittelständische Unternehmen, sagte er am Ende eines weitschweifigen Vortrags, müssten sich in schwierigen Lagen auf ihre *Kernkompetenz* konzentrieren.

Das war eines von diesen Worten, die bei Wirtschaftsleuten so beliebt sind, weil sie markig klingen und so, als stünde eine große Philosophie dahinter. Trössner kannte solche Worte aus dem Studium, er hätte im gleichen Tonfall antworten können; aber damals hörte er aus allem nur heraus, dass man ihn für eine schwierige Lage hielt.

Der Finanzmann bekam als Antwort von allen ein schweigendes Nicken, nur nicht vom Ingenieur Rindfleisch, der ihm heftig widersprach. Das feuerte den Mann allerdings erst so richtig an, und er hielt an seiner Lieblingsvokabel fest. Bei der Firma Trössner seien nun einmal die Sondermaschinen die *Kernkompetenz*, da mache ihnen keiner etwas vor. Während diese Windkraftexperimente – der Mann unterbrach sich, weil er merkte, dass er aufs Glatteis geriet. Nun ja, man habe das in den letzten Jahren verfolgt, vor allem natürlich auf Betreiben des Chefs, und es sei ja durchaus möglich, dass da etwas dran sei, aber es fehle nun einmal der politische Wille dafür, und außerdem würden sich die Kraftwerksbetreiber nicht so schnell die Butter vom Brot nehmen lassen. Er verstummte. Die anderen sahen weg, keiner widersprach ihm, auch Rindfleisch schwieg, und Trössner hätte beinahe gefragt, wo er unterschreiben solle. Nach seiner Unterschrift waren solch quälende Besprechungen nämlich meistens rasch beendet.

Der Finanzmann hatte inzwischen bemerkt, dass er zu weit gegangen war. Noch rangierte Pietät über *Kernkompetenz*. Vorerst könne man die Abteilung natürlich nicht schließen, sagte er. Das amerikanische Geschäft laufe ja noch. Obwohl man, beim jetzigen Stand der Dinge, eher skeptisch sein müsse.

Der Ingenieur Rindfleisch saß am anderen Ende des langen Tisches im Besprechungsraum, vor einem Fenster, durch das die Sonne fiel; Trössner konnte seine Gesichtszüge kaum erkennen. Wie elend der Mann sich jetzt fühlen musste. Das war einer, der ein Ziel hatte, für das er seit vielen Jahren arbeitete. Einer, der für eine Sache brannte, der einen Traum hatte. Und dieser Traum war demnächst vielleicht ausgeträumt.

Die Stille wurde unerträglich. Endlich sagte Trössner: Nun ja, dann wäre es vielleicht gar nicht so schlecht, wenn er demnächst einmal nach Kalifornien fliege und sich an Ort und Stelle gründlich informiere. Sich quasi ein Bild mache. Mit Amerikanern kenne er sich ja ganz gut aus. Er lachte.

Die Männer sahen ihn an, als stünde plötzlich ein großer weißer Gorilla hinter ihm. Natürlich konnten sie dem Besitzer der Firma nicht verbieten, deren Kunden im Ausland zu besuchen. Aber Trössner hätte sich nicht gewundert, wenn sie gesagt hätten: Junge, was soll der Quatsch? Du bleibst hier! Doch stattdessen zuckten sie die Schultern. Schaden könne das ja nicht. Der zuständige Vertriebsleiter werde ihn begleiten.

Danke, sagte Trössner. Er fliege lieber allein.

Das klingt ihm bis heute im Ohr! *Danke, ich fliege allein.* Das war definitiv Trössners allererster Satz im Tonfall eines echten Chefs.

Die Männer schauten besorgt. Der weiße Gorilla hatte sich bewegt. Aber Faktum war, dass hier alles Hartmut Trössner gehörte. Die Hallen, die Maschinen, der Tisch, an dem sie saßen, die Lampen an der Decke, die Kaffeetassen, die Wasserflaschen, die Schalen mit trockenem Gebäck. Wenn er alleine nach Amerika fliegen wollte, konnte er das tun. Niemand durfte es ihm verbieten. Es mochte ja sein, dass alles, was er war, nur auf dem Papier stand. Aber egal, es galt!

Dann sei das wohl geklärt, sagte Trössner. Zum ersten Mal stand er auf und beendete damit die Besprechung.

Eine knappe Woche später, am zweiten November 1989, landete er nach dem Umsteigen in New York auf dem Flughafen von Pittsburgh. Jenny holte ihn ab. Sie war selig. Ihre

Sicht der Dinge war klar und heiter: Ihr netter, aber etwas unentschiedener Studentenfreund hatte sie verlassen, um seinen Vater zu beerdigen. Jetzt kam er als junger Unternehmer zurück, der seine amerikanischen Partner besuchte. Was für eine Zukunft stand da ins Haus, egal, wo sie sich abspielen würde! Sie verbrachten ein paar Tage in Pittsburgh, dann flogen sie zusammen nach Kalifornien; in Bakersfield mieteten sie ein Auto, mit dem sie hinaus aufs Land zu einem Treffen mit den Betreibern eines Windparks fuhren. Lange ging es durch nichts als wilde Landschaft. Dann sahen sie die Windräder, Hunderte, Aberhunderte vielleicht, und alle hatten sie ihre Köpfe in die gleiche Richtung gedreht, wie eine Menschenmenge, die auf die Ankunft von etwas ganz Besonderem wartet. Trössner kam es vor, als landete er auf einem Planeten, der der Erde ähnlich war, auf dem man aber alles anders machte.

Wieder ließ er sich geduldig dies und das erklären: die noch unbefriedigenden Effizienzwerte, den heiklen Umgang mit wechselnden Windstärken, die Schwierigkeiten bei der Wartung der Windräder, die übermächtige dänische Konkurrenz. Er hätte nicht sagen können, dass ihn die Sache interessierte, aber es fiel ihm immerhin leicht, in Ruhe zuzuhören. Zwischendurch stellte er Fragen in seinem akzentfreien Amerikanisch. Darüber lag das gleichmäßige Geräusch der Flügel, deren Schatten über den felsigen Boden fegten.

Am nächsten Tag besuchten sie einen anderen Windpark, dessen Betreiber auch mit der Firma Trössner in Kontakt stand. Man hatte sie am Morgen mit dem Auto vom Hotel abgeholt. Wieder führten sie die gleichen Gespräche, es ging um die gleichen Probleme, es herrschte die gleiche Stimmung. Wieder das Reden vom Aufbruch in eine neue Zeit, begleitet von der Sorge um Kredite, Zinsen und Renditen. Auf der Rückfahrt schaltete der Fahrer das Radio ein. Es wurde eine Sondernachricht gesendet und in kurzen Abständen wiederholt. Trössner saß im Fond des Wagens, er bat, das Radio lauter zu stellen. In Berlin war es jetzt spät am Abend, gerade war die Mauer geöffnet worden. Die amerikanischen Kommentatoren klangen unsicher; man wusste nicht, was das bedeuteten würde.

Am folgenden Tag, ihrem dritten in Kalifornien, fuhren sie auf Einladung eines Investors nach Los Angeles. Sie besichtigten die Stadt, später lud der Mann sie in ein Restaurant zum Abendessen. Es war eine große Runde, alle hatten mehr oder weniger mit dem Windkraftprojekt zu tun, als Techniker, als Finanzleute oder als Politiker. Als sie bemerkten, wie fließend Trössner Amerikanisch sprach, bombardierten sie ihn mit Fragen. Was denn jetzt in Deutschland passieren werde, da die Mauer gefallen sei?

Man kann das heute offen sagen: Niemand wusste damals, was passieren würde. Nicht einmal die Geheimdienste hatten die Ereignisse vorhergesehen. Auch Trössner war davon vollkommen überrascht. Aber natürlich fragte jetzt jeder jeden, der etwas näher am Geschehen war als er selbst. Womöglich war die Nachricht vom Mauerfall in Berlin die wichtigste Nachricht seit dem Ende des Krieges. Und Trössner war nicht nur ein junger Deutscher, sondern auch jemand, der mit der Zukunft zu tun hatte.

Ihr Auftritt, Mr. Trössner!

Und tatsächlich, er drückte sich nicht um eine Antwort. Es werde, sagte er, über kurz oder lang zur Wiedervereinigung der beiden deutschen Staaten kommen, wahrscheinlich früher, als die meisten das heute glaubten. Und nach einer

Wiedervereinigung erwarte sie alle die ungeheure Aufgabe, die verschiedenen ökonomischen und infrastrukturellen Verhältnisse in den beiden Ländern einander anzugleichen. Die amerikanischen Fachausdrücke waren ihm geläufig. Er nannte Beispiele. Die Straßen, die Bahn, die Landwirtschaft. Und natürlich, womöglich an erster Stelle, die Energieversorgung. Für ihre Branche, die Windenergie, werde es einen Weckruf geben. Er sei sich sicher, dass der Nordosten Deutschlands, die Region an der Küste, nach einer Wiedervereinigung der ideale Standort für Windparks sei, deren Größe alles Bisherige in Europa übertreffe. Eine großartige Gelegenheit, die vom Sozialismus ruinierte Energieversorgung auf völlig neue Füße zu stellen. Und so weiter. Er scheute sich nicht, in Details zu gehen.

Ich vermute, gleich wird Ismene wieder nach Jenny fragen. Weißt du was, Trössner? Ich komme ihr zuvor.

Jenny kannte den Trössner der Debattierclubs und den auf der Studiobühne mit seinen Pennsylvania-Dutch-Parodien. Aber das hier war knallharte Wirklichkeit. Um sie herum saßen Leute, die viel Geld investieren und damit noch viel mehr Geld verdienen wollten. Diese Leute verteilten keine Noten in Rhetorik, sie waren nur an Fakten interessiert. *Facts, facts, facts.* Jenny griff nach Trössners Hand, aber diesmal war es wohl keine Bestätigung. Wahrscheinlich hatte sie Angst, und sie wollte ihren Freund davor schützen, eine Dummheit zu begehen.

Trössner erwiderte ihren Händedruck und sah ihr in die Augen. Mach dir keine Sorgen, sagte er zu ihr, auf Deutsch. Wir kommen hier schon lebend raus. Sie war leider zu nervös, um ihn zu verstehen.

Zwei Tage später flog Trössner zurück nach Deutschland,

ohne noch einmal in Pittsburgh Station zu machen. Dafür musste Jenny Verständnis haben. Im Gepäck hatte er nämlich Anfragen für weitere Windräder, die sie in der Firma so schnell wie möglich durchkalkulieren mussten, damit er den Amerikanern Bescheid geben konnte.

In der Firma waren die Reaktionen auf das Ergebnis seiner Reise allerdings ziemlich gemischt. Ab sofort gab es täglich Besprechungen in großer Runde. Wenn es wirklich zu größeren Aufträgen kommen sollte, so hieß es, sei es ziemlich wahrscheinlich, dass man sie nicht annehmen könne. Viel zu wenig Kapazität, außerdem waren die technischen Probleme mit den Windrädern in den letzten Jahren nicht kleiner geworden, sondern eher größer. Und vor allem: Jetzt, nach der Maueröffnung, müssten sich doch ganz neue Märkte für die Sondermaschinen auftun. Warum also in die Ferne schweifen? Gleich fiel auch wieder das heilige Wort *Kernkompetenz*.

Trössner hörte alldem in Ruhe zu. Ein paar der Männer schienen beinahe in Panik zu geraten. Der deutsche Markt stand vor gravierenden Veränderungen, und dieser Junge, der doch, seien wir mal ehrlich, nicht die geringste Ahnung vom Geschäft hatte, war drauf und dran, mit den Spinnereien seines Vaters die ganze Firma zu ruinieren. Das sagten sie natürlich nicht mit diesen Worten. In der Führungsrunde hieß es vielmehr: Wenn man jetzt geschickt und konzentriert handele und alle Kräfte bündele, könne man vielleicht im deutschen Maschinenbau eine erheblich größere Nummer werden. Während hingegen die Windräder in Amerika doch eine vergleichsweise unsichere Sache seien.

Trössner wartete, bis die Bühne ihm allein gehörte.

Natürlich, sagte er. Die Windradgeschichte sei ja wirklich

ein bisschen schwankend. Das war ein Insiderscherz. Die Gegner der Windenergie behaupteten gerne, dass die Windräder nicht angetrieben, sondern umgeknickt würden, sobald es einmal stürme.

Aber, fuhr er fort, in nächster Zeit werde sich tatsächlich sehr viel ändern. Und wer glaube, mit den alten Methoden bekomme man alles in den Griff, der irre sich gewaltig. *Kernkompetenz!* Er sprach es komisch aus. Seiner bescheidenen Meinung nach sei das ein Wort für Leute, die nicht mehr nach vorne denken wollen. Etwas für Leute, die sich einigeln möchten. Dabei sei ab sofort womöglich alles, was man bislang wusste, rein gar nichts mehr wert. Wer jetzt versuche, mit den Lösungen von gestern die Probleme von morgen anzugehen, der werde auf die Nase fallen. Er selbst mache natürlich niemandem einen Vorwurf, der sich auf seine Erfahrungen berufe. Doch die Zukunft gehöre unzweifelhaft denen, die sich jetzt von der Vergangenheit lösten.

Eine Pause, lang, gerade eben noch kurz genug, um nicht peinlich zu werden. Dann sagte er, dass er selbstverständlich die Bedenken der Fachleute niemals ignorieren werde und dass er allen noch einmal ausdrücklich danken wolle, die in den letzten Jahren dafür gesorgt hätten, dass es der Firma so gut gehe. Dennoch plädiere er nachdrücklich dafür, die Arbeit an den Windrädern mit aller Kraft voranzutreiben.

Das war Trössners *Ceterum Censeo*, seine *Gettysburg Address*, seine *Ruck-Rede*, Jahre bevor ein deutscher Präsident die seine halten würde.

Und, das muss er zugeben, die Lage war günstig. Die letzten Geschäftsjahre waren gute Jahre für die Firma Trössner gewesen. Die Banken waren in ausgezeichneter Stimmung, ihr übliches Misstrauen in das Unternehmen rangierte gerade auf einem historisch niedrigen Stand. Wenn man ihnen vermitteln konnte, dass es im wiedervereinigten Deutschland Förderprogramme für alternative Energien geben werde, würden sie mitziehen. Also wurde einstimmig beschlossen, die Windsparte auszubauen.

Trössner besuchte nun täglich die Windradhalle, wo die Ingenieure mit Hochdruck an einer neuen, leistungsfähigeren Anlage arbeiteten. Ihr Büro war so etwas wie sein Refugium. Hier respektierte man ihn, mehr noch, man verehrte ihn. Er setzte das Lebenswerk seines Vaters fort, aber er tat es nicht mit dem Kalkül eines erfahrenen Unternehmers, sondern mit der Energie eines jungen Mannes, der bereit ist, Risiken einzugehen.

Trössner! Hörst du mich? Ich werde jetzt der Ismene sagen, was du damals gedacht hast. Ohne den Pinsel zu gebrauchen, der die Vergangenheit vergoldet. Aber auch ohne die Häme, zu der du manchmal neigst.

Was er dachte, war: Ich kann nur gewinnen.

Denn ganz und gar ehrlich gesagt: Natürlich hoffte er auf den Erfolg der Windräder. Aber tief innen glaubte er nicht daran. Immer, wenn er mit sich alleine war, schüttelte er förmlich den Kopf darüber. Es passte nicht in das Bild, das er von sich hatte. Er, Hartmut Trössner, war doch kein technischer Pionier! Kein zorniger junger Mann, der irgendwo vorangeht, geschweige denn einer, der Visionen entwickelt, aus denen überlebensgroße Maschinen werden, die mitten in der Landschaft stehen, weithin sichtbar, mit seinem Namen darauf. Maschinen, die eine neue Zeit herbeiwinken und dabei gleichzeitig noch Profit abwerfen.

Nein, Trössner, das warst doch nicht du!

»Könnte es sein, dass Sie kokettieren?«

Ich staune. Unsere Ismene hat immer noch nicht auf Durchzug geschaltet. Dabei hätten wir ihr glatt verziehen, wenn sie diesen ganzen Technikkram nur stumm erduldet hätte, in der Hoffnung, bald wieder besseres Futter für ihre Klatschkolumne zu bekommen.

Nein. Keine Koketterie. Es war damals, was man eine *Win-Win-Situation* nennt.

So wie Ismene schaut, muss man es ihr erklären. Besser: Man müsste es jedem erklären. Dabei ist es nicht schwer zu verstehen. Entweder, die Windräder für Amerika würden ein Erfolg, umso besser. Oder nicht, dann hätte Trössner mit Anstand gehen können. Er hätte in einer schwierigen Lage das seine getan, um die Zeichen auf Zukunft zu stellen. Mehr durfte niemand von ihm erwarten. Und wie oft kommt es vor, dass die ambitionierten Pläne eines jungen Unternehmers an seiner halbherzigen und überalterten Belegschaft scheitern! Eine frische Idee bleibt in der Routine hängen und verfault. Würde das passieren, dann wäre er ein tragischer Held. Aber immerhin ein Held. Abgang durch die Mitte.

Doch was dann geschah, lag jenseits des Entweder-Oder. Die nächsten Monate liefen ab, als hätte ein Profi das Drehbuch dafür geschrieben. Zuerst machte die Entwicklung des neuen, leistungsfähigeren Serientyps gute Fortschritte. Im Frühjahr 1990 kamen die Investoren aus Amerika, um die Anlage im Probebetrieb zu begutachten; sie waren hellauf begeistert. Ein Vorvertrag wurde aufgesetzt, mit dem endgültigen Auftrag wäre die Windkraftsparte der Firma Trössner auf längere Zeit ausgelastet gewesen, man hätte sogar die Produktionsstätten erweitern und neues Personal einstellen müssen. Womöglich wäre der Ankauf einer kränkelnden Maschinenfabrik am selben Ort infrage gekommen, es gab schon konkrete Pläne dafür. Ein paar Wochen später kam die Absage der Amerikaner. Sie hatten gehofft, auch nach dem Ende der staatlichen Förderung genügend Geld zusammen zu bringen, aber die Hoffnung hatte getäuscht. Der Boom der Windenergie in Amerika war vorerst zu Ende.

Trössner reagierte kämpferisch. Es ließ die ganze Belegschaft in eine der Werkshallen zusammenrufen. Das sei ein Rückschlag, sagte er, okay, zugegeben, aber sie hätten jetzt ein absolut konkurrenzfähiges Produkt, und wenn es nicht Amerika sei, dann vielleicht ein Ökobauer in Schleswig-Holstein oder eine LPG in Brandenburg. Oder ein Staat in Afrika, der mit seinen Entwicklungshilfegeldern etwas wirklich Sinnvolles anfangen wolle.

An die Arbeit!, sagte er. Der *Fliegende Holländer*, so hieß der neue Serientyp inoffiziell, werde seinen Weg schon machen. Wieder bekam er Beifall, wie damals bei der Totenrede auf seinen Vater.

Mittlerweile konnte Trössner aus dem Handgelenk Vorträge über Windenergie halten, die so etwas wie einen unaufdringlichen religiösen Unterton hatten. Eine Investition in Windenergie war ja auch nicht irgendein Wirtschaftsprojekt, sondern Teil der Herkulesarbeit, die Menschheit von den technischen Irrtümern zu befreien, in die sie sich verstrickt hatte. Windräder verkaufte man nicht, indem man bloß solide Ertragspläne vorlegte; man musste sie vielmehr als eine gerechte Waffe verkaufen. Eine gerechte Waffe gegen die Betreiber von Atom- und Kohlekraftwerken, die Rohstoffe plünderten, die Umwelt verschmutzten und das Land mit riesigen Bomben bestückten.

Trössner war dabei sehr überzeugend, und das, obwohl er sich bislang nicht besonders für Politik und erst recht nicht für irgendeine Protestbewegung interessiert hatte. Als der Widerstand gegen die Atomkraft seine ersten Höhepunkte erreichte, war er gerade im richtigen Alter für jede Form von Opposition, doch er brachte keine Sympathie dafür auf. An einer einzigen Anti-AKW-Demo hatte er spontan teilgenommen, eine halbe Stunde lang war er mitgelaufen, dann war er wieder ausgeschert. Es war ihm peinlich gewesen, diesen Leuten nahe zu sein und mit ihnen gesehen zu werden. Sie mochten in der Sache Recht haben, aber Trössner sah nur erwachsene Menschen, die von dem kindlichen Wunsch getrieben wurden, zu den einwandfrei Guten zu gehören. Sie sangen Kinderlieder und fassten einander bei den Händen. Er fand es unerträglich, dass sie sich lächerlich machten und es nicht einmal bemerkten.

Auf dieser einen Demo hatte er genug an Alternativem und Grünem erlebt. Alles andere sah er gelegentlich im Fernsehen. Die Protestcamps vor den Zäunen der AKW, Zelte im strömenden Regen, die alte Lagerfeuerromantik mit Klampfe und rundgehender Flasche, nur dass sie jetzt Lieder gegen die Atommafia sangen. Oder frühmorgendliche Sitzblockaden, das Anketten an Schienen, und dafür immer gleich das große Wort vom passiven Widerstand. Jeder, der sich irgendwo auf den Boden hockte und wegtragen ließ, war ein kleiner Gandhi. Trössner ekelte sich vor so viel Selbstbewusstsein. Vollends wütend machte ihn die Bewunderung für die Top-Aktivisten, die auf Schornsteine kletterten oder Walfangschiffe zu entern versuchten. Das waren die Kriegshelden des Pazifismus, leuchtende Vorbilder für andere. Zwei Schüler aus seiner Klasse verbrachten einmal nach einer Demo zwei Stunden auf einer Polizeiwache; sie kehrten davon zurück wie nach Jahren der Gefangenschaft bei einem teuflischen Feind. Auf dem Schulhof wurden sie gefeiert wie früher die Ritterkreuzträger.

Doch jetzt war alles vollkommen anders geworden.

Gut, eines war natürlich nicht zu leugnen: Die Windenergie war ein Teil der ökologischen Bewegung, das Windrad sogar eines ihrer Symbole. Wo immer Trössner auftrat, fand er sofort Freunde. Leute wie die aus der Demo drängten sich ihm auf, sie klopften ihm auf die Schulter; er hatte nicht die geringste Chance, für etwas anderes gehalten zu werden als für einen Motor des Alternativen. Und natürlich sträubte er sich nicht dagegen.

Aber für ihn bedeutete die Windkraft etwas anderes als für die alten Aktivisten. Denn indem er sie propagierte, machte er sich in der Firma unangreifbar. Und genau das zählte. Er war jetzt der, der das geistige Erbe des Vaters nicht nur bewahrte, sondern entschieden weitertrug. Und was immer Trössner tat, er konnte es mit Worten tun, ohne sich zu sehr mit der Technik oder mit irgendwelchen Details einzulassen.

Zusammen mit einem der jungen Ingenieure aus der Windsparte und dem Finanzmann bemühte er sich um Fördermittel, zusammen mit dem Vertriebsleiter warb er um neue Kunden für den *Fliegenden Holländer*. Sie hatten Stände auf den kleinen Landwirtschaftsmessen in ganz Deutschland, sie klapperten die desolaten LPG im Osten ab. Wieder und wieder erklärten sie den Bauern und den Besitzern von Firmen auf dem Lande, dass sie ihren eigenen Strom produzieren könnten, statt bloß über die hohen Strompreise zu klagen. Sie beschworen die alte Zeit herauf, die Zeit der Windmühlen und der Wasserräder, als das Land noch dicht bestückt war mit unabhängigen Energiequellen. Damals habe man noch selbst die Kraft aus dem Boden und aus der

Luft genommen, statt sich von undurchsichtigen Konzernen abhängig zu machen. Und genau dahin könne man jetzt wieder zurück!

Meistens machten sie einen ziemlichen Eindruck, Trössner allen voran. Aber wenn es dann in die Details und besonders wenn es ums Geld ging, wurden die Leute skeptisch. Sie führten Gespräche, sie verteilten Hunderte von Prospekten und Kostenplänen, aber die Aufträge für den *Fliegenden Holländer* kamen so spärlich, dass sie jeden einzelnen feiern mussten, um sich bei Laune zu halten. Bei dieser Geschäftsentwicklung waren die Tage der Windräder in der Firma gezählt. Trotzdem schlief Trössner jetzt wieder gut in seinem Kinderzimmer, so gut wie damals, als noch niemand über seine Zukunft gesprochen hatte. Wenn morgens beim Frühstück nach ihm telefoniert wurde, sagte er, er komme etwas später, man möge bitte auf ihn warten. Und dann aß er in Ruhe zu Ende.

Und jetzt, Trössner, erzähle ich der Ismene den Schluss deines Märchens. Denn es war ja ein richtiges Märchen, nicht wahr?

Es begab sich nämlich zu dieser Zeit, dass zwei Bundestagsabgeordnete, die von Partei und Alter ganz verschieden waren, gemeinsam einen Entwurf verfassten, der den ziemlich nichtssagenden Namen *Stromeinspeisungsgesetz* trug. Dieses Gesetz sollte den Erzeugern von Windenergie einen Verkauf ihres Stroms an die großen Energieversorgungsunternehmen garantieren. Und zwar zu einem guten Preis, also einem Preis, der den braven Leuten ihre Kosten hereinholen und ihnen sogar einen hübschen Gewinn einbringen würde.

Es geschah das in dem Sommer, in dem die deutsche Politik vollauf damit beschäftigt war, die Folgen des Mauerfalls und des *Wir sind ein Volk* in den Griff zu bekommen. Die letzte Parlamentswahl der DDR hatte der Regierung den Auftrag zur Wiedervereinigung erteilt, und der war nun in die Tat umzusetzen, ein wahrhaft gewaltiges Projekt. Hunderttausende sowjetische Soldaten mussten das Land verlassen, ohne Aufsehen zu erregen. Ein ganzer Staat wurde in großer Geschwindigkeit abgewickelt, und sofort begannen Tausende, in seinem Nachlass nach Wertvollem oder wenigstens Verwertbarem zu stöbern. Andere versuchten, alte Rechnungen zu begleichen. Dabei zeichnete sich ab, dass es eine Menge Verlierer geben würde. Eine gar nicht so kleine Minderheit war sogar gegen das ganze Projekt; ein Literaturnobelpreisträger nannte den untergehenden Staat ein *Schnäppchen* und meinte es kritisch.

Und nun die Frage, meine lieben Kinder: Wer bemerkte bei alldem das Unterfangen einer winzigen fraktionsübergreifenden Initiative, die den Ökoschraubern und den Weltrettern zu Zeiten, da viele andere so glänzend bedient wurden, wenigstens ein kleines Geschenk verschaffen wollte?

Die Antwort: Kaum einer bemerkte es. Deutschland, damals gerade eben noch zu zweit, schrieb wieder Weltgeschichte, da konnte man sich nicht mit Kleinigkeiten befassen. Die alten Debatten schienen plötzlich vergessen, die Reservate BRD und DDR wurden geöffnet. Prompt verlor die ökologische Frage an Bedeutung. Die Grünen büßten im Westen die Hälfte ihrer Wähler ein und wären aus dem Bundestag geflogen, hätte sie nicht eine schon ziemlich obsolete ostdeutsche Protestbewegung gerettet. Über das *Stromeinspeisungsgesetz* wurde berichtet, aber wer hatte schon Interesse an solchen Petitessen, da gerade Deutschland, Europa und die Welt neu eingerichtet wurden?

»Sie«, sagt Ismene, als wäre das keine rhetorische Frage gewesen. Sie legt wirklich Wert darauf, dass wir begreifen, wie aufmerksam sie zuhört.

Und natürlich hat sie Recht. In der Firma Trössner war binnen kurzem alles in Alarmbereitschaft versetzt. Schluss mit dem Hoffen auf Amerika oder Afrika, Schluss mit dem Klinkenputzen bei den sturen Bauern. Ab sofort hatte jeder die Möglichkeit, sich ohne finanzielles Risiko vom Kohle- oder Atomstrom abzukabeln. Ganze Städte konnten beschließen, ihren Strom aus dem Wind zu beziehen. Natürlich würde das nicht mit einem einzigen Windrad funktionieren, sondern mit dutzenden, mit hunderten. Ganze Parks müssten errichtet werden, und um sie zu betreiben, müssten sich Unternehmen gründen, die es bislang nicht gegeben hatte. Es war einwandfrei ein historischer Moment, der vieles verändern würde, und zwar von unten, so wie damals, als die Kartoffel nach Europa kam.

Trössner organisierte den Vormarsch. Er fuhr zu Universitäten, an denen Umweltingenieure und Geoökologen ausgebildet wurden. Dort improvisierte er Informationsabende, und tatsächlich warfen ein paar junge Assistenten ihre Unijobs hin, um ein schlagkräftiges Marketing der Trössnerschen Windräder aufzubauen. Sie bezogen keine Büros, stattdessen bekamen sie Autos mit klobigen Mobiltelefonen. Von morgens früh bis spät in die Nacht erklärten sie potentiellen Kunden und Investoren, was genau ab sofort möglich war. Natürlich war das wieder das reinste Hausieren, allerdings hatten sie jetzt kein fragwürdiges Nischenprodukt im Angebot, sondern eine Maschine, die Geld druckte. Und alles, was sie sagten, stimmte bis auf den letzten Buchstaben und die letzte Zahl; alle ihre Versprechungen wurden durch ein Bundesgesetz gedeckt, das jeder überprüfen konnte.

Trössner selbst war die meiste Zeit mit den neuen Leuten unterwegs. Das *Stromeinspeisungsgesetz* hing wie ein fetter Köder im Wasser, man musste ihn bewegen, damit möglichst viele ihn bemerkten und danach schnappten. Immer wieder tauschten sie sich darüber aus, wie man am besten vorgehen sollte. Trössner schrieb sogar für die Mitarbeiter eine kleine Broschüre mit Gesprächsstrategien. Dabei war er selbst am erfolgreichsten, wenn er improvisierte. Jeder Kunde war anders, jeder musste anders behandelt werden. Wenn Trössner allerdings spürte, dass er die Leute am Haken hatte, dann kam es oft genug vor, dass er sich in eine Art Trance redete. Dann wusste er kaum noch, was genau er sagte; trotzdem führte er die Leute immer genau dahin, wo er sie haben wollte.

Im Laufe des Jahres 1991 erhielt die Firma Trössner Aufträge für den *Fliegenden Holländer*, die ihre Sondermaschinen-Produktion zu einer Lappalie machten. In kürzester Zeit wurde das ganze Unternehmen für die Herstellung von Windenergieanlagen umgebaut und dabei dramatisch erweitert. Das brachliegende Nachbargelände im Industriegebiet wurde hinzugekauft, neue Hallen wurden errichtet, neue Mitarbeiter eingestellt, das alles getragen von äußerst günstigen Krediten, die man der Firma förmlich aufdrängte. Den ersten großen Windpark bestellte die Nachbarkommune; zu seiner Einweihung kam Presse aus ganz Deutschland.

Trössner selbst fuhr nach Dänemark, um dort Ingenieure aus der Windenergiebranche abzuwerben. Offiziell sollte die Reise der Information dienen und möglicherweise der Gewinnung von Partnern. Er besuchte mehrere Windradhersteller und schilderte dort freimütig ihre Auftragslage und den Mangel an Fachkräften. Eingemietet hatte er sich in einem Motel, das er nur für die Fabrikbesuche verließ. Die ganze Aktion sollte nichts Aggressives haben, aber ihre eigentliche Absicht wurde verstanden. Mehr als ein Dutzend dänischer Ingenieure meldete sich bei ihm. Die ohne Familie waren sofort bereit zu übersiedeln, die mit Familie zögerten, aber die Gehaltsangebote der Firma Trössner und die garantierten Positionen waren zu verlockend. Manche nahmen dann die langen Abwesenheiten von zu Hause oder das Pendeln in Kauf, oder sie brachten ihre Familien mit nach Deutschland.

Es darf jetzt allerdings bei unserer Ismene kein Missverständnis aufkommen: Die folgenden Jahre waren keineswegs das reine Zuckerschlecken. Das Geschäft lief nicht von selbst. Es war kein Goldrausch, bei dem man nur das Sieb in den Fluss halten musste. Ohne harte Arbeit wurde man mit Windrädern nicht reich.

Zunächst einmal gab es Konkurrenten. Die meisten waren glücklicherweise Amateure und Dilettanten, die sich selbst ruinierten. Aber es gab auch große Unternehmen, die viel Geld in die Hand nahmen. Und natürlich wachten die Energieversorger aus ihrem Dauerschlaf auf. Bis zum europäischen Gerichtshof sind sie schließlich gegangen, um das *Stromeinspeisungsgesetz* als unerlaubte staatliche Subvention verbieten zu lassen. Wäre ihnen das gelungen, hätte auch die Firma Trössner einpacken müssen. Aber sie verloren in letzter Instanz. Der Zeitgeist und die Politik waren auf Seiten der Windkraft. Trössner hatte den Wind im Rücken. Wenngleich es kein ungefährlicher Wind war.

Schließlich der Börsengang. Die Lieblingsgeschichte aller Unternehmer, vorausgesetzt, sie haben ihn überlebt. Der

Börsengang, das ist die aufregende Expedition in unbekanntes Terrain. Es ist die Reise in den Dschungel, der gleich hinter dem Gartenzaun beginnt. Einmal dort eingetreten, ist man ein anderer als der, der man bislang war. Die Verhältnisse werden undurchsichtig. Die Dinge verwandeln sich; aus den Produkten wird ein Portfolio, aus den Arbeitern und Angestellten wird Humankapital. Die Gegenwart interessiert nur noch am Rande, stattdessen ist die Zukunft alles, und man muss dauernd darüber sprechen. Alle Aussagesätze erscheinen jetzt als Prognosen, der Konjunktiv gilt als Indikativ, Futur ist Standard. Über die alte Firma wölbt sich ein neuer Himmel aus Zahlen. Menschen gehen jetzt ein und aus, die einen Schraubenschlüssel nicht von einem Hammer unterscheiden könnten und die trotzdem alles besser wissen, nein, gerade deshalb. Zudem gibt es neue Feinde, die man nicht kennt, die einen nicht kennen, die einem nichts Böses wollen und die einen dennoch zerstören können, mit einem verschwindend geringen Bruchteil des Aufwands, den die alten Feinde dazu gebraucht hätten.

Andererseits kommt das große Geld. Beim Börsengang hängt vieles vom Moment ab, buchstäblich von Tag und Stunde. Die Firma Trössner hatte das Glück, dass gerade ein greiser amerikanischer Analyst beklagte, zu wenige alternative Energieunternehmen seien börsennotiert. Es war so etwas wie sein Testament, er sagte es in seinem letzten Interview, das im Fernsehen gezeigt wurde. Wenige Tage später stürzten sich die Anleger und die Fonds auf die Trössner-Aktie wie hungernde Flüchtlinge auf die Nahrungspakete des Roten Kreuzes. Innerhalb eines Tages wurden neunundvierzig Prozent der Firma für einen Betrag verkauft, mit dem man sie vor wenigen Jahren zehn- oder zwanzigmal hätte komplett kaufen können. Ab sofort waren alle Zukunftspläne realisierbar. Aus allen Sätzen wurden Tatsachen, auch aus denen im Konjunktiv.

Der neue, kalte Wind und das viele Geld brachten so einiges in der Firma durcheinander. Es gab ein paar schwere Fälle von Überforderung. Ein paar der Männer in Leitungsfunktionen, darunter der alte Finanzmann, verabschiedeten sich in den Ruhestand. Doch zu Einbrüchen führte das nicht, bei ihrer Nachfolge konnte man unter absoluten Spitzenkräften wählen, es kamen Bewerbungen aus Amerika und Asien. Innerhalb von wenigen Wochen war die Firma nicht mehr wiederzuerkennen. Die Sondermaschinen und überhaupt die ganze Vergangenheit waren nicht nur vergessen; es war so, als hätte es sie nie gegeben.

Das, ja genau das wäre genau der Moment für Trössner gewesen, seinen alten Plan von der Flucht aus der Firma in die Tat umzusetzen. Gut, beim Börsengang war er noch lange nicht vierzig, aber niemand hätte ihm widersprechen können, wenn er gesagt hätte, sein Lebenswerk sei getan. Er hatte die gute alte *Eduard Trössner Maschinen- und Anlagenbau* ins 21. Jahrhundert geführt und sie dabei vollkommen verändert. Die große Aufgabe war gelöst, der Vater würde zufrieden mit ihm sein, vielleicht sogar glücklich. Mit einundfünfzig Prozent der Anteile und als Vorsitzender des Aufsichtsrates hätte er immer noch das Sagen gehabt, während um ihn herum lauter Spitzenleute Tag und Nacht daran gearbeitet hätten, in seinem Sinne brillant zu sein.

Doch nichts davon geschah.

Gibst du es zu, Trössner, war es nicht der Börsengang, der dich erst vollständig zu dem machte, der du bis vor viereinhalb Monaten warst?

Ich denke, er gibt es zu. Von einem Tag auf den anderen roch das Unternehmen nicht mehr nach Metall, obwohl davon mehr als jemals zuvor eingekauft, verarbeitet und wieder verkauft wurde. Es war jetzt ein gedankliches Gebilde, ein Bündel von Geschichten und eine Summe von Versprechungen. Man konnte es jetzt, im übelsten Sinne des Wortes, in Grund und Boden reden. Aber man konnte es auch schön und wertvoll reden; man konnte es immer wieder aufs Neue in Worten erschaffen, und das war Trössners Sache und Leidenschaft.

Bei den Pressekonferenzen zur Vorstellung der Vierteljahresbilanz besprach er das Unternehmen jedes Mal neu und anders; und er tat es mit Worten und Sätzen, zwischen denen hindurch die sogenannten harten Fakten flatterten wie kleine Vögel durch die Äste eines Baumes, der mit seiner Krone in die Wolken ragt. Trössners Bilanzpressekonferenzen waren ein Ereignis, manchmal kamen sogar Feuilletonredakteure der überregionalen Zeitungen. Sie schrieben dann spitze oder süffisante Kommentare. Man musste kein Psychologe sein, um in ihren Texten den Neid zu erkennen. Hier dichtete jemand mit einem Milliardenumsatz im Rücken.

Gut, die Windräder mussten natürlich weiterhin ihren Dienst tun. Dafür gab es den *Fliegenden Holländer*. Der war von Anfang an eine Art *Golf* unter den Windrädern, annehmbar effizient, zuverlässig, nicht sehr aufwändig in der Wartung, leicht aufzubauen, vielerorts einsetzbar. Dabei hörten Rindfleisch und seine Ingenieure nicht auf, ihn zu verbessern, und schon nach wenigen Jahren waren fast alle seine technischen Bestandteile grundlegend überarbeitet; kaum noch etwas an ihm war genau so wie zu Beginn der Produktion. Aber es waren Evolutionen, kleine, kontinuierliche Verbesserungsschritte, geplant von Leuten, die sich wirklich auskannten. Nichts geschah, das gut gemeint war und bloß neue Probleme brachte. Der *Fliegende Holländer* wurde die Marke, die dem Unternehmen mehr als fünfzig Jahre lang gefehlt hatte.

Dabei ließ Trössner seinen Ingenieuren freie Hand, weitere Experimente mit ganz anderen Modellen zu unternehmen. Die hatten zum Beispiel fünfarmige Rotoren, einarmige oder liegende. Im Grunde aber war es nur ein Spiel, wenn sie experimentierten; man durfte davon wenig erwarten. Mittlerweile hatte sich eine bestimmte Form von Windrad durchgesetzt: drei Flügel, der Rotor in den Wind gerichtet, eine bestimmte Kombination von Getriebe, Generator und Regler. Sehr effizient, aber auch ein bisschen langweilig. Und deshalb war es ein Vergnügen, so zu tun, als könnte man das Windrad womöglich noch einmal vollkommen neu erfinden, noch einfacher und vor allem noch effizienter, ein neues Ei des Kolumbus. Man signalisierte damit den Kunden und der Konkurrenz, dass sie von der Firma Trössner jederzeit etwas Neues und Unerhörtes erwarten konnten. Auf dem Versuchsgelände wurden dazu beständig Windräder ab- und aufgebaut, immer wieder gab es Vorführungen für die Kunden und die Fachpresse.

Und dann stand er dort, in gebührendem Abstand zu seinen Prototypen, Hartmut Trössner, der Mann, der mit hochrangigen Politikern genau so redete wie mit den Leuten in den Werkhallen. Unter den Alternativen war er der Stahlbaron, für seine Belegschaft war er Kumpel und Patron zugleich; und inmitten all der Anzugträger war er das große Kind, neugierig, blitzgescheit, wortgewandt und unberechenbar.

5

»Ich glaube, Ihre Bekannte ist zurück.«

Trössner ist Ismenes Blicken gefolgt. Da steht sie wieder, die verwirrte alte Frau, jetzt allerdings ohne Korb und Schaufel.

»Mist!«

Ein Wort, das guterzogene junge Frauen verwenden, wenn sie eigentlich etwas anderes sagen wollen. Wer Studien über den wahren Charakter unserer Ismene anstellen wollte, fände hier sein Material.

Stellst du solche Studien an, Trössner?

»Tut mir leid. Aber ich fürchte, ich muss sie mal wieder nach Hause bringen.«

Man sieht, dass ihr das gegen den Strich geht. Oder soll man das sehen?

»Könnten Sie vielleicht kurz mitkommen? Wenn Ihnen das nichts ausmacht?«

Du kannst natürlich ablehnen, Trössner. Solltest du allerdings endlich etwas zur Beförderung deiner Liebeskomödie unternehmen wollen, hättest du jetzt eine gute Gelegenheit.

Er greift wortlos zu seinem Rucksack.

»Manchmal ist sie nämlich ein bisschen« – sie sucht nach einem Wort – »widerspenstig.«

»Kein Problem.«

»Danke. Das ist toll von Ihnen.«

Ismene nimmt ihre Tasche und geht hinüber zu der alten Frau, Trössner ist zwei Schritte hinter ihr. Sie fasst die Frau beim Arm. »Dann kommen Sie mal, Frau Siebeneck.« Es sieht wirklich so aus, als täte sie das nicht zum ersten Mal.

»Wir nehmen einen anderen Ausgang.«

Ismene zeigt die Richtung an. Die alte Frau wehrt sich nicht, und sie sagt kein Wort. Sie gehen durch ein Feld mit unspektakulären Gräbern aus der Nachkriegszeit, von denen die meisten einigermaßen gepflegt sind. Doch dann wird abrupt aus dem Weg ein Trampelpfad. Die Grabreihen sind kaum noch zu erkennen, die Bäume sind zu einem undurchsichtigen Dach zusammengewachsen oder liegen umgestürzt quer über Wegen und Gräbern. Die Grabsteine ragen aus dem trockenen Unkraut wie die Köpfe von Ertrinkenden. Hier und da kann man noch einen Namen erkennen, und darunter immer wieder dieses eine Wort: *unvergessen.* Ein glatter Hohn.

Den Zaun bemerkt Trössner erst, als Ismene und die alte Frau davor stehen bleiben. Er ist so grün wie dieser Dschungel hier und übermannshoch.

»Raten Sie mal, was das hier wird«, sagt Ismene.

Trössner hat keine Ahnung. Es wird doch wohl niemand auf einem Friedhof bauen wollen, oder?

»Gebaut haben sie schon auf der anderen Seite«, sagt Ismene. »Das hier wird noch schlimmer. Der graue Klotz da hinten, das ist eine Kita. Die hat sich ein Stück Friedhof gekauft und baut darauf einen Abenteuerspielplatz für die Kleinen. Und jetzt raten Sie mal, wie der heißt.«

Trössner ist nicht gut im Raten.

»*Kinderwald*«, sagt Ismene.

Sie geht mit der Frau zu einem Tor, das nicht verschlossen ist. Dahinter stehen zwei Miniausgaben von Baumaschinen; Trössner kennt die Marke. An ihnen vorbei führt ein frischer

Weg, der die Spuren ihrer Raupenketten zeigt, hin zu dem grauen Gebäude. Dort wird gerade an einer hölzernen Rampe gearbeitet, die hoch zu einem Spielplatz führt. Hinter Flatterband drängen sich Kinder und sehen den Arbeitern zu.

»Ich bin's mal wieder«, sagt Ismene. »Dürfen wir?«

Eine Antwort wartet sie nicht ab, und sie bekommt auch keine. Sie überqueren den Spielplatz, die Kinder schauen ihnen nach. Vielleicht ein Vorgeschmack auf die Attraktionen, die sie demnächst im Wald erwarten, zwischen aufgegebenen und versunkenen Gräbern.

Die Straße vor der Kita liegt im Schatten großer Bäume.

»Nur noch ein paar Schritte«, sagt Ismene.

Das nächste Haus auf der rechten Seite ist bis zum ersten Stock mit Graffiti bedeckt. Das Nachbarhaus scheint kürzlich renoviert worden zu sein, etwas Efeu wächst aus Pflanzengittern; womöglich will es die Fassade vor der Kunst beschützen. Ismene zieht einen Schlüssel aus der Tasche, und Trössner ist jetzt doch ein bisschen verwirrt.

»Ich glaube, ich habe das gar nicht gesagt.« Ismene senkt die Stimme. »Sie wohnt bei mir im Haus. Der Pflegedienst kümmert sich um sie. Alles in Ordnung. Nur manchmal –« Hinter dem Rücken der Frau macht sie eine kleine Geste. Laut sagt sie: »So, Frau Siebeneck, jetzt sind wir da.« Sie hilft der alten Frau dabei, die Wohnungstür im Parterre zu öffnen, Trössner kann einen kurzen Blick in einen Flur werfen, dann ist die Tür wieder geschlossen.

»Ich wohne zweiter Stock«, sagt Ismene. »Ich würde Ihnen wahnsinnig gern weiter zuhören. Ganz ehrlich. Das müssen Sie mir glauben. Aber es wäre genial, wenn ich mich ganz kurz umziehen könnte. Die Sachen hier –«

Trössner unterbricht sie mit einer Handbewegung, nonchalant, und sagt: »Aber sicher.« Sie gehen zur Treppe, vorbei an einer Reihe von Briefkästen, die in Kopfhöhe an der Wand hängen, alle neu und mit uniformen Namensschildern, aber für etwas Detektivarbeit bleibt Trössner keine Zeit. Sie steigen die Treppen hinauf, Ismene voran, die Stufen sind ein bisschen ausgetreten, aber neu lackiert, und die Farbe scheint zu halten.

Ismene braucht zwei weitere Schlüssel, um die Wohnungstür zu öffnen. »Es geht wirklich ganz schnell«, sagt sie. »Setzen Sie sich doch so lange ins Wohnzimmer. Ich brauche nicht mehr als drei Minuten. Ich bin Berliner Vizemeisterin im Schnellumziehen.«

Das Zimmer geht nach hinten hinaus. Zwei hohe Fenster, keine Gardinen, nur schmale rote Samtschals. Am Quergebäude vorbei schaut man in das gestaltlose Grün des Friedhofs.

Aha. Ein interessantes Biotop, nicht wahr? Trössner, schau dich ein bisschen um. Zeige Interesse. Sei neugierig! Soll ich dir vielleicht dabei helfen? Das mache ich gern. Ich weiß, die Antriebsschwäche ist der schlimmste von allen Dämonen. Aber nimm doch bitte zur Kenntnis, dass hier und heute nach viereinhalb Monaten wieder etwas passiert, das nicht mit deiner Vergangenheit zu tun hat.

Nun ja, ich korrigiere mich: nicht ausschließlich.

Und tatsächlich, er sieht sich um. Lohnt sich ja auch. Der Raum ist frisch renoviert, das Parkett eine Spur zu glatt, die Plastikfenster vermutlich so dicht, dass Schimmel droht. Ansonsten könnte hier ein Roman unter verarmten Adligen spielen, die es von ihren Schlössern in die Stadt verschlagen hat. Ein paar zierliche Möbel stehen an den Wänden, alt, aber gut erhalten und bis auf die zwei Sessel und den kleinen Tisch am Fenster mehr Zierrat als zweckmäßig. Als da wären ein Bücherschrank mit sehr wenigen Büchern, ein undefinierbares Schränkchen mit sehr vielen Schubladen und ein pensionierter Damensekretär.

Ja, ich weiß, Kalauer. Entschuldigung.

An der einen Wand ein wirklich großes Bild, bestimmt über zwei Quadratmeter, eine dämmerige Landschaft, im Vordergrund steht eine Kuh im flachen Wasser. An der Wand gegenüber vielleicht ein Dutzend kleinerer Bilder, alles Porträts, wahrscheinlich noch älter als die Landschaft mit Kuh, Menschen aus der Perückenzeit.

Ismene rumort in einem Nebenzimmer, vermutlich das Schlafzimmer. Willst du nicht nachsehen, ob darin ein Bett mit Baldachin steht, Louis-seize? Oder etwas von Ikea? Nein, ich meine das nicht ernst. Aber wenn sie jetzt gerade in ihrem Homeoffice ein paar Nachrichten an ihre Hinterleute in der Redaktion absetzt oder sich gleich ein mobiles Ersatztelefon beschafft, müsstest du das doch eigentlich wissen, oder? So habe ich dich jedenfalls verstanden.

Nein. Trössner schüttelt ganz entschieden den Kopf. Das macht sie nicht.

Gut. Doch dann lies wenigstens noch schnell die Rückentitel der Bücher, die sich auf den Regalbrettern langweilen.

Oder, ja, warum nicht, zieh gleich ein paar von den kleinen Schubladen an diesem Schränkchen auf. Ohne eine gesunde Neugier säße unsere Spezies noch auf den Bäumen. Ich unterstütze das. Nur bitte leise!

Und?

Leer. Krimskrams. Schönes Besteck, Silber, aber nur ein paar Teile. Krimskrams. Leer. Kein Fitzelchen Papier, wie enttäuschend. Die nächste Schublade klemmt ein bisschen und ist auch leer. Noch eine letzte, Trössner, die in dem

Sekretär außer Diensten, die muss noch sein, sonst machst du dir später Vorwürfe.

Und Bingo! Ein mittlerer Packen Papier. Aber zum Lesen wirst du keine Zeit haben. Nebenan geht eine Tür, mein Lieber. Hörst du das?

Gut! Steckst du eben alles in den Rucksack. Wozu schleppt man dergleichen auch mit sich herum?

Das war knapp.

»Fertig«, sagt Ismene. Dass sie außer Atem ist, kann man ihr abkaufen. Das ging echt fix. Und was für eine Veränderung! Ihre Haare hat sie zu einem Pferdeschwanz zusammengebunden; sie trägt jetzt eine hellblaue Jeans ohne Risse auf den Knien, ein weißes T-Shirt und ein dunkelblaues Sweatshirt ohne jeden Aufdruck, dessen Ausschnitt schnurgerade von Schulter zu Schulter läuft. Unfreiwillig erinnert sich Trössner an den Namen, U-Boot-Ausschnitt. Ich glaube, er sieht jetzt Liane vor sich, wie sie strickt.

»Wir können«, sagt Ismene.

Sogar den Lippenstift hat sie gewechselt. Der neue ist noch ein bisschen dezenter. Oder hat sie ganz darauf verzichtet? Ich finde, sie ist perfekt. Genau so stellt man sich doch eine junge Bankerin aus der Hauptstadt in ihrer Freizeit vor. Oder eine junge Journalistin, einerlei. Beweglich, professionell und immer noch ein bisschen Mädchen.

»Eine hübsche Wohnung haben Sie.«

Kann sie daraus die Frage hören, ob er auch die anderen Räume sehen darf?

Sie lässt ihre Hände wieder aufflattern. Ja, im Prinzip schon, vor allem wegen der Lage. Aber im Winter, wenn die Bäume auf dem Friedhof kahl sind, ist der Ausblick doch ein bisschen trist. Nicht jedermanns Sache.

»Und schöne Möbel.«

Sie steht immer noch in der Tür. Ich fürchte, die Chancen auf eine Wohnungsführung sind nicht allzu groß. Womöglich hat sie auch wieder Fracksausen bekommen und möchte sich *Zauberwort* für einen weniger heiklen Ort als ihr Schlafzimmer aufsparen.

»Ach, die Möbel.« Sie klopft dem Sekretär auf die schmale Schulter. »Die sind der letzte Rest von Ostpreußen.« Die Familie habe sie mitten im Krieg in den Westen geschickt, als noch ganz normale Güterzüge gingen. Alles andere sei zurückgeblieben oder auf der Flucht verloren gegangen; und jetzt habe man ausgerechnet sie zur Hüterin des Familienschatzes bestimmt. Sie macht einen Schritt in den Flur.

»Ich komme.« Trössner nimmt seinen Rucksack, in dem es nur sehr leise knistert. Sie verlassen die Wohnung und das Haus. Auf der Straße versucht er, sich zu orientieren.

»Rechts«, sagt Ismene. »Sie wollten doch –«

Jetzt wird sie sich verplappern!

»Sie wollen doch bestimmt nicht den ganzen Tag hier im Osten verbringen. Ich denke mal, Sie haben Termine.«

Elegant die Kurve gekriegt. Und vielen herzlichen Dank für die Frage nach den Terminen! Die Antwort darauf würde auch mich interessieren. Sehr interessieren. Wie sagt man: brennend interessieren.

»Nein«, sagt Trössner. So etwas wie Termine habe er nicht mehr. Die seien alle abgesagt, ausgefallen oder hätten sich einfach erübrigt. Das hier sei gewissermaßen eine Lustreise. Und als er eben am Reichstag vorbeigefahren sei, im Zug, da sei ihm die Idee gekommen, einmal quer durch die Stadt dorthin zurückzugehen. Gewissermaßen durch Mitte zur Mitte.

»Echt jetzt?«

Echt jetzt?

Trössner, ich warne dich. Lügen haben kurze Beine. Ich werde schon noch rauskriegen, was du vor mir verheimlichst. Und das, mein Lieber, wäre durchaus in deinem Interesse. Denn wenn jemand einen braucht, der ihn von den schlimmsten Dummheiten abhält, dann bist das du.

»Starker Plan«, sagt Ismene.

Wenn sie so spricht, könnte man sie für zwanzig halten, wenn nicht sogar für jünger.

Trössner lacht. »Ja, starker Plan.«

»Und ich meine – Wollen Sie –«

Da ist sie wieder, diese ausgesprochen nervige, mittlerweile aber höchst verbreitete Marotte, das Zuendesprechen der Sätze dem Gesprächspartner zu überlassen. Wir werden das Ismene ausnahmsweise nicht übel nehmen, oder? Allerdings könnte sie auch den Mumm aufbringen, ganz schlicht und einfach *Warum?* zu sagen.

»Sie fragen sich, warum ich das will?«

Ein Nicken mit hochgezogenen Augenbrauen, das stärker ist als ein Ja.

»Ich weiß nicht«, sagt Trössner. »Ich glaube, ich brauche Bewegung.«

»Und dafür fahren Sie nach Berlin und pilgern einmal quer durch die Stadt?«

»Pilgern ist gut.« Trössner lacht dazu, damit Ismene auf keinen Fall das Gefühl haben muss, wieder in ein Fettnäpfchen getreten zu sein.

Inzwischen sind sie Richtung Karl-Marx-Allee aufgebrochen.

»Ich war ziemlich oft in Berlin«, sagt Trössner. »Aber eigentlich nie so richtig. Berlin, das hieß für mich: einsteigen in die Bahn, aussteigen, schnell zu irgendeinem Treffen, von dort in ein Restaurant in der Nähe, von dort ins Hotelzimmer, am nächsten Morgen wieder in die Bahn. Das war mein Berlin. Ohne Fahrrad hätte ich überhaupt nichts von der Stadt gesehen.«

»Stimmt«, sagt Ismene. »Sie sind Fahrradfahrer. Das sagten Sie schon. Und Sie haben Ihr Fahrrad mit nach Berlin genommen?«

»Ja. So ein Faltrad, sehr schön, aus England, das passte in eine Tasche. Ist leider verbrannt, wie alles andere auch.«

Ismene nickt. »Aber cool. Ich meine, Sie mit einem Klapprad durch Berlin.«

Trössner, wir haben jetzt die seltene Gelegenheit, deiner vorgeblichen Zufallsbekanntschaft zu beichten, wie ungern du das getan hast. Sag ihr einfach, was Sache war.

»Nein«, sagt er. »Das war nicht cool. Wenn Sie mich fragen: Berlin ist die Hölle für Radfahrer. Vielleicht nicht für diese Fahrradboten, aber für Radler aus der Provinz. Wenn ich links abbiegen wollte, bin ich lieber rechts ran gefahren und dann zu Fuß über den Zebrastreifen. Aber was wäre das für ein Bild gewesen: Der Sprecher des Interessenverbands Windenergie steigt vor aller Augen aus einem qualmenden und stinkenden Taxi.«

»Kein gutes Bild.«

»Richtig.«

Daher dieses englische Spielzeug. Das sorgte nun wirklich für andere Bilder. Er, Trössner, in der Hocke vor einem dieser Glaspaläste, wie er das Ding zusammenklappt, bis es in seine Tasche passt. Oder noch besser, als Hintergrund für diese imageträchtige Szene nichts Geringeres als das Bundeskanzleramt, wenn er dort zu einem Expertengespräch eingeladen war. Die paar Meter vom Hauptbahnhof hätte er natürlich auch zu Fuß gehen können. Also drehte er immer eine Runde um den Reichstag und kam dann von der Parkseite angeradelt. Das sah natürlicher aus. Und gab die besseren Fotos.

»Wow«, sagt Ismene. »So richtiges Posing?«

Wenn sie das so nennen möchte.

Ob er das gerne gemacht hat?

»Nein. Ich sagte doch, der Verkehr –«

Jetzt winkt Ismene einmal ihm ab. »Ich meine: Haben Sie gerne in der Öffentlichkeit gestanden?«

Pardauz!

Trössner, lass dir ruhig Zeit mit der Antwort. Es kann niemand von dir erwarten, dass du dein eigenes psychologisches Gutachten mit dir herumträgst. Beziehungsweise deinen Nachruf. Sorry!

Sie biegen in die Karl-Marx-Allee ein. Wäre da nicht der Funkturm am Alexanderplatz, man könnte ins Grübeln kommen, wo rechts und links, also wo Osten und Westen ist. Trössner deutet allerdings die Zeichen am Himmel richtig und biegt nach rechts. Als er bemerkt, dass er Ismene einen halben Schritt voraus ist, will er zuerst langsamer werden, aber dann behält er sein Tempo bei. Sie schließt auch gleich zu ihm auf. Gut, dass der Bürgersteig so weit von der Straße entfernt ist. Man verstünde sonst sein eigenes Wort nicht.

Trössner, vergiss nicht Ismenes Frage nach der Öffentlichkeit. Ich bin höchst gespannt darauf, wie du antworten wirst.

»Schwierig zu sagen.«

Das ist immerhin nicht falsch.

»Ich denke mal: Was zu tun war, musste getan werden. Wenn man ein neues Produkt und außerdem ein ganzes Energiekonzept durchsetzen will, dann darf man nicht stumm am Straßenrand sitzen mit einem Pappschild vor der Brust, auf dem steht: *Kehrt um!* Oder: *Glaubt mir. Ich weiß alles besser.* So wird das nichts. Klappern gehört zum Handwerk.«

»Hm«, macht Ismene.

Es liegt viel Zustimmung und Unterstützung in diesem Hm. Was denn auch sonst? Immerhin spielt sie eine junge Bankerin, die ihre Kundenansprache verbessern will.

»Die ersten Jahre«, sagt Trössner, »die frühen Neunziger! Das hätten Sie sehen müssen!« Er schnippt mit den Fingern. »Das war eine wilde Zeit. Damals hätte es auf zehn Leute, die ein Windrad bauten, einen oder zwei gebraucht, die erklärten, wozu das alles gut ist. Und nicht nur den Kunden, sondern möglichst der ganzen Menschheit. Natürlich konnten wir uns so viel Personal nicht leisten. Also mussten wir selbst ein paar Überstunden beim Trommeln machen.«

Wir?

Ist das jetzt bescheiden formuliert, oder benutzt er den Plural der Majestät? Trössner, ich mache dir einen Vorschlag: Hör auf, dich in falscher Scham zu üben. Lass mich einfach wieder übernehmen. Das gehört doch zu meinem Job. Und ich mache das wirklich gern.

Tatsächlich verging seit dem Inkrafttreten des *Stromeinspeisungsgesetzes* keine Woche, in der Trössner nicht auf einer Veranstaltung redete, bei der es um alternative Energien ging. Die Branche hatte den Interessenverband Windenergie gegründet, und darin teilten sie sich die Arbeit. Die einen befassten sich mit Gesetzen und Verordnungen und standen den Politikern auf den Füßen, allen voran Karolus, der seine letzten Patente an Trössner verkauft und seine eigene Firma geschlossen hatte. Der Interessenverband hatte ihn als Geschäftsführer eingestellt. Wenn es um Gesetze und Verordnungen ging, war er ein Ass. Immer blendend informiert und lästig wie eine Schmeißfliege.

Die andern Mitglieder machten Öffentlichkeitsarbeit für die Windräder, Trössner allen voran; offiziell fungierte er als Sprecher des Verbands. Anfangs hatte er sich dafür entschuldigt, dass er die Lobbyarbeit anderen überließ. Er sei kein Jurist, sagte er, und dieser Verordnungskram würde ihn überfordern. Dass er sein Talent für öffentliche Auftritte sehr gut kannte, sagte er nicht. Aber die anderen erfuhren es schnell.

Ich sage das deutlich und laut: Er machte seine Sache sehr gut. Ehre, wem Ehre gebührt. Jetzt trug sogar sein verbummeltes Studium Früchte. Vom Debattierclub in Pennsylvania ans Rednerpult deutscher Stadthallen. Ein kleiner Schritt für ihn, ein großer Schritt für die Windenergie. Wenn das der Vater noch erfahren hätte.

Nach kurzer Zeit besaß Trössner für seine öffentlichen Auftritte zwei Strategien, eine coole und eine freche. Die coole war für die bürgerliche Klientel, für Politiker, Verwaltungsleute, Techniker, Unternehmer, meistens aus traditionellen Sparten. Er ging dann mit der konventionellen Energiewirtschaft hart ins Gericht, aber ohne dabei im Geringsten laut oder scharf zu werden. Er nannte sie kurzsichtig und dumm, aber in einem vollkommen unaufgeregten Tonfall, so wie Lehrer untereinander über einen Schüler sprechen, der das Klassenziel nicht erreichen wird. Ganz entspannt listete er auf, was die Welt momentan tat, um sich selbst auszubeuten oder gar zu verbrennen, und was sie stattdessen tun müsste, um ihren eigenen Untergang aufzuhalten. Nichts als Fakten, so leidenschaftslos präsentiert wie in einer Vorlesung über Betriebswirtschaftslehre. Hinter ihm auf der Leinwand standen nur drei oder vier Schaubilder mit den wichtigsten Zahlen, auf die er, um sie in Erinnerung zu rufen, gelegentlich zeigte, ohne sich danach umzudrehen.

Natürlich erntete er jede Menge Widerspruch. Aber es war ein deutlich gebremster, ein gelähmter Widerspruch. Denn da vorne am Rednerpult stand ja nicht einer dieser Ökospinner, die mit lauter Gerede die Welt retten wollten. Da stand vielmehr ein erfolgreicher Unternehmer, der in den letzten Jahren soundso viele Arbeitsplätze geschaffen und seine Windräder im In- und Ausland zu einem höchst respektierten Markenprodukt gemacht hatte. Kein *Hidden Champion*, sondern ein *Global Player*. Der Mann sprach über Windenergie nicht wie ein beseelter Prediger oder ein abgedrehter Wissenschaftler, sondern wie jemand, der einen guten Job machte und einen noch besseren machen würde, wenn man ihn ließe.

Gelegentlich wagte jemand den Einspruch, die Windenergie floriere nur, weil sie staatliche Subventionen erhalte. Das sei kein wirkliches Unternehmertum, wenn einem der Staat die Gewinne garantiere.

Trössner hörte dann in Ruhe zu, wie ein Staatsanwalt, der genau weiß, dass er die Argumente des Verteidigers in der Luft zerreißen kann. Hatte der andere ausgeredet, gönnte er sich eine kleine Pause, dann zählte er, genauso ruhig wie zuvor, die vielen Vergünstigungen auf, die der Staat in den letzten Jahrzehnten der konventionellen Energiewirtschaft eingeräumt hatte, bis hin zu der Erlaubnis, Monopole zu bilden. Natürlich bekämen die Windräder jetzt eine gewisse Unterstützung, sagte er zum Schluss, aber um faire Verhältnisse zu schaffen, hätten sie darauf noch mindestens fünfzig

Jahre ein Anrecht. In der Regel widersprach man ihm dann nicht mehr. Nicht, weil keiner wollte, sondern weil sich keiner mehr traute.

Wenn Trössner vor ökologischer oder alternativer Zuhörerschaft sprach, zum Beispiel auf Veranstaltungen der Grünen oder der Umweltschützer, vertrat er in der Sache natürlich genau die gleichen Positionen. Aber sein Ton war ein vollkommen anderer. Man hätte erwartet, dass er den Schulterschluss mit seinen Zuhörern suchte, um Front gegen den gemeinsamen Feind zu machen. Doch stattdessen ging er die Leute ziemlich heftig an.

Alle Plädoyers für ökologische Lebensformen, sagte er jedes Mal gleich zu Beginn seines Vortrags, seien so lange hohl und sinnlos, wie sie nicht mit einwandfrei belegbaren Zahlen aufwarten könnten. Und damit nicht genug. Selbst wer mathematisch nachzuweisen imstande sei, dass die Welt sich in den Abgrund wirtschafte, der solle besser zu Hause bleiben und sich auf den Weltuntergang vorbereiten, solange er nicht genaue Konstruktionspläne für eine Rettung der Menschheit vorlegen könne. Sich zu beschweren nutze gar nichts und helfe niemandem; man verleide den Leuten damit bloß ihren Rest von Spaß am Leben.

An dieser Stelle blieb es meistens noch still. Die Leute wussten einfach nicht, ob er es ernst meint.

Ihm persönlich, so Trössner weiter, kämen ziemlich viele Vertreter ökologischer Weltanschauung, er bitte um Entschuldigung, wie chronisch Magenkranke vor, deren letztes Vergnügen es ist, anderen den Appetit zu verderben.

Da ging dann, im besten Fall, ein Raunen durch den Saal.

Natürlich, fuhr er fort, könnte einer wie er sich hier an dieses Podium stellen und endlos darüber jammern, welche

Steine man der Windkraft im Allgemeinen und seinem Unternehmen im Besonderen noch immer in den Weg lege. Kein Problem. Er könne stundenlang über die ungerechte Verteilung von Subventionen klagen und darüber, wie uneinsichtig und engstirnig die Verantwortlichen sind. Wer gerne Horroranekdoten aus dem deutschen Genehmigungsalltag höre, dürfe sich bei ihm melden. Er stehe immer zur Verfügung. Und wer sich für die Physiognomie und den Slang von Unternehmenslobbyisten aus der Energiebranche interessiere, sehr gut, für den habe er eine beeindruckende Kollektion auf Lager. Überhaupt, wenn es um Dummheit, Verbohrtheit und Gier gehe, könne er Beispiele nennen, die geradezu im Wortsinne schlagend seien.

Aber, und dann machte Trössner eine kurze Pause, dafür sei ihm die Zeit zu schade. Vielleicht werde er das alles in zwanzig Jahren aufschreiben, in dreißig, vorausgesetzt, man sei endlich imstande, darüber zu lachen. Jetzt aber stehe er hier, um so deutlich wie möglich zu sagen, dass es albern und blauäugig sei, Politiker anzujammern, in der kindlich naiven Hoffnung, man bekomme eine bessere Welt geschenkt, wenn man nur laut genug darum bettele. Nein!, sagte Trössner, und er sagte es so laut, dass einige zusammenzuckten. Man kann in der Sache noch so sehr Recht haben, aber solange man auf der Moralschiene bleibt, ändert sich nichts.

Etwas zu verändern, das ist Mathematik. Man muss genau sagen können, was ist und was sein soll, und die Differenz dazwischen muss bis auf die letzte Stelle nach dem Komma berechenbar sein. Solange das nicht der Fall ist, bleibt alles nur Gerede und muss damit rechnen, mit nichts als Gerede beantwortet oder vom Wind davongetragen zu werden. Bla bla bla. Nichts als dünner Rauch.

An dieser Stelle pustete er sanft zur Seite und wedelte dann mit der Hand, lässig, als verscheuchte er eine Fliege.

Wieder eine Pause. Und dann beschoss er seine Zuhörer zehn Minuten lang mit Fakten und Daten über die Kosten und die Rentabilität von Windkraftanlagen. Bitte nicht mitschreiben!, sagte er zwischendurch. Nur wirken lassen! Informationsmaterial liege am Ausgang, das könne jeder mitnehmen und zu Hause in Ruhe studieren. Und dann, ohne große Schlussworte: Vielen Dank für die Aufmerksamkeit. Für weitere Gespräche stehe er jederzeit zur Verfügung. Anschließend verließ er das Rednerpult oder die Bühne so schnell, dass es aussah, als wollte er sich jeden Applaus verbitten.

Aber er machte sich nicht aus dem Staub. Gespräche im kleineren Kreis gab es anschließend bei praktisch allen Veranstaltungen, egal mit welchem Publikum. Trössners Zuhörer aus dem bürgerlichen Milieu zitterten dabei vor unterdrückter Wut. Sie kuschten nicht vor seinen ökologischen Theorien, aber vor seinem wirtschaftlichen Erfolg. Für sie war er eine lebende Verunsicherung; jede Mark, die er mit seinen Windrädern verdiente, ließ jede andere Mark, die mit fossiler Energie oder mit Atomkraft erwirtschaftet wurde, schmutzig erscheinen. Sein Geld kam daher, als sei es das bessere Geld, und womöglich war es das sogar. Geld, das nicht faulte und nicht stank, an dem kein Blut klebte und das niemanden krank machte.

Die Alternativen und die Naturschützer kuschten viel weniger, sie konnten sogar ziemlich aggressiv werden, aber das schlechte Gewissen schaute ihnen aus jedem Knopfloch. Da war dieser junge Mann, der zugab, nie vor einem AKW demonstriert und keine Stunde auf einer Polizeiwache verbracht zu haben, jetzt aber diese dreiflügligen Schwerter baute, die womöglich irgendwann einmal das letzte AKW niederstrecken würden. Und was vielleicht das Schlimmste war: Er wurde reich damit, behielt aber eine weiße Weste, während sie, die Widerständler der ersten Stunde, immer noch Aufrufe verfassten und Flugblätter fotokopierten und sich bei ihren Mahnwachen Rheuma und blaue Flecken holten. Trössner gegenüber verwandelte sich ihre moralische Überlegenheit in peinlichen Selbstzweifel. In seiner Anwesenheit fürchteten sie, auf der Stelle von der Gewissheit erschlagen zu werden, alles falsch gemacht zu haben und selbst bei ihren halsbrecherischsten Aktionen nichts anderes gewesen zu sein als Kinder, die sich um die richtige Arbeit drücken.

»Das hat meine Frage beantwortet«, sagt Ismene in einem Ton, der von Respekt überläuft wie eine Schale in der Hand einer Brunnenfigur. Wenn ich das einmal so ausdrücken darf. Leider ist der Brunnen auf dieser sozialistischen Prachtstraße, den wir gerade passiert haben, ohne alles Figürliche. Aber ich schweife ab.

Trössner, du weißt, es gibt da etwas, das wir jetzt noch erzählen müssten, um die Sache vollständig zu machen. Oder soll ich sagen, um der Wahrheit die ganze Ehre zu geben? Komm, trau du dich! Und sei es nur, um zu erfahren, wie sich das anfühlt, wenn man es ausspricht.

»Manchmal«, sagt er.

Sehr gut! Mach weiter.

»Manchmal wäre ich nach dem Vortrag lieber abgetaucht, besonders wenn die Ökofreaks in der Überzahl waren. Ein Schauspieler geht ja auch nicht nach der Vorstellung ins Foyer. Oder zu den Kritikern. Aber –«

Komm, du schaffst das.

»Meistens hab ich es genossen. Ich meine: wenn ich so

richtig angefeindet wurde und sie mir alle nichts konnten. Vielleicht war das die Rache. Zu Hause war ich ja immer im Unrecht gewesen.«

Ganz plötzlich schmerzt ein Riemen auf der Schulter. Trössner zieht ihn ein Stück zur Seite.

»Ich glaube, als ich achtzehn war, konnte ich mir ein Leben ohne schlechtes Gewissen gar nicht mehr vorstellen.«

Gut, Trössner! Ich bin ehrlich beeindruckt. Ruh dich nur aus, ich übernehme wieder.

Mit dem schlechten Gewissen war es jetzt vorbei. Durch die Windräder hatte Trössner einen Platz im Leben ergattert, von dem man ihn nicht so leicht wegstoßen konnte. Da, wo er jetzt stand, war er praktisch unerschütterlich. Nein, man muss es anders sagen. Er stand auf einem Podest, das so hoch war, dass niemand mehr an ihn herankam. Die Argumente für die Windräder waren damals hieb- und stichfest. Niemand konnte ihm lange widersprechen, und die meisten versuchten es nicht einmal. Unversehens war er an die Spitze einer Bewegung geraten, die alles Recht auf ihrer Seite hatte und überdies den Zeitgeist. Also konnte er sich auch den Spaß gönnen und zusehen, wie andere vergeblich versuchten, an ihm zu rütteln.

Trössner, schau dir Ismene an. Wie sie mit leicht vorgeschobener Unterlippe nickt, ganz Anerkennung.

Sie gehen eine Zeitlang schweigend. Mit der Zuckerbäckerarchitektur ist es seit dem Brunnen vorbei, dafür lauern rechts und links wieder die uniformen weißen Kästen über Bäumen, die aussehen, als wäre schon Herbst. Es rührt aber höchstwahrscheinlich nur von der Dürre.

»Sie müssten sich jetzt entscheiden«, sagt Ismene.

Sie stehen an einer großen Kreuzung, einem Stück Stadt, auf dem die Autos vollkommen unter sich sind. Ich bin mir sicher, Trössner kennt den Namen der kreuzenden Straße.

»Was?«

Aber er ist offenbar sehr in Gedanken.

»Sie müssen entscheiden, wie Sie weiter wollen«, sagt Ismene. »Entweder geradeaus über den Alex und dann über die Linden, oder hier links Richtung Potsdamer Platz und durch den Tiergarten.«

»Was spricht wofür?«

Er gibt sich professionell.

»Vielleicht besprechen wir das beim Essen?«, sagt Ismene.

Hoppla!

»Ich habe gesehen, dass Sie Ihr Sandwich wieder eingepackt haben. Das schmeckte auch echt grauenhaft. Ich wette, Sie haben heute noch gar nichts gegessen.«

Und ich wette, sie hat uns im Bordrestaurant beobachtet. Was nicht weniger als logisch ist; sie muss uns ja schon vom Hotel zum Bahnhof gefolgt sein. Wenn nicht einmal ich wusste, wohin wir fahren, wer sonst hätte es wissen und ihr verraten sollen?

»Vielleicht könnte ich wirklich etwas vertragen«, sagt Trössner.

»Wenn es hier nicht so laut wäre, könnte man wahrscheinlich Ihren Magen knurren hören. Ich hab da so eine Idee.«

Trössner erklärt sich einverstanden, ohne zu wissen, worum es geht. Sie verbringen gute zehn Minuten damit, die Autowüste diagonal zu überqueren. Dann geht es weiter, jetzt ganz nah am Autolärm, vorbei an langweiligen, blockförmigen Gebäuden, Kaufhäuser oder Parkhäuser, vielleicht sogar beides in einem. Am Ende der langen Reihe steht hinter einem Parkplatz das Rote Rathaus, das man gerne fragen würde, ob es sich seiner Nachbarschaft schämt.

»Wir sind gleich da«, sagt Ismene. »Hier kennen Sie sich doch sicher aus, oder?«

»Ein bisschen«, sagt Trössner.

Nun ja. Er kennt sich hier ziemlich gut aus.

Am Lokal *Zur Rippe* donnert der Verkehr in zwei Metern Entfernung vorbei, doch davon ungerührt verspricht es auf Schiefertafeln *Altberliner Gastlichkeit*. Während sie eintreten, klärt Ismene darüber auf, dass sie sich nicht etwa, wie es den Anschein haben könnte, in einem Bürgerhaus des achtzehnten Jahrhunderts, sondern in einer Rekonstruktion aus späten DDR-Zeiten befinden. Trössner sagt das Ach! des erstaunten Touristen und ist mit dem Platz in einer ziemlich dunklen Ecke einverstanden, den Ismene vorschlägt. Das Lokal ist nicht groß, die grasgrünen Wände sind vollgehängt mit Bildern, die allesamt bekräftigen, dass man sich wirklich in Berlin befindet. Eine Frau, deren Erscheinung recht gut zum Ambiente passt, bringt die Speisekarte und wartet am Tisch die Bestellung ab.

»Ich bin kurz weg«, sagt Trössner danach.

Und hier liegt wirklich ein Bedürfnis vor. Eigentlich hätten wir schon in Ismenes Friedhofswohnung nach dem Örtchen fragen müssen. Aber daran hinderte uns ja dieser papierene Raubzug und die begreifliche Erregung darüber. Dergleichen kann auch den stärksten Drang vergessen machen.

Trössner nimmt seinen Rucksack und vermeidet den Blickkontakt mit Ismene. Warum diese Scheu? Ist doch ganz natürlich, dass Leute wie er ihre komplette Ausrüstung überall hin mitnehmen. Ihr *omnia mea* für alle Fälle. Der Weg führt an einer rührend altmodischen Theke vorbei, und die Toilette ist insofern altberlinerisch, als sie winzig klein ist. Mit seinem Rucksack passt Trössner knapp in die einzige Kabine. Noch während er sein Geschäft verrichtet, holt er seine Beute hervor.

Und damit eine Enttäuschung, oder? Auf den ersten Blick ist das jedenfalls uninteressant, und vor allem alt. Rechnungen, Quittungen, alles gelocht; es sieht aus wie der Inhalt eines Aktenordners, den man leert, weil man ihn für Neues braucht. Woraufhin man den Kram dann doch nicht wegwirft, man weiß ja nie. Aber man weiß auch nicht, wohin damit.

Nicht so hastig, Trössner! Du hast hier alle Zeit der Welt. Kommt dir keiner hinterher. Blättere nur in Ruhe.

Ganz oben eine Rechnung für eine Teppichreinigung, dann Möbelkäufe, ein Bild wurde gerahmt, ein Rasenmäher repariert, alles achtziger Jahre und alles Ladenkäufe, kein Name, keine Anschrift des Käufers. Dann jüngere Belege, Computerausdrucke, und jetzt auch ein Name: Walter Scharbert, Adresse, ein Ort, schau mal einer an, nicht allzu weit von der Heimat entfernt.

Trotzdem verliert Trössner die Lust am Blättern. Hier droht nämlich Melancholie, sind das doch die Dokumente eines Privathaushaltes, der, wenn nicht abgebrannt, so doch aufgelöst und entsorgt wurde. Bleibt allenfalls die Frage, was Walter Scharbert mit unserer Ismene zu tun hat. Vielleicht lautet die Antwort ja wieder: Ostpreußen.

Ach, sieh an! Hier beschwert er sich bei seinem Schornsteinfeger, weil der eine viel zu hohe Verwaltungsgebühr kassiert haben soll. Ein Computerausdruck auf einem Formular mit offiziellem Briefkopf: Walter Scharbert. Leiter des Regionalbüros der *AMV*. Das ist die *Alte Mindensche Versicherung.*

Und, nicht wahr, Trössner, die kennst du! Zur Genüge. Das ist die Provinzklitsche, bei der die Familie Trössner seit den Zeiten des Großvaters ihren Privatbesitz versichert. Oder besser gesagt: Das ist die Heimat der, ich zitiere dich, Arschlöcher, die dir gerne beweisen würden, dass du dein eigenes Haus angezündet hast, damit sie nicht dafür zahlen müssen. Und die sich demnächst bei dir melden werden.

Manchmal sagt Trössner, es sei ihm egal, was die Arschlöcher machen. Sollen sie ihm ruhig ein Verfahren an den Hals hängen. Das sei ihm Schnuppe, seine Reputation sei ihm egal, er komme sowieso auf keinen grünen Zweig mehr. Kein Gedanke an irgendein Comeback, nicht einmal an einen von diesen aufwandfreien, dafür aber hoch bezahlten Altherren-Beraterposten. Eine Verurteilung als Brandstifter könne also nichts mehr verschlimmern.

Doch das sagt er nur in seinen, wie soll ich sagen, besseren Momenten. Oder vielleicht sage ich das. Die meiste Zeit ist er in Sachen Haus eher panisch. Dann rechnet er mir was vor: Dank seiner gesunden Lebensführung habe er noch zwanzig Jahre, vielleicht sogar mehr. Und die möchte er auf keinen Fall im Haus seiner Eltern verbringen, in seinem alten Kinderzimmer und vielleicht noch ein paar Jahre lang zusammen mit seiner Mutter, die sich an nichts mehr erinnert, nicht an die wechselnden Frauen aus Polen, nicht an den Vater und nicht an ihn.

Er sagt dann, er brauche nicht viel, nur eine Eremitage, eine Klause, eine Mönchszelle; aber auch das werde es nicht umsonst geben. Und deshalb müssten die Arschlöcher von der AMV wenigstens die Versicherungssumme für das Haus ausspucken. Das würde immerhin reichen, ihn vor dem Schlimmsten zu retten.

Wenn ich dann sage: Das ist eine fixe Idee, hört er mir nicht zu. An dem Satz, dass er außer dem Schadensanspruch an die Versicherung *alles verloren* habe, hält er fest, daran klammert er sich, egal was ich ihm über seine Vermögensverhältnisse erzähle. Da ist nichts zu machen, da ziehe ich den Kürzeren, da beiße ich auf Granit.

Jetzt blättert er weiter; da sind noch etliche Schreiben des besagten Scharbert, die jüngsten etwa fünf Jahre alt. Seine Praxis, auch für private Korrespondenz seinen offiziellen Briefkopf zu benutzen, müsste man eigentlich rügen. Aber darum geht es jetzt nicht.

Ich weiß, Trössner geht es um die Frage, ob das Erscheinen der Iris-Rebekka-Ismene womöglich mit den Interessen der *AMV* zu tun hat? Ob das ein Zufall ist, dass in ihrer Wohnung der Nachlass eines ihrer Funktionäre liegt? Wieder ein schierer Zufall, wo er doch solche Schwierigkeiten hat, an den Zufall zu glauben. Womöglich ist die Iris als Versicherungsagentin in Papas oder Onkels Fußstapfen unterwegs, um ihm ein paar prozessrelevante Informationen abzuluchsen, am besten gleich das Geständnis, dass er sein Haus angezündet hat.

Trössner, das ist Unfug!

Er kramt ihr Smartphone aus dem Rucksack. Es ist noch eingeschaltet und hat zweiundsiebzig Prozent Akkuladestand. Allerdings ist es durch ein Passwort geschützt und verrät nicht mehr, als dass seine Besitzerin wahrscheinlich Hundewelpen mag.

Da drückt jemand die Türklinke. Trössner steckt das Telefon und die Papiere wieder ein. Kommt Zeit, kommt Rat.

Als er zurück am Tisch ist, bringt die Frau gerade ihre Bestellungen. Stimmt, der Berliner hat es immer eilig. Trössner sagt etwas Launiges, setzt sich, schaut sein Eisbein mit Sauerkraut und Kartoffelpüree an und bemerkt dabei schlagartig, wie hungrig er ist.

Dann hau mal rein, mein Lieber. Und sprich nicht beim Essen, damit du nicht zu viel Luft verschluckst.

Natürlich hört er nicht auf mich. »Wie hat Ihnen denn Kiel gefallen?«, sagt er, während er das rosafarbene Stück Fleisch mit dem scharfen Messer zerlegt.

»Kiel?«

Ismene, vor der ein aufgebauschter Salat steht, braucht offenbar einen Moment, um zu begreifen, dass wieder von ihr die Rede sein soll.

»Ich war neun«, sagt sie. »Ich hab's so hingenommen.«

»Ist man mit Ihnen ins Meeresmuseum gegangen?«

»Gibt's da so was? Damit hätte man mir nicht kommen dürfen. Tiere haben mich nicht interessiert. Ich war nicht so ein Mädchen.«

Kein Interesse für Tiere? Aha. Ansonsten macht sie das ganz geschickt. Okay, Trössner, dann versuch von mir aus, ihr auf den Zahn zu fühlen.

»Ich war früher beruflich oft in Kiel«, sagt er. »Keine besonders schöne Stadt. Wie heißt noch mal der große Platz in der Mitte, in der Altstadt?«

»Das dürfen Sie mich nicht fragen. Ich war da nur in einem Tunnel unterwegs. Am einen Ende wohnten meine Tante und mein Onkel, am anderen Ende war die Schule. Woran ich mich am meisten erinnere, das sind die Telefonate mit meiner Mutter. Jeden zweiten, dritten Tag rief sie an, um mir zu sagen, dass es ihr besser geht und dass ich mir keine Sorgen machen soll. Nach ein paar Sätzen fing sie jedes Mal an zu weinen. Dann war der Tag für mich gelaufen.«

»Und Ihr Vater? Wenn ich fragen darf.«

Natürlich darfst du fragen. Aber mich wundert, dass du nicht beim Thema Kiel bleibst.

»Sie denken wahrscheinlich, das war einer von denen, die die Biege machen und sich drücken.«

Wirkt sie ein bisschen angefasst? Trössner, ich hoffe, du weißt, was du tust.

»War er aber nicht«, sagt sie. »Ein ganz patenter Typ, bisschen langweilig vielleicht, aber sonst in Ordnung. Es lag an meiner Mutter. Sie war schwanger, sie haben geheiratet, drei Jahre lang war alles eitel Sonnenschein, und dann hat sie ihn plötzlich nicht mehr gewollt.«

»Wenn Ihre Mutter depressiv war, warum hat er sich nicht um Sie gekümmert?«

»Wollte er. Und hätte er auch gemacht. Aber er hat ziemlich bald wieder geheiratet, sie kriegten ein Kind, und er hatte wohl Angst, dass es meiner Mutter dann noch schlechter gegangen wäre. Er mit einer ganzen Familie und sie mit gar nichts. Keine Ahnung, vielleicht lag er damit richtig.«

»Und wie ging es weiter?«

Trössner, schau bitte hin! Gleich wird Ismene weinen. Willst du das?

»Meine Mutter ist gestorben.«

Sie schüttelt den Kopf, ihr Pferdeschwanz fliegt, vielleicht wischt er eine Träne weg.

»Nicht an ihrer Krankheit oder Sie wissen schon. Nur so ein total bescheuerter Autounfall. Mitten in der Stadt, an einer Ampel. Sie stand da bei Rot, und jemand ist ihr hinten reingefahren. Normalerweise steigt man dann aus und beschimpft den Typen. Aber sie war nicht angeschnallt und ist mit dem Kopf irgendwo gegen geknallt. Sie war sofort tot.«

Ismene weint jetzt ganz still, die Tränen laufen ihr unbehindert übers Gesicht. Trössner, es wird allerhöchste Zeit für einen Themenwechsel! Oder hältst du das für Taktik? Für die rührselige Legende einer gerissenen Versicherungsermittlerin? Ich bitte dich!

»Das tut mir leid für Sie«, sagt er nach einer etwas zu langen Pause. »Verluste sind immer etwas Schreckliches.«

Eine ziemliche Plattitüde, mein Lieber.

»Es müssen nicht einmal Menschen sein. So ein Haus zum Beispiel. Und die Sachen, die darin sind. Man sieht das alles jeden Tag, man benutzt es, gleichzeitig sieht man es nicht, weil man es für selbstverständlich nimmt. Plötzlich ist alles weg, und von dem Tag an weiß man, wie sehr man daran gehangen hat. Dass man regelrecht abhängig war.«

Ismene lässt die Tränen an ihrem Kinn trocknen. Schämt sie sich, sie wegzuwischen, oder will sie, dass wir sie sehen?

»Ja, stimmt. Sie sagten, Ihr Haus ist abgebrannt?« Sie isst wieder von ihrem Salat, als hätte der Hunger über die Trauer gesiegt.

»Ja.«

»Was war das denn für ein Haus?«

»Das interessiert Sie?«

»Klar.« Mit vollem Mund. »Wie die Leute wohnen, das sagt doch manchmal mehr über sie aus als, na ja, zum Beispiel ihr Gesicht.«

Können wir das unterschreiben, Trössner? Immerhin Glückwunsch zum gelungenen Themenwechsel.

»Das war anfangs gar kein Haus«, sagt er. »Mehr so ein großer Stall oder eine Scheune, sehr alt, mit ein paar improvisierten Zimmern im Erdgeschoss, nur Bretterwände und nach oben offen. Da müssen ziemlich arme Leute gelebt haben, vielleicht Landarbeiter. Man möchte sich das gar nicht vorstellen.«

Gut, ich übernehme. Kein Widerspruch!

Das Haus lag ganz für sich allein am Waldrand, nicht weit von der Firma entfernt. Es war nur über einen befestigten Wirtschaftsweg zu erreichen, der kurz dahinter endete. Wenn man hinfuhr, von der Landstraße aus, die durch das Industriegebiet lief, kam man an dem Versuchsgelände für die Windräder vorbei. Trössner sah das Haus zum ersten Mal, als er mit ein paar Monteuren hoch zu einer Antriebseinheit auf das Gerüst gestiegen war. Er fragte die Männer, aber sie wussten nichts darüber.

Als er das Haus kaufte, warfen die Windräder noch keinen Gewinn ab, dafür waren die Investitionen zu hoch. Um von seiner Bank einen Kredit zu bekommen, dachte er sich eine Geschichte aus. Die Firma, sagte er, dürfe nicht von der Willkür eines Grundbesitzers abhängig sein. Im Moment sei die Lage so, dass ihre gesamte Entwicklungsarbeit still stünde, wenn der Bauer ihnen kündigte. Daher wolle er das Gelände kaufen. Und ebenfalls ein Waldstück in der Nähe, um die Bäume schlagen zu lassen und damit bessere Bedingungen für die Windräder zu schaffen. Die Geschichte hätte einer Prüfung kaum standgehalten, aber sie erwies sich als völlig unnötig. Angesichts der fabelhaften Auftragslage gewährte die Hausbank unbesehen einen Kredit. Ihr Kunde, zuvor ein halbwegs solider Mittelständler, mutierte gerade zum *Global Player*; da sollte sein Erfolg auch sie aus ihrem Provinzdasein erlösen. Der Vater hatte noch um jeden Kredit betteln müssen, dem Sohn warf die Bank das Geld hinterher.

Nur hätte es eigentlich keine Genehmigung für einen Umbau des Hauses geben dürfen. Nicht einmal eine Nutzung als Wochenendhaus wäre erlaubt gewesen. Allerdings hatte Trössner gerade angefangen, gelegentlich ein bisschen die Muskeln spielen zu lassen. Ohne juristischen Beistand stiefelte er in die entsprechende Behörde und behauptete frech und fröhlich, er würde gerne mit Blick auf seine, beiläufig gesagt, höchst innovativen und geradezu sagenhaft ertragreichen Windräder wohnen. Kurze Wege, Zeichen setzen, symbolisches Agieren auch im privaten Bereich. Bla bla bla. Dazu von einem Ohr zum anderen gegrinst. Also ging der Sachbearbeiter zu seinem Chef und der Chef zum Bürgermeister, und der Mann, der demnächst der größte Steuerzahler in der Kommune werden sollte, bekam für alles eine Genehmigung, als Alibi mit ein paar Auflagen, die leicht zu erfüllen waren.

Ein junger Architekt plante den Umbau, der eigentlich ein Neubau war. Alles in Holz und anderen natürlichen Baustoffen. Und der Clou war: Das Haus wurde für ein völlig autarkes Leben konstruiert. Sein Wasser kam aus einem Brunnen, seine Heizung verbrannte Holz aus dem Wald, und seinen Strom bezog es natürlich von dem Versuchswindrad, zu dessen Seiten gerade zwei neue Gerüste errichtet wurden. Im Obergeschoss des Hauses schnitt der Architekt eine Art Balkon ins Dach, mehr eine Aussichtsplattform, von der aus man auf den sanften Hügel mit den Windrädern sah. Auch für die Stromzuleitung gab es eine Sondergenehmigung. Die Krönung von allem war, dass Trössner es schaffte, einen Teil der Ausgaben für das Haus als Werbungskosten von der Steuer abzusetzen. Das war frech, wenngleich im Grunde gerecht.

Der Blick vom Balkon ging genau Richtung Westen. An schönen Abenden war das Zimmer dahinter, Trössners

Arbeitszimmer, voll mit rötlichem Licht. Er hatte den Teil des Geländes, den sie nicht für die Windräder brauchten, an einen Biobauern verpachtet, mit der Auflage, nur Getreide darauf anzubauen, keine Kartoffeln und kein Gemüse. Das hatte rein ästhetische Gründe. Wenn Weizen, Mais oder Roggen hoch standen und hin und her wogten, sah es aus, als würden sie von den *Fliegenden Holländern* bewegt. Man konnte sich auf dem Balkon auch fühlen wie auf hoher See. Hatte Trössner Gäste, waren sie begeistert. Meistens allerdings war er in seinem Haus allein.

Ismene hustet. So wie es klingt, hat sie etwas in den falschen Hals bekommen. Hoffentlich keine Salatsoße, das ist ja wirklich unangenehm. Trössner reicht ihr das Wasserglas, und sie trinkt einen großen Schluck. Ein paar vergebliche Versuche, dann kann sie wieder sprechen.

»Übrigens«, sagt sie, immer noch etwas behindert, »Jenny. Ihre Freundin aus Pittsburgh. Was ist aus der geworden?«

Ach! Sie verschluckt sich und spuckt den Köder wieder aus. Trössner, bedarf es jetzt noch eines Beweises, dass diese Frau alles Mögliche ist, aber sicher keine Agentin der *AMV*?

»Wenn ich das fragen darf.« Sie schiebt ihren Salatteller von sich. Großzügig gerechnet, hat sie ein knappes Viertel davon gegessen.

»Dürfen Sie«, sagt Trössner. »Ein eher düsteres Kapitel.«

Das ist nicht falsch. Aber eigentlich müsste es wohl heißen: kein Ruhmesblatt für den jungen Herrn.

»Wir haben anfangs noch telefoniert. Monatelang, fast jeden Tag, das hat ein irres Geld gekostet. Ich habe ihr erzählt, was bei uns los war. Dass es nicht gut lief mit den Windrädern. Am Ende habe ich immer gesagt: Ich schau zu, dass ich hier wegkomme. Oder: Mal sehen, wann ich hier wegkomme.«

Das Eisbein liegt immer noch zu Würfeln geschnitten zwischen Sauerkraut und Püree.

»Und dann kam der Aufschwung.«

Richtig, Trössner. Im Grunde trug einzig der vermaledeite Aufschwung die Schuld am traurigen Ende dieser Liebesgeschichte. Dass ich nicht lache. Aber ich verstehe auch, warum du an dieser Version festhalten möchtest.

»Wenn wir jetzt telefonierten, habe ich gesagt: Momentan kann ich hier nicht weg. Oder: Hier brennt die Luft, da muss ich dabei sein. Irgendwann hat sie dann begriffen, dass ich in Deutschland bleiben würde.«

»Und es war wirklich wegen der Windräder?«

Trössner zuckt die Schultern.

»Und sie, Jenny?«

»Ich weiß nicht. Vielleicht hat sie an eine andere Frau geglaubt. Irgendwann habe ich gesagt, ich kann in den nächsten vierzehn Tagen nicht telefonieren, weil ich auf Geschäftsreise bin. Eine ganz dämliche Ausrede. Als wäre ich in der Sahara unterwegs und nicht in Brandenburg. Nach den zwei Wochen habe ich nicht angerufen. Und sie auch nicht. Das war's dann.«

Die Kellnerin kommt an den Tisch. Personalwechsel. Sie dürften aber ganz in Ruhe zu Ende essen. Schließlich heiße es ja Eisbein. Trössner lobt den Scherz, Ismene lacht. Die Kellnerin geht.

»Und?« Ismene verdreht die Augen. »Hatten Sie eine andere? Ich meine, eine neue Freundin.«

Wenn sie derart schäkert, wirkt sie definitiv wie unter zwanzig. Ein Mädchen, das mit seinen Freundinnen von der Abifete kommt.

»Nein«, sagt Trössner. »Ich war ein paar Jahre allein.«

Allein? Da muss ich intervenieren. Als da nämlich noch waren: die Ingenieure, die Politiker, die Verwaltungsleute, die Chefs der alten und die der neuen Energieunternehmen, die Banker, die Bauern, die Grünen und die Ökologen und die ganze interessierte Öffentlichkeit. Wenn er gewollt hätte, hätte Trössner sechzehn Stunden am Tag und mehr mit ihnen dieses eine Thema verhandeln können: Windräder. In jedem Detail, in jeder Form, in jeder Tonlage. Dass er irgendwann schlafen ging, war nur den körperlichen Bedürfnissen geschuldet. Seine Sekretärin, die er noch von seinem Vater geerbt hatte, erzählte in der Firma, verglichen mit ihm sei der alte Chef ein Müßiggänger gewesen.

Trössner war immer in Bewegung und doch immer präsent. Mobiltelefone hatte es schon länger gegeben, aber anfangs waren sie unhandlich und unzuverlässig. Plötzlich wurden sie so klein, dass man sie in die Tasche stecken und sogar in der hohlen Hand verbergen konnte. Und sie funktionierten. Von da an war Trössner immer mindestens an zwei Orten: da, wo sein Körper sich aufhielt, und da, wohin er gerade telefonierte. Es gab eine Umleitung vom Festnetz auf sein Mobiltelefon, vorbei an seiner Sekretärin, die nicht einmal mehr seinen Kalender führte. Warum ein Kalender, wenn alles sich ständig änderte? Trössner war immer erreichbar, immer ansprechbar. Und immer freundlich, immer verbindlich, auch wenn er, was häufig vorkam, Nein sagen musste.

»Ein irres Leben. Fanden Sie's gut?«

Keine schlechte Frage. Hat er sich die überhaupt gestellt? Bei der Antwort muss ich wohl passen. Vielleicht hatte er keine Zeit dafür. Und ich fürchte, die Frage hätte ihn auch unangenehm berührt. Sie hätte ihn an die verbummelten Jahre in Pennsylvania erinnert, an die Zeit, in der er es geschafft hatte, beinahe jeden Gedanken an die Zukunft zu verdrängen. Womöglich hätte die Frage ihn auf die Idee gebracht, er müsste jetzt alles nachholen, wovor er sich damals gedrückt hatte, das alte Loch in der Zeit mit Bewegung stopfen, die alte Ruhe mit Reden.

»Ob ich das gut fand? Ich denke schon.«

»Und dann haben Sie Charlotte Wendler getroffen?«

»Langsam!«

Ist das der Ton, in dem er immer versucht hatte, den Kleinen davon abzuhalten, alles zu schnell zu machen und dabei zu ruinieren?

»Vorher war ich ein paar Jahre mit einem Hippiemädchen zusammen.« Er schüttelt den Kopf und winkt ab. Nein, das sei der falsche Ausdruck. Es tue ihm leid, er nehme das zurück. Liane war kein Hippie.

»Diese Liane aus Ihrem Traum?«

Trössner, ich weiß, du hast zuletzt ein bisschen schlecht über Ismene gedacht. Aber das ist passé, nicht wahr? Und als Zuhörerin ist sie ein Ass, das musst du zugeben. Blitzgescheit und mit dem Gedächtnis eines Elefanten. Also los! Schenk ihr die Liane.

Oder lass mich das machen.

Nach einem Vortrag bei einer Parteikonferenz der Grünen kurz vor einer Wahl war es besonders laut zugegangen. Im Foyer der Halle wurde Trössner geradezu gestellt und umzingelt. Es gab bissige Bemerkungen, vor allem in seinem Rücken. Schließlich warf ihm eine junge Frau vor, er sei bloß ein Opportunist. Er mache in Windenergie, weil ihm ein Unternehmensberater davon vorgeschwärmt habe. Zufällig habe er aufs richtige Pferd gesetzt, und jetzt steige er mit der Politik ins Bett, markiere den Guten und streiche den Gewinn ein. Unter anderen Umständen würde er andere Produkte herstellen, am Ende Waffen, und die dann in die dritte Welt verkaufen.

Während die junge Frau sprach, wurden die anderen still. Sie war eindeutig zu weit gegangen. Trössner selbst war schockiert. So persönlich war noch niemand geworden. Und außerdem hatte sie dermaßen Unrecht! Die Wahrheit sah doch vollkommen anders aus. Waffen! Was hatte er mit Waffen zu tun? Ohne die Windenergie würde die Firma Trössner allenfalls ihre langweiligen und unschädlichen Sondermaschinen bauen. Und er selbst würde vielleicht Nachhilfe in Deutsch an einem amerikanischen College geben. Ohne die Windräder wäre er ein unauffälliger, harmloser Zeitgenosse, weit entfernt davon, eine Geißel der Menschheit zu sein.

Trössner hätte auf dem Absatz kehrt machen und gehen können. Niemand hätte ihm das übel genommen, nicht einmal die Bissigsten. Aber er blieb, wo er war. Es hatte ihn berührt, obwohl ihn der Vorwurf doch gar nicht traf. Er fühlte sich, als stünde er auf einer Bühne und man hätte seine Rolle verwechselt. Zugleich verspürte er den Reiz, sich mit der unverschämten jungen Frau weiter zu unterhalten, natürlich nicht hier in diesem zugigen Foyer einer hässlichen Stadthalle. Er lud sie ein, ihn zu besuchen, jederzeit, er werde ihr die Firma zeigen und ihr in aller Ruhe erklären, was er mache und warum er es mache. Kaum hatte er das gesagt, hätte er es gerne zurückgenommen. Es war eine viel zu großartige Geste, völlig unangemessen für einen Mann Mitte Dreißig, ein Grandseigneur-Gehabe, unter lauter Ökofundamentalisten doppelt peinlich. Er bekam Angst; es war die Angst, seine unangreifbare Position zu verlieren, selbstverschuldet, aus purem Übermut.

Die junge Frau warf ihre Haare zurück, nicht elegant oder aufreizend, sondern wie ein pubertierender Teenager. Sofort fielen sie ihr wieder ins Gesicht. Sie sagte: Okay. Ich komme. Dann zog sie ein in bunten Stoff gebundenes Notizbuch aus ihrer Umhängetasche und ließ sich von Trössner seine Adresse und seine Telefonnummer diktieren. Morgen sei sie noch unterwegs, übermorgen werde sie anrufen. Dann ging sie. Niemand sonst wollte noch mit Trössner reden.

Zwei Tage später rief sie tatsächlich an. Sie hieß Maximiliane; er solle sie Liane nennen, das *Mädchen aus dem Urwald*, sie lachte ins Telefon, und sie klang ganz anders als zuvor. Sie vereinbarten einen Termin. Trössner wollte sie vom Bahnhof abholen, aber das war nicht nötig, sie ließ sich von einem Bekannten mit dem Auto bringen. Kurz vor Feierabend kam sie an.

Trössner empfing sie, als würde er Ratsmitglieder aus einer ländlichen Kommune empfangen, deren Kenntnisstand in Sachen Windenergie gleich Null war. Nebeneinander gingen sie durch die neuen Hallen. Trössner dozierte, er hat alle Zahlen im Kopf, Liane machte sich tatsächlich Notizen. Dann lud er sie zum Essen ein, in sein Haus am Waldrand. Sie fuhren auf den Rädern dorthin, die in der Firma für Besucher bereit standen. Inzwischen gab es auf dem Firmengelände einen Ausgang, von dem ein Trampelpfad zu dem Feldweg führte, der in den Wirtschaftsweg vor dem Haus mündete.

Hier wohnst du?, sagte Liane. Echt jetzt? Sie war beeindruckt.

Später saßen sie auf dem Balkon. Es war Sommer, der Weizen war hoch und gelb. Die Windräder drehten sich langsam.

Das ist ja irre, sagte Liane. Oder etwas in dieser Art.

Als es zu dämmern begann, gingen sie hinunter ins Parterre, das ein einziger großer Raum war, aufgeteilt in einen Küchenbereich, einen Essplatz und einen Wohnbereich. Trössner holte zwei Tiefkühlpizzen aus dem Gefrierschrank. Er hielt die Packungen hoch. Ob das in Ordnung sei?

Was?

Er sei kein Dogmatiker, sagte er. Seine Lebensaufgabe sei es, Strom herzustellen, für den man den Planeten nicht ruinieren müsse. Was die Leute mit dem Strom machten, wolle er nicht kontrollieren. Fernsehen, ihren Computer betreiben, die Pumpe an ihrem Swimmingpool, die Rotlichtlampe über den Lämmern im Stall, was auch immer. Er selbst benutze seinen Strom unter anderem, um Tiefkühlpizza aufzubacken. Es sei aber auch Brot, Käse und Obst im Haus.

Deinen Strom?, sagte Liane.

Trössner erklärte ihr, dass das Haus mit den Windrädern auf der anderen Seite des Weizenfeldes verbunden war. Und die produzierten mehr Energie, als er verbrauchen könne.

Ich möchte auch eine Pizza, sagte Liane.

Als er sie servierte, sagte Trössner: Achtung! Sie müsse sich das langsam auf der Zunge zergehen lassen. Dann schmecke man den guten Strom.

Liane lachte und aß.

Später saßen sie wieder auf dem Balkon. Es hatte keinen besonders spektakulären Sonnenuntergang gegeben, der Weizen wogte nicht, und die Windräder standen beinahe still. Ein großer Schwarm Vögel sammelte sich in den Bäumen hinter dem Haus und machte einen erstaunlichen Lärm. Als es ganz dunkel war, zündete Trössner eine Kerze an.

Sie redeten bis tief in die Nacht. Zuerst über alles Mögliche, dann nur noch über ihre eigenen Geschichten. Bei aller Verschiedenheit waren sie einander ähnlich. Trössners Problem war es lange Zeit gewesen, nur einen Plan zu haben: weg von den Sondermaschinen. Bis die Windräder kamen und einen neuen Menschen aus ihm machten. Liane war ihr Leben lang vor lauter Ideen beinahe geplatzt, lauter Pläne, aber kein Plan A darunter. Sie war jetzt neunundzwanzig, und womöglich würde sie nicht einmal genug Kraft und Konzentration aufbringen, um ihre Diplomprüfung als Erzieherin abzulegen.

Allmählich verstand Trössner, dass jedes Wort aus seinem Vortrag sie persönlich beleidigt hatte. Keine Genauigkeit, keine Zahlen, kein Biss, keine einwandfreien Pläne zur Verbesserung der Menschheit. Nur Luftschlösser, Klagen und Vorwürfe. Das war ihr Leben. Jedenfalls sah sie es so an schlechten Tagen; und dann kam es ihr vor, als wäre sie schon sehr alt und schwach und zu nichts irgendwie Bedeutendem mehr imstande.

Die beiden wurden ein Paar, noch am selben Abend. Sex spielte dabei nicht die wichtigste Rolle. Gut, sie waren beide jung, ihre Körper noch nicht verbraucht oder verkrümmt, und im Bett klappte es ohne Peinlichkeiten.

Aber viel wichtiger war, dass sie sich im Alltag ergänzten. Liane brachte ihre Verzweiflung über den Zustand der Welt in die Beziehung und ihre Begeisterung für alles, das Rettung versprach. Trössner brachte die Windräder und sein Geschick, sie zu verkaufen. Liane hatte nun endlich einen Plan A; er bestand darin, die Windräder zu einem immer noch größeren Erfolg zu machen. Und Trössner hatte jetzt jemanden um sich, der ihm aus voller Überzeugung und ohne politische oder finanzielle Interessen versicherte, dass er auf dem richtigen Weg war und dass die Welt ihn brauchte. Genau ihn.

Liane zog in das Haus am Waldrand, es war mehr als groß genug für zwei. Trössner überließ ihr ein Zimmer im ersten Stock. Sie richtete es nach ihrem Geschmack ein, mit sehr viel buntem Stoff, doch sie benutzte es nur, wenn sie erkältet war und ihn nicht anstecken wollte. Sie begann, in der Firma als Mädchen für alles zu arbeiten, bis sie das Geschäft gut genug kannte. Dann übernahm sie etwas, das eigentlich das Marketing war, aber anders aussah als das Marketing in anderen Firmen. Gerade begann das Zeitalter des Internets, die Kommunikationswege änderten sich, die Art und Weise, in der man Informationen verbreitete. Liane war keine Spezialistin für neue Medien, von der Technik verstand sie so gut wie nichts; aber sie begriff, was sich veränderte und wie diese Veränderungen ihr, ihrer Welt, ihren Vorstellungen und ihrer Art zu leben entgegenkamen. Zusammen mit einem Webdesigner gestaltete sie den Internetauftritt der Firma, sie sorgte dafür, dass die Trössnerschen Windräder in der digitalen Welt noch viel präsenter erschienen, als sie es in der realen Welt schon waren.

Von einem Tag auf den anderen gehörte sie zur Familie; dabei war von Heirat nie die Rede. Man hätte denken können, eine Schwester, die lange im Ausland gelebt hat, ist zurückgekommen und nimmt ihre alte Position wieder ein. Trössners Mutter, die unter dem jahrelangen Streit über die Firmennachfolge womöglich am meisten gelitten hatte, freundete sich sofort mit ihr an. Damals war sie noch klar im Kopf, und sie freute sich sehr darüber, dass es in ihrer Familie einmal so harmonisch zuging.

Öffentlich trat Liane so gut wie nicht in Erscheinung. Sie begleitete Trössner zwar gelegentlich zu seinen Auftritten, aber praktisch unerkannt. Er und nur er war der Repräsentant des Unternehmens, sein Sprachrohr, seine Leitfigur; Liane war Trössners Coach. Nach jedem Auftritt und jeder Rede gab es eine Manöverkritik. Sie brachte ihn dazu, mehr Wert auf seine äußere Erscheinung zu legen, auf Kleidung und Haarschnitt, während sie selbst bei ihren Jeans, ihren Pullovern und ihren Umhängetüchern blieb. Es gibt kein halbes Dutzend Fotos, auf denen die beiden nebeneinander stehen.

Pardon, es gab. Ist ja alles verbrannt.

Seinen Vater hatte Trössner als vielbeschäftigten Mann gekannt. Morgens war er vom Frühstückstisch in die Firma geeilt, abends spät nach Hause gekommen. Aber man hätte nicht sagen können, er besitze kein Privatleben. An den Wochenenden ruhte er sich aus, er wanderte, er unternahm Besichtigungstouren. Zweimal im Jahr fuhr er mit Frau und Sohn in den Urlaub. Es gab die strikte Anweisung, ihn dort nicht zu stören. Das Meer und die Berge interessierten ihn nicht, fremde Städte umso mehr. Der Mutter zuliebe wohnten sie in teuren Hotels; dort könne sie sich, wie der Vater sagte, verwöhnen lassen. Aber die meiste Zeit waren sie unterwegs. Kirchen, Altstädte, Museen, Klöster auf Bergen, antike Wasserleitungen, Häfen, Schiffshebewerke. Der Vater stopfte all das in sich hinein, als wäre er in einem Supermarkt, in dem es alles umsonst gab. So kam es Trössner jedenfalls vor.

Er selbst hatte sich in diesen Urlauben entsetzlich gelangweilt, egal, ob sie ein Museum besuchten oder im piekfeinen Speisesaal des Hotels schweigend auf den nächsten Gang warteten. Und er hatte es nicht verstanden. Das sollte die Belohnung für die Arbeit in der Firma sein? Achtundvierzig Wochen im Jahr die Sorge um die langweiligen Sondermaschinen für vier Wochen Völlerei an Kultur- und Bildungsgütern. Was für ein starkes Argument gegen dieses Leben!

Seit er der Chef war, hatte Trössner sich keinen einzigen Werktag frei genommen, und er war nur dahin gereist, wohin ihn die Geschäfte führten. Dabei hätte es bleiben können, aber im zweiten Jahr ihrer Beziehung beschlossen er und Liane, gemeinsam in Urlaub zu fahren. Es sollte etwas Besonderes sein, am besten die Erfüllung eines immer schon gehegten Wunsches. Sie überlegten lange hin und her, bis der Plan stand: drei Tage New York und dann mit einem Wohnmobil Richtung Westküste. Sie würden anhalten, wo immer sie wollten, und weiterfahren, wenn es ihnen in den Sinn käme. Liane übernahm die Vorbereitungen.

Die drei Tage in New York waren dann noch ganz gelungen. Die beiden benahmen sich wie ein Liebespaar in den Flitterwochen. Sie stiegen auf das Empire State Building, sie fuhren mit einem Touristenboot rund um Manhattan und hinaus zur Freiheitsstatue, sie machten Spaziergänge quer durch Chinatown und Little Italy bis zur Grenze der Erschöpfung. Abends aßen sie in Lokalen in Tribeca, deren Namen Liane aus einem alternativen Reiseführer hatte. Ihr Hotel lag an der Westseite des Central Parks in der Nähe des Naturkundemuseums, vom Zimmer aus gab es diesen fantastischen Blick über das flache grüne Rechteck mitten in dem Gebirge aus Häusern.

Dann begann die Fahrt im Wohnmobil. Den ersten Tag verbrachten sie damit, sich möglichst weit aus dem Großraum New York zu entfernen. Es gelang ihnen nicht, sie standen in schier endlosen Staus, schließlich mussten sie auf dem Parkplatz neben einer Tankstelle übernachten. Am zweiten Tag sahen sie endlich die Landschaft, aber die Stimmung, auf die sie gehofft hatten, wollte nicht aufkommen. Dieses Gefühl eines Losgelöstseins von allem, eines Existierens nur für sich selbst. Ihre Mobiltelefone hatten sie zu Hause gelassen, tatsächlich waren sie praktisch unerreichbar. Aber es fühlte sich nicht so gut an, wie sie gehofft hatten.

Ihr Plan war gewesen, nach Chicago zu fahren und von dort über den berühmten *Highway 66* nach Kalifornien. Schon die Anfahrt war ziemlich anstrengend, und dann stellte sich heraus, dass etliche Teile des Highways nicht mehr befahrbar waren. Sie mussten sich dauernd neu orientieren, dazu kamen die Schwierigkeiten mit dem viel zu großen Wohnmobil, das Unmengen von Benzin fraß und fast keinen Strom erzeugte, sodass man es jeden Abend ans Netz anschließen musste. Erst nach fünf Tagen Fahrt saßen sie zum ersten Mal abends draußen vor dem Fahrzeug, um sie herum nichts als Landschaft, am Horizont eine Hügelkette, hinter der die Sonne unterging. Sie waren erschöpft und schwiegen. Es wurde rasch kühl. Kurz darauf stellten sie fest, dass die Klimaanlage im Wohnmobil defekt war. Ab jetzt war es nachts sehr kalt darin und über Tag fast unerträglich heiß.

Zwei Tage später gaben sie das Wohnmobil in einer Stadt ab, die einen Flughafen hatte, und flogen zurück nach New York. In ihrem alten Hotel waren Zimmer frei, aber keines mehr mit Blick auf den Park. Außerdem regnete es ununterbrochen. Zwei Tage später waren sie wieder zurück in Deutschland. Es war ihr erster und letzter gemeinsamer Urlaub, sie sprachen kaum ein Wort darüber. Später begleitete Liane Trössner ein paar Mal, wenn er zu Kunden ins Ausland fuhr. Sie verabredeten dann immer, gemeinsam irgendetwas zu besichtigen, aber dazu kam es nie.

Im Frühjahr 1998 wurde Liane schwanger. Von Kindern war gelegentlich die Rede gewesen, aber sie hatten nichts entschieden und nichts geplant. Sie hatten die Dinge laufen lassen. Was passieren würde, sollte passieren; und es war nichts passiert. Gut, hatten sie sich gesagt, dann sollte das vielleicht nicht sein. Sie waren nicht in Hysterie verfallen. Es bestand ja auch wirklich nicht die Gefahr, dass ihnen ohne Kinder langweilig werden könnte, oder dass sie ohne Kinder nicht wüssten, wer sie eigentlich waren und wo der Sinn ihres Lebens lag. Als Liane dann schwanger wurde, freuten sie sich, beide gleichermaßen, und sie freuten sich auch darüber, dass sie nicht die Nerven verloren hatten. Jetzt würde es ein echtes Geschenk sein.

Von Beginn der Schwangerschaft an ging es Liane schlecht. Sie verbrachte halbe Tage auf der Toilette, ihr war schwindlig, sie hatte Kopfschmerzen. Sie wurde untersucht, mehrmals, der Arzt sagte, ihr Zustand sei unerfreulich, aber gerade noch normal. Am besten, sie tue etwas, das sie ablenke; und das war natürlich die Arbeit in der Firma. Wahrscheinlich, so hieß es, würden die Beschwerden nach den ersten drei Monaten nachlassen. Das war dann auch der Fall, sie ließen tatsächlich nach. Aber sie verschwanden nicht. Immer wieder musste Liane ihren Arbeitsplatz überstürzt verlassen, oder sie schaffte es morgens gar nicht erst aus dem Bett.

An einem Freitagmittag Anfang August kam sie in Trössners Büro. Er war mitten in einer Besprechung. Von der Tür her machte sie ihm ein Zeichen. Er verstand das, sie würde jetzt nach Hause gehen und sich hinlegen. In der Besprechung ging es um die wichtige Frage, ob die Firma in Zukunft nicht nur Windräder bauen, sondern auch die Planung von ganzen Windparks übernehmen sollte. Man könnte den zukünftigen Betreibern dann ein Komplettpaket anbieten und ihnen damit womöglich die Entscheidung erleichtern. Trössner winkt Liane kurz zu und zeigte auf seine Armbanduhr. Das bedeutete, er würde nachkommen, sobald es ging.

Es wurde dann spät, er war erst gegen zehn Uhr abends zu Hause. Liane schien zu schlafen, jedenfalls war nichts von ihr zu hören. Trössner schmierte sich ein Brot und goss sich ein Glas Wein ein, damit ging er hinauf in sein Arbeitszimmer und stellte die Sachen auf seinen Schreibtisch. Im Schlafzimmer war Liane nicht. Er öffnete leise die Tür zu ihrem Zimmer. Es war dunkel darin, sie lag im Bett, von ihm abgewandt auf der Seite, zugedeckt bis über den Hals. Er horchte, sie schlief wohl ziemlich fest. Vorsichtig schloss er die Tür.

Er blieb dann noch zwei Stunden auf, die Besprechung am Nachmittag hatte mehr Fragen aufgeworfen als gelöst, schließlich ging er ins Schlafzimmer. Liane war inzwischen nicht herübergekommen, und natürlich weckte er sie nicht. Um sechs Uhr morgens meldete sich sein Mobiltelefon. Er stand auf, ging zu Lianes Zimmer und trat ein. Jetzt gab er sich keine Mühe, leise zu sein, aber sie wachte nicht auf. Sie lag noch genau so da wie am Abend. Er fasste sie an der Schulter und wusste sofort Bescheid. Sie schlief nicht, sie war bewusstlos.

In der Klinik retteten sie Lianes Leben, aber dem Kind war nicht zu helfen. Etwas sehr Kompliziertes hatte bei ihm und der Mutter nicht zusammengepasst, sie hatten sich gegenseitig vergiftet. Dass es Liane in den ersten Monaten so schlecht gegangen war, hatte den Arzt wohl verleitet, ihre späteren Beschwerden nicht ernst genug zu nehmen. Doch selbst wenn er es getan hätte, wäre die Gefahr geblieben. Gegen den Defekt gab es praktisch kein Mittel. Liane hätte wahrscheinlich abtreiben müssen.

Sie blieb zwei Wochen in der Klinik; später war sie dann kaum in der Lage, das Haus für mehr als ein oder zwei Stunden zu verlassen. Wenn Trössner abends heimkam, war sie in ihrem Zimmer, er konnte sie nicht einmal dazu bewegen, mit ihm auf dem Balkon zu sitzen. Als sie endlich kräftig genug dazu war, packte sie ihre Sachen und zog aus, ohne vorher auch nur ein Wort zu sagen. Sie ließ bloß einen Brief zurück, eher eine Liste, die ein paar Anweisungen enthielt; nichts über ihre Gründe, ihren Aufenthaltsort oder ihre Pläne. Ein DIN A4 Blatt mit dem Briefkopf der Firma, die einzelnen Positionen mit Spiegelstrichen aufgereiht. Was mit ihren Möbeln zu tun sei, mit ihren Büchern, mit ihren Bildern, ein paar Informationen für die Leute vom Firmenmarketing. Alles ganz knapp und nicht einmal unterschrieben.

»Hat Sie das gekränkt?«

Trössner macht eine Handbewegung.

Ja, natürlich! Liane hatte ihn verlassen, wie man eine Feier verlässt, auf der man sich nur noch schlecht fühlt. Klammheimlich, ohne ein Wort, womöglich, weil jede Erklärung es noch schlimmer machen würde. Dabei wusste er, wo sie war. Das heißt, er war sich sicher, dass sie zu einer Freundin aus Protestzeiten gefahren war, nach Bayern in eine Land-WG. Mit ein bisschen Herumfragen ließ sich eine Telefonnummer ermitteln. Ein paar Mal war er kurz davor, anzurufen, doch er tat es nicht.

»Und warum nicht?«

Weil er nicht gewusst hätte, was er sagen sollte.

»Im Ernst?«

Natürlich hatte er Fragen. Aber er wusste nicht, wie er sie

formulieren sollte, ohne dass es gleich um Schuld gehen würde.

»Hm«, macht Ismene.

Trössners Mutter war entsetzt. Damals kündigte sich an, dass sie dement wurde, mit gerade mal sechzig. Wenn sie sich aufregte, brachte sie alles durcheinander. Sie nannte Liane Marianne oder Karin, und sie sprach dauernd von einem Kind. Trössner versuchte immer wieder, sie zu beruhigen. Er sagte, es sei eine Phase. Sie solle sich keine Sorgen machen, Liane brauche eben Zeit, um alles zu verarbeiten. Er beschrieb der Mutter, wie sie sich fühlen musste. Er verteidigte sie, er formulierte ihre Bedingungen für eine Rückkehr. Dabei hatte er keinen Hinweis darauf, ob Liane auch nur darüber nachdachte, zu ihm zurückzukommen. Wenn er lange über sie geredet hatte, war er sich sicher, sie niemals wiederzusehen.

»Mein Gott«, sagt Ismene, »dann haben Sie das ja alles schon einmal durchgemacht!«

Ich lasse ihn antworten.

»Ich weiß nicht«, sagt er.

Und das stimmt. Das ist nicht so dahin gesagt. Das ist die Wahrheit. Trössner wusste damals nicht, was er empfand. Ob er überhaupt etwas empfand. Gut, sein Kind war verloren. Aber das Kind hatte es nie gegeben, ein paar Monate lang war es ein Wort in Sätzen gewesen, die in der Zukunftsform standen, nicht mehr.

»Und Liane?«

Ja, Liane. In den folgenden Wochen stellte Trössner fest, dass sie ihm nicht fehlte. Er hatte so viel zu tun. Er war inzwischen in der Branche eine Instanz geworden. Natürlich gab es unter den Herstellern von Windrädern eine scharfe

Konkurrenz; aber er war nicht nur ein Wettbewerber unter vielen, er repräsentierte das Ganze. Wenn er irgendwo auftrat, half das allen. Als kurz nach Lianes Verschwinden die Ära Kohl zu Ende ging, gab es Gerüchte, der Kanzler Schröder werde ihn zum Minister für neue Energie machen. Daran war rein gar nichts, aber es zeigte, was die Leute von ihm hielten. Wann immer er sich jetzt gefragt hätte, wer er denn eigentlich war und wofür er stand und ob man ihn brauchte, hätte er nur eine Zeitung aufschlagen oder seinen Namen in eine der neuen Suchmaschinen eingeben müssen. Überall hätte man ihm diese Antwort gegeben: Er war der Herr der Windräder. Alles Weitere ergab sich daraus ganz von selbst.

Die *Rippe* füllt sich, wahrscheinlich mit Touristen, die nach einer viel zu langen Shoppingtour hungrig geworden sind. Die neue Kellnerin könnte eine Schwester der alten sein.

»Was ist aus ihr geworden?«

»Aus Liane? Das weiß ich nicht.«

Ismene signalisiert lautlos, aber nachdrücklich, dass sie das nicht glauben kann.

»Ich weiß«, sagt Trössner. »Man kann Leute googeln. Das ist mir schon klar. Aber man muss es nicht. Ich sitze, pardon, ich saß jeden Tag eine Stunde oder noch länger an einem Computer, seit Jahren habe ich einen in der Tasche. Ich hatte nicht alle Zeit der Welt, um nach ihr zu suchen, aber mehr als genug. Doch das passiert einem nicht einfach so, aus Versehen, dass man eine bestimmte Folge von fünfzehn Buchstaben in das Suchfeld eingibt. Man muss das wollen. Man muss sich sogar darauf konzentrieren. Nur ein Buchstabe falsch oder zwei verdreht, schon kommt gar nichts.«

»Und Sie haben es nicht gewollt?«

»So ist es wohl.«

»Hat sie Ihnen denn nie geschrieben? Oder gemailt. Oder sich sonst irgendwie mit Ihnen in Verbindung gesetzt. Über Dritte vielleicht.«

»Nein.«

»Das nenne ich mal ein Ende. Für gewöhnlich –«

Wieder diese Unart, die Sätze nicht zu Ende zu sprechen! Dabei zielt sie vermutlich in die richtige Richtung. Ja, für gewöhnlich schleppen sich langjährige Beziehungen nach ihrem Ende über Monate dahin, über Jahre, auch wenn man noch so überzeugt ist, Schluss gemacht zu haben. Es gibt vielleicht Kinder, ein Haus, ein Geschäft, die gemeinsamen Urlaube, alles, was man nicht einfach aufteilen, in den Koffer packen und damit abhauen kann. Und all diese Dinge sind schwer, sie sind randvoll mit trauriger Vergangenheit, sie ziehen einen nach unten, sie machen alles furchtbar langsam. Und weil man nicht einfach darüber schweigen kann, müssen alle Sätze, die schon hundertmal gesagt worden sind, wieder und wieder gesagt werden, obwohl das gar nichts klärt und alles bloß schlimmer macht.

Mit Liane war das anders. Mit ihrem stummen Abgang hatte sie ihre Beziehung ausgelöscht, es gab sie nicht mehr, einzig und allein, weil keine Worte darüber gemacht wurden.

»Das kann ich mir nicht vorstellen.«

Ismene klingt geradezu unverschämt glaubhaft.

»Das passiert auch nicht jedem«, sagt Trössner im Ton jener Onkel, die im Krieg oder in fernen Ländern waren. Hört er sich eigentlich?

»Und dann?«, sagt Ismene. »Dann lernten sie Charlotte Wendler kennen?«

Man muss ihr Respekt zollen. Wie lange lässt sie sich schon Dinge erzählen, die sie womöglich eher am Rande interessieren. Du kennst meine Vermutung, Trössner. Ich glaube, sie will nur den einen seltenen Fisch, und jetzt muss sie den ganzen Tagesfang kaufen. Eine komplette Biografie, obwohl es ihr bloß um die Katastrophe geht, in der sie endet. Und womöglich sogar nur um den Teil der Katastrophe, in dem die berühmte Schauspielerin vorkommt.

Immerhin ist jetzt der schwachsinnige Verdacht vom Tisch, sie sei eine Versicherungsagentin.

Oder, Trössner?

Er antwortet mir nicht. Isst stattdessen den fünften Fleischwürfel seines kalten Eisbeins. Was ist bloß aus seinem Hunger geworden?

»Ja«, sagt er. »Und dann lernte ich Charlotte kennen. Möchten Sie wissen, wie?«

Ach, und wie sie möchte!

Zum Millenniumswechsel veranstaltete der Interessenverband Windenergie eine eigene Silvesterfeier für seine Mitglieder und ihre Freunde. Da es völlig aussichtslos gewesen wäre, einen geeigneten Festsaal in Berlin zu mieten, fand die Feier in einer Werkshalle in der Nähe von Potsdam statt. Sie gehörte einem Hersteller von Rotorblättern, der vornehmlich für die Windradindustrie arbeitete.

Dieser Jahreswechsel, so hatte der Verband geschrieben, sei keine bloße Zahlensensation und auch keine Privatangelegenheit. Nein, jetzt werde das Jahrhundert der erneuerbaren Energien eingeläutet, und wenn nicht noch einmal Dummheit und Gier triumphierten, werde an seinem Ende der gesamte Planet aus eigener Kraft leben, ohne sich weiter zu beschädigen und auszuzehren.

Das Organisationskomitee hatte sich alle Mühe gegeben, prominente Gäste aus dem öffentlichen Leben für die Feier zu gewinnen. Die Botschaft war klar. Wer sich zu Silvester 1999 nicht mit Politikern oder Leuten vom Film, sondern mit Windradherstellern und Windradbetreibern sehen ließ, würde eine deutliche Aussage über seine eigene Position in die Welt schicken. Natürlich bekam man vor allem Absagen, aber es gab auch ein paar Zusagen, die überraschten.

Darunter war die der Schauspielerin Charlotte Wendler. Sie war damals sechsundzwanzig Jahre alt. Durch eine Vorabendserie, und durch nichts anderes, war sie in kurzer Zeit zu einem der bekanntesten Gesichter des Fernsehens geworden. Die Serie hieß *Eins Null Vier*, nach den ersten drei Ziffern der Postleitzahlen im Berliner Nordosten. Sie wurde an allen Wochentagen ausgestrahlt und spielte zum größten Teil in einem Altbau am Prenzlauer Berg, wo lauter Zugezogene mit ganz verschiedenen Vorgeschichten lebten. Es waren Menschen, die etwas Neues beginnen wollten, sei es, weil sie jung waren, sei es, weil sie anderswo gescheitert waren. Die Idee der Serie war klar: Berlin war jetzt wieder Hauptstadt; da musste man zeigen, wie es als Schmelztiegel funktionierte und als Ort der großen Chancen.

»Ich hab's gesehen«, sagt Ismene. »Alles. Obwohl ich eigentlich noch nicht durfte. Die erste Folge fand ich doof, aber dann! Jeden Abend, achtzehn Uhr zwanzig. Das war sowas von Kult.«

Natürlich. Und Julia war jedermanns Liebling.

Die Julia spielte Charlotte Wendler. Es hieß, ihre Rolle decke sich mit ihrem Leben.

»War das wirklich so?«

Ist das, was man jetzt in Ismenes Augen sieht, das journalistische Feuer? Schüren wir es doch, indem wir ihre Frage bejahen, jedenfalls zum Teil. Immerhin stammten Charlotte und die Julia in *Eins Null Vier* beide aus der Provinz, beide waren mit Anfang Zwanzig nach Berlin gekommen, offiziell, um Schauspielunterricht zu nehmen, aber eigentlich hatten sie einfach weg gewollt, weg von Zuhause, von ihrer Familie und einer Jugendliebe. Im Gegensatz zu Charlotte wurde Julia allerdings nicht für eine erfolgreiche Serie gecastet. Stattdessen erhielt sie immer nur Absagen und musste sich mühsam mit Gelegenheitsjobs finanzieren. Gemeinsam hatten sie dann wieder, dass sie keine naiven Landeier waren.

»Von wegen. Julia war so taff.«

Im Tonfall eines echten Fans. Entzückend!

Eins Null Vier bekam gute Kritiken und wurde auffallend oft in der seriösen Presse besprochen. Charlotte Wendler, hieß es, würde überzeugend einen jungen Menschen spielen, bei dem es nicht mehr darauf ankam, ob er aus dem Westen oder aus dem Osten stammte. Ein neuer Typus, die Bundesrepublikanerin einer nachpolitischen Zeit, ohne ideologischen Ballast, der Zukunft zugewandt.

Dafür, dass sie den Silvesterabend ausgerechnet mit Windradleuten verbrachte, gab es allerdings einen eher albernen Grund. Eigentlich hatte sie den Jahrtausendwechsel mit ihrer Familie feiern wollen, aber Annette, ihre Agentin, bestand auf einem öffentlichen Auftritt, der wenigstens ein paar Bilder für die Presse abwerfen würde. Es hatte darüber Streit gegeben. Schließlich hatte Charlotte zugestimmt; doch sie wollte selbst entscheiden, wohin sie gehen würde. Da hatte sie allerdings schon die Einladung des Interessenverbands bekommen, und die nahm sie an, um ihrer Agentin eins auszuwischen. Es war eine Art Lausbubenstück.

Die Organisatoren hatten sie an Trössners Tisch gesetzt, direkt neben ihn, er kam ja alleine. Der Abend sollte eigentlich ganz ohne Programm ablaufen, nur das Essen, Gespräche, Musik und Tanz; vor allem sollte es keine Belehrungsveranstaltung in Sachen Windenergie sein. Trotzdem musste natürlich dies und das gesagt werden. Trössner als Sprecher des Interessenverbands sollte die Begrüßung übernehmen. Auf keinen Fall werde er eine Rede halten, hatte er gesagt.

Ismene applaudiert uns stumm für so viel Selbstironie.

Es sollten nur ein paar Sätze sein. Guten Abend, schön, dass Sie alle da sind. Das Übliche, so kurz wie möglich. Aber dann kam alle drei Minuten jemand zu ihm und sagte, er sollte noch ein bisschen warten. Er hatte keine Ahnung warum. Womöglich ging es um irgendetwas Technisches.

Also plauderte er mit Charlotte Wendler. Er kannte sie nicht, er schaute keine Fernsehserien am Vorabend, er schaute überhaupt kein Fernsehen, und Berlin war ihm eigentlich ein Gräuel, aber natürlich hatte er sich informiert. Es war dann auch überhaupt kein Problem, mit der jungen Schauspielerin Smalltalk zu machen; sie war freundlich und interessiert. Allerdings trank Trössner dabei mehrere Gläser Sekt, obwohl er Sekt nicht besonders mochte und es immer vermied, vor dem Essen Alkohol zu trinken.

Endlich machte man ihm ein Zeichen, er war dran. Er stieg auf eine improvisierte Bühne, sagte seine vorbereiteten Sätze auf, begrüßte einige Gäste persönlich, dankte den Sponsoren; und dann ging es mit ihm durch. Aus dem Stehgreif und ohne jede Ankündigung spielte er einen Lobbyisten der Atomindustrie, der laut über eine Kampagne gegen die Windenergie nachdenkt, dazu die albernsten Argumente sammelt, sich selbst dauernd ins Wort fällt und am Schluss sogar bemerkt, dass er mit jedem Angriff auf den Gegner nur seine Auftraggeber lächerlich macht. Das alles trug Trössner mit amerikanischem Akzent vor, was besonders gut ankam. Bevor er von der Bühne ging, entschuldigte er sich mit ein paar Gesten für seinen Ausbruch aus dem Programm. Die Leute applaudierten begeistert.

Charlotte Wendler hatte Tränen über ihn gelacht. Als er sich wieder neben sie setzte, umarmte sie ihn und küsste ihn auf die Wange. Es war, als würde sie ihrem Bruder zu seinem Auftritt im Schultheater gratulieren. Irgendjemand erwischte den Moment mit der Kamera, Trössner bemerkte es gar nicht. Ein paar Tage später erschien das Foto mit einem entsprechenden Text in einer Boulevardzeitschrift. Womöglich hatte Charlottes Managerin das lanciert, Trössner hat sich nie danach erkundigt.

Mit diesem Foto veränderte sich sein Leben, nicht sehr, doch merklich. Seit Jahren stand er in der Öffentlichkeit, allerdings nur als Kämpfer für die Windenergie und als erfolgreicher junger Unternehmer. Über solche wie ihn berichteten Managermagazine und die seriösen Zeitungen auf ihrer Wirtschaftsseite. Aber jetzt nannte man ihn ganz anderswo einen *begehrten Junggesellen*. Umgehend kamen Anfragen für Homestories, die er ausnahmslos ablehnte. Das machte es allerdings nur schlimmer. Sie setzten Paparazzi auf ihn an und druckten Fotos von seinem Haus am Waldrand und solche, die ihn zeigten, wie er mit dem Fahrrad quer durch die Felder in die Firma fuhr, im Hintergrund die Windräder, die seinen Strom produzierten. Es erschien sogar ein fingiertes Interview, in dem man ihn die Frage nach seiner Beziehung zu Charlotte Wendler ausweichend beantworten ließ. Trössner wollte dagegen gerichtlich vorgehen, aber seine Anwälte rieten ihm davon ab. Man werde damit nur erreichen, was man am wenigsten wolle. Das Beste, was man tun könne, sei, absolut still zu halten.

Was er auch tat. Allerdings mit, wenn ich das so sagen darf, ziemlich gemischten Gefühlen. Denn irgendwie war die Sache auch ein bisschen aufregend, ein bisschen verlockend. Wieder so ein Stück, in das er unversehens geraten war, nur mit dem bedeutenden Unterschied, dass er mittlerweile absolut perfekt darin war, maßgenau zu improvisieren.

Es dauerte ein paar Monate, bis die beiden sich wieder trafen, und es war tatsächlich ein Zufall. Ein reiner Zufall, er könnte das beschwören.

Trössner sprach bei einer Veranstaltung in der schwäbischen Provinz, bei der es um einen geplanten Windpark ging, den nicht nur ein Stromversorger, sondern auch Anlieger und Naturschützer verhindern wollten. Der Interessenverband war sehr bemüht, es nicht zu solchen Allianzen kommen zu lassen. Die allgemeine Zustimmung für die Windenergie war mittlerweile zwar ausgesprochen hoch, dennoch galt es, negative Schlagzeilen nach Möglichkeit zu vermeiden. Und ein öffentlicher Schulterschluss zwischen Atomkraftwerksbetreibern und Heimat- oder Vogelschützern war etwas, das man schon im Ansatz unbedingt verhindern musste.

Charlotte Wendler hatte die Veranstaltung besucht, weil sie aus dem Nachbarort stammte, gerade zu Hause bei der Familie war und weil ihre ältere Schwester zu den Vogelschützern gehörte. Dass Hartmut Trössner hier sprechen würde, der Mann, mit dem sie in Berlin auf das neue Jahrtausend angestoßen hatte, wurde ihr erst auf dem Weg zur Veranstaltung klar, im Auto ihrer Schwester, als sie den Programmflyer las.

Das ist ja witzig, hatte sie gesagt.

Die Schwester kannte natürlich die Geschichte von Charlottes Silvesterparty, inklusive des Fotos mit Hartmut Trössner. Das brachte sie in eine heikle Lage. Charlotte hat die Szene im Auto immer wieder beschrieben, sie hat sie sogar nachgespielt. Es war so etwas wie ihr Kabinettstück.

Ihre Schwester steckte jetzt nämlich arg in der Klemme. Im Prinzip hielt sie Strom aus Windenergie für eine sehr gute Sache, um Längen besser als Kohle- oder Atomstrom. Dumm an der Sache war nur, dass die Windräder hässlich waren, die Landschaft verschandelten und Vögel erschlugen. Überdies war die Schwester der Überzeugung, dass man Leuten, die viel Geld verdienten, egal womit, grundsätzlich nicht trauen durfte.

Und damit bekam sie ein weiteres Problem, denn mittlerweile gehörte ihre eigene Schwester zu den Gutverdienern. Aber Charlotte hatte sich doch bislang vom Geld nicht verbiegen lassen! Immerhin kam sie ziemlich oft nach Hause und machte dann sogar beim Vogelschutz mit. Also redete sich die Schwester hinter dem Steuer von einer Peinlichkeit in die andere. Wenn Charlotte sie später nachmachte, dann natürlich mit ihrem schwäbischen Akzent.

Die Veranstaltung bestand aus lauter Reden. Das heißt, sie war ein Redewettstreit; und den gewann Hartmut Trössner, nicht nach Punkten, sondern durch einen glatten Knockout. Über die Vorzüge der Windenergie wie Umweltverträglichkeit und Ressourcenschonung sprach er nur kurz. Das alles sei so offensichtlich und so bekannt, sagte er, dass es beleidigend für seine Zuhörer sein müsse, wenn er es noch einmal wiederhole. Dann ließ er einen Film von seinem Laptop abspielen, den Beamer hatte er selbst mitgebracht und mehrfach überprüft, um ganz sicher zu gehen, dass es funktionierte.

Der Film dauerte etwa drei Minuten. Er zeigte einen großen Raubvogel, vielleicht einen Adler, der langsam um ein Windrad kreiste. Mehrmals wurde er von den Rotorblättern knapp verfehlt, man hörte das Aufatmen im Publikum. Doch schließlich wurde er getroffen und stürzte in einer grotesken Spirale zu Boden. Unten lag er zunächst ganz ruhig, dann versuchte er sich aufzurappeln, er taumelte, schließlich brach er zusammen und spreizte seine großen, weiß geränderten Schwingen. Es sah aus wie eine Kapitulation oder wie der Niederfall vor einer bösen Macht. Für die letzten Sekunden war die Kamera in Nahaufnahme auf das still daliegende Tier gerichtet. Der Wind fuhr ihm durchs Gefieder, nur an seinem Lidschlag konnte man sehen, dass es noch lebte.

Nach dem Ende des Films wartete Trössner ein paar Sekunden, dann schaltete er die Anlage aus.

Schlimm, nicht wahr?, sagte er.

Ganz ohne Zweifel. Er sehe diesen Film jetzt zum fünften Mal, und immer noch müsse er sich zwingen, nicht wegzusehen. Aber wenn er gerecht sein wollte, dann müsste er jetzt auch Filme von Vögeln zeigen, die durch die Abgase der Kraftwerke erkranken und sterben oder nicht mehr in der Lage sind, sich fortzupflanzen und ihre Brut zu pflegen. Dazu Filme von Vögeln, die durch die allgemeine Verschmutzung der Meere getötet werden. Oder durch eine Ölpest nach einem Tankerunfall, ehemals weiße Vögel, die schwarz und verklebt über die Strände torkeln, bis sie jämmerlich krepieren. Und um vollkommen gerecht zu sein, sagte er, also um die realen Verhältnisse richtig abzubilden, müssten sie nicht drei Minuten lang solche Filme ansehen, auch nicht dreißig Minuten oder drei Stunden lang, sondern viele Stunden, viele Tage sogar, denn so viel mehr Vögel würden durch die konventionelle Energiegewinnung getötet.

Natürlich sei es um jeden Vogel schade. Aber wenn er die Wahl hätte, die ganze Zivilisation durch ein Energiesystem zu erhalten, dass zehn Vögel am Tag tötet, oder durch eines, das tausend tötet, den Planeten verbrennt und die Menschen krank macht, dann nehme er die zehn toten Vögel in Kauf. Er dankte kurz und trat rasch vom Rednerpult weg.

Er bekam so gut wie keinen Beifall. Aber den Rednern, die noch auf ihn folgten, hörte niemand mehr zu. Trössner hatte es geschafft, ein Argument vorzubringen, gegen das niemand mehr ankam. Wer es versuchte, machte sich lächerlich. Einer der Heimatschützer hatte die Größe zu sagen, dass er die Zahlen prüfen werde, und wenn sie stimmten, sei auch er für den Windpark.

Trössner war auf seinem Platz geblieben, bis der letzte Redner geendet hatte. Als er gehen wollte, stand Charlotte Wendler vor ihm. Sie sagte: Whow! Und was er denn heute Abend noch vorhabe?

Er wohne in einem reizenden kleinen Hotel, etwas außerhalb, sagte Trössner, vermutlich eine Maßnahme der Veranstalter, um ihn vor den Vogelschützern in Sicherheit zu bringen.

Das brauchst du nicht mehr, sagte Charlotte. Auf der Silvesterfeier hatten sie sich geduzt. Sie schlage vor, er solle auf dem Marktplatz eine Autogrammstunde geben und sich anschließend fürs Heimatmuseum fotografieren lassen. Oder gleich Modell für ein Denkmal stehen.

Dann machen wir das genau so, sagte Trössner. Und wie wäre es, wenn sie anschließend zusammen etwas essen würden? In seinem Hotel gebe es ein Restaurant, das *Albstube* heiße. Das klinge doch verführerisch.

Ich weiß nicht, sagte Charlotte. Sie sei mit ihrer Schwester gekommen. Wenn die alleine abrausche, komme sie nicht mehr nach Hause. Sie kicherte. Sie spielten zwei Teenager, spätabends vor einer Diskothek auf dem Land.

Das sei ein ernst zu nehmendes Problem, sagte Trössner. Aber sie könnten es so machen: Sie erkläre ihm beim Essen als Frau vom Fach, was er tun müsse, um noch überzeugender aufzutreten, dann habe er die Lizenz, ihr auf Verbandskosten ein Taxi zu bestellen.

Und das sei moralisch einwandfrei? Er wolle doch die Welt retten, da könne er sich keinen Spesenbetrug erlauben.

Trössner tat, als dächte er nach. Nein, sagte er. Kommunikationstraining werde anerkannt. Es diene ja der guten Sache.

Tatsächlich sprachen sie dann so gut wie gar nicht über seinen Auftritt bei der Veranstaltung, dafür um so mehr über Charlottes Schauspielerei. Sie habe, sagte sie später einmal, überhaupt nicht verstanden, was da in dieser *Albstube* mit ihr passiert sei. Eigentlich fand sie es längst nur noch langweilig und ermüdend, über ihren Beruf zu sprechen, was hieß, über ihre Julia in *Eins Null Vier*. Mit Trössner aber redete sie darüber in einem fort.

Das Authentische!, sagte sie und zog dabei die zweite Silbe komisch in die Länge. Alle lobten an der Serie das Authentische, aber damit habe sie ein Problem. Der Regisseur und das ganze Team redeten andauernd davon, sie sollten alle ganz sie selbst sein und ihre persönlichen Erfahrungen ins Spiel einbringen. Aber das sei doch Schwachsinn.

Was für Erfahrungen?, sagte sie. Es gebe drei Drehtage in

der Woche, manchmal vier, und die drehfreien Tage verbringe sie damit, ihre Rolle zu lernen. Ihre Erfahrungen, das seien zu neunundneunzig Prozent die Erfahrungen der Schauspielerin in einer täglichen Vorabendserie. Grotesk, oder?

Trössner weiß angeblich nicht mehr, was er darauf gesagt hat.

Sie nannte ihm ein Beispiel. Eben den heutigen Tag. Es ist drehfrei, sie fährt zu ihrer Familie und begleitet ihre schwierige alternative Schwester zu einer Protestveranstaltung gegen Windräder. Warum tue sie das? Aus Familiensinn? Weil sie die Umwelt retten will? Antwort: Leider nein. Sondern praktisch als Therapie, selbst verordnet. Damit sie andere Eindrücke bekomme, ganz egal was für welche, solange es bloß nichts mit den Problemen der Leute in *Eins Null Vier* zu tun habe.

Und da sei kein Alternativer dabei? Trössner hatte noch immer keine Folge der Serie gesehen.

Doch, natürlich! Florian. Aber der habe es bloß mit dem Essen. Vegetarisch, vegan, keine Chemie, fairer Handel und so weiter. Windenergie sei wohl kein Berliner Thema. Wahrscheinlich müsse man dafür zum Drehen raus aus der Stadt, und Außenaufnahmen seien äußerst unbeliebt, weil viel zu teuer. Und unberechenbar, von wegen Licht und Wetter.

Da könne er vielleicht helfen, sagte Trössner. Wie wäre es, eine Folge in seiner Firma zu drehen? Er habe ein paar sehr dekorative Windräder und ein Haus am Wald. Ausgesprochen romantisch, könnte man sagen. Für ihn wäre es eine schöne Werbung, und die Filmleute kämen mal ein bisschen vor die Tür.

Er hatte das nicht ernst gemeint. Sie sprachen trotzdem

lange darüber. Charlotte überlegte laut, wer von den Leuten aus der Serie etwas mit Windrädern zu tun haben könnte und wie sich das in die Story einbauen ließe. Trössner lieferte technische Informationen. Sie redeten wie Kinder, die sich abends vor dem Schlafengehen eine Geschichte ausdenken, je verrückter, desto besser. Schließlich waren sie die letzten Gäste in der *Albstube*. Als die geschlossen wurde, gingen sie hinauf in Trössners Zimmer und schliefen miteinander.

Später gab es dann tatsächlich eine Folge von *Eins Null Vier*, die zum Teil in einem Windpark spielte; und es gab sie, weil Trössner und Charlotte inzwischen ein Paar geworden waren. Jemand aus dem Drehbuchteam hatte den Vorschlag gemacht, eigentlich nur, um Charlotte ein bisschen aufzuziehen, doch dann waren alle davon begeistert. Florian, ihr Alternativer vom Dienst, bekam eine neue Freundin, die Atomkraftgegnerin war. Der Windpark diente in ein paar Szenen als eine Art moderner Märchenwald. Trössner vermittelte übrigens nicht einmal den Drehort; Charlotte hatte dem Team von *Eins Null Vier* strikt untersagt, ihn auch nur darauf anzusprechen.

Sie zog zu ihm. Ihre Berliner Wohnung behielt sie natürlich, die meiste Zeit musste sie ja in der Nähe des Studios sein. Aber wann immer sie konnte, verließ sie die Stadt. Mit der schnellsten Zugverbindung waren es nur knapp zwei Stunden, vorausgesetzt, Trössner holte sie am ICE-Bahnhof ab, was er praktisch immer tat. Wenn er verhindert war, kam ein Kleintransporter mit dem Firmenlogo, einer stilisierten Windmühle.

Trössners Haus bauten sie gemeinsam um. Sein altes Arbeitszimmer mit dem Zugang zum Balkon wurde ihr gemeinsames Zimmer, der Raum, in dem sie die meiste Zeit verbrachten. Es standen dort mehrere Sofas, Trössner las hier seine Mails, Charlotte ihre Drehbücher, bei einigermaßen gutem Wetter saßen sie auf dem Balkon mit Blick hinüber zu den Windrädern. Wenn sie da war, verließ Charlotte das Haus anfangs nur für Spaziergänge, Fahrradtouren oder einen Besuch bei Trössners Mutter. Sie wollte es nicht anders. So, sagte sie, mache sie die grandiose Erfahrung, keine Schauspielerin zu sein. Wenn sie überhaupt ausgingen, dann in Landgasthöfe, in denen niemand Charlotte ansprach, wie es in den Berliner Szenekneipen passieren konnte, wo die Leute so redeten wie in in *Eins Null Vier*.

Jetzt schau mal bitte, Trössner, wie wunderbar ruhig Ismene geworden ist. Und wie andächtig; ein Mädchen, dem die Oma vor dem Schlafengehen eine Geschichte von Königssöhnen und Prinzessinnen erzählt. Es ist rührend. Doch jetzt erwacht sie offenbar aus ihrer Trance.

»Und Sie haben dann auch bald geheiratet.«

Trössner, ich weiß was!

Jetzt in diesem Moment ist es mir aufgegangen. Und schon ist es so, als hätte ich es immer gewusst. Von Anfang an. Willst du wissen, was?

Egal. Ich sag's dir, auch wenn du es gar nicht hören willst.

Halt dich fest! Ich weiß jetzt, was hinter Ismene, Rebekka und Iris steckt. Im Ernst! Und ich glaube, ich könnte es sogar beweisen. Ich wette, wenn wir sie auf den Kopf stellen und kräftig schütteln würden, dann kämen Details aus Charlottes Leben heraus, die nicht einmal du und ich kennen.

»Ganz in Weiß, nicht wahr?«

Und mit einem sehr grünen Blumenstrauß. Geschenkt.

Trössner, sperr jetzt lieber die Ohren auf! Das Schwierige ist meistens einfach. Auch in diesem Falle. Vernimm die Botschaft: Diese nette kleine Person mit ihren vielen Namen will Charlottes Biografie schreiben. Jawohl. Richtig gehört.

Und was fehlt ihr dazu noch?

Genau, die letzten anderthalb Stunden aus dem Leben ihrer Heldin.

Ja, glotz nicht so! Warum, bitte, soll das abwegig sein? Ist es nicht. Ich sage dir, sie will dich nicht als Brandstifter überführen, aber sie will auch keine einzige Zeile zum höheren Ruhme eines abgebrannten Starunternehmers schreiben, keinen Eintrag ins Guinessbuch der großen Verluste. Und wenn du ehrlich bist, wirst du zugeben, dass du das schon lange weißt. Im Grunde seit ihrem Geständnis auf dem Bahnsteig, unter den Werbebannern für *PPC*.

Es geht um Charlotte, einzig und allein um sie.

Und aufgemerkt, mein Lieber, unsere Ismene, oder wie auch immer sie heißen mag, interessiert sich nicht für sentimentale Anekdoten aus dem Mund eines Witwers. Die braucht sie nicht, die hat sie schon. Fünfhundert Homestories, Interviews, Klatschkolumnen, alles im Netz vorhanden, mehr als genug Material für eine Biografie des letzten Idols der TV-Republik, für einen schnellen Grabstein aus bedrucktem Papier, möglichst noch auf den Markt gebracht, bevor die vierte Staffel von *PPC* beginnt.

Trössner, du zweifelst? Sie hat es doch selbst gesagt. Von Anfang an. Sie will über dich schreiben. Okay, eine Lüge mit einer Wahrheit getarnt. Sie will schreiben, aber über dich nur insofern, als du letzten Endes ein Nagel zu Charlotte Wendlers Sarg warst.

Ja, ich entschuldige mich für diese etwas rüde Formulierung. Für diesen Schritt auf vermintes Gelände. Und für diese Andeutung von Zusammenhängen, die es wahrscheinlich gar nicht gibt. Aber wenn ich das so sage, glaub mir, dann tue ich das nur zu deinem Schutz. Niemand, Trössner, niemand will wissen, wie das ist, wenn man wie die Jungfrau zum Kind zu einem alternativen Imperium kommt und es dann an den globalen Kapitalismus verliert. Das lockt keinen Hund hinterm Ofen hervor.

Und selbst wenn! Die Geschichte ist nicht frei. Sie gehört noch dir, Trössner, sie ist keine Position in der Konkursmasse, nichts, das man dir einfach wegnehmen und zu fünfzig Prozent des Marktwertes verscherbeln könnte. Jeder mittelmäßige Rechtsanwalt würde den Schutz deines wie auch immer beschädigten Lebens durch sämtliche Instanzen boxen, ohne sich dabei besonders anzustrengen.

Verstanden, Trössner? Dein Leben gehört immer noch dir. Und selbst wenn du der so called Ismene noch tagelang deine Memoiren erzähltest, würde sie ohne dein schriftliches Einverständnis keinen Satz davon veröffentlichen dürfen. Vermutlich könntest du ihr jederzeit verbieten lassen, mehr von dir auch nur zu erwähnen als deinen Namen und den der Firma.

Aber Charlotte! Das ist ein ander Ding.

Charlotte war prominent. Was heute bekanntlich das gleiche meint wie berühmt. Und jetzt ist sie tot, also frei verfügbares Material. Eine Person des öffentlichen Lebens, deren Recht auf geschützte Privatsphäre mit ihrem Tod erloschen ist. Trössner, damit kennen wir uns doch aus. Charlottes ewige Streitereien mit Annette, wenn es Stress mit übergriffigen Presseleuten oder Szenebloggern gab. Oder wenn Annette selbst wieder kleine Stücke von Charlottes Biografiekuchen verteilt hatte. Warum gedulden die sich nicht, bis ich tot bin, sagte Charlotte dann jedes Mal, zu Annettes Verzweiflung.

Bis ich tot bin. Was jetzt der Fall ist.

Endlich kapiert, Trössner? Es geht hier nur um Charlotte. Nur um die große Schauspielerin und ihr tragisches Ende, das auf so rätselhafte Weise mit ihrer unlängst dermaßen gestiegenen Popularität verknüpft ist. Und das alles, Schauspielerin und Ende, sind ganz umsonst zu haben. Vorausgesetzt natürlich, Trössner, wir machen hier weiter die Schotten auf.

Ja, *mea culpa*. Ich übernehme meinen Teil der Verantwortung. Ich hätte dafür sorgen müssen, dass wir den Mund halten. Stattdessen haben wir geredet wie ein Wasserfall. Aber noch ist nichts verloren, denn herausgekommen ist bislang nur der Reisberg, durch den sich unsere Ismene tapfer hindurchgehört hat. Noch sind wir im Besitz des Grals: Charlotte Wendlers letzte Minuten. Die dürfen wir nicht preisgeben, niemals! Denn sonst gehören sie nicht mehr dir und den zur Verschwiegenheit verpflichteten amtlichen Stellen. Sondern, unter tätiger Vermittlung unserer Ismene, den Millionen, die Charlotte auf dem Bildschirm gesehen und dadurch das heilige Recht erworben haben, ein Buch zu kaufen, das die ganze Wahrheit über das wunderbare Leben und das schreckliche Ende der Charlotte W. enthält.

Verstanden? Ab jetzt kein Wort mehr über Charlotte!

»Ja«, sagt Trössner.

Aber, verflucht, ich fürchte, es ist die Antwort auf die Frage nach der Hochzeit in Weiß.

»Nach einem halben Jahr haben wir geheiratet.«

Ich behalte also Recht. Wie ich das hasse.

»Ich wollte das so.«

Idiot!

»Und warum?«

Ja, warum eigentlich?

»Wollten Sie verhindern, dass Sie noch einmal so plötzlich verlassen werden?«

Trössner macht eine Wie-kann-ich-das-wissen?-Bewegung. Und lächelt. Vielsagend? Ich spüre da eine Weichheit, fast hätte ich gesagt, eine Verletzlichkeit. Die ich allerdings überhaupt nicht mag.

»Und wie war die Hochzeit?«

»Sehr schön.«

Ach, Trössner, mach doch, was du willst. Aber vergiss nicht, ich habe dich gewarnt. Gib am Ende nicht mir die Schuld. Ich habe getan, was ich konnte.

»Wir hatten anfangs vor, alles geheim zu halten. Aber Charlottes Agentin wäre dann wahrscheinlich vor Ärger gestorben. Wir haben ein paar Tage darüber nachgedacht, und dann haben wir ihr die ganze Organisation übergeben. Wenn schon, denn schon. Nichts Halbes. Annette hat alles bestimmt, Ort und Zeit, den Umgang mit der Presse, alles.«

Ich verstehe, du willst nicht auf mich hören. Du willst sehenden Auges in dein Verderben laufen. Bitte, ich halte mich zurück. Erzähl der Ismene ruhig von Annette. Das wird sie interessieren.

Oder nein! Lass mich, sei so gut. Ich sorge für Schadensbegrenzung, einverstanden?

Also Annette. Trössner hat sie bei der Vorbereitung der Hochzeit erst richtig kennengelernt, als Mensch, wie man so sagt. Als Charlottes Managerin kannte er sie ja schon. Sie war damals etwa vierzig, vielleicht noch knapp darunter.

Es hieß, sie sei einmal eine Schönheit gewesen. Beweise dafür waren allerdings nicht zu bekommen, Annettes kurze Zeit als Schauspielerin lag vor dem Internetzeitalter. Mittlerweile war alles an ihr, nun ja, wie sagt man das, ohne respektlos zu sein, vielleicht: ein wenig ausgeufert. Ihre Haare, immer perfekt gefärbt, aber viel zu lang, ihre Augen, geschminkt im Stil der siebziger Jahre, und natürlich ihre Figur. Meistens trug sie weite Kleider, die man einer viel jüngeren Frau verboten hätte, gerne mit großen Blumenmustern. Sie achtete streng darauf, nicht fotografiert zu werden. Als sie später endlich zustimmte, für ihre Agentur eine Internetseite einzurichten, enthielt selbst die kein Porträt von ihr. Auf Anhieb war sie Trössner nicht sympathisch gewesen, aber was immer sie für Charlotte tat, stellte sich als richtig heraus.

Auch die Hochzeit war genau das Richtige. Ein alternativer Traum in Weiß mit etwas Grün. Annettes Leitspruch war: *Wer das Klischee bedient, entgeht den Nachfragen*. Also heiratete der smarte Windradkönig die freche TV-Prinzessin. Annette hatte definitiv nichts ausgelassen. Die Gäste waren, wie man so sagt, handverlesen, genau die richtige Mischung aus Familie, Medien und Industrie.

Trössners Trauzeuge war der Windradingenieur Rindfleisch, der damals kurz vor der Pensionierung stand. Der Mann wäre vor Aufregung fast gestorben. Er hatte dringend darum gebeten, nichts sagen zu müssen; es wurde ihm gestattet. Charlottes Trauzeuge war Jürgen Siblenski, der Schauspieler. Der war damals noch nicht der Star, der er heute ist, aber schon so etwas wie eine bekannte Größe. Er war so alt wie Trössner und spielte den netten jungen Mann von Nebenan oder den überforderten Familienvater. Seit er einen kleinen Auftritt in *Eins Null Vier* gehabt hatte, waren er und Charlotte so etwas wie befreundet. Sie sah alle seine Filme und zwang Trössner, das auch zu tun, auch wenn ihn das überhaupt nicht interessierte.

Trössner hatte Siblenski vor der Hochzeit ein paar Mal getroffen. Er mochte ihn, obwohl es ihm immer einen kleinen Stich gab, wenn Charlotte nicht abwarten konnte, seinen neuesten Film zu sehen. Als die beiden später einmal zusammen spielten und eine Bettszene hatten, war Trössner zum ersten Mal in seinem Leben eifersüchtig. Es habe sich fremd angefühlt, sagt er. Im privaten Umgang war Siblenski immer ganz leicht ironisch. Er war nicht abweisend, nicht arrogant, er hatte keinerlei Allüren, auch als er immer höher gelobt wurde. Seine Haltung war vielmehr die: Es ist toll, wie es ist, aber es könnte auch ganz anders sein. Bei der Hochzeit hielt er eine Rede, eher kurz, aber sehr warm und herzlich; man hätte nicht denken müssen, dass er Schauspieler ist.

Als Trössner und Charlotte den Landgasthof verließen, der eigens für sie zum Standesamt umfunktioniert worden war, standen zwei Dutzend Kinder Spalier, mit grünen und weißen Windrädchen in den Händen. Weil es vollkommen windstill war, bliesen sie hinein. Das war der Beitrag des Interessenverbands, wie alles andere mit Annette abgestimmt. Der letzte Clou für die Öffentlichkeit war das Elektroauto, ein Prototyp, der später nicht in Serie ging. Leise summend fuhr es vor und brachte das Paar zum ICE-Bahnhof, wobei alle Beteiligten beteten, dass ihm nicht vorher der Strom ausging. Und dann mit dem Zug in die Flitterwochen! Alles passte.

Das einzige, was nicht ins Bild passte, war, dass Charlotte unmittelbar nach den Flitterwochen bekannt gab, sie werde aus *Eins Null Vier* aussteigen.

»Ich hab beinah geweint«, sagt Ismene. »Musste sie denn wirklich sterben?«

Trössner, ich finde, jetzt macht sie zu sehr auf naiv. Um nicht zu sagen, sie fällt aus ihrer Rolle. Auch als bloßer Serienfan müsste sie die Geschichte kennen. Sie war doch höchst präsent, und sie ist es immer noch. Wie oft hat Annette dafür gesorgt, dass in Charlottes Wikipedia-Artikel eine einigermaßen korrekte Fassung steht, ohne all die Spekulationen und Verschwörungstheorien, die es bis heute gibt.

Charlottes Ausstieg aus *Eins Null Vier* war ein Präzedenzfall: Eine populäre Serienheldin wirft nicht nur ihre Rolle hin, sondern besteht auch noch darauf, durch ihren Fernsehtod auszusteigen. Nach eigener Aussage, um ein deutliches Zeichen zu setzen, dass sie nicht mit ihrer Rolle identisch ist. Die Julia stirbt, die Schauspielerin Charlotte Wendler macht weiter.

Das hatte es so noch nie gegeben. Im Gegenteil, in aller Regel waren die Seriendarsteller heilfroh über ihre Langzeitjobs, schon aus finanziellen Gründen. Und jetzt sorgte sich ausgerechnet so ein Küken um seine sogenannte künstlerische Identität. Ein paar Monate zuvor war aus *Eins Null Vier* eine Figur herausgeschrieben worden, angeblich, weil ihre Akzeptanz beim Publikum sank. Der Schauspieler wäre damals beinahe vor Gericht gezogen. Schon das war ein großes Thema gewesen, aber nichts, verglichen mit dem Abgang der Julia.

Ismene nickt, so, als würde sie sich gerade erinnern.

Dass ich nicht lache. Weißt du was, Trössner, halte du ihr doch jetzt als Lohn für ihre schlechte Schauspielerei ein bisschen von dem ganz heißen Futter hin! Ist doch bald schon alles egal.

»Die haben sich bitter an ihr gerächt«, sagt er.

Gut. Sehr heißes Futter.

»Wer?«

Und schau, wie sie schnappt.

»Die Produktionsfirma und das Drehbuchteam. Was ich Ihnen jetzt erzähle, wissen nicht viele Leute. Also nicht weitersagen. Okay?«

Ismene nickt. Lebhaft, wie man so sagt.

»Für die Einschaltquote wäre es damals zehnmal besser gewesen, sie hätten Julia krank werden und sterben lassen, möglichst dramatisch, am besten über drei, vier Folgen und mit den üblichen Cliffhängern. Stattdessen haben sie sich diesen lächerlichen Unfall ausgedacht.«

»Ja, das war schrecklich. Ich weiß das noch ganz genau. Da kam einer in die WG-Küche und verkündete, dass Julia gerade mal eben unter die Straßenbahn gekommen ist. Das war die schlechteste Szene in der ganzen Serie. Die haben sich benommen wie im Schülertheater.«

»Mit Absicht.« Trössner lacht. Etwas bitter. »Andererseits–«

Ja, Trössner, andererseits? Ich bin gespannt.

»Wahrscheinlich werden im wirklichen Leben die meisten Todesnachrichten auch ziemlich unspektakulär überbracht. Das passiert jetzt gerade irgendwo auf der Welt, in diesem Moment. Lauter jämmerliche Szenen, schlecht vorbereitetes Personal, peinliche Texte.«

Trössner, alle Achtung, das hätte ich nicht besser sagen können. Chapeau. Und schau, die Ismene hat es sogar begriffen. Wird sie rot? Komm, sei ein Gentleman, hilf ihr aus diesem Fettnapf.

»Erinnern Sie sich an diesen Nachklapp? Dieses Geplänkel darüber, ob es ein Unfall oder ein Anschlag war.«

»Das war unerträglich.« Ismene ist regelrecht erbost. »Plötzlich einen auf Krimi zu machen.«

»Ja, das war wirklich peinlich. Aber es war sowieso nichts mehr zu retten. Der Schuss ging nach hinten los. Kein Mensch interessierte sich noch für das, was in der Serie passierte. Hätten sie irgendwelche Aliens am Prenzlauer Berg landen lassen, wäre das auch kein Aufreger mehr gewesen. Es ging nur noch um Julias Ausstieg. Das heißt um den von Charlotte Wendler.«

»Muss stressig gewesen sein, oder?«

Das war es in der Tat. Die Journalisten gruben nach jedem noch so winzigen Detail, um eine Story daraus zu machen. Charlotte blieb wochenlang in dem Haus am Waldrand. Trossner hatte den Wirtschaftsweg an der Einmündung in die Landstraße mit einer Schranke sichern lassen. Die Paparazzi hätten ziemlich weit zu Fuß gehen müssen. Manche unternahmen es dennoch; nach ein paar Hundert Metern wurden sie vom Werkschutz der Firma angehalten und zurückgeschickt. Ein paar übereifrige Mitarbeiter verteilten auch kostenlos Prügel.

Dabei hatte Charlotte sich nicht gedrückt. Sie beantwortete alle seriösen Anfragen, wenn auch nur schriftlich. Und schließlich sprach sie sogar mit zwei Journalisten eines großen Nachrichtenmagazins. Es wurde eine Titelgeschichte, die Überschrift lautete: *Zurück in meine Haut. Wie eine junge Schauspielerin dem eigenen Erfolg trotzt.*

In dem Interview sagte Charlotte, sie habe sich dabei ertappt, der Figur Julia zu ähnlich zu werden. Womöglich sei ihre Vorstellung ja altmodisch, aber sie glaube immer noch, dass man als gute Schauspielerin in den Charakter und die Geschichte vieler verschiedener Personen schlüpfen müsse.

Wer zu lange ausschließlich dieselbe Figur spiele, dem gehe seine Identität als Künstler verloren.

»Erinnern Sie sich an die Reaktionen?«

Ismene schüttelt den Kopf, wahrscheinlich, um nicht laut lügen zu müssen. Das alles kann man ja problemlos googeln.

»Die waren ziemlich gemischt.«

Ja, vorsichtig gesagt. Man könnte es auch anders formulieren. Die Hardcorefans waren natürlich sauer. Die wollten ihre Julia zurück, um jeden Preis; sie hätten noch die albernste Geschichte akzeptiert. Andere Schauspieler, mittlere Größen, die seit Jahren regelmäßig irgendwelche Kommissare oder Äbtissinnen spielten, reagierten genervt, wenn man sie darauf ansprach. Die Großen aus der Branche spendeten huldvoll ihre Anerkennung.

Das Schlimmste aber war, dass Charlotte ab sofort mit dem Vorwurf leben musste, sie habe *Eins Null Vier* auf dem Gewissen. Eine Schauspielerin Mitte Zwanzig, aus dem Nichts gekommen, killt im Alleingang die bislang erfolgreichste und vielleicht ambitionierteste deutsche Vorabendserie. Und so ganz falsch war das nicht. Es gab zwar eine Nachfolgerin für die Position der frechen jungen Frau, aber die war ein Desaster. Eine Journalistin schrieb, auch der Letzte müsste jetzt verstanden haben, dass die Serie in Wahrheit nicht *Eins Null Vier* geheißen habe, sondern *Julia in der großen Stadt*. Nach ein paar Wochen kippte die Stimmung. Hätte es damals schon die sozialen Netzwerke gegeben, wäre Charlotte nicht so glimpflich davongekommen. Aber es stimmte, ohne Julia war die Serie tot. Tatsächlich wurde sie nach einem halben Jahr eingestellt.

»Und die Agentin? Was hat die dazu gesagt?«

Schau hin, Trössner. So sieht das aus, wenn unsere Ismene

sich in ein menschliches Diktiergerät verwandelt. In ihren Ohren wachsen Membrane, und in ihren Augen erkennst du bei genauerem Hinsehen die technischen Daten der inneren Aufzeichnung von etwas, das womöglich schon früher als erwartet interessant wird. Oder sind das die berühmten Dollarzeichen?

»Annette? Die war ganz ruhig«, sagt Trössner. »Vielleicht hatte sie damit gerechnet. Ich glaube, sie hat sich gesagt: Irgendwann wird das passieren, vielleicht besser jetzt als später. Und vor allem war sie eins, nämlich schlau. Die Sache ist die: Der Marktwert von Fußballern ändert sich in dem Moment, in dem sie den Verein wechseln. Kann sein, er fällt. Kann sein, er steigt. Mit Schauspielern ist es ähnlich, das habe ich gelernt. Es passiert nur etwas, wenn etwas passiert. Man muss das nüchtern sehen.«

»Aber dann war doch erst mal nichts. Ich meine, nichts Großes, oder?«

»Nein, nichts Großes.«

Niemand hätte damals sagen können, ob Charlotte nicht ihre Karriere ruiniert hatte. Die Gefahr bestand. Das Fernsehen schätzt es gar nicht, wenn man es selbst zum Thema macht. Ohne Annette wäre es vielleicht schief gegangen. Die heilige Annette! Sie besorgte Rollen für Charlotte, mit denen sie einigermaßen präsent blieb und zugleich die Julia vergessen machte. Nichts Großes, in der Tat. Nebenrollen in ganz verschiedenen Produktionen. Mal eine Verdächtige in einem Serienkrimi, mal die Freundin einer überforderten Mutter in einer Komödie, gelegentlich größere Auftritte in unabhängigen Produktionen, darunter eine Hauptrolle in der Abschlussarbeit eines Filmstudenten. Der Streifen bekam bei einem alternativen Festival den Hauptpreis, wurde aber ansonsten kaum beachtet. Vier Jahre ging das so. Charlotte wurde dreißig. Wenn sie nicht drehte oder eine Rolle lernen musste, war sie Hartmut Trössners Ehefrau.

Kann man doch so sagen, oder?

Trössner ist einverstanden.

Anders als Liane begleitete Charlotte ihn zu seinen öffentlichen Auftritten. Das heißt, für alle sichtbar. *Glamour in Grün*, hatte ein Journalist gedichtet. Es war nicht ganz aus der Luft gegriffen. Charlotte war eine attraktive Frau, wenn auch nicht unbedingt der Typ für rote Teppiche, spektakuläre Abendkleider und kreischende Fans hinter Absperrungen. Je länger die Julia zurücklag, desto ernster wirkte sie, ohne dabei den Eindruck zu erwecken, sie sei schwierig. Manchmal wurde sie schon mit Romy Schneider verglichen. Über Windräder wusste sie nicht alles, aber zehnmal mehr als die Journalisten, die sie danach fragten. Sie engagierte sich für alternative Projekte, natürlich mit dem Geld der Firma, aber es war überzeugend und wirkte nicht aufgesetzt. Sie ließ sich nicht mit Robbenbabys fotografieren, und sie sagte keine Weltrettungssätze.

»Ich muss zugeben, ich habe sie damals nicht weiter verfolgt.«

Ach, Ismene! Demnächst werden sich die Balken hier in der *Rippe* biegen, bis sie den Namensspendern ähnlich sehen.

»Ihre Kommissarin kennen Sie gar nicht?«

Sie lässt ihre Hände im Lügenwind flattern. Sollen wir jetzt so tun, als würden wir sie aufklären? Wir sind ja gut im Fluss. Dann bitte!

Nach vier Jahren bekam Charlotte die Rolle einer Polizistin mit psychologischer Sonderausbildung in einem der prominenten Sonntagabendkrimis; Profiler waren mittlerweile groß in Mode. Die Reihe spielte in Norddeutschland und hatte nur zwei Folgen pro Jahr. Trotzdem, das war die Champions League im Öffentlich-Rechtlichen. Prompt war die Fernsehnation wieder hellwach. Und kritisch. Man wollte sehen, ob die Julia aus *Eins Null Vier* das packte.

Tatsächlich war Charlotte Wendler inzwischen eine andere Frau geworden. Oder besser gesagt, sie war viele andere Frauen geworden. Die Psychologin spielte sie ohne Getue und ohne dass man immer irgendwelche Abgründe hinter der Figur vermuten musste. Sie verließ sich auf ihre Ausstrahlung. In der Presse bekam sie gute Kritiken, Annette sorgte dafür, dass sie in den neuen sozialen Medien präsent war. Es kamen weitere Angebote, größere Rollen. Charlotte akzeptierte sie, wenn sie darin nicht auf einen bestimmten Typus festgelegt wurde. Als man sie bat, eine Galaveranstaltung zu moderieren, in der Fernsehpreise vergeben wurden, war klar, dass sie es endgültig geschafft hatte; sie war ihrer Julia entkommen.

Nach anderthalb Jahren starb überraschend der Schauspieler, der Charlottes Vorgesetzten in dem Serienkrimi gegeben hatte. Der Sender löste das Ermittlerteam auf, aber die Produktionsfirma bot Charlotte an, in einer anderen Stadt die Nummer Zwei in einem eingespielten Team zu werden, unter Beibehaltung ihrer Serienidentität und mit bis zu fünf Folgen im Jahr. Sie sagte zu; jetzt war sie auf Jahre hinaus finanziell abgesichert, das war ihr wichtig, auch nach der Heirat legte sie großen Wert auf ihre Unabhängigkeit. Vertraglich wurde vereinbart, wie man mit einer eventuellen Schwangerschaft umgehen würde: Eine Folge sollte sie gegebenenfalls als werdende Mutter zeigen, danach dürfte sie, wenn es unumgänglich wäre, für eine Folge aussetzen.

»Ich glaube, an die Folge mit der Schwangerschaft erinnere ich mich.«

Aha, unsere Ismene nimmt ihre Kunstfigur wieder straffer an die Leine. Was eigentlich heißt: Sie nimmt uns an die Leine.

»Die war ganz gut gemacht«, sagt Trössner. »Oder besser gesagt, die machte sich von selbst.«

Im Ernst. Charlotte war bei den Dreharbeiten im fünften Monat, aber mit ein bisschen Schaumstoff unter dem Kleid ging sie für hochschwanger durch. Auch, dass sie in jeder ihrer Szenen verstohlen nach einem Sitzplatz suchte, war alles andere als gespielt. Ab dem siebten Monat hätte sich dann niemand gewundert, wenn sie Zwillinge erwarteten, aber sie wussten von Anfang an, dass es nur ein Kind war, ein Junge.

»Gab's denn irgendwelche Probleme in der Schwangerschaft?«

Nein, Herr Kommissar.

Oh, Trössner, wie dezent du den Kopf schüttelst.

Es gab wirklich keine Probleme, keine Übelkeit, keine Kopfschmerzen, keine Müdigkeit. Alles lief wie am Schnürchen. Eduard Trössner, benannt nach seinem Urgroßvater, dem Firmengründer, genannt der Kleine, kam in dem Sommer zur Welt, in dem das Unternehmen in einen Konzern mit Mutter- und Tochtergesellschaften umgewandelt wurde. Zur Trössner-Gruppe gehörte mittlerweile eine Logistik-Firma, die Windparks plante und den Bau organisierte, sowie eine Firma für Steuerungseinheiten. Am Ende des Jahres erschien Charlotte wieder als Fernsehkommissarin, die manchmal etwas genervt mit ihren Babysittern telefonierte.

Mittlerweile waren sie und Trössner eine Art Reservetraumpaar der Presse geworden. Der einzige Skandal um die beiden bestand darin, dass es keine Skandale gab. Keine allzu großspurige Lebensweise, keine peinlichen Affären, keine Auseinandersetzungen in der Öffentlichkeit, sie boten nichts von alldem. Der Unternehmer schrieb bloß weiter an der Erfolgsgeschichte einer alternativen Vorzeigetechnik, während seine Frau eine der beliebtesten Fernsehschauspielerinnen war. Zusammen erschienen sie bei Wohltätigkeitsveranstaltungen oder wenn die von Trössner gegründete Stiftung zur Förderung innovativer Ökologietechnik ihre Preise vergab.

Man könnte sagen, Trössner, wenn sich irgendwo in der Medienwelt ein Platz auftat, an dem man, aus welchen Gründen auch immer, eine Alternative zu Untreue, Hysterie, Depression, Drogensucht und beruflichem Absturz präsentieren wollte, dann griff man auf euch beide zurück. Nicht wahr? Hartmut Trössner und Charlotte Wendler, gegebenenfalls inklusive Klein-Eduard, stets eine sichere Bank, wenn man Bürgen für die Existenz eines ganz und gar richtigen Lebens brauchte. Ein ewiger, modern gesprochen: ein nachhaltiger Garant für die Gewissheit, dass das Gute, das Wahre und das Schöne immer noch im Paket zu haben sind.

»Hol's der Teufel.«

Hast du das gesagt, Trössner?

Ja, das hat er.

6

Sie sollten nicht so –«

Ja, Fräulein Ismene? Ein klitzekleines Adjektiv, und der Satz wäre schon fast perfekt. Das abschließende Hilfsverb könnte sie sich sogar sparen.

»So zynisch sein?«

»Naja. Bitter vielleicht. Obwohl, ich kann Sie natürlich verstehen.«

Was sie natürlich nicht kann. Aber was soll's.

»Ich denke mal, PPC haben Sie gesehen, oder?«

Mein Lieber, ich wette, sie könnte den Inhalt jeder Folge im Minutentakt nacherzählen. Aber das darf sie nun wirklich nicht zugeben.

Die Flatterhände! Überraschung.

»Ein, zwei Folgen, so zum Teil. Politik interessiert mich eigentlich nicht so sehr. Dabei muss man das wohl sehen.«

So heißt es in der Tat. PPC ist der legitime Erbe des staatsbürgerlichen Unterrichtes, sagen die einen. Die anderen sagen, es ist so etwas wie eine medial verbreitete Anleitung zum Bau von höchst effizienten Bomben.

»Wie ist Charlotte, ich meine, wie ist Ihre Frau eigentlich zu der Rolle gekommen?«

Trössner setzt eine unnachahmlich verschwörerische Miene auf.

»Da könnte ich Ihnen wieder eine Geschichte erzählen, die nicht viele Leute kennen.«

»Hey! Einer Wildfremden auf der Straße? Nicht, dass Sie das später bereuen.«

Die kleine Schelmin.

Trössner murmelt etwas, knapp diesseits der Grenze zur Unverständlichkeit: Dass sie sich doch gar nicht mehr so fremd seien. Sie könnten eigentlich auch du sagen, vorausgesetzt, sie habe keine Einwände. Immerhin, der Altersunterschied –

Ach, wie schön. Und Ismene ist natürlich lebhaft einverstanden. Sie stoßen mit ihren Wassergläsern an und tauschen einen Wangenkuss, ohne einander zu berühren.

»Das ist jetzt schon fast drei Jahre her.«

Trössner im Tonfall eines Märchenerzählers auf einem arabischen Markt.

»Charlotte redete plötzlich davon, ihre Kommissarin wieder aufzugeben. Am besten, sie würde im Dienst erschossen. Eine Neuauflage ihres Ausstiegs aus *Eins Null Vier*. Wir waren natürlich alle dagegen, Annette vorneweg. Bloß nicht das schon wieder! Wenn sie die Rolle loswerden wollte, okay, aber da müsste es doch andere Wege geben.«

Ja, und warum überhaupt? Es bestand absolut nicht die Gefahr, dass man Charlotte noch einmal mit ihrer Serienfigur verwechselte. Die Zeiten der Julia waren lange vorbei. Charlotte war jetzt über vierzig. Sie konnte spielen, was sie wollte, sie war immer Charlotte Wendler. *Die* Charlotte Wendler. Eine Marke, würde man anderswo sagen, eine Marke, die mit sich selbst identisch war und mit sonst gar nichts.

Ismene macht ein Geräusch, das höchstes Interesse signalisiert. Ich denke, so authentisch wie in diesem Moment haben wir sie heute noch nicht erlebt.

»Na, und dann passierte es. Wir saßen mit Fernsehleuten zusammen, spät abends nach einer Preisvergabe. Nur noch ein paar Tische im Saal besetzt, die meisten hatten ziemlich getrunken. Plötzlich sagte Hallberg, dass man eigentlich alles anders machen muss. Im deutschen Fernsehen, wohlgemerkt. Dass die Amerikaner uns weit voraus sind. Dass man eigentlich sofort alles tun muss, an das man sich bis jetzt nicht herangewagt hat.«

Trössner, Vorsicht! Das klingt, als würdest du dich über die Leute lustig machen. Wir sollten zu Beginn des nächsten Kapitels deiner Enthüllungsprosa zugeben, wie sehr du es immer genossen hast, mit diesen Spinnern zusammen zu sein. Sei ehrlich, du hast sie beneidet. Wenn sie es geschafft hatten, in der obersten Liga zu spielen, bekamen sie die Lizenz, ohne Hemmungen drauflos zu fantasieren. Nicht, dass alles sofort realisiert worden wäre. Gott bewahre, wenn ich das ausnahmsweise mal so sagen darf. Aber das änderte nichts; sie besaßen die *Kernkompetenz Fantasie.* Grandios!

Hallberg hatte bei *Potsdam Pictures*, die Charlottes Kommissarserie produzierten, eine schwer zu beschreibende Position; er war eine Art Scout. *Näher an die Wirklichkeit, viel näher!* Das war an diesem Abend seine Parole. Man müsse endlich einmal dahin gehen, wo es wirklich weh tue. Schluss mit diesen lauwarmen Aufgüssen von immer denselben Geschichten. Jemand aus der Runde schlug daraufhin die Banken als Thema vor, also Geld, das tue immer weh. Faule Kredite, groteske Managergehälter, dubiose Geschäfte, Zynismus, Größenwahn. Ein anderer widersprach. Das Thema sei zu kompliziert. Internationale Geldgeschäfte, wer verstehe das schon? Jedenfalls nicht die hiesigen Drehbuchschreiber. Und wenn einer was davon verstehe, dann bekomme man das nie und nimmer auf das Fernsehformat heruntergebrochen. *Global Finance* für deutsche *Couch Potatoes*, das sei eine Illusion.

Gut, sagte Hallberg. Da gehe er mit. Geld schwebe ihm

selbst auch gar nicht vor. Aber wie sei es mit dieser Sache vom letzten Sommer? Die Flüchtlinge. Und diese neue Partei, wie die darauf reagiert. Sein persönlicher Vorschlag sei der: eine Serie, die im Inneren einer populistischen Partei spielt.

Wer am Tisch bislang gedöst hatte, wurde schlagartig hellwach. Bloß nicht!, hieß es. Viel zu heiß! Das würde niemand der Beteiligten überleben. Dann schon lieber Geld.

Einverstanden, sagte Hallberg. Er war ein Mann um die Vierzig, der jünger aussah, wahrscheinlich, ohne etwas dafür zu tun. Niemand der Beteiligten werde das überleben? Ja, vielleicht. Aber er sage ja wohl keinem etwas Neues, wenn er jetzt sage, dass mittelfristig überhaupt niemand aus der Branche überleben werde, der weiterhin Fernsehen nach dem Motto *business as usual* mache. Und zwar, weil ihm dabei dummerweise die Zuschauer durch biologische Terminierung abhanden kämen. Er ließ kurz den Kopf nach vorne hängen, schloss die Augen und streckte die Zunge heraus. Alle wussten, was er meinte.

Trotzdem, hieß es. Hierzulande sei das nicht zu machen. Aktuelle Politik sei viel zu heikel. Und Populismus erst recht. Sowas dürfe am Rande vorkommen, aber immer nur politisch korrekt. Immer schön zwischen Gut und Böse unterscheiden und das Böse bitte nicht zu differenziert. Was anderes sei leider nicht zu machen. Außerdem, wer solle so ein Drehbuch schreiben? Das sei doch eine Nummer zu groß für die üblichen Verdächtigen.

Gut, sagte Hallberg. Einverstanden. Aber auf die Gefahr hin, die nette Stimmung hier am Tisch zu stören, müsse er dann sagen: Danke. Es war sehr schön mit euch. Auf Wiedersehen. Er werde sich einen anderen Job suchen. Er habe keine Lust darauf, den ziemlich langen Rest seines Berufslebens damit zu verbringen, einem sterbenden Medium den Puls zu fühlen und ihm dreimal täglich seine Tropfen zu geben.

Die Stimmung am Tisch war da schon längst gekippt. Die Feierlaune war verflogen, die Antworten wurden schärfer. Mit diesem Thema hatte niemand gerechnet. Die Leute waren gekommen, um sich ein paar Stunden lang ein bisschen zu feiern, und jetzt brachte einer das schlimmste Thema von allen aufs Tapet: das leise vor sich hin sterbende Fernsehen.

Charlotte sagte gar nichts. Sie war genervt. Nicht wahr, Trössner? So hast du es doch empfunden. Charlotte wollte von alldem nichts wissen. Das alternde Fernsehen, das hieß für sie, dass sie selbst alterte. Demnächst würde es wahrscheinlich schon schwierig werden, noch weiter die jugendliche Profilerin zu spielen. Dann warteten Mutterrollen. Oder Schwiegermutterrollen. Dann müsste sie alte Leute spielen, für sehr alte Leute. Wenn sie überhaupt noch Rollen bekam.

Wie gesagt, die Stimmung war im Keller. Kurze, sarkastische Wortmeldungen und immer mehr verbissenes Schweigen. Bis es hieß: Ihr Auftritt, Hartmut Trössner! Ein Fanfarenstoß. Ein imaginärer roter Teppich für ein paar höchst schwerwiegende Sätze. Alles Scheinwerferlicht auf den Mann, der nicht gegen, sondern mit Windmühlen kämpft.

Wie hast du es formuliert? Bitte korrigiere mich, wenn ich dich falsch zitiere. Erster Satz: Ich persönlich finde den Vorschlag ausgesprochen interessant. Zweiter Satz: Ich glaube, so etwas wäre heutzutage regelrecht notwendig. Und als Krönung der dritte Satz: Wenn keiner von euch sich daran wagt, dann gründe ich dafür eine Produktionsfirma, und vielleicht sorgen wir selbst für die Verbreitung, über dieses Bezahlfernsehen.

Da haben sie ganz schön geguckt, die Damen und Herren

von der Fantasiefraktion. Die Augen sind ihnen aus dem Kopf gefallen, nicht wahr? Neben ihnen saß immerhin ein Mann, hinter dessen Umsatzzahlen die ihren beinahe verschwanden. Eine Firma zu gründen, das war damals für Trössner ungefähr so ein Akt wie der Bau eines Gartenschuppens für einen Durchschnittsverdiener. Da musste er nicht vorher ins Portemonnaie sehen, um festzustellen, was geht. Außerdem standen für eine Firmengründung Logistik und Personal bereit.

Und nicht zu vergessen: Wenn sich herumsprechen würde, dass Hartmut Trössner eine Firma gründete, um damit eine Fernsehserie über den Populismus zu produzieren, dann würde er sich vor Beteiligungsangeboten kaum retten können. Er, Trössner, der grüne Mogul. Was für ein starkes Zeichen, wenn er, ausgerechnet er, der sich bislang von allem ferngehalten hatte, was nicht Wind und Strom war, einen dermaßen deutlichen Schritt tat.

Die Stimmung am Tisch im Festsaal kippte wieder. Aber jetzt in die andere Richtung. Da hatte jemand, wenngleich nur mit Worten, ein paar Millionen auf den Tisch gelegt. Unübersehbar. Und das zeigte Wirkung.

Christiane Franzen, die Chefin von *Potsdam Pictures*, fasste sich als erste. Einmal ganz unverbindlich: Von wem könne man denn annehmen, dass er in der Lage sei, für so etwas ein Drehbuch zu schreiben?

Nicht einer oder eine, sagte Hallberg. So prompt, als hätte er auf ein Stichwort gewartet. Sondern ein Team. Man brauche für den Anfang nur ein Startszenario, das sei nicht schwer, da reiche es, die Nachrichten zu schauen. Und dann entwickle man das von Folge zu Folge, immer mit dem Blick darauf, was draußen gerade passiert. Die erste Staffel mit acht oder zehn Folgen, und sobald klar ist, wie die Sache läuft, wird entschieden, ob es ein offenes oder ein geschlossenes Ende gibt. Bei offenem Ende natürlich die zweite Staffel. Und das alles, die ganze Machart, die Figuren, der Plot, alles würde absolut offen kommuniziert, im Netz, in den sozialen Medien. Genau das sei, was er sich unter neuem Fernsehen vorstelle.

Die anderen schwiegen. Ein paar nickten mit ausgestülpter Unterlippe.

Wenig Aufwand, sagte Hallberg. Nicht mit Kulissen oder Ausstattung klotzen. Bloß nicht die Gegenwart zum Historienschinken machen. Stattdessen ganz billige Locations. Büros, Sitzungssäle, Außenaufnahmen im Regierungsviertel. Das koste praktisch gar nichts. Aber, wichtig!, nur ausgezeichnete Schauspieler. Nur Leute aus der allerersten Reihe. Und es müsse absolut klar sein, dass jeder, der mitmacht, damit auch eine Botschaft sendet. Welche, das sei ja wohl klar.

Charlotte hatte bislang kein Wort gesagt.

Würdest du bei so etwas mitmachen?, sagte Annette. Vor einer halben Stunde war sie auf ihrem Stuhl eingedöst, jetzt war sie hellwach.

Charlotte zuckte die Schultern. Vielleicht. Wen sie denn spielen solle?

Eine neue Parteivorsitzende, sagte Hallberg. Völlig unbekannt, eine Newcomerin in der großen Politik, aber auf ihre Art absolut charismatisch, der totale Gegenentwurf zu allem, was man bislang aus der Politik kenne.

Ist das nicht gefährlich?, sagte Charlotte. Alle wussten, was sie meinte.

Gefährlich?, sagte Annette. Gefährlich ist, wenn du auf die Idee kommst, dich als Kommissarin pensionieren zu lassen. Und zu Hallberg: Wie stellst du dir die Frau vor?

Wie er schon gesagt habe: vollkommen unverdorben, natürliche Ausstrahlung, aber eine wahnsinnige innere Stärke.

Das könnte gehen, sagte Annette.

Und Charlotte sagte: Denke ich auch.

Die anderen nickten wieder. Hallberg wurde aufgefordert, ins Detail zu gehen. Mit ein paar Sätzen skizzierte er die erste Folge. Und jeder dieser Sätze war an Trössner gerichtet, für alle deutlich sichtbar. Es sollte damit anfangen, dass die besagte Partei explodiert, auseinanderfällt, ausgerechnet nach einer Wahl mit sensationellem Ergebnis. Intrigen, Feindschaften, Lagerbildung. Und dazu Skandale, persönliche Verfehlungen, Putzfrau nicht beim Finanzamt angemeldet, die üblichen Schweinereien. Es gibt ein sagenhaftes Tohuwabohu, man glaubt schon, das ist es gewesen, die lösen sich auf. Doch dann – wumm! – übernehmen Leute aus der dritten Reihe den Laden, alle vorher noch nicht in Erscheinung getreten. Es gibt einen anderen Namen für die Partei, ein anderes Programm, und dann geht die Sache erst richtig los. Aus der null acht fünfzehn Rechtsaußenpartei wird eine absolut innovative und schlagkräftige Truppe.

Hast du dir das gerade ausgedacht?, sagte die Franzen. Hallberg hatte nur die Schultern gezuckt. Als wollte er sagen: So bin ich nun mal.

Trössner bezweifelt das. Seiner Meinung nach hatte Hallberg auf den richtigen Moment gewartet, um mit seinem Projekt herauszurücken. Und womöglich hatte er Charlotte als Hauptdarstellerin von Anfang an im Sinn gehabt. Dass allerdings ihr Mann den Investor spielen würde, damit hatte er wohl kaum rechnen können.

»Und Sie haben *PPC* wirklich bezahlt?«

Könnte es sein, dass nicht einmal die Iris hinter der Ismene das weiß? Höchst unwahrscheinlich. Tatsächlich gründete Trössner allerdings keine eigene Produktionsfirma, sondern stieg als Gesellschafter bei *Potsdam Pictures* ein. Er tat es diskret, doch ein Staatsgeheimnis war es nicht. Wie denn auch? Wer sich dafür interessierte, konnte es recherchieren. Aber das tat praktisch niemand; es warf ja keine Story ab, geschweige denn einen Skandal. Eine Story wäre es gewesen, wenn ein schwerreicher Unternehmer seiner alternden Ehefrau eine große Rolle gekauft hätte. Doch der Fall lag anders. Vollkommen anders. Denn *PPC* wurde ein fantastischer Erfolg, und dass es so kam, lag nicht zuletzt, ach was!, das lag vor allem an Charlotte.

Trössner, ist das nicht schmerzhaft, wenn wir diesen Aufstieg hier Revue passieren lassen? Oder nennen wir es eine Konfrontationstherapie? Davon war doch am Fuß der Berge immer wieder die Rede. Wie auch immer, wenn du mir versicherst, dass es dir mehr hilft als schadet, bin ich weiter im Boot.

Die erste Staffel kam schon nach wenigen Monaten auf den Markt. Das Drehbuchteam hatte sich an Hallbergs Entwurf gehalten: Eine populistische Partei, rechts außen, ausländerfeindlich, nationalistisch, markige Sprüche, erzielt ein zweistelliges Wahlergebnis. Dabei ist sie innerlich total zerstritten, das Führungspersonal besteht aus lauter Amateuren, die vollkommen überfordert sind. Es gibt Flügelkämpfe, Skandale und Krach in der Öffentlichkeit. So weit noch nichts Besonderes, nichts ganz und gar Unbekanntes. Aber dann folgt die Neugründung, die PPC, und die machte die Serie zum größten TV-Spektakel seit vielen Jahren.

PPC, die *Partei der Politischen Christen*. Wie Phoenix ersteht sie aus der Asche der alten, dumpfen Rechtsaußenpartei. Und der eigentliche, der unglaubliche Clou ist der: Obwohl die Partei ihr Programm die *Charta der christlichen Grundwerte* nennt, hat sie mit Gott nichts im Sinn. Kein Gedanke an die Rückkehr in ein frommes Zeitalter. Kein Gedanke an Kirchgang, Wallfahrten, Marienbilder, Weihrauch und feierliche Rituale. Keine mitteleuropäische Antwort auf den Salafismus mit ähnlichen Mitteln. Die PPC, so die Präambel der *Charta*, vertritt hingegen ein Christentum, das komplett durch die Aufklärung gegangen ist. Wer ein Bild dafür brauche, der solle sich vorstellen, dass Christus persönlich auf den Barrikaden der französischen Revolution gestanden habe und seitdem für Freiheit, Gleichheit und Brüderlichkeit kämpfe. Für die Partei ist Christus ein Sozialrevolutionär, seine Lehre ein politisches Manifest.

Und nicht nur das. In der Gedankenwelt der PPC hat er sogar die letzte Konsequenz gezogen, er hat den wichtigsten Schritt im Leben eines wahrhaft freien Individuums getan: Er hat sich von seinem Vater getrennt. Anders gesagt, der Gottvater ist in den Ruhestand entlassen, er ist überwunden. Der Glaube an ein überirdisches Wesen, so das Parteiprogramm, ist nicht im Mindesten eine Voraussetzung dafür, sich als politischer Christ zu verstehen. Gott im Himmel und Heiliger Geist, die Märtyrer, die Heiligen, die Amtskirche und ihr Personal, die religiösen Feiertage, der Gottesdienst – all das ist nach Auffassung der PPC eine Art Parallelveranstaltung, an der man als politischer Christ teilnehmen kann, so wie man als Parteimitglied in einer Schachgruppe oder einem Sportclub aktiv ist. Das Verhältnis zu Gott ist eine reine Privatangelegenheit.

Natürlich hatten Hallberg und sein Team überall geplündert, um der PPC ihr Programm zu bauen. Beim *Zentrum*, bei der *Partei Bibeltreuer Christen* und anderen Gruppierungen, die kaum jemand kannte und kaum jemand wählte. Dafür war eigens jemand angestellt worden, ein Politologe, der frisch von der Uni kam. Aber sie hatten das muffige Gedankengut der alten christlichen Soziallehre upgedatet und auf ein neues politisches Format überspielt, ganz ohne Hemmungen, ohne Angst vor Widerspruch. Und warum denn auch? Sie mussten damit ja keine Wähler gewinnen, sondern Zuschauer für eine Fernsehserie, die den langweiligen Alltagsrealismus hinter sich lassen sollte, ohne gleich mit Aliens oder Zombies aufzuwarten. Es ging um eine Fiktion mit einem *Unique Selling Point*, einem Alleinstellungsmerkmal, und das hieß: Christentum ohne Gott.

Die erste Folge von *PPC* raffte den Zusammenbruch der alten Partei in dem Stil zusammen, in dem Hollywoodfilme den Ausbruch einer Katastrophe inszenieren, egal ob Pandemie, Aliens oder Meteoriteneinschlag. Es gab kurze, hektisch aneinander geschnittene Szenen, alles zack-zack, Fernsehmeldungen, abgebrochene Interviews, gesprengte Versammlungen, Handgreiflichkeiten, Dementi und Drohungen. Das gesamte Führungspersonal der alten Partei zerstreut sich in alle vier Winde, zum Teil von den Behörden verfolgt. Die Fraktion ist vollkommen gelähmt, die verprellten Wähler gehen auf die Straße.

In der nächsten Folge treten aus einem Wust von Figuren zwei hervor. Ein stellvertretender Landesvorsitzender, kühl und gelassen, von Beruf Mathematikprofessor, ein Stratege. Und ein Geistlicher, ein Bischof, der sich von seiner Kirche hat beurlauben lassen, vermutlich, um einer Entlassung zu entgehen. Er wirkt integer, ernst, aber auch undurchschaubar. Er wird der geistige Vordenker, der Mann, der für die PPC das Christentum ohne Gott propagiert.

Jürgen Siblenski spielt ihn grandios, gleich von seinem ersten Auftritt an. Trössner war anfangs gegen ihn gewesen. Er hatte überlegt, sein Veto einzulegen; immerhin gehörte ihm ein Drittel von *Potsdam Pictures*. Aber er wusste, wie übel Charlotte ihm das nehmen würde. Sie selbst hatte ihren Lieblingskollegen vorgeschlagen, und sie behielt Recht.

In den letzten Jahren hatte Siblenski zunehmend harte Kerle gespielt, egal ob Polizisten, Staatsanwälte oder Banker. Manchmal waren es auch Familienväter, die sich in Einzelkämpfer verwandelten, wenn ihre Frauen und Kinder in Gefahr gerieten. Mittlerweile war er eigentlich zu alt für einen Actionhelden. Aber sein Publikum war mit ihm gealtert und freute sich, jemanden aus der eigenen Generation dermaßen fit und angriffslustig zu sehen.

Wahrscheinlich ist der Geistliche, der die Bibel zu einem Parteiprogramm ummodeln will und dabei den Gott im Himmel ersatzlos streicht, die beste Rolle seines Lebens. Nach ein paar Folgen der ersten Staffel hatte er den zweiten starken Mann in der PPC, den Mathematikprofessor, glatt an die Wand gespielt. Seitdem wird dessen Rolle mit Mühe am Leben gehalten.

Diese beiden nun putschen sich in der zweiten Folge an die Spitze der zerbrechenden Partei. Ihr Auftrag ist klar: Es gilt, möglichst schnell wieder Aufmerksamkeit in der Sache zu erregen und von den internen Problemen abzulenken. Als erstes ändern die beiden im Handstreich den Namen. PPC. Das C für alle sichtbar denen weggenommen, die es, so die neue Führung, missbraucht oder vergessen hätten. Schon das löst einen Aufstand in der politischen Welt aus. Dann die *Charta der christlichen Grundwerte*, auf einem turbulenten Parteitag verabschiedet, eine Bibel, aus der alles Religiöse sauber herausgetrennt ist. Schließlich das neue Logo, die drei Buchstaben auf dem Kreuz, eine sagenhafte Provokation. In der Politik und in großen Teilen der Presse ist man sich einig, dass dies die letzten grotesken Zuckungen der Partei sind. Heimlich knallen die Sektkorken; die alten Parteien sind sich sicher, ihre verloren gegangenen Wähler werden in Scharen zurückkehren.

Dann gibt es ein Fernsehinterview mit dem Geistlichen zur besten Sendezeit, mit voller Absicht live, eine Stunde lang, geführt von einer Journalistin, die für ihre korrekte Gesinnung ebenso bekannt ist wie für ihre inquisitorischen Nachfragen und ihre manchmal geradezu aggressive Gesprächsführung. Es wird ein Durchgang durch die politischen Reizthemen, besser gesagt: eine peinliche Befragung. Die Stoßrichtung ist klar. Zur besten Sendezeit soll anhand dieses entlaufenen Kirchenmannes bewiesen werden, dass die PPC ein schlechter Witz ist, etwas, das sich selbst zerstören wird.

Aber der Mann in schwarzem Anzug und dunkelgrauem Polohemd macht weder sich noch seine Partei lächerlich. Stattdessen gibt er lauter Antworten, die der Journalistin zu schaffen machen.

Zum Beispiel das Flüchtlingsproblem. Er sagt: Es geht um Barmherzigkeit und Strenge, und die Betonung liegt auf dem *und*. Der Fehler der anderen Parteien: immer dieses kindliche Entweder-oder. Entweder eine naive Willkommenskultur oder diese widerlichen Aggressionen. Unterwerfung oder Größenwahn, dazwischen nichts. Als wären alle zu dumm, gleichzeitig wohltätig, gerecht und streng zu sein.

Der nächste Punkt, Umgang mit Andersdenkenden. Er sagt: Es gibt ein philosophisches, oder besser, ein logisches

Problem. Wie verhält sich eine tolerante Gesellschaft gegenüber intoleranten Menschen? Muss man auch Intoleranz tolerieren? Die gegenwärtige Politik verhalte sich zu dem Problem wie die Mathematiker zur Quadratur des Kreises. Sprich, sie mache einen Bogen darum. Einfach zu schwierig, man verbrennt sich daran leicht die Finger. Aber so könne man keine Politik machen. Mancher Knoten müsse mit dem Schwert durchschlagen werden.

Und er macht es gleich vor: Wer ein Kopftuch oder eine Burka trägt, tut nichts anderes als jemand, der Minirock oder Stöckelschuhe trägt. Er nimmt sein Recht auf Selbstbestimmung wahr. Kein Problem. Aber wer seine Tochter dazu zwinge, ein Kopftuch zu tragen oder ihren Vetter in Pakistan zu heiraten, der begehe das Verbrechen der Nötigung und müsse dafür ins Gefängnis, ohne jede Rücksicht auf irgendwelche religiöse Folklore.

Ein anderes Beispiel, die Homo-Ehe. Die PPC sage dazu: Bitte gerne. Jeder Mensch ist frei in der Gestaltung seines Lebens. Aber es gibt auch die Verpflichtung für die Gemeinschaft. Wer also nicht durch die Zeugung und den Unterhalt von Nachkommen in den Generationenvertrag einzahle, müsse damit rechnen, dass die Gesellschaft seinen Beitrag anderswo einfordere. Ähnliches gelte auch für kinderlose Paare und Singles.

Die Journalistin ist bislang bloß durch Patzigkeiten aufgefallen. Sie benimmt sich wie eine beleidigte Oberstufenschülerin. Beim Thema Homo-Ehe beginnt ihre Stimme sich zu überschlagen. Ob das vielleicht auch für ungewollt Kinderlose gelte?

Ja, sagt der Geistliche. Deren Unglück zweifle er nicht an. Aber niemandem stehe vom Staat eine finanzielle Entschadigung dafür zu. Wer keine Kinder habe, spare sehr viel Geld, das Eltern für die Allgemeinheit ausgeben. Nur darum gehe es.

Die Journalistin platzt fast mit ihrer nächsten Frage heraus. Gelte das denn auch für ihn als Geistlichen im Zölibat?

Er darauf ungerührt und vollkommen ruhig: Ja, natürlich. Er überweise seit Jahren ein Viertel seiner Einkünfte an karitative Organisationen. Man könne das jederzeit nachprüfen, er werde gerne alles offenlegen. Außerdem sei er bereit, darüber zu diskutieren, ob ein Viertel gerecht sei.

Daraufhin will die Journalistin das Gespräch beenden, obwohl noch fast fünf Minuten Sendezeit bleiben. Sie ist vollkommen entnervt. Vor laufender Kamera wird sie von der Redaktion aufgefordert weiterzumachen. Daraufhin hält sie bis zum Ende der Sendung einen aufgeregten Monolog und vergisst, den Geistlichen zu verabschieden. Stattdessen stürmt sie aus dem Studio. Schlagartig steigen die Umfragewerte der PPC.

In der dritten Folge findet der Parteitag zur Neugründung statt. Und auf dem zaubern der Stratege und der Vordenker eine Kandidatin für den Parteivorsitz aus dem Hut. Carola Henrichs, neununddreißig Jahre alt, alleinerziehend, eine Tochter von vierzehn, Apothekerin aus Kassel, zuvor Beisitzerin im Landesvorstand und bislang öffentlich nicht in Erscheinung getreten. Ein vollkommen unbeschriebenes Blatt. Alle Journalisten und alle Politikfachleute sind sich wieder einig: Das ist eine Strohfrau, die soll sich jetzt in der ersten Reihe verschleißen, damit der Stratege und der Vordenker ihren komischen Verein im Hintergrund wieder festzurren können.

Aber natürlich kommt es ganz anders. Bitte nicht vergessen: Wir sind in einer Fernsehserie! Carola Henrichs wird nicht bloß das Gesicht der PPC, sondern ihr Kopf und ihr Mund. Sie vermittelt die große strategische Idee der Partei, mehr noch, sie scheint damit vollkommen eins zu sein. Wir müssen, sagt sie in ihrer Antrittsrede als Parteivorsitzende und dann immer wieder, wir müssen allen Menschen, die zu uns kommen und bei uns leben wollen, besonders natürlich denen muslimischen Glaubens, eine kompakte Identität entgegensetzen. Wir müssen etwas sein, gemeinsam, erkennbar, nicht nur ein wirrer Haufen von Individualisten. Und wir müssen den Menschen etwas präsentieren. Kein lockeres Angebot, sondern eine Verpflichtung. Nicht bloß diesen altbekannten Mix aus liberalen Ansichten, einem bisschen demokratischer Folklore und einem Hauch religiöser Nostalgie, garniert mit ein paar Benimmregeln und Konsumgewohnheiten.

Nein, sagt sie, das reicht nicht. So gehen wir uns verloren.

Und wie sie das sagt! Nämlich so, als wollte sie keinen einzigen Wähler gewinnen. Als wären sie und ihre Partei vollkommen zufrieden damit, quer gegen alle Fraktionen und Linien zu stehen. Ihre Auftritte haben nichts Verbindliches, nichts Werbendes, nichts Missionarisches, aber auch nichts Überhebliches. Sie wirkt vollkommen überzeugt von dem, was sie sagt, und so, als glaubte sie fest daran, dass ihre Ansichten sich ganz von selbst durchsetzen müssten. Ihr Auftreten und ihre Erscheinung sind das genaue Gegenteil von populistisch. Anders als die Funktionäre der Vorgängerpartei ist sie niemals aggressiv. Sie spricht langsam, daher verhaspelt sie sich nie. Sie wird nicht laut, ihre Stimme überschlägt sich nicht; nie erregt sie den Anschein, als müsste sie sich für irgendetwas rechtfertigen. Wenn man sie unterbricht oder ihr das Wort abschneidet, beschwert sie sich nicht, und wenn, dann allenfalls mit einer Geste, die weder verzweifelt noch verächtlich oder herablassend ist. Niemals klagt sie jemanden an. Es ist, als würden die anderen Parteien für sie gar nicht existieren.

Bis zur dritten Folge der ersten Staffel von *PPC* waren die Nutzerzahlen stark gestiegen, nach Charlottes erstem Auftritt verdoppelten sie sich mit einem Schlag; zum Staffelende gibt es noch einmal einen nennenswerten Zuwachs. *PPC* drängt jedes andere Format an den Rand oder stürzt es in die Bedeutungslosigkeit. Die Reaktionen auf die Serie reichen von blanker Abneigung und Aggression bis hin zu fanatischer Zustimmung. Annette, die Franzen und der Sender sind permanent außer sich vor Begeisterung. Hinter den Kulissen wird Hallberg der Star des Augenblicks. Er sei einer von denen, so heißt es, die das Fernsehen noch retten könnten.

Aber es gibt auch Probleme. Ein wichtiges Ziel aus Hallbergs erstem Plan wird nicht erreicht. Er hatte es *Commitment* genannt, ein Bekenntnis zum Richtigen. Dazu werden tatsächlich nur die bekanntesten Schauspieler verpflichtet, selbst winzige Nebenrollen sind manchmal prominent besetzt. Das soll als eine deutliche Botschaft an die Zuschauer funktionieren: Seht her, diese höchst integren Leute engagieren sich in einer so brisanten politischen Produktion. Sie, die sonst nur Hauptrollen spielen, haben hier einmalige Drei-Minuten-Auftritte. Und klar, damit wollen sie nicht reich werden, sondern vor genau dem warnen, was sie darstellen. Botschaft verstanden?

Leider nein. Die Botschaft wird nicht verstanden, jedenfalls längst nicht von allen Zuschauern. Dafür passiert etwas anderes. Praktisch alle Darsteller werden sofort mit ihren Rollen identifiziert, ähnlich wie vor Zeiten der Schauspieler des Professor Brinkmann aus der *Schwarzwaldklinik*. Damals war das allerdings harmlos, allenfalls Stoff für nette Anekdoten. Aber mittlerweile gibt es das Internet, und dort multiplizieren und potenzieren sich alle Reaktionen; aus einer einzigen Bemerkung wird eine Kampfparole, aus einem Ruf ein Gebrüll.

Manches ist noch ganz nett. Unbekannte Splitterparteien versuchen, Charlotte als Mitglied zu gewinnen, oder am besten gleich als Vorsitzende, und versprechen ihr politische Mandate. Fast täglich kommen solche Angebote. Man kann das noch mit einem Lächeln abtun, vielleicht sogar Werbung damit machen. Seht her, so nah sind wir an der Wirklichkeit! Doch sehr viel öfter schlägt den Schauspielern blanker Hass entgegen, vor allem natürlich Charlotte und Siblenski, von christlicher Seite ebenso wie aus linken oder autonomen Kreisen.

Nun weiß mittlerweile jeder, dass man in den sozialen Netzwerken dergleichen ertragen muss; es ist die schwarze Folklore des Internetzeitalters. Nach kurzer Zeit schaltet die Webseite von PPC ihren Kommentarbereich ab. Einige Schauspieler löschen ihre Accounts bei Facebook und Instagram, aktivieren sie dann aber wieder unter dem Druck ihrer Fans. Alles sehr unerfreulich, aber *Part of the Show*.

Viel schlimmer ist, was in der Wirklichkeit passiert. Nach der fünften Folge von PPC wird Charlottes Auto auf dem Parkplatz des Studios demoliert. Zwar ist lediglich eine Scheibe eingeschlagen, aber jemand hat eine Unmenge Buttersäure ins Innere gekippt; man kann sich dem Wagen kaum nähern, er muss von Männern mit Atemmasken abgeholt und verschrottet werden, zusammen mit ein paar von Charlottes persönlichen Gegenständen. Nicht viel später bekommt sie an die Adresse von *Potsdam Pictures* einen Brief, der ein weißes Pulver enthält. Eine Assistentin der Franzen öffnet ihn, die Frau bekommt Atemstörungen, wahrscheinlich aus Angst, immerhin muss sie im Krankenhaus behandelt werden.

»Davon war aber nichts in der Presse!«

Sagt eine Ismene, die es ja nun wirklich wissen muss.

Das stimmt. Es hatte eine große Sicherheitskonferenz gegeben, mit den Darstellern, ihren Agenten, der Studioleitung, der Produktionsfirma und der Polizei. Dort war beschlossen worden, möglichst alle Anfeindungen und alle Angriffe geheim zu halten, um nicht Nachfolgetäter hervorzulocken. Weil keiner der folgenden Anschläge sich in der Öffentlichkeit ereignete, gelang das auch.

»Es gab noch mehrere?«

Trössner, schau, wie die Ismene im Geiste ganz unverhoffte und höchst interessante neue Kapitel in ihren Text baut.

Und gestatte mir die Frage: Was tun eigentlich wir hier? Füttern wir sie mit diesen Geschichten wie eine Stopfgans, oder reden wir sie uns von der Seele?

»Ja«, sagt Trössner. »Pakete mit toten Ratten oder Kot. Schmierereien und Sitzblockaden. Solche Sachen. Aber sie haben es den Idioten schwer gemacht. Charlotte und die meisten anderen Schauspieler sind nicht mehr selbst zum Studio gefahren. Es gab einen Chauffeurdienst, der immer andere Autos benutzte. Charlotte ist so gut wie gar nicht mehr in die Öffentlichkeit gegangen. Und wenn es unbedingt sein musste, hatte sie Bodyguards. Sehr unauffällige Leute, aber sehr effektiv. Ich war mal dabei, als sie einen in die Mangel nahmen. Dabei war der arme Kerl nur ein Fan und wollte ein Autogramm.«

»Das ist ja furchtbar.«

Sehr richtig. Und furchtbar, wenngleich auch ein bisschen erheiternd, ist die Vorstellung, dass unsere Ismene sich jetzt in ihrem Denkstübchen bemüht, eine Verbindung zwischen diesen unerhörten Ereignissen und dem rätselhaften Tod der Schauspielerin Charlotte W. herzustellen.

»Darf ich um die Rechnung bitten?«

Trössner, nach einem unübersehbaren Blick auf die altberliner Wanduhr in der *Rippe*.

»Alles zusammen, bitte.«

Die Kellnerin scheint darauf gewartet zu haben. Sie räumt die Teller ab, die nicht leer, sondern nur verwüstet sind. Trössner, vergiss nicht, dir die Rechnung geben zu lassen. Es ist ja praktisch ein Arbeitsessen.

Entschuldigung, das war nicht witzig.

»Wir müssen da lang.«

»Also über die Linden? Sie haben sich entschieden?«

»Ja, habe ich.«

Trössner kniet vor der *Rippe* am Boden und gräbt mit beiden Händen in seinem Rucksack.

Sag mal, mein Lieber, ich weiß mittlerweile, du hältst dich in dieser Angelegenheit bedeckt. Aber ich darf nun mal nicht locker lassen. Also: Haben wir am Ende doch irgendwelche Termine hier in der Hauptstadt? Obwohl sich doch alles erledigt hat. Deine Worte, seit viereinhalb Monaten unablässig wiederholt. Alles erledigt, *alles verloren*. Oder hast du am Ende hinter meinem Rücken irgendwas eingefädelt? Und wenn ja, nur so aus Neugier: was?

Und wie machst du das?

Herrje, wonach kramst du da wieder?

Nein, sag's mir nicht. Natürlich nach deinem glücklicherweise immer noch unbenutzten Schießzeug. Glaub mir, das ist noch vorhanden, das steckt brav in seinem zweifachen Bett, da bin ich mir absolut sicher.

Du machst mich regelrecht nervös.

»Und ich denke, wir sind gut in der Zeit.«

In welcher Zeit, Trössner?

Aber er grinst nur unternehmungslustig, steht auf und legt den Rucksack an, als trüge er den seit seiner Kindheit. Weist den Weg wie ein Fähnleinführer und geht voran. Würde man unsere Ismene bitten, ihren Zustand zu beschreiben, dann würde sie jetzt womöglich das beliebte *geflasht* benutzen. So sieht sie jedenfalls aus, die Arme. Ich kann kaum hinschauen.

Ein paar Dutzend Schritte, und die tosende Autowüste verschwindet in der Zukunft. Der Platz um die Nikolaikirche ist eine historische Puppenstube, die letzte, die der untergegangene Staat seinen Bürgern gebaut hat. Ein sozialistisches Disneyland, ein Sündenfall der reinen Lehre von der schönen neuen Welt im Plattenbau. Vielleicht sogar ein Menetekel ihres glanzlosen Endes. Und jetzt vermarktet der ehemalige Klassenfeind dieses potemkinsche Alt-Berlin als sein eigenes Kind, was ja in einem höheren Sinne durchaus der Wahrheit entspricht.

Aber ich muss mich konzentrieren! Mir schwant, dass Trössner gleich eine Katze aus dem Sack lassen wird. Denn schon nach ein paar Schritten stehen wir mittendrin in etwas und sind zugleich ausgesperrt, zum Zuschauen verurteilt. Doch Trössner zieht eine höchst entschlossene Miene, nimmt Ismene an die Hand und drängelt sich durch die reichlich vorhandenen Leute bis ganz nach vorn. Bis zu dem rot-weißen Flatterband, das die reibungslose Herstellung einer Fiktion garantieren und sie von der Realität abschirmen soll. Wohlgemerkt, einer Fiktion, die drauf und dran ist, sich der Wirklichkeit zu bemächtigen.

»Wouh!«, sagt Ismene.

Wenn es gespielt ist, dann wieder mein Respekt. Sollte sie wirklich nicht wissen, was hier vor sich geht? Oder wächst in ihr eine Ahnung, dass sie womöglich sehr viel näher an das Ziel ihrer größten Wünsche kommt, als sie es sich jemals erträumt hat?

Denn jenseits vom Flatterband drehen sie gerade für die vierte Staffel von *PPC*. Mit den Ankündigungen für Außendrehs hält sich *Potsdam Pictures* seit langem zurück; aber schon die Laufkundschaft im Viertel reicht für diesen Menschenauflauf. Eine der jüngsten Forderungen der Partei war, die profanierten Kirchen im Lande sollten eine neue Heimat für die politischen Christen werden. Und um dem Nachdruck zu verleihen, hatte sie am Ende der dritten Staffel die Nikolaikirche symbolisch besetzt. Die vierte Staffel wird womöglich also hier beginnen.

Hinter dem Flatterband drängt es sich: Scheinwerfer, Lieferwagen, die Wohnmobile der Produktionsleitung und die fahrbare Garderobe. Außerdem Leute, die Kabel verlegen, und Leute, die die verlegten Kabel tarnen. Etwas weiter abseits instruieren ein paar Produktionsassistenten zwei Komparsengruppen, jeweils etwa fünfzig Männer und Frauen, eindeutig Parteimitglieder der PPC und Gegendemonstranten, an ihrer Aufmachung zu unterscheiden und natürlich an den Parolen, die auf ihren Plakaten stehen. Dazwischen lagert eine Polizeitruppe mit Helmen und durchsichtigen Schilden wie eine Landsknechtsrotte vor einem Einsatzfahrzeug.

Vor der Kirchentür arbeitet eine Maskenbildnerin an Siblenskis Gesicht. Eine Produktionsassistentin bewacht eine dritte, kleinere Herde von Komparsen, lauter unauffällige Leute im mittleren Alter, die wahrscheinlich gleich hervorbrechen und den Geistlichen wütend angehen sollen. Oder ihn um Autogramme bitten.

»Wussten Sie das?«, sagt Ismene.

Trössner zuckt die Schultern.

Charlottes Tod war mit dem Ende der dritten Staffel zusammengefallen. Die nächsten Wochen hat er nicht so recht erlebt. Später haben wir erfahren, dass *Potsdam Pictures* bis auf ein paar nichtssagende Bulletins und Beileidsadressen jede Kommunikation mit der Öffentlichkeit abgebrochen hatte. Denen war es genauso gegangen wie ihm. Sie waren sprachlos. Ich habe das damals gesagt, aber er wollte es nicht hören.

Allmählich ist es dann in unsere Alpenfestung gedrungen. Nicht, dass jemand mit uns darüber geredet hätte. Nicht, dass wir uns danach erkundigt hätten. Aber es schwebte durch die Flure, es brodelte in den Teeküchen, und irgendwann lag es blank auf den Tischen im Aufenthaltsraum, wenn sie die Zeitungen nicht rechtzeitig weggeräumt hatten.

Es war die Botschaft: PPC wird fortgesetzt! Drehbeginn der vierten Staffel noch in diesem Sommer. Begründung: Die Betroffenheit und die Ratlosigkeit, in die der Tod der Hauptdarstellerin alle Verantwortlichen gestürzt habe, müsse überwunden werden. Das ungeheure Publikumsinteresse, der Zuspruch von allen Seiten, die durchaus kontroversen Diskussionen, die politische Notwendigkeit und so weiter und so weiter hätten zu dem Entschluss geführt, die Serie fortzusetzen. Auch, ja, gerade jetzt, da der Tod der Hauptdarstellerin für die Produktion ein ebenso furchtbarer Verlust sei wie für ihre Familie und ihre Freunde.

Wie haben wir diese Verlautbarungen genannt, Trössner? Bullshit? Ich glaube, darauf haben wir uns geeinigt. Also muten wir Ismene diesen Ausdruck zu.

Man könnte es auch diplomatischer ausdrücken: Es war die deutlich ins Unverschämte spielende Verbrämung der schlichten Tatsache, dass *Potsdam Pictures* in Gestalt der kaltschnäuzigen Franzen, des karrieregeilen Hallberg und der ganzen übrigen Bande ihrer Gelddruckmaschine nicht den Stecker rausziehen wollten. Dass sie ihr Goldschiff gerne behalten hätten, obwohl ihnen die Galionsfigur abhanden gekommen war.

»Pardon«, sagt Trössner. »Es muss heißen: weil. *Weil* die Schauspielerin der Carola Henrichs von offizieller Seite für tot erklärt worden ist, man aber nichts Genaues weiß und es nicht mal ein Paparazzifoto von ihrer Beerdigung gibt. Und *weil* ihr gramgebeugter Ehemann –«

Einspruch, Trössner! Wie wär's? Lassen wir das doch auf sich beruhen. Es tut nicht gut, sich darüber aufzuregen. Vergiss auch bitte nicht, dass du sehr anständig daran verdienen wirst. Ein weiterer Rettungsring gegen die Altersarmut.

Aber er will nicht hören.

»Keiner weiß, was mit Charlotte passiert ist. Also verschwindet auch die Vorsitzende der PPC unter mysteriösen Umständen. Und aus der Energie, die dieser Zusammenfall von Wirklichkeit und Fiktion freisetzt, wird sich die vierte Staffel speisen. Vielleicht auch noch eine fünfte und eine sechste, selbst wenn Hallberg und seinen Kumpanen überhaupt nichts Neues mehr einfallen sollte.«

Nun gut, Trössner. Damit ist das gesagt. Vielleicht dient

es als kleine Lektion in Sachen Medienmoral für unsere Ismene. Wenngleich ich fürchte, das ist vergebliche Liebesmühe. Sie hat sich längst entschieden, bei denen ohne Gewissen mitzutun, und davon werden wir sie nicht abbringen. Wenigstens kann sie ab jetzt nicht sagen, sie würde unsere Ansichten nicht kennen.

»Sie sind mit Absicht hier.«

»*Du*«, sagt Trössner. »*Du* bist mit Absicht hier. Schon vergessen?«

»Okay, du. Du wolltest von Anfang an hierhin. Du hast nur so getan, als hättest du nichts Besonderes vor.«

Sie sagt es mit der Iris-Stimme. Aber sie sagt nicht *Zauberwort*, also darf Trössner noch immer seine Ismene anlächeln, die junge Bankerin auf Fortbildung, seine selbstverfertigte Zufallsbekanntschaft. Und er tut es, ein bisschen verschämt, ein bisschen keck.

»Na ja«, sagt er. »Ich hab's mal drauf ankommen lassen.«

»Du willst zu Siblenski?«

»Wenn es sich so trifft.«

»Und was willst du von ihm?«

»Vielleicht brauche ich geistlichen Rat.«

Schöne Antwort. Und was, Trössner, sagst du mir, wenn ich dich frage? Seit heute Morgen habe ich dir jede goldene Brücke gebaut. Mit Händen und Füßen habe ich dir zu verstehen gegeben, dass ich dir deine Heimlichtuerei nicht übel nehme. Du bist alt genug, du kannst unternehmen, was immer du willst, ohne vorher alle Instanzen einzuweihen oder gar um Erlaubnis zu fragen. Mag dein Terminkalender auch noch so dünn geworden sein, du bist der Herr über dein Leben. Über den Rest vom alten und über all das, was noch kommt. Amen.

Aber ich muss dich warnen. Das ist mein Job. Tu nichts, das alles schlimmer macht! Ich sehe dich momentan auf einem gefährlichen Weg. Der hier führt doch zurück in die Vergangenheit. Arbeite lieber daran, dass es noch nicht völlig vorbei ist, dass da noch etwas geht. Ich weiß, ich wiederhole mich: Du hast noch zwanzig Jahre, beinahe garantiert, bei guter Führung vielleicht sogar dreißig. Und selbst wenn du nur ein Zehntel von dem behältst, was du einmal gehabt hast, ach was, ein Hundertstel, dann hast du immer noch genug für ein Leben, von dem die meisten bloß träumen. Es spricht so vieles für dich! Gib nur zu, du hast dein Haus angezündet, dann verklagen wir die Ärzte, die dich in deinem Zustand dort abgesetzt haben. Das gibt ein gewaltiges Schmerzensgeld, da bin ich mir absolut sicher. Du kannst nur gewinnen.

Du musst dafür nur eines tun, das aber unbedingt: stillhalten. Füße unter den Tisch, Trössner. Kein Wort zu viel!

Gut, du darfst trauern, wer wollte dir das verdenken? Von mir aus trauere den ganzen Tag und jammere, solange keiner zuhört. Aber du darfst nicht laut sein, du darfst nichts tun, bei dem man dir zuschauen könnte. Meide die Öffentlichkeit! Lass sie deine Firma in Stücke schneiden und unter die Interessenten werfen. Sollen sie jeden Cent dreimal umdrehen, um zu prüfen, ob er nicht irgendwelche Ansprüche befriedigen muss. Lass sie! Und selbst, wenn sie so perfide wären, dich einen Brandstifter zu nennen, ertrage es schweigend.

Aber wenn du, wie ich es seit heute Morgen befürchten muss, wenn du etwas tust, Trössner, wenn du das Maul aufmachst, wenn du herumläufst und dich öffentlich beschwerst, oder wenn du gar vor wichtigen Leuten behauptest, es hätte dich zu Unrecht getroffen, dreimal zu Unrecht!, dann, mein Junge, dann werden sich alle Schleusen öffnen und eine Sintflut wird hervorbrechen, ganz allein für dich, und du wirst darin ersaufen. Oder da, wo du stehst, wird die Erde so heiß werden, dass du verglühst, oder so kalt, dass dir der Atem in den Lungen gefriert. Digitale Heuschreckenschwärme werden dir das Fleisch von den Knochen giften, aus deinem Smartphone wird Blut tropfen, dein Hotelzimmer wird in einem schleimigen Froschteich versinken. Und wenn das nicht schon passiert wäre, dann würden dein Erstgeborener und all die deinen vernichtet.

»Hartmut! Das gibt's doch nicht!«

Siblenski schiebt die Maskenbildnerin ein bisschen unsanft zur Seite und läuft Richtung Flatterband. Trüge er eine Soutane, würde die jetzt auch flattern. Ein Kalauer, armselig, ich weiß.

»Hartmut, das glaube ich jetzt nicht! Ich hätte dich fast nicht erkannt. Junge, dieser Bart!«

»Grüß dich, Jürgen.« Trössner streckt seine Hand über das rot-weiße Band.

»Mach keinen Quatsch. Komm rein! Du kannst hier draußen nicht so rumstehen.« Siblenski hebt das Flatterband hoch, es bleibt kurz an Trössners Arm hängen, dann will er ihn darunter herziehen.

Aber Trössner hält dagegen. »Ich bin nicht alleine.«

»Was?«

Trössner macht eine Vierteldrehung, legt Ismene den Arm um die Schulter, zieht sie zu sich und gibt ihr einen Kuss auf die Schläfe.

»Das ist Lena«, sagt er. »Lena, darf ich dir vorstellen:

Jürgen Siblenski, du kennst ihn natürlich.« Und zu dem Schauspieler: »Lena ist ein Fan von *PPC*.«

Sie scheint etwas sagen zu wollen, lässt es aber und streckt dem Mann, der noch immer das Band hochhält, ihre Hand entgegen, auffällig unbefangen, wie ich finde.

Siblenski nimmt die Hand und drückt sie kurz. »Mensch, Hartmut, das freut mich jetzt für dich. Aber bitte, kommt rein! Alle beide. Ihr dürft da nicht so stehen. Mein Gott, wo hast du bloß gesteckt?« Er zeigt auf das Kirchenportal. »Lass uns schnell da rein gehen.«

Bis zum Portal sind es vielleicht zwanzig Meter. Trössner schreitet sehr locker aus. Ismene, Pardon, Lena, ich bin flexibel, ich mache jeden Unsinn mit, also Lena geht, als hätte sie ihr Weiterbildungsguru barfuß über Kieselsteine geschickt.

Die Komparsen gaffen. Die Maskenbildnerin hält ihren Schminkpinsel wie einen Marschallstab, als Siblenski an ihr vorbei geht. Die Produktionsassistentin hebt ihr Klemmbrett, lässt es aber gleich wieder sinken. Der Schauspieler reißt die Kirchentür auf und schiebt seinen Besuch hinein.

Drinnen müssen wir staunen. Keineswegs das übliche Bild der Eroberung eines Lebensraums durch die Medienmaschine. Keine Kabel, keine Scheinwerfer, keine Hilfskräfte mit Gafferband. Siblenski sagt ein paar höchst abfällige Worte über den Kirchenbesitzer, also den Staat. Kaum Bereitschaft, mit *Potsdam Pictures* zusammenzuarbeiten. Keine Erlaubnis für Innenaufnahmen, vorgeschobener Grund: Gefahr für die Museumsbestände. Eigentlicher Grund: Bei der Politik sei leider noch nicht angekommen, wie staatstragend *PPC* ist.

»Hier lang!«

Siblenski ist in der Serie ein bestimmender Charakter, und

er weiß auch im Leben, was er will. Er geht voraus, energisch, zwei Treppen hoch auf die Empore. Von hier aus kann man das ganze Kirchenschiff überblicken. Neben der großen Orgel steht ein graues Podium mit einer hölzernen Sitzecke darauf. Per Kopfhörer könnte man hier einen Ausflug in die Geschichte der Kirchenmusik unternehmen. Siblenski hat dafür nur Spott: Das sei staatlich subventionierter Nachhilfeunterricht für Leute, die nicht mehr sagen könnten, was in Kirchen eigentlich so abgeht.

»Bitte«, sagt er. »Nehmt Platz. Das ist der einzige Ort, an den ich mich mal zurückziehen kann, wenn ich in Ruhe mit jemandem reden will. Eine wirklich lausige Location. Ich bete zu Gott, dass wir das hier in zwei Tagen schaffen.« Er lacht über seinen Witz.

Die Produktionsassistentin ist ihm in einiger Entfernung gefolgt; das ist ihr Job, immer präsent zu sein, so wie ich. Trössner hat Dutzende ihresgleichen kennengelernt, sie war womöglich dabei.

»Mareike, bringst du uns bitte Kaffee? Oder wollt ihr Tee?« Siblenski wartet keine Antwort ab. »Bring einfach alles. Und Wasser. Aber zügig! Und noch was: Hier kommt mir keiner rauf, bis ich das ausdrücklich erlaube. Hast du das verstanden?«

Das Mädchen für alles scheint Trössner erkannt zu haben, aber sie schluckt ihre Fragen herunter und verschwindet ohne ein Wort.

»Setzt euch doch. Hierhin.« Siblenski dirigiert Trössner und Lena so, dass er im rechten Winkel zu ihnen sitzt. Er legt beide Hände auf seine Oberschenkel. »Und jetzt, Hartmut, nimm's mir nicht übel, aber schenken wir uns bitte alles Gerede. Sag mir einfach in dürren Worten, was zum Teufel passiert ist. Und wo du gesteckt hast. Und warum du jetzt hier bist.«

Trössner hat seiner flammneuen Lena einen Arm um die Schultern gelegt. Seiner neuen Flamme. Ich entschuldige mich für den Kalauer, aber ohne kann ich das nicht ertragen. Ich kann kaum hinschauen. Kein Sechzehnjähriger würde sich so um seine Freundin wickeln, ohne rot zu werden.

»Hast du eine Ahnung, wie oft ich versucht habe, dich anzurufen?«

Eine rhetorische Frage. Trössner spart sich die Antwort, dass sein Smartphone, vormals beinahe sein besseres Ich, die ganze Zeit allein in der freien Natur war.

»Und bitte, sag mir als erstes das: Weiß Annette wirklich nichts? Oder hält sie dicht? Also, wenn sie dicht hält, dann hat sie den falschen Beruf. Sie hätte Spionin werden sollen oder so was in der Richtung. Jemand, der auf der Folter nichts verrät. Ich habe sie hundertmal gefragt, hundertmal –«

Trössner hebt die linke Hand, ohne die Rechte von Lenas Schulter zu lassen. »Jürgen, wenn ich etwas erzählen soll, wirst du einmal kurz den Mund halten müssen. Meinst du, du schaffst das?«

Siblenski lässt dramatisch den Kopf sinken, hebt ihn dann wieder und macht die Reißverschlussgeste quer über seine Lippen.

»Übrigens, habt ihr mittlerweile einen Ersatz für Charlotte?«

Siblenski zuckt die Schultern »Die Henrichs ist erstmal verschwunden. Das weißt du doch, oder?«

»So ungefähr. Aber ihr braucht eine weibliche Hauptdarstellerin. Und in der Werbung ist schon dieses Pixelbild.«

»Okay«, sagt Siblenski. »Aber das ist sowas von geheim.

Das darf ich eigentlich selbst nicht wissen, damit ich's nicht heute Abend an der Hotelbar ausplaudere.« Er schaut Trössner an, dann Lena.

»Sie ist okay«, sagt Trössner. Er gibt seiner Flamme noch einen Kuss auf die Schläfe und stupst ihr mit dem Zeigefinger auf die Nase. Ihr Mund wird etwas schief.

»Gut, aber behaltet es bitte für euch. Sie haben diese kleine Türkin eingekauft. Du weißt schon. Die mit einem von unseren Regisseuren liiert ist.«

»Und der hat sie durchgesetzt? Als Nachfolgerin für Charlotte Wendler? Ernsthaft?«

»Hartmut, nimm das bitte nicht persönlich. Okay, sie ist natürlich viel zu jung für die Rolle. Aber die PPC braucht unbedingt ein weibliches Gesicht. Also gehen sie hin, setzen noch eins drauf und machen eine junge Türkin zur Vorsitzenden.«

Trössner lacht. »Die getauft ist?«

»Lach nicht!« Und dann exakt im Habitus der Serie: »Du kennst die Losung der PPC: *Wer Christ ist, entscheidet sich nicht im Taufbecken, sondern im Kopf.*« Er macht eine Art segnender Geste. »Es war eigentlich Hallbergs Idee, und er hat sie durchgedrückt. Obwohl er mit diesem Regisseur nicht so hundertprozentig kann. An der Serienlegende von dem Türkenmädchen feilen sie noch. Ich bekomme täglich ein Update und darf meine Meinung sagen. – Aber was soll das? Was interessiert dich *PPC*?«

Trössner lässt endlich seine Lena los, die sich kurz schüttelt wie ein kleiner Hund, der aus dem Wasser kommt.

»*PPC* war unser Leben«, sagt er. »In jeder erdenklichen Beziehung.«

»Okay, entschuldige. Und bitte, ich halte jetzt wirklich

die Klappe. Sag einfach, was passiert ist. Ich schweige wie ein Grab.« Er schlägt sich an die Stirn. »Ach, Scheiße, entschuldige bitte.«

Die Produktionsassistentin kommt mit einem Tablett. Kaffee, Tee und Wasser, daneben ein paar Kekse. Verwöhnt wird hier wahrlich niemand. Die meisten Leute haben grundfalsche Vorstellungen vom Fernsehmachen. Charlotte hatte immer eine kleine Tasche mit ein paar Belohnungen für sich selbst dabei. Trössner hat davon erzählt. Er hatte immer vorgehabt, ihr etwas dafür zu kaufen, eine kleine Überraschung, aber er war nie dazu gekommen.

»Danke, Mareike. Und bitte, zur Sicherheit noch einmal: ab sofort keinerlei Störung hier.«

»Jürgen, ich hab das verstanden. Aber die Aufnahmeleitung sagt, in einer halben Stunde ist das Licht nicht mehr gut.«

Siblenski lässt ein Stück Zucker behutsam über den Rand eines Kaffeebechers kippen. Dann stellt er ihn neben sich auf die Holzbank. »Die Wünsche der Aufnahmeleitung spielen im Moment für mich eine absolut untergeordnete Rolle. Das kannst du gerne mit exakt diesen Worten weitergeben.« Wieder redet er genau wie in der Serie.

»Bitte.« Sie verschwindet hinter der Orgel.

Trössner rückt ein kleines Stück von seiner Lena weg. »Was weißt du denn?«

»Nicht viel«, sagt Siblenski. »Charlotte hatte einen Unfall. Euer Kleiner ist gestorben, und du hast Ärger mit der Firma. Mehr weiß ich nicht. Keiner von uns weiß mehr.«

Trössner öffnet für seine Lena ein kleine Flasche Wasser, obwohl sie versucht hat, ihm zu signalisieren, dass sie nicht durstig ist.

»Wir hatten Stress«, sagt Trössner. »Auch wegen PPC.«

»Wem sagst du das!«

In der Tat. Wem sagt er das. Siblenski war es nicht besser ergangen als Charlotte, eher noch schlimmer. Sein Auto hatten sie nicht mit Buttersäure abgefüllt, sondern gleich angezündet.

»Und der Kleine hat davon was abgekriegt.«

Der Fachausdruck, Trössner, für eine derartige Untertreibung lautet Euphemismus. Und wenn du jetzt gegen meinen dringenden Rat tatsächlich beschlossen hast, auch die heiklen Themen, die ganz heiklen Themen offen auf den Tisch zu legen, dann lass uns doch gleich ungeschminkt erzählen, wie es dem Kleinen ergangen ist. Schadet einem Schauspieler ja nicht, zu erfahren, was auf der dunklen Seite des Medienruhmes noch so alles passieren kann. Sachen, für die keine Versicherung aufkommt.

Ich übernehme das. Aber gerne tue ich das nicht.

Angefangen hatte es eigentlich ganz gut. Nach ihrem ersten Auftritt in PPC hieß es in der Öffentlichkeit über Charlotte: *große Herausforderung*, *starke Performance*, *Respekt dafür*. Also keine besonderen Neuigkeiten für den Kleinen. Dass seine Eltern berühmt waren und dauernd für alles Mögliche gelobt wurden, hatte er zusammen mit dem Laufen gelernt. Etwas anderes kannte er nicht. Papa und Mama Superstar. Dabei nahm ihn Charlotte fast nie zu irgendeinem Dreh mit; und Trössner ersparte seinem Sohn die freitäglichen Rundgänge durch die Firma, ganz im Sinne von: *Teach your children well, their father's hell will slowly go by.*

Der Kleine hatte den Ruhm seiner Eltern durchaus genossen. Dass er von Geburt an ein Promi war, damit kam er verdammt gut zurecht. Es war womöglich der Grund dafür, warum er immer und unbedingt auf der Seite der Sieger stehen musste. Ganz vorne war für ihn nicht bloß der beste Platz, es war der einzig denkbare. Deinen Selbstzweifel, Trössner, hatte er nun wirklich nicht geerbt. So wenig wie dein ewiges Ressentiment gegenüber denen, die nach oben wollten. Aber lassen wir das. Das interessiert den Schauspieler nicht.

Mit PPC lernte der Kleine die unangenehmen Folgen der Prominenz kennen. Nicht sofort bei seinesgleichen; achtjährige Jungs interessieren sich kein bisschen für Fernsehserien ohne Action. Aber neben seiner Grundschule war das Gymnasium, und da hieß es auf dem Pausenhof schon mal: *Hey, du da, ist deine Mutter nicht diese Nazibraut?* Das kam schon nicht so gut; und wenn der Kleine dann einem Mittelstufenschüler an den Hals wollte, gab es blaue Flecken.

Schließlich fühlte sich seine Lehrerin berufen, vor der ganzen Klasse zu erklären, dass Eduards Mutter eine Schauspielerin sei, die in einer Fernsehserie, in der alles bloß erfunden sei, eine bestimmte Art von Politikerin spiele, damit man daraus lernen könne, bla bla bla. Das verstand niemand der Drittklässler; dafür wussten jetzt alle Bescheid: Die Mutter von Eddi hatte mit etwas zu tun, das Scheiße war. Und also konnte man ihn jederzeit darauf ansprechen und sicher sein, dass er sich aufregen würde, egal wie hirnrissig war, was man sagte. Es reichte schon, irgendeine Verballhornung der Abkürzung PPC durch den Klassenraum zu schreien, schon tobte der Bär.

Dem Kleinen ist das nicht bekommen. Sie haben mindestens ein Dutzend Mal versucht, ihn zu beruhigen. Sie haben zusammen eine Folge von PPC gesehen, und Charlotte hat ihm erklärt, wozu es gut ist, Leute zu spielen, die nicht zu den Guten gehören. Er hat das nicht verstanden. Hätte sie den Bösewicht in einem James Bond-Film gespielt, wäre das vielleicht noch cool gewesen. Aber an Carola Henrichs begriff er nur, dass die falschen Leute sie gut fanden.

Das drückte auf seine Stimmung. Oder, Trössner, der Wahrheit die Ehre, er wurde ganz und gar unausstehlich. Ein paar Mal musste er von der Schule abgeholt werden, weil er sich mit Klassenkameraden geschlagen hatte, ohne dass jemand wusste, warum. Und es waren nicht nur die üblichen Raufereien gewesen. Er hatte, nun ja, beim Fußball würde man sagen, er hatte nachgetreten. Es gab schon einen Termin bei der schulpsychologischen Beratungsstelle.

Ach, Trössner. Ich tue das hier gegen meinen Willen, das weißt du, oder?

Zu dem Beratungsgespräch kam es nicht. An dem besagten Tag, dem neunten April, war der Kleine mit seiner Klasse beim Schwimmunterricht. Als die Stunde zu Ende war, zogen sie geschlossen zum Umkleideraum. Warum ein paar von ihnen, darunter der Kleine, zurück in die Schwimmhalle gingen, wie sie an dem Sportlehrer, der pflichtgemäß im Umkleideraum Aufsicht führte, vorbeikamen, was dann in der Halle passierte, das alles verliert sich in den wirren und einander widersprechenden Aussagen der Beteiligten, die wir den Polizeiberichten entnommen haben. Niemand wird es so bald erfahren, es gibt keine Ermittlungen gegen Drittklässler und erst recht keine Anklagen. Man hat uns das ausdrücklich mitgeteilt, in einem Schreiben, das den Polizeiberichten angeheftet war. Vielleicht wird in dreißig oder fünfzig Jahren einer von den Jungs nach hundert Sitzungen seinem Therapeuten die ganze Wahrheit erzählen. Vorausgesetzt, dass es so etwas wie die ganze Wahrheit überhaupt gibt.

Hilft es da, wenn man sich das Wahrscheinliche vorstellt? Schwer zu sagen. Wahrscheinlich ist, dass es die üblichen Sprüche gegeben und der Kleine sich mal wieder mit jemandem angelegt hatte. Und vielleicht hatte dieser andere ihn nur weggeschubst. Oder es hatten ihn mehrere gepackt und ins Becken geworfen, wie man das eben so macht, wenn niemand einen daran hindert. Jedenfalls muss er mit dem Kopf irgendwo angestoßen und daraufhin ohnmächtig geworden sein, sodass er im Becken untertauchte und das Wasser dorthin gelangte, wo es nun wirklich nichts zu suchen hatte, nämlich in seine Lungen.

Man hätte ihn jetzt sehr schnell herausholen müssen. Man hätte das sofort tun müssen. Aber die anderen Jungs hatten nicht gemerkt, dass er auf den Boden gesunken war, oder sie hatten sich nichts dabei gedacht, oder sie hatten es für einen Scherz gehalten. Wie auch immer, unternommen hatten sie nichts, sie waren nur zurück in die Umkleidekabine gegangen. Es fand ihn erst der Sportlehrer, nachdem er beim Abzählen ein Manko ermittelt hatte, vielleicht fünf Minuten später, vielleicht sieben. Er holte den Kleinen aus dem Becken, doch es war zu spät, als dass es gereicht hätte, ihm ein paar Mal kräftig auf den Rücken zu hauen, damit er das Wasser ausgespuckt und wieder geatmet hätte.

Sie haben ihn dann von Mund zu Mund beatmet, zuerst der Sportlehrer, dann der Bademeister, der die Schwimmhalle für ein paar Minuten verlassen hatte, ordnungsgemäß erst nach dem vollständigen Abzug der Schulklasse. Später kamen die Rettungssanitäter und versuchten es mit ihren Geräten. Und irgendwann lag dann wohl am Beckenrand nicht mehr dieser etwas schwierige kleine Junge, der es vielleicht mal wieder herausgefordert hatte, sondern ein nasser kleiner Mensch, der an Geräten angeschlossen war, weil er es nicht aus eigener Kraft zurück ins Leben schaffte. Sie brachten ihn mit Rotlicht und Sirene ins Krankenhaus.

»Und davon haben wir nichts erfahren.«

Schwingt da in Siblenskis Stimme ein gewisser Vorwurf? Wird er jetzt das Recht einer wie auch immer zusammengesetzten Öffentlichkeit am Schicksal der Kinder prominenter Zeitgenossen einklagen?

»Hör dir erst den Rest an«, sagt Trössner kühl.

Der Geistliche hebt wieder beide Hände, als Entschuldigung für seinen Einwurf.

»Ich war an dem Tag im Büro«, sagt Trössner. »Es gab einen Riesenärger. Aber das tut jetzt mal nichts zur Sache.«

Einverstanden. *Divide et impera*, teile und herrsche. Wir schneiden den neunten April in Stücke, damit wir ihn besser ausspucken und unsere Zuhörer ihn besser schlucken können. Und, Trössner, wir lassen uns jetzt nicht mehr aufhalten. Wir sind lange genug über der Landebahn gekreist, bringen wir den Vogel jetzt herunter.

Sie riefen Charlotte aus dem Krankenhaus an. Da war schon viel Zeit vergangen. Sie hatten erst in der Schule nachfragen müssen, um ihre Handynummer zu bekommen, die dort für Notfälle – nur für Notfälle! – hinterlegt war und deshalb nicht sofort herausgegeben wurde, sondern erst nach weiteren Rücksprachen. Als sie anriefen, atmete der Kleine wieder und sein Herz schlug, aber nur dank der Maschinen, an die er angeschlossen war. Die Diagnose der behandelnden Ärzte war eindeutig, er war hirntot.

Allerdings wollte das keiner Charlotte am Telefon sagen, sie durften es auch nicht. Es galt eine Anweisung für die Rettungssanitäter und das medizinische Personal im Krankenhaus, wonach dermaßen schlechte Nachrichten immer persönlich überbracht werden sollten. Am Telefon sei das zu gefährlich; es könnte unberechenbare Reaktionen der Angehörigen zur Folge haben.

Andererseits wollte man in einem derart prominenten Fall nicht als schlampig gelten. Das Kind klinisch tot, und die berühmten Eltern erfahren es erst Stunden danach. Sowas steht dann gerne in der Zeitung und sorgt für bissige Kommentare. Also schnell mal durchklingeln. Oder, und das ist unsere bevorzugte Theorie, es wollte einfach keiner zu dem Haus am Waldrand fahren und der großen Schauspielerin und dem großen Unternehmer ins Gesicht sagen, dass ihr einziges Kind unter noch ungeklärten Umständen, nun ja, und dass es jetzt nur dank einer Maschine und so weiter.

Doch weiß der Himmel, wie genau es zu dazu kam, jedenfalls wurde am Ende der diensthabende Oberarzt mit Charlottes Handy verbunden, und dieser Mann entschied sich dafür, der Mutter mitzuteilen, ihr Sohn habe einen schweren Unfall gehabt, sei jetzt im Krankenhaus und befinde sich in einem kritischen Zustand. Das war wohl ein Kompromiss, der Mittelweg zwischen *Kommen Sie doch bitte bei Gelegenheit mal vorbei* und *Ihr Sohn ist tot.* Und wie heißt es: *In Gefahr und größter Not bringt der Mittelweg den Tod.*

Charlotte erhielt den Anruf im Auto. Genauer, weil das jetzt wichtig ist, in Trössners sündhaft teurer, aber für einen Windkraftunternehmer geradezu obligatorischer Elektrolimousine. Er machte sich nicht viel aus dem Wagen, benutzte ihn aber regelmäßig, schon aus Imagegründen. Charlotte mochte das Auto, fuhr es aber selten. Es stand in einem ehemaligen Schuppen neben dem Haus am Waldrand, der zu einer Luxussuite für Elektrofahrzeuge umgebaut worden war. Der Strom für das Ladegerät kam natürlich von den Windrädern gleich gegenüber.

Der Anruf aus dem Krankenhaus war der zweite, der Charlotte innerhalb kurzer Zeit erreichte. Wenige Minuten zuvor hatte Trössner sie aus der Firma angerufen. Die Nachricht lautete: großer Ärger, unmittelbarer Handlungsbedarf. Er, Trössner, müsse jetzt dringend los, wichtige Besuche, persönliche Gespräche, hier sei nichts mehr am Telefon oder per Skype zu regeln. Sie solle bitte nachsehen, ob das Auto aufgeladen sei. Und ihm dann Bescheid sagen, damit er nicht vergeblich komme.

Also war Charlotte in das schneeweiße, flunderförmige Auto gestiegen, um den Ladestand zu kontrollieren. Da kam der Anruf aus dem Krankenhaus. Bei eingeschalteter Zündung übernahm ihn die Freisprechanlage von Charlottes Smartphone und sendete die Hiobsbotschaft des Oberarztes durch sämtliche im Fahrzeug verteilten Lautsprecher, als überbrächte sie ein Chor, der die Frau auf dem Fahrersitz umringte. Statt ihr Coupé zu nehmen, startete Charlotte den Wagen und fuhr los.

Dies und alles Folgende lässt sich problemlos rekonstruieren, durch die Verbindungsdaten und anhand der hypermodernen bordeigenen Blackbox, die alles unbeschadet überstanden hat. Die Protokolle liegen vor. Nicht zu beweisen, aber höchst wahrscheinlich ist, dass Charlotte durch die Nachricht vom *kritischen Zustand* ihres Sohnes in Panik geriet und ihre Aufmerksamkeit für das Geschehen auf dem Wirtschaftsweg dramatisch reduziert war. Denkbar ist aber auch, dass die letzte, die entscheidende Ablenkung von einem weiteren Anruf rührte, der kurz nach der Hiobsbotschaft das Auto erreichte und die Fahrerin mit Trössners Stimme umstellte, einer Stimme, die höchst ungeduldig, ja, gereizt danach fragte, wann sie ihm denn endlich mitteilen wolle, ob die gottverdammte Karre aufgeladen sei.

Wiederum belegt ist, dass Charlotte wenige Sekunden nach Fahrtbeginn den Wagen stark beschleunigte. Ebenso die Tatsache, dass er nach etwas weniger als dreihundert Metern und mit einer Geschwindigkeit von über neunzig km/h ungebremst gegen ein Hindernis stieß. Dass er erst hundertzwanzig Meter weiter zum Stehen kam, ergab später die polizeiliche Untersuchung, alles penibel nachgemessen und protokolliert.

Am Morgen dieses Tages hatte ein Spezialtransporter das erste von drei neuen Rotorblättern für eines der Trössnerschen Versuchswindräder angeliefert. Wieder so eine Neukonstruktion, die dem Wind noch etwas mehr Kraft abluchsen oder, in der Sprache der Techniker, den Effizienzgrad der Anlage noch ein wenig steigern sollte. Wie heißt es in der Unternehmenssprache immer: *Wer sich selbst treu bleiben will, muss sich ständig neu erfinden.*

Als nun Charlotte die Elektrolimousine auf dem Wirtschaftsweg so stark beschleunigte, hatte gerade ein Kran das zuvor vom Kopf des Windrads gelöste alte Rotorblatt übernommen, um es auf den Boden zu legen, wo es aus Kostengründen vor dem Abtransport zerschnitten werden sollte. Vermutlich war das Blatt dabei trotz einer Sicherung durch Seile schwer zu kontrollieren. Der Mann im Kran hatte jedenfalls für nichts anderes Augen, so seine Aussage, ebenso die Leute am Boden. Aber womit sollten sie auch rechnen? Schließlich war die Zufahrt von der Landstraße zum Wirtschaftsweg mit der Schranke gesperrt worden, und die einzigen Anlieger waren über die Arbeiten informiert; es handelte sich überdies um ihr Eigentum.

Letztes Glied in der Kette zur Katastrophe war, wie so oft, eine Kurve. Es war die Kurve, mit der der Wirtschaftsweg um den sanften Hügel herum führt, auf dem die Windräder ein kleines Stück näher am Himmel stehen. Kurve und Hügel hatten wahrscheinlich, so die spätere Rekonstruktion, der unaufmerksamen, besser gesagt, der verzweifelten Fahrerin den Blick auf das Geschehen vor ihr für eine kurze, aber womöglich entscheidende Zeitspanne verstellt. Wie auch immer, Charlotte sah das Rotorblatt zu spät, nein, sie sah es gar nicht, denn sie bremste nicht und sie wich ihm nicht aus, sodass es, kurz bevor es den Boden erreichte, die heranschießende Elektrolimousine und ihre Fahrerin köpfte.

»Das ist nicht wahr! Hartmut, das darf nicht wahr sein.«

Trössner macht diese Geste: *Hier stehe ich und kann nicht anders.*

Ich kann Siblenski gut verstehen. In meinen schwachen, oder soll ich sagen: in meinen starken Momenten glaube ich die Geschichte auch nicht. Einzig und allein, weil es unmöglich sein sollte, dass ein solcher Kitsch tatsächlich passiert. Vom Windrad geköpft! Wir leben doch nicht in einem Gruselkabinett. Oder in einem Hollywoodfilm, der keinen Effekt auslassen darf, und sei er noch so billig. Das hier ist doch, bitteschön, das richtige Leben, in dem es letzten Endes immer hübsch mittelmäßig zugeht und in dem das Allermeiste irgendwie im Sande verläuft.

Gut, es gibt viel Kitschiges auf dieser Welt, vieles, bei dem man die Augen verdrehen oder wegsehen möchte. Na klar. Wohnungseinrichtungen, städtische Repräsentationsbauten, mehrfarbig lackierte Autos, sogenannte modische Kleidung,

Hekatomben von Fotos, Filmen, Unterhaltungsliteratur, ja, zugegeben, diese Welt ist voller Kitsch, sie ist zum Platzen voll damit. Aber was kitschig ist, das ist auch harmlos. Das ist ein Gesetz! Während andererseits der Schrecken, die absolute Katastrophe, nie, niemals im Gewand des Kitsches daherkommt.

Oder?

Themenwechsel: Was macht eigentlich unsere Lena? Zittert sie? Wegen dem, was sie gerade gehört hat? Oder wegen der erstaunlichen Kälte, die in diesem ehemals heiligen Raum herrscht.

Oder zittert sie bei dem Gedanken daran, was sie mit ihrem neuen Wissen anfangen soll? Trössner, wir wollen uns kein vorschnelles Urteil über die junge Frau erlauben. Wir kennen sie ja gar nicht. Mag sein, sie hat uns angesprochen, aber seitdem lassen wir sie nicht zu Wort kommen. Wir wissen nicht, wie sie tickt, erst recht in einer solchen Lage. Eins ist jedenfalls klar: Sie wird sich mit der Story von Charlottes Ende nicht Hals über Kopf ins Netz stürzen. Oder ihre Blogs füttern, ihr Gezwitscher bis zum letzten Buchstaben ausfüllen, ihre Follower damit hinter sich her ziehen. Das wird sie nicht tun; sie wirft keine Perlen vor die Säue. Sie wird den Gral, den sie jetzt besitzt, nicht ins Fenster stellen.

Aber vielleicht erwägt sie noch einmal ihr ganzes Projekt? Auch dessen finanzielle Dimensionen. Sprich Auflagenhöhe, Werbeetat, Vorschuss und dergleichen. Vielleicht machen ihr diese Zahlen Angst, und sie ist drauf und dran, endlich zu begreifen, dass das hier ein paar Nummern zu groß für sie ist. Ein Brocken, an dem sie sich übel verschlucken könnte. Etwas, das sie besser meidet und am besten sogar vergisst.

Eigentlich, Trössner, genauer gesagt: wenn sie ein Herz

hätte, dann müsste deine Lena jetzt aufstehen, ein menschliches Bedürfnis vorschützen und ganz schnell verschwinden. Ein stummes *Zauberwort*. Und dann das Schweigen wahren, ein himmlisches Schweigen, egal, wer sie später über die Resultate ihrer Mission ausquetschen sollte.

Aber sie bleibt sitzen. Ganz still, ohne ihre Hände fliegen zu lassen. Sie trinkt von ihrem Wasser.

Es könnte auch Demut sein. Vielleicht denkt sie darüber nach, dass sie wahrscheinlich nie mehr in ihrem Leben so nahe an etwas geraten wird, das in derart direkter Verbindung zu Dingen steht, die – aber ich rede mich hier, ausgerechnet in dieser Kirche ohne Gott, allmählich um Kopf und Kragen.

»Hartmut, ich weigere mich, das zu glauben.«

Siblenski stellt seinen Kaffeebecher auf den Boden und schiebt ihn noch ein Stück von sich weg, als wäre ihm das Pappgefäß peinlich.

»Ich«, sagt er, aber Trössner unterbricht ihn.

»Du musst noch den Rest hören.«

»Bitte! Hartmut!«

Die Bitte können wir leider nicht gewähren. Das Allergrausamste an einer Geschichte ist, wenn sie nicht richtig zu Ende erzählt wird.

Nun denn.

Als die Elektrolimousine durch das Rotorblatt einen Totalschaden erlitt, versagte auch ihre Kommunikationstechnik, was aber nur dazu führte, dass die Verbindung zwischen Trössner und Charlotte an ihr Smartphone zurückgegeben wurde. Dieses Gerät, das auf dem Beifahrersitz nicht beschädigt, sondern nur mit Blut bespritzt worden war, übernahm nun wieder die Aufgabe, Geräusche aus dem jetzt vollständig geöffneten Innenraum des Wagens zu übermitteln. Trössner hatte ein Splittern gehört, ein Zerreißen, es folgten ein elektronisches Klicken und die Geräusche einer Fortbewegung, die sofort schwächer wurden. Dann hörte er nichts mehr. Nichts, so laut er auch schrie, man solle ihm sagen, was passiert sei. Nur Stille, während sein Smartphone weiter anzeigte, mit dem von Charlotte verbunden zu sein.

Nach vielleicht einer oder einer halben Minute: Stimmen. Natürlich, auch das wurde später einwandfrei rekonstruiert, waren es die der Arbeiter vor Ort. Ihre Stimmen kamen näher, zuerst fluchten sie noch, dann hörte Trössner ihre entsetzten und schrillen Schreie, so als wäre aus einer Gruppe kräftiger, ärgerlicher Leute plötzlich eine Schar hysterischer Menschen geworden.

Natürlich wusste Trössner in diesem Moment, dass etwas Schlimmes passiert war. Nach Lage der Dinge wahrscheinlich ein Autounfall. Aber wenn man, wie er, dermaßen viel Glück im Leben gehabt hat, dann will man nicht so schnell wahrhaben, dass einen dieses Glück verlassen hat, womöglich für immer. Das Smartphone ans Ohr gedrückt und weiter schreiend, stürzte er aus seinem Büro, griff mit einer Hand sein Fahrrad, das immer unverschlossen im Foyer des Verwaltungsgebäudes stand, fuhr mit der größtmöglichen Geschwindigkeit quer über das Firmengelände, hin zu dem kleinen Tor, für das nur er und der Werkschutz einen Schlüssel besaßen. Beim Aufschließen fiel ihm der Schlüssel zu Boden. Den kurzen Trampelpfad musste er das Fahrrad führen; dann ging es über den holprigen Feldweg zum Haus am Waldrand, die Abkürzung, die er täglich nahm und nur mit Traktoren und Spaziergängern teilte.

Kurz vor dem Haus, das da stand, als wäre, wie man so

sagt, nichts geschehen, mündete der Feldweg in den Wirtschaftsweg, auf dem er entschieden schneller vorankam. Aus dem Smartphone war, seit das fremde Schreien verstummt war, nur wieder Stille gekommen, allenfalls ein Knistern, etwas, das er durch sein Schreien aufzuwecken versuchte. Endlich meldete sich eine irgendwie beschädigt klingende Stimme, laut und dennoch leise, so als spräche jemand aus einiger Entfernung zu dem Gerät.

»Herr Trössner, sind Sie das?« Und ohne eine Antwort abzuwarten: »Wo sind Sie jetzt?«

Eine Antwort war allerdings nicht mehr nötig. Vor sich hatte Trössner schon die Kurve, und hinter der hing wie eine seltsame Schranke das Rotorblatt quer über den Wirtschaftsweg, mit einer sichtbaren Beschädigung in der Mitte, wie sie kein noch so großer Vogel anrichten könnte. Indem sie sich unter das Blatt beugten, kamen Männer auf ihn zu, fünf oder sechs. Alle machten sie das Zeichen *Bleiben Sie, wo sie sind!*: die Arme erhoben und nach vorne ausgestreckt, die Hände abgeknickt wie Puffer, im Handgelenk schnell hin und her gedreht, die Finger gespreizt. Ich könnte mir vorstellen, dieses Zeichen wird auf der ganzen Welt verstanden.

Was natürlich noch nicht heißt, dass der, dem es gilt, entsprechend handeln muss. Trössner jedenfalls hielt nicht an. Er stieg erst vom Rad, als das immer noch leicht schwingende Rotorblatt ihn dazu zwang. Er bückte sich darunter, sah die rote Spur an seiner Unterseite, ging weiter, selbst als sie ihn umringten, ihm den Weg verstellten, ihm geradezu befahlen, keinen Schritt mehr zu tun. Aber es waren lauter Angestellte der Firma, infolgedessen ihm gegenüber gehemmt; sie wagten nicht, ihn zu berühren, geschweige denn ihn festzuhalten.

Bald, Trössner, waren sie nicht mehr vor und neben, sondern nur noch hinter dir, und so erreichtest du die Elektrolimousine, jetzt ein Cabriolet im alten, vergessenen Sinne des Wortes, das halb im Feld stand und den Blick in sein Inneres freigab. Fast hätten deine Hände die Fahrertür berührt, so wie man beim Fangen auf dem Schulhof anschlägt, als einer der Männer sich in der Art eines Footballspielers von hinten auf dich warf, dich neben dem Wrack zu Boden riss und dann, sich permanent entschuldigend, auf dir liegen blieb, wie sehr du dich auch dagegen wehrtest. So lange, bis mit auf- und abschwellender Sirene der Rettungswagen eintraf und dessen Besatzung sich deiner annahm, dich förmlich übernahm und dir, ohne auch nur eine Sekunde zu zögern, wortlos eine Spritze gab.

»Hartmut, das ist vollkommen unmöglich. Das kann nicht wahr sein. Das glaube ich nicht.«

Siblenski zeigt an der Orgel vorbei in die Richtung, in der die Wagen des Filmteams stehen. »Wenn die sich sowas ausdenken, gut, das ist Fiktion, aber ich bitte dich, das gibt es doch nicht wirklich! Ausgerechnet so ein Windrad –«

Er spricht nicht weiter. Sondern zieht den Kaffeebecher wieder mit dem Fuß zu sich herüber, sehr vorsichtig, als müsste er sich bei ihm entschuldigen.

»Ganz meine Meinung«, sagt Trössner.

»Dann hast du das also erfunden. Warum um Himmels Willen tust du das?«

»Warte! Ich gebe dir insofern Recht, als das, sagen wir mal, ein bisschen arg übertrieben klingt.« Trössner schenkt sich noch ein stilles Wasser ein. »Aber es ist die reine Wahrheit.

Ich kann nichts daran ändern. Und ich sage dir, ich würde es gerne ändern. Sehr gerne.« Dahinter setzt er einen kleinen Seufzer, der wohl auch ein bisschen übertrieben sein soll.

»Und davon soll nichts in die Presse gekommen sein? Oder ins Netz?«

»Du sagst es. Wir hatten gewissermaßen Glück im Unglück.«

Also wirklich! Aber in der Sache hat er Recht. Es gab keine zehn unabhängigen Augenzeugen. Ein paar achtjährige Jungs, die sich am liebsten die Zunge abgebissen hätten und deren Eltern nicht das geringste, aber auch nicht das allergeringste Interesse daran hatten, mit dem Vorfall in Verbindung gebracht zu werden. Dazu ein paar Arbeiter, die schon aus Loyalität den Mund gehalten hätten, aber zusätzlich mit der Androhung einer Kündigung vergattert wurden. Alle anderen waren Funktionäre. Lehrer, Bademeister, Rettungssanitäter, Notärzte, Polizisten, Staatsanwälte. Alles Leute, die von Berufs wegen zu Stillschweigen verpflichtet sind. Obendrein gab es noch am selben Tag eine offizielle Nachrichtensperre.

»Die funktioniert bis heute«, sagt Trössner. »Mich haben sie in eine Art Zeugenschutz gesteckt, allerdings nicht für lange. Das Interesse an unserem Fall hat sich mittlerweile gelegt.«

»Was für ein Zeugenschutz?«

»Vergiss es. Ich war in einer Klinik, ziemlich lange. Danach haben sie mir geholfen, noch ein bisschen abzutauchen.«

»Aber jetzt bist du hier.«

Trössner schließt die Augen und verzieht seinen Mund zu einem breiten Grinsen.

»Und warum? Wenn ich fragen darf. Ich meine, es ist ja ganz schön, dass du mir das alles persönlich erzählst. Auch wenn ich jetzt richtig beschissene Albträume kriege. Aber Hartmut, es gibt Telefone. Also bitte sag mir, warum du hier bist!«

»Wegen deines Berufs. Du musst mir helfen.«

»Wegen meines Berufs?«

Siblenski erhebt sich, ohne aufzustehen. Dann deklamierte er. »Mein lieber Freund, ich weiß, dir wurde übel mitgespielt. Aber willst du jetzt etwa ins Bühnenfach wechseln?« Er muss sich Mühe geben, nicht zu lachen. »Entschuldige bitte! Entschuldige!«

»Jürgen«, sagt Trössner, sehr ernst. »Ich wende mich an dich in deiner Funktion als Geistlicher.«

»Wie bitte?«

Manchmal muss man den Menschen nicht in den Kopf sehen können, um zu wissen, was sie denken. Siblenski, um ein Beispiel zu nennen, hält Trössner jetzt für verrückt. Und nach Lage der Dinge kann man ihm das nicht übel nehmen. Wäre ich nicht zur Loyalität verpflichtet, ich würde mich seiner Meinung anschließen.

Trössner, was soll das?

»Du kennst dich mit diesen Dingen aus«, sagt er. »Mit Schuld, mit Sünde, mit Strafe, mit Vergebung.«

»Ich bitte dich!« Siblenski flüstert beinahe. »Hartmut, auf die Gefahr hin, dir nichts Neues zu sagen: Ich bin kein Geistlicher, ich spiele nur einen. Und wie du weißt, spiele ich sogar einen, der sich von seinem Gott getrennt hat, in aller Freundschaft, aber definitiv.«

»Das weiß ich. Und genau deswegen bist du der richtige Mann für mich.«

»Hartmut, nimm mir das nicht übel, aber ich verstehe kein Wort von dem, was du sagst.«

Trössner trinkt sein Glas in einem Zug aus, dann schenkt er seiner Lena einen Blick, wie man ihn Kindern schenkt, die sich neben den unverständlichen Verrichtungen ihrer Eltern langweilen. Tock, macht das Wasserglas, als er es wieder auf den Boden stellt, und das kleine Geräusch läuft die Kirchenwände entlang bis nach vorne, wo einmal ein Altar stand.

»Jürgen, ich glaube nicht an Gott. Ich habe das nie getan. Ich war nicht einmal gegen ihn. Für mich war das alles nur Zeitverschwendung. Gott war mir immer bloß Schnuppe.«

Das stimmt nun wieder. Das kann man durchaus so sagen. Das ist vielleicht sogar in seiner Flapsigkeit der vollkommen richtige Ausdruck. Bis zu seinem dreizehnten Lebensjahr hatte Hartmut Trössner sich bei allem, was mit Religion zu tun hatte, nur schrecklich gelangweilt. Im Unterricht, in der Kirche, bei der Vorbereitung auf den Empfang der Sakramente. Dann passierte die Geschichte mit dem Backenstreich. Die ist schnell erzählt.

Den Backenstreich bekam er mit dreizehn bei der Firmung. Der sei natürlich nur symbolisch, das hatte er bei der Vorbereitung gelernt, eine rituelle Ertüchtigung für den jungen Christen, eigentlich vor kurzem abgeschafft, aber der zuständige Weihbischof halte am Ritus fest. Und Trössner nahm sie ernst, die weiche, trockene Hand des alten Mannes in seinem Gesicht, diese unverschämte Ohrfeige; sehr ernst nahm er sie, nämlich als einen guten Grund, wegzugehen von allem, was mit Gott zu tun hatte, und nie mehr zurückzukehren.

»Aber jetzt«, sagt Trössner, »vierzig Jahre später, sind diese Dinge passiert, Peng, Peng, Peng, in ein paar Stunden, genau so, wie ich es dir gerade erzählt habe. Und seitdem muss ich an ihn denken. An Gott, verstehst du? Ich denke an ihn, wenn ich wach werde, ich denke an ihn, wenn ich einschlafe. Glaub bitte nicht, ich wäre umgefallen. Bin ich nicht. Es gibt keinen Gott, basta. Aber wenn es ihn nicht gibt, wer hat sich dann diese Scheiße für mich ausgedacht? Diese absolute Riesenscheiße.«

Er streckt die flache Hand aus, als wollte er einen aufgeregten Hund beruhigen. »Alles war gut. Wir hatten Probleme, aber wir waren uns sicher, wir haben alles unter Kontrolle. Es gibt gute Zeiten, und es gibt nicht so gute Zeiten, das ist normal. Seit fast dreißig Jahren haben wir immer Probleme, jeden Tag, und wir haben sie immer in den Griff gekriegt. Dann kommen die Chinesen urplötzlich mit der Ankündigung eines neuen Modells. Riesig groß und natürlich billiger als unsere, dafür sind sie ja bekannt. Allerdings wird es Jahre dauern, bis man weiß, was die Dinger wirklich können. Niemand verliert deswegen die Nerven, das wäre vollkommen unprofessionell. Aber zwei Wochen später springen mir drei Großkunden ab, zwei in Portugal und einer in Frankreich. Ich bekomme die Nachricht morgens ganz früh, jetzt haben wir wirklich Probleme, ganz böse Probleme, und dann ertrinkt ein paar Stunden später mein Sohn im Schwimmbad, und meine Frau –«

»Bitte!«, fährt ihm Siblenski ins Wort.

»Geschenkt«, sagt Trössner. »Übrigens, der Vollständigkeit halber, am selben Tag ist unser Haus abgebrannt. Du kennst unser Haus. Wie oft warst du da? Egal. Es ist vollkommen abgebrannt, mitsamt der Hälfte des Waldes. Ich besitze nichts mehr, verstehst du? Absolut nichts. Nicht mal die Sachen, die Angestellte in einem Pappkarton aus ihrem Büro tragen, wenn man sie gefeuert hat.«

Da ist es wieder, das *alles verloren*. Ich kämpfe vergebens dagegen, das werde ich irgendwann akzeptieren müssen. Tatsache ist allerdings, dass Trösser sein Büro nicht mehr betreten soll. Vorläufig, heißt es. Er ist nicht für geschäftsunfähig erklärt worden, aber in der Firma sitzt ein Insolvenzverwalter. Der hat ihm auch kein ausdrückliches Hausverbot erteilt, wahrscheinlich aus Pietätsgründen. Aber der Mann hat überall verlauten lassen, dass es besser sei, Trössner würde die Firma nicht betreten, bis alles geklärt ist.

»Mein Gott!«, sagt Siblenski.

»Und ich will verdammt nochmal wissen, warum das so ist. Was zum Teufel habe ich getan, damit mir so was passiert?«

Trössner, gestatte bitte, für die Akten: Das ist der Sündenfall. Siebenundzwanzigster August, Nachmittag. Wenn ich könnte, wie ich wollte, würde ich schreien. Wochen und Monate haben wir damit zugebracht, die immer wieder aufploppende Warum-Frage eisern wegzuklicken. Das war nicht einfach. Oh nein! Die Bedrohung war allgegenwärtig. Als säßen wir, wie dieser indische Junge im Film, mit einem hungrigen Tiger in einem Rettungsboot auf offener See. Was mussten wir uns nicht alles einfallen lassen, um der Warum-Frage zu entkommen, um sie auszutricksen. Und, Trössner, ist uns das nicht ganz gut gelungen?

Ich antworte für dich: Das ist es! Wir könnten ein Buch schreiben über die raffinierten Techniken, mit denen wir gegen die Warum-Frage gekämpft haben. Es waren: Essen, Schlafen, Trinken, Fernsehen, Onanieren, Stinken, Pinkeln, Scheißen, Gehen, Sitzen, Liegen, Atmen. Um nur unsere besten zu nennen.

Und jetzt hast du alles ruiniert. Oder besser gesagt, du lieferst den traurigen Beweis dafür, dass wir letzten Endes doch nicht erfolgreich waren. Und, Trössner, damit kein Zweifel aufkommt, ich weiß Bescheid: Das geht gegen mich. Das geht gegen denjenigen, der es gut, was sage ich, der es am besten mit dir meint!

Das ist so ungerecht. So undankbar. Glaubst du denn, das sei ein toller Job gewesen? Jemandem wie dir die Stange zu halten. Dir permanent den kleinen Rest an Blauem vom Himmel herab zu lügen. Trössner, du stellst hier einen wahren Weltrekord in Undankbarkeit auf.

»Hartmut?«

Ja, träum nicht! Und hör endlich auf, dich an diese Lena zu drücken. Siehst du denn nicht, wie sie leidet?

»Hartmut, es tut mir leid, das so sagen zu müssen, aber ich kann dir nicht helfen.« Siblenski unternimmt den tapferen Versuch, mit seinen Händen etwas zu tun, das nicht albern aussieht.

»Wie um Gottes willen sollte ich dir helfen können, ausgerechnet ich? Hartmut, ich bin Schauspieler, ich spiele diese Figuren, ich gebe ihnen meine Stimme und meinen Körper. Aber ich weiß nicht mehr von ihnen als das, was im Drehbuch steht. Mensch, dir muss ich das doch nicht sagen. Du bist seit Jahren mit einer Schauspielerin verheiratet. Charlotte war keine Polizistin, und sie war keine Politikerin. Das waren nur Rollen.«

In seinem letzten Satz schwingt tatsächlich Verzweiflung mit. Wenn die gespielt ist, Respekt!

»Richtig«, sagt Trössner im Tonfall eines Lehrers, der seinen Lieblingsschüler lobt. »Genau wie ich den Unternehmer gespielt habe.«

»Ach, Hartmut! Jetzt mach mal einen Punkt. Das ist doch etwas vollkommen anderes.«

Der Geistliche, der heute keiner sein will, zieht ein Smartphone aus der Hosentasche, schaut kurz darauf und steckt es wieder weg.

»Hör mal bitte zu! Die von der Produktionsleitung haben nicht ganz Unrecht. Gleich ist wirklich das Licht weg. Ich mache dir einen Vorschlag. Ihr wartet hier, bis wir diese Szene gedreht haben. Sie werden sich da unten ein bisschen prügeln, das haben sie den ganzen Tag geübt, das sitzt. Außerdem brauchen wir nur ein paar Einstellungen, wir machen hier schließlich keinen Actionfilm. Anschließend habe ich noch eine kleine Rangelei, eine einzige Szene. Im Ganzen vielleicht eine halbe Stunde, höchstens fünfundvierzig Minuten, und ich bin raus für heute. Wir gehen dann zusammen woanders hin, wo man in Ruhe reden kann. Wie findest du das?«

»Damit bin ich teilweise einverstanden.«

Trössner hat seinen Rucksack auf den Schoß genommen und gräbt mit beiden Händen darin. Das dauert. Und das ist unhöflich. Eigentlich müsste er sagen, was er da macht. Aber das tut er nicht, stattdessen kommt er mit der Glock heraus, legt sie sich auf die linke Handfläche und streckt sie vor wie ein kleiner Junge, der einen Käfer gefangen hat und ihn seinen Eltern zeigt.

»Hartmut! Was zum Teufel soll das?«

»Schau genau hin«, sagt Trössner. »Das ist eine Glock 26, absolut Stand der Technik, sehr klein, aber so zuverlässig wie eine große. Aus kürzerer Distanz treffsicher. Und bevor du fragst, ja, sie ist geladen, zehn Patronen im Magazin, ein Ersatzmagazin habe ich dabei.«

Er nimmt die Pistole jetzt so in die Hand, wie man eine Pistole in die Hand nimmt, und sie verschwindet beinahe darin. Ihr Lauf ragt wie ein schwarzer Finger aus seiner Faust.

»Hiermit erschieße ich ab sofort jeden, der nicht genau das macht, was ich von ihm verlange.« Trössner zielt auf die Uhr ohne Zeiger, die an der Seitenwand der Kirche hängt und tatsächlich einer Zielscheibe ähnelt. Dann steckt er seine linke Hand mitsamt der Glock in die Tasche seines Cordjacketts.

»Hartmut, bist du verrückt geworden?«

»Die Einschätzung meiner geistigen Verfassung überlasse ich ganz dir. Du warst doch mal so ein Psychiater.«

»Trägst du vielleicht auch einen Sprengstoffgürtel?«

»Wer weiß.«

»Okay.« Siblenskis Körper nimmt die Haltung eines Menschen ein, der bedingungslos kapituliert. »Es ist dir ernst«, sagt er. »Ich hab dich verstanden. Aber von mir aus erschieß mich. Ich kann dir nicht helfen. Hallberg und seine Leute geben mir abends ihre Texte. Die lerne ich auswendig und spreche sie am nächsten Tag vor der Kamera. Gott ist mir genauso Schnuppe wie dir, privat habe ich mich nie mit dem Kerl beschäftigt. Hartmut, bitte glaub mir, ich habe keine zehn Minuten in meinem Leben darüber nachgedacht, ob irgendwo da oben jemand sitzt und die Nieten und die Glückslose verteilt.«

»Schön formuliert«, sagt Trössner. »Ist das neuer Text? Kommt das in einer Wahlkampfrede vor oder in einer internen Besprechung?«

»Gut.« Siblenski, jetzt in der Gestik der Selbstanklage. »Vielleicht bin ich ein oberflächlicher Mensch. Einer, dem Religion und Philosophie und dergleichen am Arsch vorbei geht. Aber bitte, ohne Scheiß, das ist mein Job! Ich bin zuständig für Oberflächen, für das, was man sieht und hört. Die Texte denken sich andere aus.«

»Ich rede nicht mit Hallberg. Ich rede nur mit dir.«

Bravo! Die klassischen Sätze jedes Geiselnehmers, egal ob Profi oder Amateur. In einer Folge von Charlottes Sonntagabendkrimis wollte ein Bankräuber, der ein paar Geiseln genommen hatte, nur mit ihr reden, weil sie ihn schon einmal verhaftet hatte. Oder war es so, dass er die Bank bloß überfallen hatte, um mit Charlotte reden zu können?

Ach, Trössner, all diese Geschichten von Verbrechen und Schuld. Jeden Abend ein Dutzend neuer Puzzles aus den immergleichen wohlbekannten Teilen. Einmal hast du zu Charlotte gesagt, Krimis seien der neue Gottesdienst. Immer dieselbe Geschichte von gut und böse, falsch und richtig, wieder und wieder erzählt, mit immer denselben Worten, immer denselben rituellen Handlungen, als wäre es so schwer, sich die paar Glaubenssätze zu merken: *Du sollst nicht töten. Du sollst nicht stehlen. Du sollst nicht begehren deines Nächsten Weib.* Als wären die Leute da draußen vor den Endgeräten allesamt unaufmerksame, schwer erziehbare Hunde, die man immer wieder locken und für jedes richtig befolgte Kommando mit einem Leckerbissen belohnen muss.

Oh je, Trössner, ich schweife ab und vergesse dabei, dass du dich hier zum Kasper machst. Und ich vergesse unsere Lena. Dein erstes Opfer!

Dabei hat sie eine ganz frische Farbe im Gesicht. Erstaunlich, sie muss doch glauben, sie befindet sich in der Hand eines Verrückten. Es scheint ihr aber gut zu gehen. Womöglich hat sie gerade ihr mittelmäßiges, von mittleren Wünschen und der Sehnsucht nach mittleren Erfolgen beherrschtes Leben aufgegeben, ohne Reue fallengelassen zu Gunsten der Chance, in etwas Größerem aufzugehen, auch wenn es ihr Gewalt antäte.

Oder sagt sie jetzt: *Zauberwort*?

Nein, sagt sie nicht. Dabei bin ich mir absolut sicher, sie könnte sprechen, wenn sie wollte.

»Einverstanden«, sagt Siblenski. »Nur, bitte, Hartmut, tu mir den Gefallen und steck diesen Ballermann wieder in deinen Rucksack. Komm, uns zuliebe. Du weißt doch, wenn im ersten Akt ein Gewehr an der Wand hängt, geht es spätestens im dritten los.«

Ich schließe mich dieser Bitte an. Erinnerst du dich, Trössner, als wir das Teil gegoogelt haben? Da hieß es, derartige Pistolen seien keineswegs so einfach zu handhaben, wie ihre Kleinheit es suggeriere. Ich weiß noch, ein Experte hatte geschrieben, dass besonders bei einem ungeübten Schützen die Gefahr bestehe, die kleine Glock könnte ihm nach dem Abfeuern aus der Hand springen oder sein Abzugsfinger könnte darin steckenbleiben. Lass sie uns wieder in ihrem Buch einsargen.

Aber Trössner schüttelt nur den Kopf.

Und Siblenski überlegt, jedenfalls sieht er so aus. Seine hohe Stirn ist nicht gekräuselt, sondern ganz faltenlos, wie glatt gestrichen, als wollte er die Gedanken darunter beruhigen.

»Gut«, sagt er. Sein Denkprozess scheint abgeschlossen. »Ich weiß natürlich Bescheid. Der Mann mit der Waffe hat immer das Sagen. Trotzdem möchte ich meinen Vorschlag wiederholen. Wir gehen woanders hin und reden. Ich denke, das ist auch für dich besser. Ich meine, für euch. Die Leute hier kennen dich, jedenfalls ein paar davon. Und die anderen hat Mareike mittlerweile informiert. Das könnte zu Problemen führen, die niemand von uns will. Also lass mich diese Szene noch drehen, dann schöpft hier keiner Verdacht.«

Aha, eine Andeutung von Kollaboration. Schon jetzt das berühmte *Stockholm-Syndrom*? Trössner, du bist am Zug. Wie antwortest du?

Der sieht auf sein Smartphone, aber nur kurz, wie man früher auf eine Armbanduhr sah.

»Einverstanden. Aber wenn du jetzt rausgehst und dir irgendwas überlegst, dann denk dran, dass ich hier drinnen nicht allein bin.«

Der Kleine würde *cool* sagen. Wenn er noch lebte.

Siblenski nickt.

Und Lena, die Geisel? So wie sie aussieht, ist sie dabei, sich in etwas vollkommen Unirdisches zu verwandeln.

»Was wirst du also tun?«, sagt Trössner.

Siblenski schließt die Augen. »Ich sage meine Sätze aus dem Drehbuch. Sonst nichts. Außer danach *Auf Wiedersehen* zur Crew.«

»Gut. Habe ich dein Wort?«

»Hast du.«

»Noch was. Habt ihr hier einen Friseur?«

»Die Maskenbildnerin. Die kann auch Haare schneiden.«

»Dann lass sie bitte hierhin kommen. Und sie soll ihren Kram mitbringen.«

»Jetzt?«

»Ja, jetzt.«

Siblenski steht auf. Neben der Orgel dreht er sich noch einmal um, sagt aber nichts und geht. Trössner nimmt die Hand aus der Tasche und steckt die Glock in eine Seitentasche des Rucksacks.

»Ich hoffe, du langweilst dich nicht zu sehr.«

»Nein«, sagt Lena, immer noch mit diesem weltfremden Lächeln.

»Möchtest du vielleicht draußen zusehen, wie sie eine Massenschlägerei zwischen Populisten und Linksautonomen drehen? Das könnte doch interessant sein.«

Sie sieht kurz perplex aus, dann begreift sie, dass das wohl wieder ein Test ist.

»Nein danke«, sagt sie. Sowas habe sie schon oft genug gesehen, sie bleibe lieber hier bei ihm.

Trössner gibt ihr wieder einen Kuss auf die Schläfe. Es ist der dritte, wenn ich mich nicht verzählt habe. Oder doch schon der vierte?

»Wirst du jemandem sagen, dass die Pistole wieder im Rucksack ist und nicht in meiner Jackentasche?«

»Nein.«

»Ich glaube, ich weiß gar nicht, was ich an dir habe.«

Trössner wendet sich ihr zu, legte seine Arme um ihre Schultern und zieht sie an sich. Ich vermute stark, sie fühlt sich an wie eine Puppe aus Holz und Stroh. Aber ich kann mich auch irren. Jetzt senkt sie immerhin ihren Kopf auf seine Schulter, und ich stelle mir vor, wie er den Puls in ihrem Hals spürt. Die Umarmung dauert, und womöglich wird Wachs aus dem Holz und Wolle aus dem Stroh.

Da sagt eine Frau: »Entschuldigung!«

»Kein Problem«, sagt Trössner, lässt Lena los, steht auf und gibt der Frau die Hand. »Schön, dass Sie mir behilflich sind.«

»Ich weiß ja gar nicht –«

Wieder eine Anhängerin der täglich wachsenden *Ich spreche meine Sätze nicht zu Ende*-Bewegung. Aber wir sind angesichts der besonderen Lage bereit, ihr zu verzeihen.

»Es ist ganz einfach. Nehmen Sie mir bitte den Bart ab. Und schneiden Sie mir die Haare. Nichts Besonderes. Nur kürzer und die Ohren frei. Das können Sie doch, oder?«

»Na ja.«

Die Frau stellt eine Art Sporttasche auf den Boden. Offenbar ihr *omnia mea*, ihr mobiler Salon. Sie ist der Typ Maskenbildnerin, der als sein eigenes Arbeitsmuster herumläuft. Ihr Alter wagte man nicht zu schätzen, doch ihre Frisur ist zu verwegen und ihr Gesicht viel zu exakt geschminkt. Charlotte mochte diesen Typus nicht. Ihr waren die anderen lieber, die für sich selbst nur ein paar Minuten brauchten. Das sind die besseren, sagte sie immer.

»Ich hab so eine Maschine, aber –«

»Sie haben kein Rasierzeug. Richtig?«

»So isset. Bloß für die Beene.«

Das Berlinerische passt nicht zu ihrem Mund, der aussieht, als wäre er durch *Photoshop* gegangen.

»Kein Problem«, sagt Trössner. »Schneiden Sie ihn mit der Maschine so kurz es geht. Das wird schon reichen.«

»Na, denn.«

Trössner lässt sich einen pinkfarbenen Frisierumhang überstülpen, aus dem nur sein Kopf ragt. Die Maskenbildnerin setzt ihre Maschine zusammen und legt ohne ein weiteres Wort los. Sollten wir mit dem üblichen Friseurgeplapper gerechnet haben, sehen wir uns angenehm enttäuscht.

Sie arbeitet zügig, aber sorgfältig. Man merkt der Frau an, dass sie an der Front eingesetzt wird, nicht im gemütlichen Hinterland der Menschenverschönerung, wo es mehr ums Reden als ums Machen geht. In der linken Hand den Kamm, in der rechten die kraftvoll surrende Maschine, arbeitet sie sich über Trössner Schädel, vom linken Ohr zum rechten, als würde sie eine Hecke zurechtstutzen. Dann geht sie ihm mit ihrer Maschine entschlossen an den Bart. Von draußen dringt unterdessen Geschrei ins Kirchenschiff, Megafonstimmen,

Schlaggeräusche und sogar ein Schuss. Schließlich holt die Maskenbildnerin einen Spiegel aus ihrer Tasche und drückt ihn Trössner in die Hand. Und sieh an, von der Unrasiertheit abgesehen, ähnelt er wieder dem Mann, der auf der Sonnenseite des Lebens wandelte, während auf dem pinkfarbenen Umhang und auf dem Boden liegt, was sich in der Zwischenzeit der Kontrolle entzogen hatte.

Trössner sagt »Holla!« zu seinem Spiegelbild und bestätigt, rundum zufrieden zu sein.

»Na, da bin ick aber beruhigt«, sagt die Frau. Sie erlaubt ihrem Vorzeigemund das erste Lächeln, packt ihre Sachen zusammen und geht.

Ja, Trössner, und ich bin auch sehr zufrieden.

Nein!

Solltest du das nicht verstanden haben: Das war eine Lüge!

Was, bitte, tust du hier? Und was sollte diese Rasur? Das Ritual eines fundamentalistischen Terroristen vor dem Attentat? Nimm es mir nicht übel, aber wenn man ein bisschen durch die Finger guckt, dann sieht es schon so aus. Oder sind das die Vorbereitungen für einen sogenannten erweiterten Selbstmord? Willst du in Gemeinschaft wiederholen, was dir vorgestern auf dem Feldweg nicht gelungen ist; und die zufällig Anwesenden dürfen mittun? Willst du so lange auf Leute ballern, bis die Polizei deinen Job macht und dich erschießt?

Dabei drängen sich mir sofort zwei Fragen auf. Hör mir bitte zu, soviel Zeit muss sein!

Also, es sind zehn Patronen in der Glock. Zu wenig für ein Massaker, oder? Selbst wenn du zum Nachladen kommst. Und vielleicht erschießen sie dich gar nicht und bringen dich nur zurück in die Klapse, diesmal allerdings für immer. Herzlichen Glückwunsch.

Oder willst du der erste Terrorist werden, der an nichts glaubt und erst recht nicht an einen Gott? Willst du im Namen des großen, schmerzlichen Nichts anderen Leuten das Licht ausblasen? Willst du die ganze Welt oder wenigstens zehn plus X Passanten dafür bestrafen, dass du an gar nichts glauben kannst? Immerhin, Trössner, du würdest in die Geschichte eingehen, als einer, der im vollkommenen Sinne des Wortes für nichts und wieder nichts getötet hat.

Die Treppe knarrt, Siblenski kommt zurück.

»Gut siehst du aus.«

»Alles im Kasten?«, sagt Trössner. Charlotte hatte diesen Ausdruck gehasst. So wie Schriftsteller es hassen sollen, wenn man sie fragt, ob sie etwas *unter der Feder* haben.

»Ja«, sagt der Schauspieler. »Perfekte Choreografie. Ich wünschte, alles wäre so einfach zu drehen wie eine Massenschlägerei. Von mir aus brechen wir auf. Ich hab mir überlegt, wo wir hin könnten.«

»Das ist lieb von dir«, sagt Trössner. »Entschuldige mich bitte einen Moment.«

Seit er den Friseurumhang los ist, hat er wieder die linke Hand in der Jacketttasche. Mit der rechten tippt er ein paar Mal auf sein Smartphone, das etwas wackelig auf seinem Oberschenkel liegt, dann hält er sich das Teil schräg vors Gesicht. Jemand meldet sich nach wenigen Sekunden. Trössner sagt nur seinen Namen.

Auf der anderen Seite wird gesprochen, ziemlich laut. Trössner macht zu Siblenski hin eine Geste, die bedeuten soll: Hier muss man jetzt ein wenig Geduld haben. Dazu brummt er ins Mikrofon. Schließlich scheint er eine Lücke gefunden zu haben, in die er stoßen kann.

»Annette, entschuldige bitte, wenn ich dich unterbreche.

Du hast mit allem, was du sagst, vollkommen Recht. Und jetzt fährst du bitte zu Charlottes Wohnung und schließt sie auf. Ich bin in einer Viertelstunde da. Mit Begleitung. Wenn ich länger als zehn Minuten auf dich warten muss, passiert etwas Schlimmes. Jürgen steht neben mir. Der kann dir das bestätigen.«

Er reicht Siblenski das Smartphone.

»Annette«, sagt der Schauspieler, »erkennst du meine Stimme? Gut, dann hältst du jetzt bitte einfach den Mund! Und du tust exakt, was Hartmut von dir verlangt. Sofort!« Er sagt es in genau dem Ton, den seine harten Jungs immer in der letzten Viertelstunde anschlagen, kurz bevor es ernst wird. »Ende«, sagt er, dann gibt er das Smartphone zurück.

Trössner steckt es ein und dreht sich zu seiner Lena. »Ich habe leider nicht beide Hände frei. Würdest du dem Herrn Staatsschauspieler bitte applaudieren?«

Sie tut es. Ohne jede Andeutung von Ironie. Was würde sie noch tun, wenn Trössner es von ihr verlangte, nur mit Worten und ohne ihr zu drohen?

»Ich denke, ihr habt Wagen am Set.«

»Natürlich haben wir Wagen«, sagt Siblenski. »Willst du einen?«

»Ja, aber ohne Fahrer.«

»Kein Problem.«

7

Der Wagen steht am Ende der Straße, die vom Platz vor der Nikolaikirche geradewegs zur Spree führt, direkt neben einem Sockel, auf dem ein Georg seinen Drachen erschlägt. Leicht hat es der Heilige nicht. Zwischen seinem hoch erhobenen Schwert und dem Drachen bäumt sich das Pferd, außerdem muss der Mann in seiner Linken eine Standarte mit einem Kreuz an der Spitze halten.

Ich frage mich, warum die Standarte? Warum dieses Handicap? Braucht man eine solche Legitimation, um ein Tier zu erschlagen, das keinen Zweifel an seinen bösen Absichten lässt? Ist das ein frühes Beispiel politischer Korrektheit?

Nein, Trössner, das ist keine Abschweifung. Auch du bist doch auf irgendeinem Feldzug. Und gehandicapt bist du auch, wie du jetzt etwas abseits mit deiner Lena dastehst, die linke Hand in der Jacketttasche, während Siblenski per Knopfdruck das Auto öffnet. Es ist eine Oberklassenlimousine, wie die großen Hersteller sie so gerne unentgeltlich für Filmproduktionen zur Verfügung stellen. PPC kann sich vor solchen Anträgen wahrscheinlich kaum noch retten. Ebenso preiswert wärst du auch an deine Elektrolimousine gekommen, hättest du solche Schleichwerbung nicht unethisch gefunden und unvereinbar mit der firmeneigenen Compliance. Hättest du allerdings ganz auf diesen Prestigekrempel verzichtet, vielleicht –

Ach, Scheiße! Hätte! Jetzt fange ich auch schon damit an.

Trössner lässt seine Lena hinten einsteigen und rückt

neben sie, der Rucksack darf ans Fenster. Siblenski setzt sich hinters Steuer.

»Hi, Alter. Willkommen in mein Auto. Wohinne fahre?«

Der arabische Akzent ist gar nicht so schlecht.

»Sag jetzt nicht, du weißt nicht, wo Charlottes Wohnung ist.«

»Okay. Neue Schlosse gucke?«

»Von mir aus.« Trössners rechter Arm liegt wieder um Lenas Schultern.

Siblenski wendet und fährt langsam Richtung Nikolaikirche. Dort werden die PPC-Anhänger und die Linksautonomen gerade von Reisebussen abgeholt. Der Platz ist voller Menschen, aber wenn der Mann am Steuer erkannt wird, treten sie winkend beiseite. Trotzdem geht es kaum im Schritttempo voran, und es dauert ein paar Minuten, bis der Wagen im Verkehrsstrom der Leipziger Straße rollt. Gleich an der nächsten Ampel biegt Siblenski nach rechts ab, und am Ende der beinahe verlassen wirkenden Straße kommt das neue Schloss in Sicht. Die Fassade hinter einem Stapel von Baucontainern ist komplett eingerüstet und fast vollständig von zwei riesigen Werbeplakaten bedeckt, zwei monumentale Geschwister der beiden Banner im Ostbahnhof. Wieder die Ankündigung der vierten Staffel von *PPC* mit dem riesigen Logo, weiß auf schwarzem Grund, und dem Pixelgesicht dort, wo Charlottes Kopf sein müsste.

Siblenski zeigt mit dem Finger darauf. »Krasse, was?«

»Jürgen, lass gut sein.«

Trössners Stimme ist ganz ohne Groll, aber auch ohne Freundlichkeit. Das kann einem Angst machen.

Schon fällt das Schloss zurück. Das hier ist die Französische Straße, gut zu merken, sie führt am Französischen Dom vorbei. Auch hier dürfte Trössner nicht behaupten, er kenne sich *ein bisschen* aus. Hier kennt er sich ganz gut aus. Gleich rechts ist das teure Szenelokal, in das Politiker gehen, um Schauspieler zu sehen. Seltener andersherum. Dort ist er oft gewesen; zu Charlottes Wohnung ist es ein Katzensprung, jedenfalls für Berliner Verhältnisse. Der Verkehr hält sich hier in Grenzen, sie kommen ganz gut voran.

»Übrigens«, sagt Siblenski. »Hast du die Cops gesehen, vor der Kirche?«

»Natürlich.«

»Rate mal.« Er feixt in den Rückspiegel.

»Was soll ich raten?«

»Schon okay. Ob du's glaubst oder nicht, die waren echt.«

»Wie bitte?«

»Ja. Unsere Gesetzeshüter in Doppelfunktion. Sie spielen für PPC ein bisschen Polizeieinsatz bei einer Demo, gleichzeitig passen sie auf, dass uns nicht wirklich jemand auf den Leib rückt.«

»Es gibt also wieder Ärger? Was ist passiert?«

»Eigentlich nur das Übliche. Aber härter und in kürzeren Abständen. Drohbriefe, Pakete, der dauernde Shitstorm, kennst du ja alles. Und seitdem bekannt ist, dass es eine Nachfolgerin für Charlotte geben soll, kommt der Stress auch aus der Fankurve. Das sei pietätlos und so weiter. Tut mir leid, aber du hast gefragt.«

»Schon gut«, sagt Trössner.

»Es geht auch um die Geschlechterfrage. Nur diesmal andersherum.«

»Du meinst, ihr kriegt von Rechtsaußen Ärger, weil die nächste Vorsitzende der PPC wieder eine Frau ist?«

»Exakt. Und kannst du dir vorstellen, was passiert, wenn sie die Türkin sehen?«

»Jürgen, um Himmelswillen, das ist doch nur Fernsehen.«

»Im Prinzip ganz meine Meinung. Aber sag das den Leuten vor den Endgeräten. Uns geht es jetzt wie allen. Wir haben unsere Fans, und wir haben unsere Gegner, und die können nicht miteinander. Die wollen sich an die Hälse.«

Er macht eine kleine Pause. »Und wir armen Idioten wissen nicht so genau, vor wem wir uns mehr fürchten müssen.«

»Wie ernst ist das denn?«

Siblenski muss vor einer Ampel anhalten.

»Was weiß ich? Schau dich an. Hättest du vor ein paar Monaten gedacht, wie ernst es bei dir mal werden könnte?«

Und mit der Stimme des Geistlichen: »Wir zwei, Hartmut, du und ich, wir haben unser ganzes Leben in diesem langen Frieden verbracht. Da denkt man leicht: Das geht immer so weiter, egal was man tut. Man denkt, es gibt irgendwo eine Instanz, einen Geist oder sowas, der dafür sorgt, dass am Ende alles irgendwie in der Balance bleibt. Wenn die Banken sich verzocken, egal, der Staat wird es richten. Wenn irgendwelche Politiker mit dem roten Knopf drohen, nicht so schlimm, da sind genug vernünftige Leute, die rechtzeitig den Stecker rausziehen. So denken wir. Dabei gibt es für alles, was existiert, ein mehr oder weniger natürliches Ende.«

»Das kommt in einer Wahlrede vor, oder?«

Siblenski lacht. Die Ampel schaltet auf Grün, aber die Kreuzung ist nicht frei.

»Das große Problem bei *ppc* ist momentan: Wir dürfen nicht zugeben, dass wir da was losgetreten haben. Verstehst du? Unsere Parole lautet: *Hallo, wir machen bloß Fernsehen.* Das wiederholen wir eisern. Es ist alles kein Problem, die

Leute verstehen, dass das Fiktion ist. Sowas wie damals bei *Millionenspiel* kommt heute nicht mehr vor. Basta.«

»Ich glaube, das musst du Lena erklären. Daran kann sie sich nicht erinnern, dafür ist sie zu jung.«

»Bin ich nicht«, sagt sie.

Das ist seit dem Weg zum Flatterband vor der Nikolaikirche das erste Mal, dass sie etwas sagt. Trössner sollte sich für seine Bemerkung entschuldigen. Als Spezialistin für Skandale aller Art wird sie *Millionenspiel* natürlich kennen. Außerdem ist der Mann, der damals den Moderator spielte, vor ein paar Tagen gestorben, und es wurde in jedem Nachruf erwähnt.

»Du verheimlichst mir was«, sagt Trössner und meint Siblenski.

Die Kreuzung wird auch bei der nächsten Grünphase nicht frei.

»Okay. Aber sag's nicht weiter. Ein paar Typen haben mir aufgelauert, als ich jemanden besuchen war.«

»Wen hast du besucht? Und wo?«

»Kann ich nicht drüber reden. War sehr privat. Konnte eigentlich niemand wissen, die müssen mir durch die halbe Stadt gefolgt sein. Jedenfalls standen die plötzlich im Treppenhaus. Und die wollten gar nicht reden, sondern gleich zur Sache kommen.«

»Und? Was ist dir passiert?«

»Zum Glück nichts. Ich habe gebrüllt. Ich habe gebrüllt wie der größte Feigling auf Erden, da hat jemand die Wohnungstür aufgemacht, hat mich erkannt und hat mich reingelassen. Seitdem habe ich Personenschutz.« Er drückt die Hupe. »Du willst nicht wissen, was ich denen gerade erzählt habe, damit sie mich alleine losfahren lassen.«

»Natürlich will ich das wissen.«

»Gut. Ich habe Ihnen gesagt, du bist der Unternehmer Hartmut Trössner, der Ehemann von Charlotte Wendler, unserer früheren Hauptdarstellerin. Und dass du zu mir gekommen bist, um mir vom Tod deiner Frau zu berichten.«

Trössner flüstert etwas, das selbst ich nicht verstehe.

Bei der nächsten Grünphase ist die Kreuzung frei, und Siblenski biegt in die Wilhelmstraße ein. »Diese Platten«, sagt er. »Eine wie die andere. Sagst du mir bitte mal die Nummer?«

»Fahr die nächste rechts, und dann gleich wieder rechts. Bis zu dem Parkplatz mit der Schranke.«

»Stimmt. Ich erinnere mich. Man braucht eine Zahl, oder?«

»Halt so an, dass ich rankomme.«

Siblenski tut es und lässt Trössners Fenster herunter. Der gibt eine vierstellige Zahl in das Tastenfeld am Kopf einer Säule. 8901. Mauerfall in New York. Charlotte konnte sich absolut keine Geheimzahlen merken. Trössner hat alle Eselsbrücken für sie erfunden, immer nach demselben Muster: zwei Jahreszahlen, zwei Ereignisse. Anfangs fand Charlotte das unmöglich. Sie beschwerte sich, die Daten würden ihr überhaupt nichts sagen, aber dann behielt sie die Zahlen. Und Trössner behielt sie auch. Die Schranke öffnet sich.

»Platz einundzwanzig.«

»Entschuldige bitte, wenn ich frage. Aber müsste da nicht Charlottes kleine Blechkiste stehen? Dieses Tarnauto.«

Da ist er gut informiert. Ein zwölf Jahre alter *Polo*, technisch absolut einwandfrei, aber von außen so unansehnlich, dass niemand auf die Idee kommen sollte, damit könnte eine der bekanntesten deutschen Schauspielerinnen unterwegs sein. Trotzdem hatte Charlotte den Wagen so gut wie nie benutzt.

»Annette hatte einen Schlüssel. Vielleicht hat sie ihn abholen lassen.«

»Willst du die Wohnung eigentlich behalten?«

Ein äußerst heikles Thema. Die Antwort wird erheblich mehr als einen Satz erfordern; und ich warne: Sie wird wieder in die Tiefe von Trössners Verarmungsangst führen. Aber warum soll Siblenski nicht davon erfahren. Vielleicht kann er bei Trössner bewirken, was ich offenbar nicht vermag.

Charlotte hatte vor über zwanzig Jahren ein Testament geschrieben, nach der ersten Staffel von *Eins Null Vier*. Das viele Geld, das sie jetzt mit einem Mal verdiente, wer sollte das bekommen, wenn ihr etwas passierte? *Meine Familie zu gleichen Teilen*, hatte sie geschrieben, und gemeint hatte sie damit ihre Eltern und ihre Schwester. Die hätten damals allerdings auch ohne dieses Testament geerbt. Mittlerweile ist Charlottes Vermögen beträchtlich. Und das alte Testament ist wertlos, sagen Trössners Anwälte. Es war mit dem Computer geschrieben, nicht beglaubigt und so weiter. Charlotte hatte den einzigen Ausdruck vernichtet, die Familie besaß aber noch die Datei und argumentierte damit.

»Familie!«, sagt Siblenski. Er wisse, warum er sich da nicht engagiert habe.

Es kommt noch viel schlimmer. Charlotte hatte sich später geweigert, ein neues Testament zu machen. Künstler seien abergläubig, hieß es dann immer. Kurz vor einer ziemlich harmlosen Operation setzte sie dann doch eines auf, handschriftlich in zwei Exemplaren, exakt nach einem Muster aus dem Internet. Trössner unterschrieb es als Zeuge. Fünf Jahre liegt das zurück, sie bestimmte ihn darin zu ihrem alleinigen Erben. Es war eigentlich mehr ein Scherz gewesen oder eine kleine Beschwörungsgeste, Charlotte hatte ganz übertriebene Angst vor dem Eingriff gehabt. Die beiden Blätter sind natürlich mit dem Haus verbrannt. Und jetzt sieht Charlottes Familie ihre Chance. Sie gibt viel Geld für Anwälte aus. Sie will das erste Testament durchsetzen. Und sollte das nicht gelingen, will sie beweisen lassen, dass der Kleine vor Charlotte gestorben ist, denn damit würde Charlottes Erbe an Trössner und an ihre Familie fallen.

»Das verstehe ich nicht«, sagt Siblenski. Der Parkpilot meldet den Balken, der den Stellplatz begrenzt.

Das ist juristische Logik. Wenn Charlotte vor dem Kleinen stirbt, sind er und Trössner ihre Erben. Stirbt dann der Kleine, fällt sein Teil an seinen Vater. Und jetzt will die Familie feststellen lassen, dass der Kleine schon tot war, als man ihn aus dem Becken zog. Dabei haben sie selbst erst ein paar Tage später die Maschinen abstellen lassen, die ihn am Leben hielten. Wie nennen wir das? Richtig, eine bodenlose Infamie.

Siblenski weiß ein kräftigeres Wort dafür. Sie steigen aus. Trössner schultert seinen Rucksack, Lena trägt ihre Tasche im Arm wie ein Mädchen seine Puppe hält.

»Die Wohnung hat Charlotte schon ewig«, sagt Siblenski, und es ist keine Frage.

Erzählen wir es unserer Lena, damit sie sich nicht vernachlässigt fühlt. Schon zu Zeiten von *Eins Null Vier* war Charlotte hier eingezogen. Damals waren die Häuser noch fast neu, etwas aufgemotzte Plattenbauten, die den Blick auf den ungeliebten Westen verstellten. Gleich nach der Wende hatte es geheißen, sie würden demnächst abgerissen. Dass sie auf historischem Gelände standen, spielte dabei keine Rolle; was zählte war, dass man Platz für das Zentrum der neuen Hauptstadt brauchte. Aber die Häuser stehen noch, obwohl sie mittlerweile einer Immobiliengesellschaft gehören, die mit historischen Sentimentalitäten nichts im Sinn hat.

Vor knapp einem Jahr hatte Charlotte erfahren, dass die Wohnungen Stück für Stück verkauft werden sollten. Sie hatte sofort zugeschlagen; ihr Promistatus hatte das Verfahren beschleunigt. Kurz darauf verfügte die Stadt einen einstweiligen Stopp der Verkäufe, aber Charlottes Deal war erst einmal rechtskräftig. Über kurz oder lang werden alle Wohnungen auf den Markt kommen, und dann wird ihre im Wert weiter steigen. Für die Anwälte der Familie steht sie weit oben auf der Liste der Begehrlichkeiten.

»Mann«, sagt Siblenski. »Dich hat es wirklich erwischt.«

Vom Parkplatz sind es nur ein paar Schritte zum Hintereingang der Gebäude. Trössner hat dieses Stück Erde hier immer abscheulich gefunden. Vor Zeiten wollten sie hier Hitlers Reste vergraben, jetzt wächst leidlich gepflegtes Grün über die Vergangenheit im Schatten von Reichstag und Brandenburger Tor. Die Anwohner würden gerne so tun, als wüssten sie von nichts, aber daran hindern sie die Touristengruppen, die tagein tagaus über den Parkplatz laufen, mit der immer wieder enttäuschten Hoffnung auf ein bisschen Gruseln.

Charlottes Schlüssel sind alle verbrannt, bis auf den, den sie bei Annette deponiert hatte. Aber wir können uns gleich nützlich machen, indem wir einer alten Frau mit ihren Plastiktüten helfen, und so kommen wir ins Haus. Der Fahrstuhl ist ziemlich eng, er rappelt und ruckelt, als führe man nicht hoch in den siebten Stock, sondern hinunter in die Geschichte.

Trössner hat auch das Haus nie gemocht und die Wohnung erst recht nicht. Dabei war die Aussicht immer grandios. Zuerst über die Brache, auf der die Mauer gestanden hatte, hin zu den vorgeschobenen Bauten des alten Westens, später dann auf das Labyrinthdenkmal und das Gedränge der neuen Hauptstadt. Aber alles andere fand er widerlich, geradezu bedrohlich, auch solche Kleinigkeiten wie schlecht tapezierte Kanten an den Türen, unsauber verputzte Fliesen im Bad und lockere Steckdosen.

Oder, Trössner, war es vielleicht eher so, als würde die Wohnung dich ablehnen? Sich über dich lustig machen.

Darf ich ein bisschen psychologisieren? Du hast Charlotte um ihre Studentenbude beneidet, kann das sein? Hättest du in den letzten Jahren gerne auch so ein Nest für dich alleine gehabt? Eines, in dem man tun und lassen kann, was man will. Wo man sich nicht über alles Mögliche verständigen muss wie in der Firma oder im Haus am Wald. Sondern stattdessen sitzen, besser: liegen darf, um dann unbehelligt auf sein Leben zu schauen, als wäre es etwas Fertiges, etwas Abgeschlossenes, etwas in sich Gerundetes. Mit dem man dereinst stolz und ohne Reue vor seinen Schöpfer treten könnte, auch wenn man an dessen Existenz nun wirklich nicht glaubt.

Gut, ich halte den Mund.

Der Aufzug stoppt. Alles aussteigen! Trössner als letzter, den Rucksack über der rechten Schulter und die linke Hand noch immer in der Tasche.

Annette steht auf dem Flur vor der Wohnungstür. Den Schlüssel hält sie hoch wie etwas Heikles, das sie auf dem Boden gefunden hat. Die Blumen auf ihrem Kleid sind heute Rosen. Aber es sind welke Rosen, denn Annette ist kaum noch die Hälfte ihrer selbst. Als wäre sie aus sich selbst wie aus einer Babuschkapuppe gestiegen. Auch ihre Haare sind kürzer, und sie ist kaum geschminkt.

Nicht wahr, Trössner, wenn wir nicht wüssten, dass sie es sein muss, bekämen wir unsere Zweifel.

»Harry!«, sagt sie und will den Mann umarmen, den sie als einzige so nennt.

Aber der macht einen Schritt zurück. »Schließt du bitte auf!«, sagt er.

Spürt sie den kalten Hauch, der von ihm ausgeht? Ohne ein weiteres Wort öffnet sie die Tür; alle gehen hinein, Trössner wieder als letzter. Hinter der Wohnungstür blinkt ein rotes Licht neben einem Tastenfeld an der Wand. Trössner sagt sich leise vor: *Kriegsende in Wembley*. Dann gibt er die vierstellige Zahl ein, um die Alarmanlage auszuschalten: 4566. Das blinkende rote Licht geht aus, ein grünes geht an. Trössner gibt die Zahl noch einmal ein, das rote Licht geht wieder an, ohne zu blinken.

Und, sieh dich um!

Nicht wahr, in der Wohnung hat sich nichts verändert. Allenfalls hat Annette noch einmal die Putzfrau bestellt. Die Fenster sind verschlossen, die wochenlang aufgeheizte Luft riecht alt und verschlafen. Auch das billige Zeug, das sie verbaut haben, stinkt.

Trössner, ich möchte mich korrigieren: Auf so etwas wie das hier kann man gar nicht neidisch sein. Die Wohnung hat weder Atmosphäre noch Aura. Als Charlotte letztes Jahr diese berühmte amerikanische Fotografin für eine Homestory hereingelassen hatte, bekam die Frau es kaum hin, auch nur ein einziges gutes Foto zu machen. Der Artikel bestand dann fast nur aus Text und Porträts.

Schau, die Lena! Und gleich neben ihr die Iris. Dieses siamesische Zwillingspaar, das gerade einen Ort betritt, den einmal betreten zu dürfen es nie auch nur gehofft hat. Was die beiden wohl denken? Ob sie ein Schauer anweht? Ob sie sich jetzt unerhörte Dinge ausmalen?

Wenn du sie aufklären würdest, Trössner, müsstest du sie enttäuschen. Vielleicht würden sie dann sehen, was eigentlich offensichtlich ist. Charlotte hat diese Wohnung nie interessiert, sie hat hier nie gelebt. Sie hatte sie mit ihren ersten Honoraren möbliert und seitdem so gut wie nichts verändert. So sehen Studentenbuden am Tag des Einzugs aus, nachdem die Eltern abgefahren sind und bevor ihre Bewohner anfangen, darin zu leben.

Wie hatte die Amerikanerin geschrieben: *der Rückzugsraum, das ganz private Refugium einer Frau, die wie kaum eine vor ihr in der Öffentlichkeit steht.* Eine nette Lüge. Charlotte hat hier geschlafen, geduscht, sich umgezogen, alles andere passierte am Set. Man konnte hier nicht einmal Frühstück machen. Es gab keine Kaffeemaschine, keinen Toaster, keinen Topf, und Charlotte kaufte nicht ein. Im Kühlschrank lagen nur die Getränke, die man kühlen musste, und kleine blaue Gelkissen, die sie für ihre Augen brauchte.

Jetzt sind alle im Wohnzimmer. Lena ist offenbar die einzige, für die der Ausblick über das Steinlabyrinth eine Attraktion ist. Sie macht ein paar Schritte Richtung Fenster, aber Trössner ruft sie zurück, während er seinen Rucksack abstellt.

»Kurz etwas zu den Abläufen«, sagt er. »Ich gehe jetzt ins Bad, dann ins Schlafzimmer. Ich mache mich ein bisschen frisch und ziehe mich um. Die junge Dame hier wird mich begleiten. Annette, Jürgen kann dir in der Zwischenzeit die Lage erklären und dir ein paar Geschichten erzählen. Ich bin mir sicher, er wird es schonend und einfühlsam tun. Und noch eins: Damit ihr gar nicht erst in Versuchung kommt, irgendetwas zu petzen, werft ihr bitte eure Handys raus.«

Annette will etwas sagen, aber Siblenski hat schon ein Fenster geöffnet, und ohne zu zögern wirft er sein Gerät hinaus. Ein Aufprall ist nicht zu hören. Besser hätte er die Agentin nicht überzeugen können; sie tut es ihm nach. Man sieht beiden an, dass alle ihre Daten in einer Wolke gesichert sind.

»Fabelhaft.« Mit der Rechten fasst Trössner Lena am Arm, dann lässt er sie los, um sich mit der flachen Hand an die Stirn zu schlagen. »Annette, entschuldige bitte, ich bin unhöflich. Ich darf dir Lena vorstellen. Lena, das ist Annette Kranz, Charlotte Wendlers Agentin. Annette, das ist Lena. Eine liebe Freundin.«

Die beiden Frauen geben sich die Hand, so kurz, wie es gerade noch möglich ist, ohne verletzend zu sein.

»Ach, noch etwas«, sagt Trössner. »Eine Kleinigkeit. Wenn die Wohnungstür geöffnet wird, geht der Alarm an. Ihr versteht, was ich damit sagen will.« Dann zieht er Lena hinter sich ins Bad. Den Rucksack lässt er im Wohnzimmer.

Das Bad liegt hinter dem Schlafzimmer, es ist fensterlos. Sobald man es betritt, schaltet sich eine Lüftung ein und fährt klappernd hoch. Trössner wirft sein Cordjackett in die Badewanne und das Holzfällerhemd gleich hinterher. In der linken Seite des Spiegelschrankes über dem Waschbecken sind seine Sachen, das Allernötigste für seine gelegentlichen Übernachtungen als Charlottes Gast. Er klemmt eine neue Klinge in seinen Rasierapparat. Es dauert, bis das Wasser warm wird, dann kann er endlich damit beginnen, Rasierschaum zu schlagen.

Lena sitzt auf der Toilette neben dem Waschbecken, die Hände im Schoß gefaltet.

»Alles in Ordnung mit dir?«, sagt Trössner.

Sie nickt. »Ihre Pistole ist im Rucksack. Und der steht im Wohnzimmer.«

Sie sollte sich erwerbsmäßig an dem Spiel beteiligen, bei dem man raten muss, unter welchem Becher die Erbse liegt.

»Das ist richtig«, sagt Trössner. »Ziehst du in Betracht, das den anderen mitzuteilen?«

»Nein.«

»Das ist klug.«

Trössner pinselt sich eine Menge Schaum ins Gesicht. Das ist auch gut so, immerhin soll die Haut darunter nach etlichen Wochen zum ersten Mal wieder Kontakt mit einer Klinge bekommen.

»Wir sollten uns übrigens weiter duzen«, sagt er. »Also ich meine, der, der ich bin, und die, die du eigentlich bist. Ich heiße Hartmut, aber das weißt du ja.«

Sie schweigt.

Trössner zieht langsam eine Schneise in den Schaumteppich auf seiner Wange. »Ich glaube, ich erinnere mich an eine Journalistin namens Iris. Im ICE zum Ostbahnhof. Aber das ist lange her, ich kann mich irren.« Er zieht eine zweite Schneise, die erste überlappend. Eine Antwort bekommt er nicht.

»Ich will dir nicht drohen«, sagt er. »Aber es wäre besser, wenn ich genau Bescheid wüsste. Ich will nicht aus Versehen irgendeinen Unsinn machen. Gib mir einfach deinen Ausweis, dann ersparst du mir den Zweifel und dir dieses Lügen. Das strengt dich doch viel zu sehr an.«

Sie gräbt in ihrer Tasche, öffnet eine kleine Mappe und reicht ihm den Ausweis.

Trössner, du gestattest, dass ich dir über die Schulter sehe?

Ach, sieh an! Der Vorname stimmt. Iris. Aber nicht Hellmann, sondern Hellbach. Sie ist älter, als wir zuletzt dachten, und jünger, als sie anfangs im Zug aussah.

Schon gesehen? Geburts- und Wohnort identisch. Und von wegen Berlin! Es ist die Stadt, in der unsere letzte, jüngst verlassene Bleibe steht. Was bedeutet nun das?

»Für wen schreibst du?«, sagt Trössner, wieder mit dieser Stimme ohne Timbre.

Sie schüttelt den gesenkten Kopf.

»Nun komm schon. Welche Redaktion? Oder welcher Verlag?«

»Keine.«

»Du suchst noch? Ist das so üblich? Oder bist du so eine kleine Nummer in dem Betrieb?«

»Ich suche nach nichts. Ich bin keine Nummer, und ich schreibe auch nicht. Jedenfalls nicht das, was Sie denken.«

»Was soll das heißen?«

Trössner ist am Kinn angekommen. Die *Problemzone*, wie das früher einmal in der Werbung hieß.

»Ich bin keine Journalistin.«

»Was heißt das?«

Trössner, du wiederholst dich. Und sie schweigt.

»Was zum Teufel bist du dann?«

»Steht doch im Ausweis.«

Schau, wie sie über ihre eigene Patzigkeit erschrickt.

»Nein, Entschuldigung, ich arbeite wirklich in einer Bank. Ich bin Kundenbetreuerin, so wie ich das gesagt habe.«

»Das glaube ich nicht!«

Ich auch nicht. Oder doch?

Trössner, du solltest dein Geschabe nicht zu lange unterbrechen, sonst stockt der Schaum auf deiner linken Wange.

»Warum zum Teufel bist du dann hier? Warum hast du mich angesprochen? Was soll das alles?«

»Mein Onkel ist Portier in Ihrem Hotel.«

»Wie bitte?«

»Der Portier in Ihrem Hotel.« Sie spricht, als müsste sie es einem Vierjährigen erklären. »Helmut Kublank. Das ist mein

Onkel. Eigentlich kein richtiger Onkel, sondern ein Vetter meiner Mutter. Wenn Sie mir nicht glauben, rufen Sie ihn an. Die Nummer müssten Sie haben. Oder Sie nehmen mein Handy.«

Sie macht eine kleine Pause.

»Er hat von Ihnen erzählt, gleich nachdem Sie eingecheckt sind, letzte Woche. Ich war ein paar Mal bei ihm, und er hat gesagt, was Sie so machen. Aber ich schwöre, ich habe mit niemandem darüber gesprochen. Auch nicht mit meinen Eltern.«

»Ich denke, dein Vater ist weg und deine Mutter ist tot.«

Sie schüttelt den Kopf. Das habe sie erfunden.

»Und Ostpreußen?«

Das auch.

»Warum?«

»Ich dachte, das wäre besser, wenn ich auch so eine traurige Geschichte hätte.« Sie schaut auf. »Wir sollten uns doch sympathisch sein. So wie Sie das wollten.«

Himmel, Trössner! Ich sehe die letzten Stunden jetzt in einem anderen Licht. Könnte es sein, dass wir einen Fehler gemacht haben? Ich sage mit Absicht *wir*. Ich übernehme meinen Teil der Schuld, das ist Ehrensache. Ich habe mich hinreißen lassen.

»Und was hat dein Onkel über mich erzählt?«

Trössner hält den Rasierer wie eine Kerze.

Sie zuckt die Schultern. »Dass Sie die meiste Zeit auf dem Zimmer waren. Gab eigentlich nicht viel zu erzählen.«

Trössner macht sich an die andere Wange, von der schon der Schaum bröckelt.

»Bleibt also nur noch eine Winzigkeit zwischen uns zu klären. Darf ich fragen, woher dein Interesse an meiner Person rührt?«

Sie schweigt.

Trössner macht einen Schritt auf sie zu, den Rasierer hält er vor der Brust.

»Hast du Angst vor mir?«

»Nein.«

»Dann möchte ich dich um etwas bitten. Darf ich?«

»Ja, sicher.«

»Hab jetzt mal Angst vor mir! Du weißt, wer ich bin. Und was mir passiert ist. Du weißt es wahrscheinlich besser als jeder andere Mensch auf der Welt. Und du weißt, dass ich bewaffnet bin. Also. Hast du jetzt Angst vor mir?«

»Ja.«

»Gut. Dann sag mir, warum du mich angesprochen hast! Jetzt sofort. Hörst du!«

»Einfach so.«

Einfach so! Das wird sie doch wohl nicht durchhalten.

»Und natürlich wegen Ihrer Frau.«

Sie macht eine Handbewegung, mit der sie sich den Rest sparen will. Den Rest eines Textes, in dem es um unschöne Dinge geht? Vielleicht um Neugier, Katastrophenlust oder Stalking?

»Du bist also ein Fan?«, sagt Trössner. »Von was? Von Charlotte? Von PPC? Und das soll alles sein? Das soll ich glauben?«

»Nein, ich bin kein Fan.«

»Sondern?«

»Okay, aber Sie dürfen nicht böse sein.«

»Dafür kann ich nicht garantieren.«

»Also gestern –« Sie unterbricht sich. »Nein, vorgestern Abend, Samstag, war ich wieder bei meinem Onkel, und da hat er mir gesagt, er glaubt, Sie hätten irgendwas vor. Weil Sie an dem Tag schon ganz früh unterwegs waren, mit einem Rucksack, als wollten Sie irgendwohin, für länger. Sie wären aber wieder zurückgekommen. Heute Morgen hat er mich dann angerufen. Das hat er sonst nie gemacht. Ich war auf dem Weg zur Bank. Er hat gesagt, Sie sind wieder mit diesem Rucksack unterwegs. Und –«

»Weiter, bitte.«

Gute Tonlage, Trössner. Der verständnisvolle Polizist, der einem Geständnis den Weg ebnen will.

»Er hat bei Ihnen ins Zimmer reingesehen, am Tag vorher, als Sie gerade beim Frühstück waren. Und da lag wohl eine Pistole unter der Bettdecke. Er sagt, ziemlich klein, vielleicht ein Spielzeug, angefasst hat er sie nicht. Heute Morgen, als Sie dann wieder gegangen sind, hat er nachgesehen, und die Pistole war nicht mehr da. Nirgendwo im ganzen Zimmer, er hat alles abgesucht. Er war total panisch. Er hätte das ja vielleicht melden müssen. Er hatte Angst, dass Sie –«

Warte, Trössner! Gib ihr ein bisschen Zeit. Sie wird diesen Satz zu Ende sprechen, ohne dass du sie dazu ermunterst oder zwingst.

»Dass Sie sich was antun. Und er hätte dann die Schuld.«

»Und du?«

»Ich bin sofort zum Bahnhof. Der liegt auf meinem Weg zur Bank.«

»Warum zum Bahnhof?«

»War nur eine Vermutung. Ich wusste ja, dass Sie kein Auto haben. Und einer wie Sie trampt nicht. Ich wäre auch gleich wieder raus aus dem Bahnhof und zu meinem Onkel, aber ich hab Sie sofort gesehen, vor dem Kartenautomat. Das heißt, ich war mir nicht ganz sicher, ob Sie das sind. Ich kannte Sie ja nur von Fotos aus dem Netz, und Sie sahen so anders aus. Aber der Anzug stimmte, den hatte mein Onkel mir beschrieben. Und der Rucksack. Gibt nicht viele Leute im Cordanzug, die mit dem Rucksack unterwegs sind.«

Ist das ein Lächeln?

»Jetzt sehen Sie wieder so aus, wie ich Sie kannte. Ich meine, aus dem Netz.«

Trössner geht zurück zum Waschbecken, schabt seine linke Wange sauber, dann reibt er sich die Reste vom Rasierschaum mit dem Handtuch aus dem Gesicht. Eine Unsitte, das Teil kann man danach nur noch in die Wäsche werfen.

»Und diese Wohnung am Friedhof?«

»Die gehört meiner großen Schwester. Das ist die richtige Ismene.«

»Iris und Ismene?«, sagt Trössner. »Soll ich das auch noch glauben? Einer notorischen Lügnerin?«

»Ich wollte nicht lügen. Und wenn Sie alles wissen wollen, bitte: Meine Schwester Ismene übersetzt für einen Antiquitätenhändler. Sie ist viel unterwegs, meistens in China, und sie sagt mir immer Bescheid, wenn sie wegfährt. Ich habe einen Schlüssel zu ihrer Wohnung, direkt an meinem Bund. Ich kann kommen, wann ich will. Sie lässt immer was im Kühlschrank, damit ich nicht einkaufen muss.«

»Weiter!«

Lena oder Iris atmet einmal tief ein und aus, wie jemand, dem man das bei einer Röntgenaufnahme befohlen hat.

»Auf dem Display vom Fahrkartenautomat hab ich gesehen, dass Sie nach Berlin wollten. Na ja, Berlin passte eben gut, das war auch nicht teuer, da hab ich mich dann –«

»Kurz entschlossen?«

»Ja, kurz entschlossen. Der Bank hab ich gemailt, meine Stimme wäre weg.«

»Schlecht für eine Kundenberaterin«, sagt Trössner.

Iris lacht. Oder weint sie? Jedenfalls läuft da eine Träne neben ihrer Nase herunter und an der schönen Oberlippe entlang in den Mundwinkel.

»Und warum hast du mich angelogen, dass du Journalistin bist?«

Sie zuckt die Schultern. »Hab ich nicht. Das mit der Journalistin haben Sie zuerst gesagt. Das war Ihre Idee. Nicht meine.«

Ich fürchte, sie hat Recht. Sie hat wirklich Recht!

»Aber die Idee hat dir auf Anhieb gefallen?«

»Ja, vielleicht.« Sie trocknet die Tränenspur mit der Spitze ihres Zeigefingers. »Das müssen Sie doch kennen.«

»Was kenne ich?«

»Dass man etwas anderes sein möchte als das, was man ist. Zum Beispiel etwas anderes als eine kleine Schwester mit einem langweiligen Beruf.«

Sag mal, Trössner, ist deine kleine Liebeskomödie eigentlich zu Ende? Ohne *Zauberwort*? Wenn ja, wäre das schade. Denn jetzt wird es endlich interessant. Ihr entdeckt eure Gemeinsamkeiten! Anderswo würden die Beteiligten nach solchen Geständnissen ihre Hände halten.

»Könntest du denn schreiben?«

Und schon ist der Moment verpasst. Ich hatte auch nicht zu hoffen gewagt.

»Ein bisschen«, sagt sie. »Ich hab's mal in der Schule gelernt. Damals konnte ich es ganz gut.«

Mut hat sie, das steht fest.

»Ich meine, könntest du aufschreiben, was ich dir heute alles erzählt habe? Aus der Erinnerung. Und was in den letzten Stunden passiert ist?«

»Ja.«

»Ernsthaft?«

»Ich hab zwei Jahre lang bei den Vorstandssitzungen Protokoll geführt. Ich denke, das sagt Ihnen was.«

»Tut es. Ich komme vielleicht darauf zurück.« Er streckt ihr seine Hand hin. »Fangen wir also noch einmal von vorne an. Ich heiße Hartmut.«

»Iris.«

Ein ziemlich kräftiger Händedruck für jemanden in ihrer Lage.

»Freut mich«, sagt Trössner. »Aber für die zwei da draußen bleiben wir besser bei Lena. Die verlieren mir sonst noch den Verstand.«

Trössner spritzt sich Wasser über Gesicht und Haare und reibt mit einem frischen Handtuch hinterher. Das war in den letzten zwanzig Jahren seine Toilette für zwischendurch. Rasieren, eine Portion Wasser über den Kopf, alles kurz und kräftig trocken reiben, einmal mit dem Kamm hindurch. Hartmut Trössners Männlichkeitsideal lautete immer: minimaler Aufwand, maximaler Effekt. Wäre eigentlich schön, sollten wir da wieder angekommen sein.

Der Kleiderschrank im Schlafzimmer stammt aus der Erstausstattung der Wohnung. *Frühes IKEA* hatte Charlotte ihn genannt. Stände er nicht mit dem Rücken und einer Seite gegen die Wand, wäre er unter dem Gewicht ihrer Kleider längst zusammengebrochen. Ganz links, eng zusammengedrückt, hängen Trössners Sachen. Drei Bügel: zwei Anzüge, einander ziemlich ähnlich, drei weiße Hemden übereinander, eine Krawatte für die äußerst seltenen Fälle, in denen auch er eine Krawatte trug. Auf dem Boden hinter Charlottes Pumps ein paar schwarze Schuhe, Maßarbeit, sündhaft teuer. Aber wenn man schon seine Füße wegen irgendwelcher Sitzungen und Konferenzen stundenlang einsargen muss, sollte man ihnen wenigstens ein bisschen Luxus gönnen.

Deine Worte, Trössner. Denen Iris-Lena offenbar wieder gerne lauscht. Außerdem hat sie jetzt wirklich so etwas wie einen Schreibauftrag. Oder zumindest die Hoffnung darauf.

Übrigens, müssen wir ihr jetzt sagen, dass sie sich bitte kurz abwenden möge?

Nein. Sie tut es auch ohne Ermahnung, kaum dass du aus deiner Hose bist. Ein weißes Hemd, der dunklere der beiden Anzüge, die Schuhe. Wenn du dich hier umgezogen hast, Trössner, wie hast du dich dann immer gefühlt? Richtig, wie in deiner Zeit als Soldat, vor dem offenen Spind, wo du immer nur ein paar Sekunden Zeit und irgendeinen Befehl im Nacken hattest.

Holla! Tatsächlich die Krawatte? *Noblesse oblige*? Mit doppeltem Knoten oder lässig, ein bisschen schräg?

Iris oder Lena hat sich inzwischen wieder auf Empfang ausgerichtet. Trössner gibt ihr ein knappes Zeichen, ihm nicht aus dem Schlafzimmer zu folgen.

»Bleib hier«, sagt er. »Such dir von Charlottes Sachen etwas aus und zieh es an. Die Größe müsste passen. Stell dir vor, wir gehen zu einer wichtigen Veranstaltung. Keine Gala«, er weist an sich hinab, »aber auch nicht zu lässig. Wichtig ist, dass wir gut zueinander passen. Ich lasse die Türen auf, dann kannst du mithören.«

Teufel, ich hätte jetzt wieder ein paar Fragen, aber wer hört schon auf mich? Ich bin ja bloß noch ein Hund, der seinem Herrn hinterher zockelt, egal wohin.

Im Wohnzimmer herrscht, jetzt hätte ich fast gesagt, eine Stimmung wie auf einer Beerdigung. Siblenski sitzt auf dem Sofa, dem einzig halbwegs bequemen Möbel in diesem Raum. Wahrscheinlich war er schon einmal hier und meidet daher diesen Knautschsack von Sessel. Wenn man über vierzig ist, kommt man aus so etwas nicht mehr hoch, ohne sich lächerlich zu machen. Annette steht vor dem Fenster, den Rücken zum Labyrinth, eine bestürzend schlanke Silhouette. Wahrscheinlich wird sie gleich ihre noch dünneren Schwestern Entrüstung, Vorwurf und Verzweiflung aus sich entlassen.

Grund genug hat sie. Da müssen wir jetzt stark sein.

»Harry«, sagt sie. »Jürgen hat mir alles erzählt. Bitte sag mir, dass das nicht wahr ist. Das darf nicht wahr sein! Und warum habe ich davon nichts erfahren? Nicht ein einziges beschissenes Wort! Ich habe Tage meines Lebens damit verbracht anzurufen, alle möglichen Leute, und niemand hat mir auch nur ein einziges Wort gesagt. Dabei habe ich zwanzig Jahre lang für Lotte gesorgt. Über zwanzig Jahre lang! Das ist alles so furchtbar. Ich hätte doch helfen können.«

Sie ist der einzige Mensch, der Trössner Harry nennt, und sie war die einzige, die Charlotte Lotte nannte. Niemand hatte es ihr erlaubt, aber niemand hatte dagegen protestiert.

»Das tut mir leid«, sagt Trössner. Er steckt seine linke Hand in die Seitentasche des dunklen Jacketts und klopft sich so auf die Hüfte. Dann zieht er die Hand wieder hervor. In den Augen der beiden sieht er, dass sie die Geste verstanden haben.

»Aber wenn es dich tröstet, es war kein böser Wille. Alles war vorbei, nachdem es passiert war. Charlotte ist verbrannt worden, eine Stunde nachdem der Staatsanwalt sein Okay gegeben hatte, und ihre Familie hat die Asche mitgenommen.«

»Und der Kleine?«

Trössner, sei stark! Imponier mir! Sag nichts dazu! Meine Kraft zum Widerspruch geht zur Neige.

»Der hat noch ein paar Tage gelebt. Wenn man das so nennen kann. Eigentlich hätte ich bestimmen müssen, wann sie die Maschinen abstellen. Aber ich war nicht ansprechbar. Also hat das Charlottes Familie gemacht. Ihn haben sie auch verbrannt, und die zwei Portionen Asche haben sie unter der Regie meiner Schwägerin ins Meer gestreut. Meinen Anwälten haben sie eine Bestätigung geschickt, eine Art Quittung, die kann ich dir kopieren, wenn du wissen möchtest, wo genau Charlottes Asche schwimmt.«

»Ach, Harry«, sagt Annette.

»Du verstehst, was ich sagen will? Es gab nichts zu arrangieren, nichts zu inszenieren, nichts zu kommunizieren. Okay, deine Lotte ist auf eine höchst dramatische Art und Weise aus diesem Leben ausgestiegen, wer weiß wohin, aber eine Agentin wurde dabei ausnahmsweise nicht benötigt.«

Ein paar Sekunden lang sieht es so aus, als würde Annette auch ihre kleine Schwester Wut freilassen, aber dann tritt sie weg vom Fenster und drückt sich an dem Knautschsessel vorbei, von dem Charlotte einmal gesagt hat, der könnte womöglich der letzte seiner Art sein, und vielleicht bekämen sie dafür mal eine Menge Geld. Sie setzt sich neben Siblenski auf das Sofa, aber so weit es geht von ihm entfernt.

»Dann ist das wohl so.« Ihre Stimme ist vom siebten Stock ins Parterre gefallen.

Das hast du an dieser furchtbaren Frau immer gemocht, nicht wahr? Dass sie sich den Tatsachen gegenüber letzten

Endes demütig verhalten hat. Sie war groß darin, an allen möglichen Schrauben zu drehen; aber wenn es definitiv nichts mehr zu tun gab, dann konnte sie sich abwenden, um keine Zeit mit sinnlosen Anstrengungen zu vergeuden. Als sie begriffen hatte, dass Charlotte bei *Eins Null Vier* aussteigen wollte, um jeden Preis, da begann sie sofort damit, an ihrer neuen Karriere zu arbeiten. Sie hat es sogar fertiggebracht, *Eins Null Vier* nie mehr zu erwähnen.

»Ja«, sagt Trössner. »Es ist, wie es ist. Ich könnte natürlich das eine oder andere Detail hinzufügen. Aber dann würdet ihr noch schlechter schlafen. Außerdem, nehmt mir das nicht übel, aber ich bin nicht nach Berlin gefahren, um Leute zu treffen, mit denen ich gemeinsam Trauerarbeit leisten kann.«

»Sondern?«, sagt Siblenski.

»Wie schon angedeutet.«

Trössner nimmt einen Stuhl vom Esstisch, den womöglich in den letzten zwanzig Jahren niemand benutzt hat, und setzt sich rittlings darauf, die Arme auf der Lehne verschränkt.

»Es ist ganz einfach. Ich will wissen, was das soll. Warum ist mir das passiert? Warum kracht an einem einzigen Tag meine Firma zusammen, mein Sohn ertrinkt, meine Frau wird geköpft, und mein Haus brennt ab? Und sagt mir bitte nicht, das war ein Zufall!«

»Das war ein Zufall«, sagt Siblenski mit der Stimme des Geistlichen.

»Netter Gag. Aber ich dachte, du spielst keine Komödien mehr.«

Siblenski beugt sich vor. »Okay«, sagt er. »Ich gebe dir ein Beispiel: Die Leute spielen im Lotto. Das ist dir doch vertraut, oder?«

Trössner stimmt mit einer Handbewegung zu.

»Viele tun das. Sehr viele, manche sogar mit einer gewissen Leidenschaft. Dabei ist die Chance eins zu ich weiß nicht wie viel Millionen, also praktisch gleich null. Trotzdem knackt regelmäßig einer den Jackpot. Also stell dir das so vor: Du hast im Lotto gewonnen. Nur umgekehrt. Du hast das große Scheißlos gezogen. Das tun nur die Allerwenigsten, aber jedes Mal liegt eines im Topf, und einer holt es raus.«

Trössner, ich bin begeistert! Wie schön, dass dir das auch einmal jemand anders sagt. Genau das war doch immer meine Rede. Hör auf die Musik des Zufalls. Es gibt Warum-Fragen, auf die man keine Antwort bekommt. Aber viel schlimmer ist es, die falschen Warum-Fragen zu stellen. Weil man darauf womöglich Antworten bekommt, die alles nur noch schlimmer machen.

»Jetzt«, sagt Siblenski, »jetzt, in dem Moment, wo wir hier sitzen, haben ein paar Tausend Leute in Berlin und sonstwo auf der Welt einen durch und durch beschissenen Tag. Am Morgen ist ihr Auto verreckt, oder sie sind jemandem hinten reingefahren, mittags gab es Stress im Büro, am Abend hat sie ihre Freundin per SMS in den Wind geschossen. Gut, das gibt es. Darauf können wir uns doch einigen, oder? Das sind die vielen kleinen Loser. Das ist Kreisklasse.«

Er zeigt mit dem Finger auf Trössner. »Und du, du bist Champions League. Von mir aus bist du sogar der Gewinner der Champions League. Aber glaub mir, seitdem es dich dermaßen erwischt hat, haben womöglich schon ein paar andere nachgelegt. Und demnächst wird dich jemand vom Thron stoßen.« Er hebt die Hände. »Wenn das nicht schon passiert ist.«

»Jürgen, ich habe ein Unternehmen mit 1,9 Milliarden Umsatz verloren.«

»Na und?«

Siblenski lehnt sich zurück. »Irgendwo in Pakistan ist heute Morgen jemandem seine Imbissbude abgebrannt, und der Mann war natürlich nicht versichert. Ich denke mal, der steht jetzt mindestens so schlecht da wie du, wenn nicht noch viel schlechter. Ich meine natürlich: geschäftlich. Ich weiß, du bist beschissen dran. Aber du bist nun wirklich kein Auserwählter.«

»Du kannst ein dermaßen widerliches Arschloch sein«, sagt Annette. »Ich glaube, die Typen, die du spielst, färben auf dich ab.«

»Verstehst du das denn nicht«, sagt Siblenski, zu Annette gewandt. »Du siehst doch, in welchem Zustand er ist. Da muss er raus. Egal, wie. Sonst passiert noch ein Unglück. Sonst gibt es hier am Ende noch Tote.«

Er nickt Trössner zu. »Zeig ihr deine Waffe. Damit sie es glaubt.«

»Die will ich gar nicht sehen«, sagt Annette.

»Wenn ich kurz unterbrechen darf.« Trössner hebt beide Hände als Zeichen für einen Antrag zur Geschäftsordnung.

»Ihr glaubt doch nicht im Ernst, dass ihr mit so ein paar Binsenweisheiten wieder hier rauskommt. Von wegen: alles Zufall. Vielen Dank! Das rede ich mir seit dem neunten April ein. Das bete ich mir jeden Tag vor. Aber das traurige Ergebnis ist: Ich schaffe es nicht. Ich kann einfach nicht an den Zufall glauben.«

Trössner, ich habe es jetzt begriffen: All meine Arbeit war vergebens. Zwanzig Wochen, inklusive der drei ersten, habe ich dir den Zufall mehrmals täglich auf einem Silbertablett präsentiert. Ich habe ihn dir in jeder erdenklichen Verpackung überreicht, als pinkfarbenes Paket mit pinkfarbener

Schleife, als Springteufel im Kasten oder ganz aus Gold in einem tragbaren Tresor, dessen Kombination sich aus deinen persönlichen Daten zusammensetzt. Ich habe dir den Zufall in fiktive Osternester gelegt und an virtuelle Weihnachtsbäume gehängt. Und du hast ihn nicht genommen.

Dabei wird der Zufall völlig zu Recht der große Tröster genannt. Der Zufall ist eine Mülltonne, in der man alles entsorgen kann, das Grübeln über Pflicht, Verantwortung, Schuld und über alles, was so schwerwiegend und bedeutend daherkommt. Und das Schönste ist: Die Tonne wird regelmäßig abgeholt und entleert. Postwendend bekommst du sie zurück, einen leeren Eimer mit viel Platz für alles, was stört.

»Gut«, sagt Siblenski. »Dann sehe ich nur eine Möglichkeit: Werde gläubig. Besorg dir einen Gott im Himmel, der dich gestraft hat. Und dann geh zu einem Priester, wohlgemerkt, zu einem richtigen Priester, und beichte ihm. Vielleicht kommt dabei heraus, was du verbrochen hast und warum du dermaßen büßen musst.«

Annette scheint etwas sagen zu wollen, aber dann fährt ihr Kopf herum zur Tür.

Lena tritt ins Zimmer. Das ging schnell, nicht wahr? Für eine junge Kundenberaterin, die vor einem der teuersten Kleiderschränke des Landes steht, war sie ziemlich fix. In dieser Lena steckt womöglich ein großes Talent. Ein Talent zum Klarkommen mit der jeweiligen Lage der Dinge. Sie trägt ein schlichtes mittelblaues Kostüm, die Jacke hat einen weißen Kragen.

Trössner, ich sehe, du erinnerst dich an das Gespräch darüber, warum ein dermaßen schlichtes blaues Kostüm mit einem weißen Kragen knapp fünftausend Euro kosten sollte. Charlotte hatte den Preis sehr leidenschaftlich verteidigt, bis sie am Schluss zugab, dass irgendein Modezar es ihr umsonst überlassen hatte, mit der einzigen Auflage, es zu einem bestimmten Anlass zu tragen. Was sie dann auch tat.

Annette scheint zu verblüfft, um sich aufregen zu können. Dabei sehen sich Charlotte und Lena nun wirklich nicht ähnlich, bis auf das Kostüm natürlich. Andere Haarfarbe, anderes Gesicht, mehr als fünfzehn Jahre zwischen ihnen. Trotzdem ist klar, was die Agentin jetzt denkt: Hartmut Trössner ist der Witwer, der sich seine verstorbene Ehefrau wieder zurechtbastelt. Wie in diesem Film, wie hieß er noch? Ein Mann, der vor lauter Schmerz seinen Verstand verloren hat, dafür aber eine Waffe in der Tasche trägt.

Auch Siblenski schaut verwirrt.

»Sonst noch was?«, sagt Trössner.

»Was meinst du?«

»Gott«, sagt Trössner. »Du hattest mir gerade die himmlische Gerechtigkeit empfohlen. Hast du vielleicht auch einen Tipp für mich, in welche Richtung ich mich orientieren soll? Gott, Allah, Buddha?«

»Ich meinte das ernst«, sagt Siblenski.

Wäre das eine Szene in einem seiner Filme, würde der Regisseur sie ihn wiederholen lassen. Er wirkt unkonzentriert. Kein Wunder, denn Lena geht jetzt sehr langsam in ihrem blauen Kostüm durchs Zimmer, bis zum Fenster, wo sie sich umdreht und sich mit der Hüfte gegen die Fensterbank lehnt.

Trössner richtet sich in seiner Westernsaloonhaltung ein wenig auf. »Jürgen«, sagt er, »auf die Gefahr hin, mich zu wiederholen: Gott ist keine Lösung. Du kennst doch noch *Imagine,* oder? *Above us only sky.* Da oben ist nichts. Da oben ist keiner, der ein Auge auf mich hat und mir seine Rechnungen präsentiert. Leider, vielleicht.«

»Okay. Einverstanden.«

Siblenski hat sich wieder gefangen. Annette starrt Lena an wie eine Erscheinung.

»Wenn du mit Gott nicht zurechtkommst, such dir einen Therapeuten«, sagt Siblenski. »Das ist Jacke wie Hose. Du musst dann nur statt an ein höheres Wesen an irgend so einen psychologischen Firlefanz glauben.«

»Du bist nicht originell«, sagt Trössner. »Und stell dir vor: Ja, ich habe mit Therapeuten gesprochen. Wochenlang, jeden Tag. Vielleicht war es ein halbes Dutzend, keine Ahnung. Auf Verlangen hätten sie sicher noch mehr für mich herangeschafft. Aber ich hatte von Anfang an den Eindruck, das ist nicht zielführend. Die Leute mussten nur den Mund aufmachen, um mich zu beleidigen. Ich habe ihnen nicht zugehört.«

Siblenski tut, als würde er sich abwenden.

»Hartmut, sorry, aber ich habe dazu nichts mehr zu sagen. Ich würde vorschlagen, wir gehen jetzt alle unserer Wege. Nimm doch deine zauberhafte Begleiterin an die Hand und bummele mit ihr ein bisschen durch Berlin. Das Wetter ist wunderbar. Ihr könnt tun, was ihr wollt. Fahrt hinaus zum Wannsee und von da aus mit dem letzten Ausflugsdampfer in den Sonnenuntergang. Aber bitte, lass diesen Quatsch hier. Du weißt, was ich meine. Lass den Quatsch, und ich verspreche dir, auch in Annettes Namen, dass wir diesen Vorfall hier niemals vor irgendjemandem erwähnen werden. Niemals. Nicht einmal auf der Folter. Nicht wahr, Annette?«

Sie nickt, widerwillig.

»Danke«, sagt Trössner. »Ich weiß eure Freundschaft zu schätzen. Aber kommen wir zurück zur Sache. Ihr seid hier, weil ihr die PPC seid.«

»Hartmut, fängst du schon wieder damit an? Junge, du bist doch nicht wirklich verrückt geworden, oder?«

Siblenski gibt sehr überzeugend den Unwilligen.

»Ich denke, nein. Soweit ich das beurteilen kann.«

»Dann nimm bitte zur Kenntnis, dass hier niemand die PPC ist.«

Trössner schüttelt den Kopf. »Du, Jürgen, bist ihr geistiger Kopf, und du, Annette, bist die engste Vertraute ihrer charismatischen Vorsitzenden. Und ihr werdet mir sicher nicht widersprechen, wenn ich sage, dass die PPC momentan die allererste Adresse ist für Fragen nach dem richtigen Leben ohne Zuhilfenahme von Leuten im Himmel.«

»Harry!«

»Du spinnst ja.« Siblenski tippt sich an die Stirn. »Damit will ich nichts mehr zu tun haben. Nichts, absolut gar nichts.«

Trössner steht auf, und ansatzlos gibt er dem Stuhl einen Tritt, dass er gegen die Wand fliegt. Der Knall ist erstaunlich laut, und ein paar schwarze Striemen markieren den Aufschlagsort.

»Ich bitte um Entschuldigung«, sagt er. »Seit zwei Jahren gibt es bei mir zu Hause nur noch ein Thema, ein einziges Thema: PPC, Christentum ohne Gott. Charlotte hat sich von morgens bis abends damit beschäftigt. Nicht nur am Set. Immer, wenn neue Drehbücher kamen, wenn es neue Kritiken gab, neue Interviews, neue Auftritte in Talkshows oder den jeweils nächsten Shitstorm. Also immer, Tag und Nacht, pausenlos. Ich hatte keine Ehe mehr, ich hatte keine Familie mehr, ich hatte nur noch PPC.«

Er nimmt den Stuhl, der offenbar heil geblieben ist, stellt ihn wieder an den alten Platz und setzt sich so darauf, wie erwachsene Leute es tun, ein Bein über das andere geschlagen.

»Ich weiß, Charlotte ist damit klargekommen. Wir sind alle damit klar gekommen. Wir haben es ja gewollt. Mich eingeschlossen. Ich habe es sogar bezahlt. Und Ärger? Na ja, Ärger gehört zum Geschäft, auch wenn es gut läuft. Wer sollte das besser wissen als ich? Und es läuft doch, nicht wahr? PPC ist der Karrierebeschleuniger schlechthin.«

Er lacht. »Jürgen, wie oft war Hollywood schon in der Leitung? Und wessen Gage wurde vor der dritten Staffel verdoppelt?«

Siblenski winkt ab.

Annette zieht eine silberne Schachtel aus ihrer Handtasche und schüttelt sich ein paar kleine weiße Tabletten in die Hand. »Das unterschätzt du, mein Lieber«, sagt sie. »Das unterschätzt du gewaltig. Lotte hat gelitten. Sie hat furchtbar gelitten.«

»Das will ich nicht bestreiten«, sagt Trössner. »Ihr zwei habt stundenlang über *PPC* geredet, am Telefon, und ich saß auf dem Balkon und habe zugehört. Das war Charlottes Art, mir Sachen zu sagen, die sie mir nicht ins Gesicht sagen wollte.«

Annette schweigt.

»Und Jürgen hat mit Hallberg ganze Nächte verbracht.«

»Wie sich das anhört«, sagt Siblenski. »Als hätten wir was miteinander.«

»Unsinn. Ich weiß das von Charlotte. Hallberg und du, ihr habt euch über jeden Satz gestritten, den ein Funktionär der PPC sagen oder nicht sagen sollte. Ihr habt euch bis in den frühen Morgen Wahlkampfparolen ausgedacht und Parteiprogramme entworfen.«

»Aus denen dann zwei oder drei Sätze zitiert worden sind. Wenn's hoch kam.«

»Egal.«

»Verdammt noch mal, das war die Arbeit an meiner Rolle!« Siblenski wird laut. »Was denkst du? Dass ich so einen Typen spiele und mich dafür öffentlich ans Kreuz nageln lasse, ohne meine Meinung zu sagen? Aber hallo! Ich bin doch kein Hanswurst. Außerdem, mein Lieber, das weißt du so gut wie ich, das ist nun mal das Konzept von PPC. Die Idee dahinter. Da wird nicht irgendwelches Blabla ins Drehbuch geschrieben, und wir plappern das nach. PPC ist ein Projekt. Ein Zukunftsprojekt! Das ist ganz anderes Fernsehen. Das ist Qualität! Oder denkst du, wir besetzen eine kleine Nebenrolle mit Jochen Wildbacher und sagen dann zu ihm: Herr Burgschauspieler, Sie sind jetzt für einen kurzen Auftritt ein konservativer Bischof, der im Verdacht steht, homosexuelle Neigungen zu haben. Bitte sprechen Sie auf das Stichwort die gemarkerten Sätze im Skript. Nein! Der Mann hatte alle Zeit der Welt, seine Rolle selbst zu interpretieren. Mit der ganzen Erfahrung, die er da reinbringen konnte. Und als er dann ausrasten wollte, konnte er ausrasten. Hätte er sich vor laufender Kamera outen wollen, bitteschön, das hätten wir auch genommen.«

»Das weiß ich alles.«

Siblenski winkt ab. »Ja, klar. Sag ich doch. Wie sollte ich das vergessen? Dir gehört doch mehr als der halbe Laden.« Er wechselt den Tonfall. »Gehört der dir übrigens noch? Ich meine –«

Trössner, gib Obacht! Man kann seine Sätze auch aus Pietät unvollendet lassen.

»Das ist ungeklärt.«

Ach ja? Gut, vor einem Jahr hat Trössner seine Anteile an *Potsdam Pictures* auf Charlotte übertragen. Seitdem erschien sie namentlich als Produzentin im Vorspann. Diese Anteile gehören jetzt zu dem Erbe, um das sich ihre Familie bemüht. Vergeblich, höchstwahrscheinlich.

»Ich kann Harry verstehen«, sagt Annette.

Es ist mit Händen zu greifen, wie unwohl sie sich fühlt. In der Wohnung ihrer toten Lotte, neben einem falschen Geistlichen auf dem Sofa, und als Gegenüber ihr unzurechnungsfähiger Harry, der eine junge Frau dabei hat, die aussieht, als würde sie gleich über einen roten Teppich gehen.

Bei der Gelegenheit. Könnten wir uns vielleicht einmal kurz um Lena kümmern? Oder soll sie weiterhin wie eine Madonnenerscheinung am Fenster stehen bleiben?

»Lena, setz dich doch«, sagt Trössner. Er steht auf und rückt ihr den Knautschsessel zurecht. Sie setzt sich, vorsichtig, als würde sie die ganze Tücke dieses Objektes kennen. Es gelingt ihr meisterlich. Wie sie so dasitzt, sieht sie aus wie ein ätherisches Mannequin aus den siebziger Jahren.

»Was genau kannst du verstehen, liebe Annette?«, sagt Siblenski. »Dass es ihm scheiße geht? Das verstehe ich auch. Ich an seiner Stelle hätte mich wahrscheinlich umgebracht, vorausgesetzt, ich hätte den Mumm dafür. Aber die Nummer, die er hier abzieht, die verstehe ich nicht. PPC hat unser Leben verändert. Stimmt. PPC hat das Leben von Millionen Menschen verändert. Zum Guten oder zum Schlechten, wie auch immer. Aber das bedeutet doch nicht, man könnte aus einer Fernsehserie erfahren, warum einem der Himmel auf den Kopf gefallen ist.«

»Und wenn doch?«

Trössner, schau genau hin. Annette ist äußerlich die Hälfte von dem, was sie einmal war. Aber das ist womöglich noch nicht die ganze Verwandlung. Ein Schmetterling ist keine schlanke Raupe mit Flügeln. Vielleicht ist da noch mehr passiert.

»Unsinn!«, sagt Siblenski. »Aber von mir aus. Hartmut, wenn du unbedingt willst – ich stehe zur Verfügung. Du bist mein Chef, du hast mich hierher zitiert, also tue ich meine Pflicht, als Angestellter und als braver Parteisoldat. Bitte, stell deine Fragen, ich antworte nach bestem Wissen und Gewissen. Vorausgesetzt, ich habe den richtigen Text dabei.«

Er schlägt sich auf die Brust, aber ich wette, er meint nicht sein Herz, sondern das Drehbuch in der Brusttasche.

»Danke«, sagt Trössner. »Ich kann mich leider nur wiederholen. Es ist im Grunde ganz einfach. Ich möchte nur wissen, wie ich meinen Fall verstehen muss, wenn es definitiv keinen Gott gibt.« Er räuspert sich. »Und wenn wir den Zufall nicht als seinen Nachfolger einsetzen.«

»Danke«, sagt Siblenski. »Ich denke mal, das habe ich mittlerweile verstanden.« Er brummt vor sich hin, als würde er gleich eine Meditationsübung vorführen.

»Ich versetze mich also in mein Alter Ego.« Er meint den Geistlichen. »Nun denn«, sagt er mit dessen Stimme, »bleiben wir also auf dem Boden der Tatsachen, so wie sie sich uns darstellen. Diesen Mann«, er zeigt auf Trössner, »hat ein Schicksal heimgesucht, das seinesgleichen sucht.«

Er unterbricht sich. »Das ist nicht gut. *Heimgesucht, seinesgleichen sucht*. Das reimt sich. Ich mache das noch einmal. Also: Diesen Mann hat ein Schicksal heimgesucht, das nicht seinesgleichen hat. Oder vielleicht: das schwerlich seinesgleichen hat. Wie auch immer. Was sagen wir ihm nun, wenn er lebhaft bekundet, dass er ohne eine gewisse Vorstellung vom Sinn der Ereignisse nicht weiterzuleben imstande ist.«

Und mit normaler Stimme: »Geht das so in die richtige Richtung?«

»Ich würde mich nicht über ihn lustig machen«, sagt Annette. »Er ist bewaffnet. Glaub mir, ich hatte in letzter Zeit genug Probleme, und ich möchte nicht, dass das hier für mich endet, indem er mich aus dem Fenster wirft. Wenn überhaupt, dann möchte ich woanders sterben als ausgerechnet da unten auf diesem beschissenen Parkplatz.«

Siblenski schiebt die Unterlippe vor. »Respekt«, sagt er. »Das war wirklich gut. Das ist im Kasten.«

»Danke«, sagt Annette. »Und wenn mir jetzt jemand etwas nicht vollkommen Wässriges zu trinken anbieten würde, ich glaube, ich würde nicht Nein sagen.«

Trössner entschuldigt sich, verschwindet kurz in der Küche und kommt mit ein paar Flaschen und Gläsern zurück.

»Du hast übrigens abgenommen«, sagt Siblenski, als Trössner den beiden etwas Farbloses einschenkt.

»Sag nicht, das ist dir aufgefallen.«

»Das ist es in der Tat. Ich würde mal sagen, es ist absolut unübersehbar. Selbst für Blinde. Und, darf man fragen: freiwillig oder unfreiwillig?«

»Such dir was aus.« Annette streicht ihr Kleid glatt. »Harry, kann ich dich vorher noch was fragen?«

Siblenski nimmt einen Schluck. »Vorher? Bevor er dich aus dem Fenster wirft?«

Sie schaut ihn nicht einmal an. »Jürgen hat gesagt, bei euch hat es gebrannt. Stimmt das?«

»Das kann man so sagen.«

»Das ist ja furchtbar. Entschuldige bitte, wenn ich jetzt frage. Sind Lottes Sachen auch –«

»Beschädigt?«

»Ja.«

Trössner verzieht das Gesicht. Ich verstehe das, der Mann ist genervt. Ich würde mich nicht wundern, wenn er gleich wieder mit seiner leeren Jacketttasche wedeln würde.

»Ich meine, was hat man denn noch retten können?«

»Sag mal, was ist mit dir los?« Siblenski zeigt auf Lena, die bewegungslos in ihrem Knautschsessel sitzt. »Spekulierst du auf Charlottes Garderobe? Sag mal, hast du dich etwa mit Absicht da rein gehungert?«

»Nein, du Idiot.« Annette sieht Lena an. »Es ist nur so, ich meine, es ist mir nichts von ihr geblieben, aus über zwanzig Jahren. Ich hab ja gar nichts verwahrt. Man ist doch nicht sentimental, solange man denkt, alles geht immer so weiter. Und jetzt wollte ich nur wissen, ob ich vielleicht, ob da irgendetwas ist, das –«

Trössner, das ist jetzt *tragisches Verstummen*. Und, bitte, sag was dazu! Im Grunde war dir die Frau doch immer sympathisch. Lass sie nicht so hängen.

»Es tut mir leid, Annette. Es ist nichts mehr da.«

»Gar nichts?«

»Gar nichts. Nicht das Geringste. Kein Stück, kein Ding, keine Sache.«

»Wie ist denn so etwas möglich?«

»Ich glaube, man nennt es Oxidation.«

Trössner, so etwas halten die Leute für sarkastisch, und mit Recht.

»Wie bitte?«, sagt Annette.

Also erklärt er es. Das ist sein Ding. So eine Gelegenheit

lässt er sich nicht nehmen. Die Oxidation ist die Verbindung von Stoffen mit Sauerstoff, wobei sich diese Stoffe oft genug in Gase verwandeln, also ihre ursprüngliche Gestalt komplett verlieren und daher nicht mehr so zu gebrauchen sind, wie man das von ihnen gewohnt war. Akten, Bücher, Möbel, Kleider, Dachbalken, Bodenbeläge, Küchenmaschinen, elektronische Kommunikationsgeräte, verschiedene Dinge des täglichen Gebrauchs, Autoschlüssel, Schlüssel zu einer Wohnung in Berlin, Geburtsurkunden, Testamente, Kunstwerke, das alles ist nach seiner Oxidation nicht mehr, was es einmal war. Es ist vielmehr schwarz, brüchig, verzogen, geschmolzen, oder es ist gar nicht mehr da, nicht aufzufinden, praktisch spurlos verschwunden. Man kann es getrost vergessen. Wenn man es vergessen kann.

»Vielleicht erzählst du einfach mal, was passiert ist.«

Das war Lena! Jedenfalls war es ihre Stimme, und ich habe deutlich gesehen, wie sich ihr Mund bewegte. Außerdem, Trössner, bitte überhöre das nicht: Sie hat *du* gesagt. Und du warst gemeint.

»Aber gerne«, sagt er. »Für dich, meine Liebe, immer. Und welche Fassung meinst du, werden die hier Anwesenden bevorzugen? Die lange, die sehr lange, die schmerzliche oder die traurige?«

»Harry, lass das Mädchen in Ruhe. Rede einfach!«

Richtig. Oder lass mich das für dich machen. Hör einfach weg. Vielleicht kannst du das noch. Es dauert ja auch nicht lange. Was ist da schon großartig zu erzählen?

Ich denke, jeder kann sich vorstellen, wie du am Abend des neunten April in deinem Haus gesessen hast. In dem es so ruhig war, als hätte jemand die Welt angehalten oder sogar abgestellt. Ein ganz schlichtes Bild: du auf deinem Balkon, im Liegestuhl, und die Wirkung der Substanz in deinem Blut ließ immer weiter nach, worüber du allmählich, leider, immer wacher wurdest. Wie hatte der Kleine immer gesagt, wenn er spät abends bei euch auf dem Balkon oder mitten in der Nacht neben eurem Bett erschienen war: *Das Sandmännchen hat den Sand aus den Augen geschaufelt.* Keine Ahnung, wer ihm das beigebracht hatte.

Trössner also, liegend auf seinem Balkon. Immer heller wurde es um ihn, während es draußen langsam dunkel wurde. Immer leichter wurde er. Er hielt sich fest an seiner Liege, diesem etwas ramponierten Deck Chair, den Charlotte einmal für ein paar Euro auf einem Flohmarkt gekauft hatte. Und festhalten musste er sich auch, weil er fürchtete, sonst selbst zu verschwinden, so wie all das, was an diesem Tag bereits verschwunden war, seine Firma, seine Frau, sein Sohn. Ach ja, und dieses dämliche Batterieauto.

Das linke der drei Windräder, das amputierte, drehte sich nicht, obwohl ein frischer Wind wehte. Man sah das in der Dämmerung ganz deutlich, weil genau dahinter die Sonne unterging. Trössner hätte es auch auf seinem Smartphone sehen können, mit dem er die Stromversorgung des Hauses überwachte.

Das Ding steckte in seiner Jacke. Ein paar Mal hätte es heute leicht verloren gehen können. Es muss auf dem Boden neben dem Autowrack gelegen haben, irgendwo im Ambulanzwagen, auf dem Nachttisch neben dem Bett, in dem Trössner ein oder zwei Stunden vor sich hin gedöst hatte, bis man ihn nach einem letzten Gespräch mit dem Arzt im Kittel nach Hause brachte. Was für ein anhängliches kleines Ding. Und wie viel Aufmerksamkeit all dieser namenlosen Menschen, die es ihm hinterher getragen hatten.

Er zog das Teil aus der Jacke und warf es, ohne noch einen Blick darauf zu werfen, in hohem Bogen vom Balkon. Kein Aufschlaggeräusch war zu hören, erst recht kein Splittern; es war wohl jenseits vom Wirtschaftsweg im Feld gelandet. Er nahm noch einen Schluck aus der Rotweinflasche, von der er nicht hätte sagen können, wie sie aus der Küche auf den Balkon gekommen war. Der Wein schmeckte grauenhaft. Es war, als würde er sich gleichzeitig reinen Alkohol und einen billigen Traubensaft in den Mund schütten. Er stand auf, immer noch ein bisschen schwach auf den Beinen. Ging ins große Zimmer hinter dem Balkon. Und dort, man kann es nicht anders sagen, beglotzten ihn im Abendsonnenschein die Dinge, respektlos, dumm und dreist.

Er zog sich aus, komplett. Doch statt ins Bett zu gehen, beschloss er, den Dingen eine Lektion zu erteilen. Das Glotzen würde er ihnen schon austreiben. Gesicht zur Wand, ihr Bastarde! Und bei dieser Gelegenheit wollte er ihnen auch unmissverständlich klarmachen, wie gering er sie immer geschätzt hatte und wie wenig er von ihnen abhängig war, von ihnen und von all dem, für das sie standen. Als da wären: Welt, Leben, Gesellschaft, Wirtschaft, Energie, Familie und das Streben nach Glück.

Instrument dieser Pädagogik war ein Golfschläger, das Geschenk eines amerikanischen Geschäftspartners, dankbar entgegengenommen und nie benutzt. Trössner verachtete Golf; eigentlich ein Treppenwitz, dass der Schläger nun endlich doch ins Amt gesetzt wurde. Und wie kompetent er war! Die Dinge lernten ihre Lektion im Handumdrehen. Was sich in Fächern und Schubladen verstecken wollte, kam auf den Boden, dem Schläger unter den Kopf und anschließend Trössner unter die nackten Füße.

Unten in der Küche musste anschließend, was zur Hand ging, am Boden zerschellen, was eingebaut war, musste Schläge aushalten, jetzt mit einem Nudelholz, weil zu wenig Platz war, um mit dem Golfschläger auszuholen. Die meiste Gegenwehr leisteten die Dinge in den Kleiderschränken, Trössner konnte von Glück sagen, wenn er eine nicht ganz so feste Naht erwischte. Da kreischten die Sachen dann wie ertappt.

Im Bad war sehr viel Glas zu zertrümmern, das schnitt ihm aus Rache in die Füße. Im Kinderzimmer –

Im Kinderzimmer konnte er nichts anrühren. Verstreut am Boden, wie immer, lagen dort die Requisiten einer von jetzt an niemals endenden Kindheit. Die sogenannten Spielsachen. Trössner sagte das Wort laut vor sich hin, als würde er es jemandem diktieren, der die Sprache nicht verstand: Die Spiel-Sa-Chen.

Gelebt hatten sie in Sätzen wie: *Räumst du bitte deine Spielsachen zusammen! Bring bitte die Spielsachen in dein Zimmer! Warum muss ich immer auf deine Spielsachen treten? Auf der Treppe haben die Spielsachen nichts zu suchen! Ich glaube manchmal, du hast mehr Spielsachen als alle anderen Kinder auf der Welt zusammen.*

Die Spiel-Sa-Chen. Jetzt waren sie tot; und da er sich das Wort immer wieder vorsagte, bedeutete es bald nichts mehr, das heißt: nichts von dem, was es bis gestern bedeutet hatte. Und am Ende klang es, als hätte es niemals etwas bedeutet.

»Später«, sagt er, »brach dann Feuer aus.«

Er hat mir also zugehört. Ich hoffe, ich habe das alles in seinem Sinne formuliert. Schließlich fürchtet er blödsinnigerweise immer noch die Versicherung und ihre Frage, ob er selbst sein Haus angezündet hat, absichtlich, grob fahrlässig oder in geistiger Umnachtung. Die Angst lässt er sich nicht nehmen. Vielleicht ist eine der Kerzen, die er angezündet und in die Fenster gestellt hatte, neben die Bilder seiner Frau und seines Sohnes, umgefallen, weil sie nicht richtig befestigt war. Allerdings hat Trössner keine Kerzen neben Bilder gestellt. Oder der verschüttete Whisky hat sich an einem zerschmetterten Toaster, der noch am Netz hing, unglücklich entzündet. Aber Trössner mag keinen Whisky und hat auch keinen im Haus. Oder hat er vielleicht mit dem Anzünder vom Gasherd so lange in Charlottes zerrissenen Kleidern herumgestochert, bis die in Flammen aufgegangen sind? Ach, als wenn er so etwas tun würde!

Seit ein paar Wochen arbeitet Trössner an seiner Version: Beim hastig abgebrochenen Abbau des Rotorblattes am Windrad hat irgendjemand irgendetwas grundfalsch zurückgelassen, eine Schaltung, eine Einstellung, eine Sicherung, was auch immer, und daher ist an diesem windigen Tag sein Haus am Waldrand mit dem guten, natürlichen Strom dermaßen vollgestopft worden, dass es irgendwo einen Kurzschluss, einen Funken, einen Lichtbogen gab, der schließlich alles in Brand gesetzt hat.

»Du hast dein Haus also nicht angezündet?«, sagt Annette. »Oder hast du's doch getan?«

Steck's weg, Trössner. Es gibt nun einmal Menschen, die für Geschichten nicht zugänglich sind und es lieber eindeutig mögen.

»Ich weiß es nicht«, sagt Trössner. »Ich war nicht ganz bei mir. Irgendwann ist mir der Film gerissen.«

»Und es ist tatsächlich alles verbrannt?«

»Annette, im Schrank, nebenan im Schlafzimmer, da sind mindestens drei Dutzend Kleider von Charlotte. Nimm dir, was du möchtest. Nur das blaue hier, das lass bitte Lena. Bei der Gelegenheit: Es steht ihr ausgezeichnet, findest du nicht?«

»Harry, was soll ich mit Lottes Kleidern?«

»Dann nimm aus der Wohnung, was immer du möchtest.«

»Hier ist nichts.«

Trössner, könnte es sein, dass Annette krank ist? Todkrank womöglich. Starker Gewichtsverlust ist ein Symptom bei tödlichen Erkrankungen. Meinst du, man kann sie fragen?

»Das hier ist doch keine Wohnung«, sagt sie. »Das ist eine Absteige.« Sie fällt sich selbst ins Wort. »Nicht, was man so sagt. Ich meine, Charlotte hat hier nicht gelebt, sie ist hier nur abgestiegen, wenn sie in Berlin war.«

»Annette, wir haben verstanden, was du meinst.«

Siblenski wirkt jetzt mitgenommen. Könnte es sein, dass die Leute nur dann verstehen, was einem anderen zugestoßen ist, wenn der ihnen irgendwie anschaulich macht, dass es wirklich, wirklich schlimm war? Indem er in die allerkleinsten Details geht und jedes einzelne Ding beim Namen nennt. Gibt es nicht eine Religion, deren Gläubige sich bei traurigen Anlässen die Kleider zerreißen? Weil sonst keiner begreift, dass etwas zerstört ist?

»Hartmut, kann ich jetzt weitermachen? Mir ist etwas eingefallen.«

Siblenski rutscht nach vorne auf die Kante des Sofas, nicht ohne Mühe. Urplötzlich wirkt er älter, viel älter als die Männer, die er spielt.

Trössner macht eine Handbewegung, sagt aber nicht *action*.

»Ich habe das gelesen, ich weiß nicht mehr, wo«, sagt Siblenski. »Aber ich erinnere mich. Da stand, das menschliche Gehirn ist darauf programmiert, Zusammenhänge herzustellen. Jetzt weiß ich's wieder. Es war ein Artikel über Angst. Hallberg hat ihn mir gemailt. Da stand drin, wir haben Angst, weil wir zu viele Zusammenhänge herstellen.«

Siblenski spielt einen Mann, der sich langsam vortastet und vorsichtig etwas zur Seite schiebt.

»Im Urwald. Stell dir das vor. Es raschelt irgendwo, ein Vogel schreit. Aha! Da könnte ein Raubtier im Anmarsch sein. Also immer auf der Hut, verstehst du? Die Zeichen zusammensetzen und deuten, aus schierem Überlebenswillen. Sehr wichtig! Aber mittlerweile läuft die Sache aus dem Ruder. Stand in dem Artikel. Es gibt immer mehr Geräusche, immer mehr Zeichen, und deshalb arbeiten wir unablässig auf Hochtouren, um herauszukriegen, was sie miteinander zu tun haben. Was sie bedeuten. Und jetzt kommt der Clou: Sie haben nichts miteinander zu tun, und sie bedeuten nichts. Jedenfalls die meisten. Was ist das Resultat? Das Resultat ist Angst.«

»Was soll ihm das jetzt helfen?«, sagt Annette.

»Aber es passt doch! Viele starke Zeichen, alle auf einmal, das ist ihm passiert, und jetzt knobelt sein Steinzeitgehirn daran herum, was dahinter steckt. Das ist der Säbelzahntiger, den er sucht, unfreiwillig natürlich. Und völlig sinnloserweise. Denn was hat PPC mit der Pleite seiner Firma zu tun? Nichts natürlich. Und dass Charlotte ausgerechnet gegen so ein Ding von einem Windrad gefahren ist, bitte, das lag da eben vor der Haustür rum. Wir fallen alle über die Dinge, die vor unseren Füßen liegen. Wisst ihr, wo die meisten tödlichen Unfälle passieren?«

»Das wissen wir«, sagt Annette.

»Dann sprechen wir es auch aus. Sie passieren im Haushalt. Es sterben mehr Menschen beim Gardinenaufhängen als auf der Autobahn. Und die allermeisten sterben in ihrem Bett. So ist das. Es geht um nichts anderes als um stupide Statistik. Aber das kann Hartmut nicht auf sich sitzen lassen. Das macht ihn fertig. So fertig, dass er sich bewaffnet und Geiseln nimmt. So einfach ist das.«

»Aha. Und was soll er deiner Meinung nach tun?«

»Gott, ich bin kein Therapeut.«

Siblenski lehnt sich zurück. »Ich weiß nicht, wie man sich von seinem Steinzeithirn abkoppelt. Vielleicht ist das gar nicht möglich. Schau mich an, ich meine, als Typus. Ich bin gut über fünfzig und komme für sowas wie Familiengründung und Kinderkriegen eigentlich nicht mehr infrage. Wenn ich jetzt Kinder bekäme, dann müsste ich steinalt werden, bloß um zu erleben, dass sie ohne mich klarkommen. Aber was passiert? Mein Steinzeithirn lässt mich hinter jedem Rock herschauen. Und warum? Weil es im Steinzeitrudel nicht wichtig war, von wem der Samen stammte. Im Gegenteil, das war gut, wenn die Erfahrenen und die Lebenstauglichen sich noch mal fortpflanzten.«

Annette boxt ihn gegen den Arm. »Jürgen, hörst du dir eigentlich zu, wenn du redest?«

Ich würde wetten, er hat nicht bemerkt, in welches Fettnäpfchen er gerade getreten ist.

»Was meinst du?«, sagt er. Dann schaut er zuerst Lena und dann Trössner an. »Ach so. Ja, Scheiße. Sorry.«

Wette gewonnen. Aber ist es ihm wirklich peinlich?

»Bitte, keine Missverständnisse. Ich habe nicht gesagt, dass ich dagegen bin, wenn Männer im reiferen Alter noch Vater werden und so weiter. Ich analysiere nur ganz leidenschaftslos die körperlichen oder medizinischen Grundlagen von Hartmuts Problem.«

»Du bist ein Idiot«, sagt Annette. »Irgendwann verliert ihr alle den Verstand.«

»Vielleicht darf ich auch etwas sagen?«

Das ist Lena! Wenn ich das übrigens anmerken darf: Ich bin noch nicht drüber weg, wie sie jetzt aussieht. Hat sie eigentlich etwas an ihren Haaren verändert? Sie sieht so ernst aus. Das kann doch nicht bloß an diesem Kostüm liegen.

Trössner rutscht mitsamt seinem Stuhl zu ihr hin, so weit, dass er sie leicht an der Schulter berühren kann. »Entschuldige bitte. Hier nimmt niemand Rücksicht auf dich, und ich wohl am wenigsten.«

»Ich schließe mich dieser Entschuldigung an«, sagt Annette. »Vielleicht stellst du uns deine Freundin ja noch vor. Damit wir alle versuchen können, unsere Unhöflichkeit wettzumachen.«

Lena sieht in die Runde und lächelt. Wer in ihrer Lage könnte so gefasst sein?

»Gern«, sagt Trössner. »Lena und ich haben uns in einem Spa kennengelernt, ganz in der Nähe der Klinik. Lena ist die Tochter der Besitzer. Sie studiert Betriebswirtschaft hier in Berlin und war in den Semesterferien zu Hause, um ihren Eltern zu helfen. Da sind wir dann ins Reden gekommen – und das Resultat seht ihr hier.«

Er beugt sich vor und gibt ihr einen Kuss auf die Schläfe. Ich sehe es nicht ganz genau, aber ich glaube, sie schließt dabei die Augen.

»Meinen Glückwunsch«, sagt Siblenski, betont kühl.

»Meinen auch«, sagt Annette. »Und bitte glaub jetzt nicht, ich wollte dir irgendwelche Vorschriften machen. Aber vielleicht wäre es besser, wenn ihr eure Beziehung vorläufig ganz diskret behandeln würdet.«

Trössner lacht. »Annette, ist das dein Ernst? Willst du mich unter Vertrag nehmen? Machst du dir Sorgen um mein Image?«

»Ein professioneller Reflex.« Sie zuckt die Schultern.

»Das ist lieb von dir. Aber ich kriege in diesem Leben keinen Fuß mehr auf den Boden. In keinem Metier. Und deshalb brauche ich keinen Coach und keine Agentin.«

Trössner, das ist eine Frechheit, und zwar mir gegenüber.

»Woher willst du das wissen?«

»Ich will eure Vertragsverhandlungen nicht stören«, sagt Siblenski. »Aber ich habe ein dringendes Bedürfnis, nach Hause zu gehen und lauter schöne Sachen zu machen. Und weil ich weiß, dass ich dafür liefern muss, lieber Hartmut, mach mal die Ohren ganz weit auf, denn jetzt gibt dir der Chefstratege der PPC eine vollkommen ernst gemeinte und höchst relevante Antwort auf deine Ausgangsfrage nach dem Sinn deines Unglücks.«

»Bleib doch einmal ernst!«, sagt Annette.

»Ich bin ernst. Ich war noch nie so ernst wie jetzt.«

»Außerdem wollte Lena etwas sagen.«

Aber die schüttelt den Kopf, ohne dass ihr Pferdeschwanz ins Fliegen kommt. Sie möchte lieber zurückstehen.

»Dann, bitte. Schieß los!«

»Danke.« Siblenski schließt kurz die Augen und neigt den Kopf. »Dein Problem, Hartmut, ist die Blickrichtung. Die musst du ändern. Im Moment schaust du immer nur zurück. Ich verstehe das. Du fragst dich, was passiert ist und, vor allem, warum es passiert ist. Okay. Mit anderen Worten, du suchst die Erklärung für deine zugegebenermaßen beschissene Gegenwart in der Vergangenheit. Und ich sage dir jetzt: Das ist der Fehler. Das ist der gottverdammte Fehler. Dabei sitzt die Antwort auf deine Frage neben dir.«

Annette steht auf und tritt zum Fenster. »Sag mal, hast du vielleicht Probleme mit dem Trinken? Ich habe gehört, du kriegst in der neuen Staffel ein Alkoholproblem. Übst du etwa schon?«

»Ich bekomme kein Alkoholproblem und ich habe auch keines. Mir ist vollkommen bewusst, was ich sage. Wenn Hartmut unbedingt einen Sinn braucht, dann bitte, da ist er.«

Er zeigt mit dem Finger auf Lena, wie es Schulkinder auf der Straße tun.

»Man muss es ganz einfach sehen. Bestimmte Dinge sind passiert. Unerfreuliche Dinge, ja, aber nicht mehr zu ändern. Und danach hat Hartmut Lena kennengelernt.«

»Das ist pervers«, sagt Annette. »Die tollste Frau der Welt und ihr Kind müssen sterben, damit einer von deinen Männern über fünfzig eine blutjunge Freundin bekommt?«

»Ha!«, sagt Siblenski. »Da haben wir's. Genau das ist der Fehler. Dieses *damit*. Lass einfach das *damit* weg. Etwas passiert, und danach kann etwas anderes passieren. Fertig. So schwere Worte wie Sinn oder Schuld, die lass einfach weg. Die kannst du ersatzlos streichen!«

»Idiot«, sagte Annette.

»Egal. Mir steht das klar vor Augen, ehrlich. Es ist doch so: Wir müssen alles irgendwie bewerten und beurteilen. Immer wieder. Grässlich! Wie wäre es dagegen, wenn wir einfach alles akzeptieren, was da ist. Aus dem einzigen Grund: weil es da ist.«

»Kannst du auch erklären, was das mit der PPC zu tun hat?«

»Kann ich. Mache ich mit Freuden.« Das ist ganz der Geistliche, wenn er sich in Stimmung geredet hat. »PPC, das bedeutet auch, nein, ganz besonders: Respekt vor den Menschen. Egal, ob Gott oder Allah oder Buddha oder sonst einer sie gebastelt hat. Die Ursache ist egal. Vollkommen egal. Was zählt, ist das, was ist. Ich sage dir, das ist zutiefst christlich. Keine abstrakten Systeme. Keine Prinzipienreiterei. Nur mit offenen Augen hinsehen, begreifen, was ist, und das akzeptieren.«

Er schenkt sich noch einmal ein und trinkt das Glas mit einem Zug leer. »Und ich sage dir: Wer wir sind und ob wir gut oder böse sind, das entscheidet sich einzig und allein nach dem, was wir jetzt im Moment tun oder lassen. Was unser nächster Schritt ist.«

Er stellt das Glas ab. »Die Vergangenheit ist tot. Mausetot. Das meine ich vollkommen ernst.«

»Amen«, sagt Annette. »Darf ich jetzt vielleicht daran erinnern, dass Lena eben etwas sagen wollte. Ich glaube, wir benehmen uns ihr gegenüber wie eine Horde alter Idioten. Ihr entschuldigt mich einen Moment.« Sie holt sich mit einer Geste die Erlaubnis für einen Toilettenbesuch und verschwindet im Flur.

Trössner, ich glaube, der Rest von Luft in diesem Raum ist mittlerweile verbraucht. Wie wäre es, ein Fenster zu öffnen?

Danke. Eine gute Entscheidung. Und dann setz dich ruhig wieder zu deiner Lena. Auch wenn das verrückt aussieht, sie in diesem Sessel und du daneben auf diesem Stuhl.

Vielleicht war es gar nicht sein Fahrrad, das da an einen Baum gelehnt stand. Wer weiß, wie viele Schaulustige inzwischen zu der Brandstelle gepilgert waren. Und wer hätte das verhindern sollen?

Am letzten Dienstag holten sie ihn aus dem Hotel ab und

fuhren ihn zu diesem flachen Trümmerhaufen auf schwarzer Erde. Die erste Reihe Bäume dahinter bestand nur noch aus verkohlten Stämmen. Trössner durfte die Brandstelle betreten, allerdings nur in Begleitung eines Feuerwehrmanns. Der Chef der lokalen Feuerwache hatte diese Aufgabe übernommen. Er mahnte zur Vorsicht; irgendwo war der Niedergang zum Keller, und der stand trotz des heißen Sommers immer noch voller Löschwasser.

Die ganze Sache war ein Verwaltungsakt. Der Eigentümer musste die Gelegenheit bekommen, den Brandort zu besichtigen, bevor man die Trümmer vollends beseitigte. Dem Feuerwehrmann war die Angelegenheit peinlich. Ob seine Frau Schmuck besessen habe, fragte er endlich. Geschmolzenes Gold behalte seinen Materialwert, und Edelsteine ertrügen die größte Hitze.

Und ob Charlotte Schmuck besessen hatte! Aber der lag in einem billigen kleinen Tresor, und über dessen Zustand hatten Trössners Anwälte ihn bereits informiert. Das Ding war zu einem Klumpen Metall geschmolzen; wahrscheinlich sinnlos, daraus etwas Wertvolles bergen zu wollen.

Ob es das öfter gebe?, hatte Trössner schließlich gefragt, um das peinliche Schweigen zu beenden. Dass den Leuten nach einem Brand nichts bleibe? Wie in seinem Fall.

Das war ein Fehler gewesen, und ich hatte ihn nicht verhindern können. Der Feuerwehrmann zögerte. Wahrscheinlich dachte er: Jetzt nur nichts Falsches sagen. Das Ausmaß von Trössners Katastrophe war ihm sicher in groben Zügen bekannt.

Eher selten, sagte er endlich. Und dass meistens nicht das Feuer den schwersten Schaden anrichte, sondern das Löschwasser.

Sie verbrachten höchstens eine Viertelstunde vor Ort, dann fuhren sie langsam über den Wirtschaftsweg zurück in Richtung Landstraße. Das linke Windrad hatte wieder sein drittes Rotorblatt. Trössner wollte nicht hinsehen, da fiel ihm auf der anderen Seite, am Waldrand, etwas auf. Da stand ein Fahrrad, an einen Baum gelehnt. Vielleicht war es seines, das Rad, mit dem er seit Jahren zwischen der Firma und dem Haus pendelte. Aber er schwieg. Sie brachten ihn dann zurück ins Hotel.

»Was ist, Hartmut?« Siblenski klopft mit den Knöcheln auf den Tisch. »Träumst du? Sag doch was dazu.«

»Wozu?«

Wir haben wirklich geträumt, nicht wahr? *Wir sind aus solchem Zeug wie das zu Träumen.*

»Lass ihn doch in Ruhe über deinen Schmonzes nachdenken, wenn er will«, sagt Annette. Sie steht wieder am Fenster. »Außerdem wollte Lena etwas sagen.«

»Bitte, gerne«, sagt Siblenski.

»Danke.« Lena richtet sich in ihrem Sessel ein wenig auf. »Ich glaube, es wäre ganz gut, wenn ich noch ein paar Worte zu mir sagen würde. Damit es nicht zu irgendwelchen Irrtümern kommt.«

Holla! Will sie auspacken?

Trössner, was tun? Ihr mit der Hand in der Jacketttasche drohen? Ich fürchte, das wird nicht fruchten. Sie weiß, wo die Erbse ist.

»Also«, sagt sie, »ich kann die Leute verstehen, die sagen: Warum fängt die denn mit so jemandem etwas an? Das kann sie doch nicht machen. Das ist ja schlimmer als Stalking.«

»Das hat hier keiner gesagt.« Siblenski hebt kurz beide Hände.

»Sei still!«, sagt Annette. »Versuch es wenigstens.«

Dabei sieht es nicht so aus, als würde sich Lena aus dem Konzept bringen lassen.

»Ich hab mir das natürlich selbst gesagt. Dass so jemand wie Hartmut vielleicht gar nicht frei ist, irgendetwas zu entscheiden. Oder wirklich zu empfinden. Und dass so jemand wie ich in seinem Leben nur eine ganz alberne und überflüssige Rolle spielen kann.«

Trössner will etwas sagen. Lena macht ihm ein Zeichen zu schweigen, sie tut es mit einem Lächeln und einer sanften Bewegung.

»Aber ich sehe das anders. Und ich muss Hartmut auch ein bisschen korrigieren. Das mit dem Hotel meiner Eltern, das stimmt schon, aber wir sind uns nicht einfach so über den Weg gelaufen. Ich wusste, wer er war, und natürlich auch, was ihm passiert ist. Und ich habe mich ganz bewusst dafür entschieden, auf ihn zuzugehen. Mit dem ganzen Risiko, das damit verbunden war. Ich musste ja damit rechnen, dass er mich überhaupt nicht wahrnehmen würde. Aber das habe ich in Kauf genommen, weil –«

Alle warten auf den Schluss dieses Satzes.

»Weil – wie soll ich sagen – vielleicht, weil ich das Gefühl hatte, ich habe einen Auftrag. Nicht, als würde ich unter Hypnose stehen oder so. Einen Auftrag, den ich freiwillig übernommen habe.«

Man würde jetzt eine Uhr ticken hören, aber in dieser Wohnung tickt keine Uhr.

»Vielleicht sagst du uns noch, worin dieser Auftrag besteht.«

Annette sieht aus, als würde sie sich gleich auf den Boden setzen wie eine Studentin in einer Wohngemeinschaft.

Siblenski hat die Augen weit aufgerissen und den Mund gespitzt. Das macht er immer, um dem Regisseur zu zeigen, dass er mit der Leistung seines Gegenübers nicht zufrieden ist. Charlotte konnte das sehr gut kopieren.

»Klar. Kann ich machen«, sagt Lena. »Der Auftrag war – das ist jetzt nicht leicht zu sagen – ich hab immer Angst, mich bei sowas lächerlich zu machen. Also, der Auftrag war ganz einfach, ihn zu retten.«

»Mein Gott«, sagt Siblenski.

»Und du bist dir da ganz sicher?« Annette klingt sehr müde. »Du übernimmst damit, wie soll ich sagen, eine gewisse –«

»Verantwortung?« Siblenski souffliert, immer noch mit weit aufgerissenen Augen.

»Ja«, sagt Lena. »Das ist wohl so.«

Trössner, bitte beschwere dich jetzt bloß nicht über diese Komödie. Niemand anderes als du hat sie inszeniert, und du bist derjenige, der sie beenden könnte. Darf ich dazu einen Vorschlag machen? Er lautet: Aufstehen, kurz in die Runde grüßen, weggehen und darauf vertrauen, dass niemand dir folgt und alle tatsächlich vergessen, was hier passiert ist.

»Lena ist ein ganz besonderer Mensch.«

Sagt Trössner!

Ich wünschte, *ich* hätte jetzt die Fähigkeit, die Ohren zu schließen wie man die Augen oder den Mund schließt.

»Ich habe vom ersten Moment an begriffen, dass sie mir gut tut.«

Sagt er.

»In jeder Beziehung. Aber was das Wichtigste ist: Ich glaube, sie ist unter all den Arschlöchern, die es gut mit mir meinen, der einzige Mensch, der mir wirklich dabei hilft, eine Antwort auf meine Frage zu suchen. Ihr erinnert euch? Die Frage danach, zu welchem Zweck es mich dermaßen erwischt hat.«

»Harry, ich möchte noch einmal auf meine Bemerkung von vorhin zurückkommen.«

Annette holt sich einen der unbequemen Stühle vom Esstisch; zu viert bilden sie jetzt ein Dreieck.

»Du und Lena, ihr dürft auf gar keinen Fall in die Öffentlichkeit gehen. Lass dir das von jemand gesagt sein, der sich mit diesen Sachen auskennt. Ihr dürft mit niemandem über euch reden, bitte versprecht mir das.«

Siblenskis empörte Miene sitzt fest in seinem Gesicht. »Ich wollte, ich könnte das so perfekt formulieren.«

»Danke.« Annette sieht ihn nicht einmal an. »Lena, bitte entschuldige. Ich wollte dich nicht unterbrechen. Ich würde wahnsinnig gerne noch hören, wie du glaubst, dass du Hartmut retten kannst.«

Lena bewegt sich. Es sieht nicht so aus, als wäre sie in diesem albernen Sessel gefangen.

»Ich finde, er hat es schon gesagt. Es muss einen Grund für all das geben, was passiert ist. An Gott glaube ich auch nicht, aber das heißt ja noch nichts, oder? Also, ich meine, man tut und lässt in seinem Leben eine Menge Dinge, die erst mal gar nichts bewirken, oder jedenfalls nichts Auffälliges. Aber das alles staut sich irgendwo auf. Versteht ihr, wie ich das meine? Das sammelt sich irgendwo. Und plötzlich ist es zuviel, dann passiert etwas, ohne dass man es gewollt hat.«

»Küchenesoterik!« Siblenski versucht mit beiden Händen, sich seine Miene aus dem Gesicht zu wischen.

»Lass sie ausreden«, sagt Annette. »Bitte!«

Lena sagt: »Danke.« Ohne einen Hauch von Ironie. Genau wie Charlotte, also wie die Henrichs, wenn man sie in Talkshows unterbrach oder sie heruntermachen wollte.

»Seitdem Hartmut und ich zusammen sind, erzählt er mir aus seinem Leben. Alles, einfach alles, stundenlang. Ich habe so etwas noch nie erlebt, so eine Offenheit. Mir hat das Mut gemacht, von meinem eigenen Leben zu erzählen. Mein Problem ist nämlich meine große Schwester. Die ist ein so aufregender Mensch, immer unterwegs, immer mit interessanten Leuten zusammen. Dagegen komme ich mir irgendwie –«

»Ach, Kindchen«, sagt Annette.

Trössner, für mich ist hier eine rote Linie überschritten. Unternimm etwas, um sie zum Schweigen zu bringen! Bitte! Ich halte das nicht mehr aus.

Aber er sagt nichts, kein Wort. Und auch die anderen schweigen. Oder höre ich nichts, bin ich taub? Es kommt mir vor, als würde das Zimmer, hoch über diesem unsäglichen Parkplatz, mit einer zähen, bernsteinfarbenen Flüssigkeit geflutet und als würde das niemand bemerken. Oder vielleicht bemerken sie es und warten nur darauf, von ihr eingeschlossen zu werden.

Wo bist du jetzt, Trössner?

Ist das die Sixtinische Kapelle?

Ja, richtig. Sein Hals ist schon steif vom Blick nach oben, der Vater doziert über den Abstand zwischen dem Finger Gottes und dem Finger Adams, die Mutter scheint abgelenkt.

Ein Schnitt; jetzt sitzt Trössner nackt auf dem Balkongeländer im Haus am Waldrand, hinter ihm eine brennende

Wand, die ein Lichtspiel auf das Feld gegenüber wirft. Er springt, nein, er lässt sich fallen und landet in dem schmalen Vorgarten, in dem es schon blüht. Er tastet sich ab; er wünschte, etwas wäre gebrochen, etwas hielte ihn hier, bei der Wärme, die aus dem Haus dringt. Aber er ist unverletzt, er kann aufstehen, er kann den Wirtschaftsweg überqueren, und wenn er sich in das Feld gegenüber legt, so tut er es nicht aus Müdigkeit oder Erschöpfung.

Warum er es tut, das weiß er nicht.

Berlin, Wilhelmstraße, siebter Stock. Die bernsteinfarbene Flüssigkeit hat beinahe die Zimmerdecke erreicht. Aus den Mündern von drei der vier Menschen im Raum dringen Blasen, die träge nach oben steigen und sich unter der Decke sammeln. Sprechen sie? Vielleicht sogar sehr angeregt, über dies und das? Aber da will ich mich nicht vorschnell festlegen. Womöglich atmen sie nur stumm vor sich hin. Gleich könnte ein Vorhang fallen, oder es könnte ein Tuch über alles geworfen werden, ein dunkles samtenes Tuch, wie man es über einen Vogelkäfig wirft, um die Tiere darin zu beruhigen.

Trössner macht eine entschuldigende Handbewegung und geht ins Badezimmer, seinen Rucksack nimmt er mit. Auch hier steht die bernsteinfarbene Flüssigkeit deckenhoch, nur ist sie ein wenig leichter, etwas durchsichtiger, weniger wie Honig und mehr wie Tee. Er hebt den Deckel vom Klo und schaut hinein, dazu lässt er sich auf die Knie herab. Will er sehen, ob man die gelbliche Flüssigkeit abspülen kann?

Das wird nicht gehen, Trössner. Hier helfen keine Klempnertricks. Und noch eine verbindliche Nachricht: Du musst nicht kotzen, also versuch auch nicht, es zu erzwingen. Das tut nur weh und hört sich grauenhaft an.

Er nickt im Knien. Sehr ergeben sieht das aus. Rappelt sich dann hoch, setzt sich auf den Rand der Badewanne und holt die Glock aus dem Rucksack, dazu das Buch, und sieh an, endlich darf das kleine Schießeisen wieder in sein Bett. Trössner klappt es zu und legt es auf den Rand der Wanne. Dann greift er nach seinem Cordsakko und sucht in den Taschen.

Die Tabletten, Trössner? Ich bin mir nicht mehr sicher, ob das eine gute Idee ist.

Nimmt er welche? Ich kann das nicht erkennen. Und wenn ja, wie viele? Sie sind so glatt, dass man kein Wasser braucht, um sie zu schlucken. Ideal für den Notfall.

Jetzt zieht er sein Smartphone hervor und beginnt, darauf zu tippen, sehr zügig, sehr entschlossen.

Ich sehe ihm über die Schulter. Aber ich erkenne alles nur ganz verschwommen, es muss an der Bernsteinflüssigkeit liegen. Es könnten Charlottes Accounts in den sozialen Netzwerken sein. Trössner hat alle Eselsbrücken für die Zugangscodes erfunden, also kennt er sie. Und die Accounts sind nicht gelöscht, niemand hätte das bewerkstelligen können.

Aber was schreibst du da, Trössner? Die Buchstaben sind nicht nur winzig klein, sie tanzen auch, und kaum geschrieben, stürzen sie über den Rand des Displays. Ich läse das zu gerne. Was willst du den Leuten mitteilen, den vielen Tausenden, Hunderttausenden, den Freunden, den Followern, den Fans?

Und in wessen Namen tust du es? Doch nicht in ihrem?

Bitte, Trössner, lass mich das lesen! Lass mir Zeit, halt das Ding, verflucht noch mal, wenigstens ein paar Sekunden lang still.

Er tut es nicht.

Kommt vielmehr rasch zum Schluss, steht auf und geht

durch das Bernsteinfarbene hindurch ins Wohnzimmer, mit dem Buch in der Hand, legt es dort auf den Tisch, eine beiläufige Geste, absolut unprätentiös. Er setzt sich nicht.

»Wir müssten dann so langsam los«, sagt er. »Wir haben einen Termin, und ich möchte, dass wir ein bisschen früher da sind, zur Sicherheit.«

»Wir?«, sagt Siblenski. »Darf ich fragen, was das heißen soll?«

Annette schließt sich der Frage an. Ich tue das auch.

Trössner knöpft sein Jackett zu.

»Es tut mir leid«, sagt er, »aber eure Arbeit ist noch nicht zu Ende. Zunächst mal möchte ich mich herzlich bedanken für eure Bemühungen. Mir hat es geholfen, auch wenn es vielleicht nicht so aussieht. Also macht euch kein schlechtes Gewissen. Aber das war erst der Anfang. Jetzt dürft ihr bald zeigen, was ihr wirklich könnt.«

Trössner, wer so etwas sagt, müsste dabei eigentlich lachen, damit alle begreifen, dass er nur Spaß macht. Aber du lachst nicht.

»Was soll das?«, sagt Siblenski.

»Harry, ich verstehe dich nicht. Mit der Art, wie du dich aufführst, tust du dir keinen Gefallen. Und denke bitte an Lotte. Auch du hast die heilige Pflicht, ihr Andenken zu bewahren. Und es nicht durch so ein kindisches Verhalten –«

»Zu schänden«, sagt Siblenski, der Souffleur.

»Und was liest du da?« Er beugt sich weit vor und dreht das Buch so, dass er den Titel sehen kann. »Du lieber Himmel! Findest du nicht, dass du dich damit überhebst?« Er schiebt das Buch zurück.

»Was liest er denn?«, sagt Annette. Außerhalb ihres Büros weigert sie sich, eine Brille zu tragen.

Siblenski nennt den Titel des Buches.

»Heißt das nicht mittlerweile anders?«

Trössner nimmt das Buch wieder an sich. »Wir gehen jetzt zu einem Empfang, ganz hier in der Nähe. Teils politisch, teils repräsentativ. Was genau ihr zu tun habt, erfahrt ihr immer rechtzeitig.«

Die beiden bewegen sich nicht.

»Ihr müsstet aufstehen«, sagt Trössner. »Eine wichtige Voraussetzung, um Dinge in Bewegung zu bringen. Und, Annette, gib mir bitte den Wohnungsschlüssel. Man weiß ja nie.«

Annette schaut zuerst Trössner an, dann Lena, dann wieder Trössner. Ich sehe, was sie denkt: *Die Königin ist tot, es lebe die Prinzessin.* Sie wirft die Schlüssel auf den Tisch, ein bisschen zu heftig, sie rutschen über die Platte und fallen vor Trössner auf den Boden. Er hebt sie auf.

»Nur noch eine Kleinigkeit«, sagt Siblenski. »Bevor wir aufbrechen. Muss ich davon ausgehen, dass du immer noch bewaffnet bist?«

»Aber natürlich. Möchtest du das schöne Stück noch einmal sehen? Soll ich dir die technischen Details erklären? Das könnte dich interessieren. Du bist doch Fachmann für tödliche Enden.« Er klopft sich auf die Jacketttasche.

»Lass gut sein«, sagt Siblenski.

Annette steht auf. »Sag mal, Jürgen, kannst du ihn dir nicht schnappen und ihn entwaffnen? In deinem früheren Leben hast du das doch regelmäßig gemacht. Komm, zeig mal, was noch in dir steckt!«

Siblenski steht ebenfalls auf. Er stöhnt dabei.

»Keine Chance«, sagt er. »Schau ihn dir doch an. Die haben ihn monatelang aufgepäppelt, und jetzt sieht er aus wie das strahlende Leben. Außerdem hab ich's im Knie. Vier schnelle Schritte, und ich muss mich wieder setzen.«

»Feigling.«

»Du bist unprofessionell«, sagt Siblenski. »Sonst denkst du doch immer an die Presse. Dann denk jetzt das hier mal zu Ende. Das ist eine klassische *Lose-Lose-Situation*. Wenn er mich umbringt, bin ich tot, und wenn ich ihn umbringe, kann ich einpacken.«

»Du hast Recht«, sagt Annette.

»Noch eine Kleinigkeit«, sagt Trössner. »Die Sache ist nicht so ganz informell. Annette, vielleicht möchtest du dir doch etwas anderes anziehen. Mein Angebot von eben steht noch.«

»Harry, du bist ein Unmensch geworden. Ganz egal, was dir passiert ist.«

»Mag sein, aber von der Größe her müsste es jetzt passen.«

Ohne ein Wort geht Annette ins Schlafzimmer. Trössner hält seiner Lena eine Hand hin, um ihr aus dem Sessel zu helfen, aber sie springt auf, als wäre dort eine Feder eingebaut. Dann stehen die drei da und warten. Das Bernsteinfarbene schlägt leichte Wellen. Aus dem Schlafzimmer ist das unverkennbare Geräusch zu hören, das Kleiderbügel auf der Stange machen.

8

Dieses Wetter!

Der Sommer verglüht so langsam wie ein riesiges Osterfeuer. Wahrscheinlich steht zwischen den Granitblöcken auf dem Denkmalgrund noch diese ganz und gar unwahrscheinliche Hitze, konserviert wie früher die Kälte, als man noch Eisblöcke im Keller hatte. Das Grün auf dem Parkplatz hinter den Wilhelmstraßenhäusern muss eine Menge Extrawasser bekommen haben, sonst wäre es kein Grün mehr. Ein paar der jugendlichen Bäume an der Straße sind allerdings so durchsichtig, als hätten wir jetzt einen hellblau und hellgrün lackierten November.

Aber, wenn ich ehrlich sein soll, so genau sehe ich das gar nicht. Ich vermute es eher, oder soll ich sagen: ich ahne es? Für mich sieht alles aus, als ginge ein feiner Aschenregen darauf nieder.

Und wie sind wir hierher gekommen? An den Aufzug erinnere ich mich noch, aber so, als läge die letzte Fahrt damit Stunden oder Tage zurück. Brauche ich eine Brille, wie Annette? Nein, das war natürlich ein Scherz. Gut wäre jetzt allerdings eine Leine, etwas, womit ich mich an Hartmut Trössner festbinden könnte. Es bräuchte nur eine ganz dünne Leine zu sein, die mir, wenn nötig, ein Zeichen gibt, wohin er sich bewegt, was er als nächstes tut. Damit er mir nicht entkommt in diesem Grau.

Oder werde ich etwa alt? Vielleicht stellvertretend für ihn? Ein Wunder wäre das nicht. Viereinhalb Monate lang hat er die meiste Zeit auf dem Rücken gelegen. Einmal wäre er fast bei lebendigem Leibe verfault, danach hat er sich wieder gewaschen, ist zu seinen Anwendungen gegangen und hat leichten Sport getrieben. Währenddessen habe ich mich abgerackert. Ich habe ihn gegen all diese Zumutungen in Schutz genommen, ich habe ihn geradezu immunisiert. Und dann habe ich ihn mit meinem Optimismus gefüttert, mit meinen dezenten, geschmackvoll verpackten Durchhalteparolen. Derweil hat er Kraft gesammelt, der Lumpenhund, für diese Exkursion, die sich längst zu einem Desaster entwickelt hat, jedenfalls für einen, der, wie ich, nur sein Bestes will.

Trössner?

Wo steckt er denn? Ah, ich sehe wieder klarer. Da geht er mit seiner Lena. Richtung, Moment, Süden? Jedenfalls weg von Denkmalgrund und Brandenburger Tor. Ich hole die beiden ein, als sie gerade in diese Querstraße biegen, in der ein Loch klafft, das offenbar *Mall of Berlin* heißt. Erinnert mich an *Mull of Kintyre.* Was natürlich Unsinn ist.

Eins muss man sagen: Die beiden sind ein schönes Paar, man sieht es deutlich in den Schaufensterscheiben. Es fehlte nur, sie würden sich an den Händen halten. Sie geht an seiner linken Seite, ganz wie es einmal üblich war bei Verbindungen hochstehender Männer mit Frauen aus dem Volk. In seiner rechten Hand hält er das ominöse Buch. Jetzt bin ich nahe genug heran. Ich glaube, sie haben bislang nicht gesprochen. Aber was weiß denn ich!

Zehn Schritte voraus: Siblenski und Annette. Trössner muss sie streng instruiert haben. Womöglich hat er wieder das Vorhandensein einer Waffe thematisiert und seine Bereitschaft, davon Gebrauch zu machen. Wie peinlich. Gut, dass ich nicht dabei war.

Die beiden benehmen sich, als wollten sie einen Wettbewerb in Unauffälligkeit gewinnen. Vergebliche Mühe! Drei von fünf Passanten, die ihnen entgegenkommen, versuchen den Schauspieler nicht anzustarren, tun es aber doch, drehen sich nach ihm um, machen, wenn sie in Begleitung sind, ihre Bemerkungen. Oder sie ziehen ihre Smartphones aus der Tasche, wenn sie die nicht schon in den Händen halten, und fotografieren. Wollen wir wetten, gleich wird jemand um ein Selfie mit dem berühmten Mann bitten.

Und schon passiert es. Trössner und Lena bleiben stehen und tun, als hätten sie etwas zu besprechen.

»Können wir nicht ein Taxi nehmen?«, sagt Lena.

»Unnötig. Es ist wirklich gleich hier um die Ecke.«

Die Kolonne setzt sich wieder in Bewegung. Ich trotte hinterher. Nicht wie ein Hund, sondern wie ein kleiner Junge, den man zu irgendetwas gezwungen hat und der immer noch seine Gründe vorbringt, warum man die Sache absagen müsse. Nicht, dass ich mich gerne in dieser Rolle sähe, das nun wirklich nicht. Aber was bleibt mir sonst?

Mitten in der Häuserzeile aus hellem Stein im Gründerstil der neuen Republik steht ein rotbrauner Altbau wie der letzte eigene Zahn in einem künstlichen Gebiss, gut konserviert, aber etwas aufdringlich sentimental. Noch ein Selfie mit dem Interimschef der PPC, noch eines, und die Spitze der Kolonne erreicht die Wilhelmstraße, biegt rechts ab, ohne speziellen Befehl. Einen Moment lang sehe ich Annette von der Seite. Ich bin mir nicht vollkommen sicher, aber ich glaube, diesen Hosenanzug hat Charlotte bei der Einschulung des Kleinen getragen. Er steht Annette nicht, aber er passt ihr. Ich bewundere ihren Mut.

»Was würdest du tun, wenn ich jetzt weglaufe?«, sagt Lena.

Trössner zuckt mit den Schultern.

»Du kannst mich nicht daran hindern.« Sie tippt einmal kurz mit dem Finger auf seine linke Jacketttasche. Unsere Erbsenspielerin will sich wohl überzeugen, dass sie leer ist.

»Fühl dich ganz frei«, sagt Trössner.

Geradeaus, leicht schräg über der Straßenschlucht, steht ein Fesselballon. Früher gab es einen am Potsdamer Platz, den hat es von dort vertrieben. Aber auch hier muss die Aussicht grandios sein.

»Ich fühle mich frei«, sagt Lena. »Ich tue nur, was ich will.«

Noch zwei Selfies, dann stoßen die beiden Kolonnenteile an der Leipziger Straße zusammen und tauchen in den Pulk, der vor der Fußgängerampel wartet. Wieder Bemerkungen, Fotos und sicher auch digitale Botschaften, die sich vervielfachen werden, kaum dass sie angekommen sind. Ich wage nicht, mich umzudrehen. Womöglich schleppen wir schon einen Tross von Fans hinter uns her.

»Und schon sind wir da«, sagt Trössner, als sie den jenseitigen Bürgersteig betreten. Wäre ich ein anderer, würde ich jetzt sagen: *Schicksal, nimm deinen Lauf*. Aber einer wie ich hofft bis zuletzt.

An die Kreuzung stößt ein grauer Kastenbau. Ob sie eine kleine historische Abhandlung wünsche?, fragt Trössner. Damit könne er gerne dienen.

»Das ist das Finanzministerium«, sagt Lena. »Ich bin eine graue Sparkassenmaus aus der Provinz, aber ich bin nicht blöd.«

Man könnte diesen Satz auf Dutzende ganz verschiedene Arten betonen. Aus Lenas Mund klingt er jetzt nach verliebtem Geplapper.

Trössner macht ein einhändiges Daumen-rauf-Zeichen.

Siblenski und Annette haben dort angehalten, wo das Gebäude kantig zurückspringt und vor seinem Eingang einen Platz bildet. Der liegt hinter einem dezenten, aber sehr stabilen Metallgitter. Rechts und links sind zwei Tore mit Schranken; rechts hält gerade eine schwarze Limousine und wird von einem uniformierten Wachmann kontrolliert. Etwas weiter hinten stehen zwei Sicherheitskräfte, die nach Polizei oder Grenzschutz aussehen. Sie tragen Maschinenpistolen. Für Trössner ein vertrautes Bild, eine seiner Berliner Szenen. Als die Limousine auf den Vorplatz rollt, gibt er unserer Vorhut ein Zeichen: herankommen und in seiner Nähe bleiben. Annette und Siblenski gehorchen. In gebührendem Abstand bleibt eine Schleppe von Leuten, ich schätze, dreißig oder vierzig, wenn mich das Grau in der Luft nicht täuscht. Jeder mit einem Smartphone in der Hand.

Trössner dirigiert die drei zur Schranke und winkt dem Wachmann. »Guten Tag«, sagt er. »Mein Name ist Trössner, Hartmut Trössner. Ich besitze leider keine schriftliche Einladung zu der Veranstaltung heute im Ministerium. Ich möchte Sie deshalb bitten, sich mit den Verantwortlichen im Gebäude in Verbindung zu setzen. Nennen Sie meinen Namen und bitten Sie jemanden, herauszukommen und mich und meine Begleitung abzuholen.«

Der Wachmann schaut Trössner an, dann Lena, dann Siblenski.

»Ich wiederhole mich gerne«, sagt Trössner. »Ich heiße Hartmut Trössner. Ich besitze im Moment leider keine Papiere, nur eine Kreditkarte, aber ich kann Ihnen den Namen buchstabieren. Und ich muss Sie aufklären: Wenn Sie jetzt nicht sofort da drinnen anrufen, bekommen Sie ganz gewaltigen Ärger.«

Das alles in einer beeindruckenden Tonlage. Ich denke, es ist die Tonlage eines Mannes, hinter dem fast zwei Milliarden Jahresumsatz stehen. Diese Stimme habe ich noch nie gehört! Ich bin beeindruckt.

»Trössner?«, sagt der Wachmann.

»Denken Sie an Trosse. Aber mit ö und hinten n, e, r.«

Der Wachmann zieht ein Mobiltelefon aus einem kleinen Holster in seinem Gürtel, wendet sich ab und spricht hinein. Offenbar wird er verbunden. Mehrmals wiederholt er den Namen Trössner. Endlich sagt er *Jawohl* wie jemand, der eine Anweisung von ziemlich weit oben erhalten hat.

»Sie sollen bitte sagen, wo Ihr Vater studiert hat.« Er ist so befremdet, dass es kaum wie eine Aufforderung klingt.

»Aachen«, sagt Trössner.

Der Wachmann gibt es weiter. Eine Pause. »Und was machte Ihr Vater jeden Freitag mit Ihnen?«

»Einen Rundgang durch die Firma«, sagt Trössner. »Und richten Sie bitte Herrn Karolus meine Grüße aus. Ich freue mich sehr, ihn hier anzutreffen.«

Der Wachmann wiederholt alles in sein Telefon. Dann macht er ein paar Zustimmungslaute und beendet die Verbindung. »Gehen Sie alle bitte an der Schranke vorbei und bleiben Sie in meiner Nähe. Jemand wird Sie abholen.« Inzwischen haben die beiden Bewaffneten ein paar Schritte auf die Gruppe zu gemacht. Der Wachmann gibt ihnen ein Zeichen, das nur bedeuten kann: Alles in Ordnung.

Lena zieht Trössner ein Stück zur Seite.

»Was tun wir hier?«, sagt sie.

»Ich weiß es nicht so genau. Ich weiß nur, dass wir hier richtig sind. Und ich bin voller Erwartung.«

Er steht mit dem Gesicht zum Gebäude, Lena, ihm zugewandt, dreht dem grauen Koloss den Rücken zu. Er legt ihr die Arme um die Schultern und zieht sie an sich. Das Buch in seiner Hand stört dabei ein bisschen.

»Das Glück kommt zu dem, der warten kann«, sagt er nahe an ihrem Ohr.

Er küsst sie. Auf den Hals. Ob etwas von Charlottes Parfüm noch aus dem weißen Kragen aufsteigt? Ich glaube, nein. Er küsst sie auf die Wange, dann auf den Mund. Zuerst so, wie Menschen es tun, die noch keine Paare sind, dann so, wie Paare es tun.

Lena wehrt sich nicht. Ich würde das spüren. Und warum auch? Ihre Wünsche gehen in Erfüllung. Ihr Plan geht auf. Vielleicht nicht so, wie sie sich das vorgestellt hat. Aber was soll's! Außerdem verlangt schon die Selbstachtung, dass sie jetzt die Lippen öffnet und eure Zungen sich berühren lässt. Einen halben Tag lang hat sie sich quer durch die Stadt bugsieren lassen, ohne zu wissen wohin. Sie hat zugehört, als wäre sie nur dafür geboren. Danach verweigert man keinen Kuss, wenn jemand sagt: Das Ziel ist erreicht.

Wie ist es für dich, Trössner? Ich meine, wie fühlt es sich an? Es muss doch eine Sensation sein. Seit Charlotte hast du keine andere Frau mehr geküsst. Das klingt unwahrscheinlich, aber du hättest es jederzeit beschwören können, ich weiß.

Und erkennst du sie jetzt endlich, deine Lena, deine Iris? *It's in her kiss.* Cher, in diesem unmöglichen Aufzug mit tausend Matrosen auf einem Schlachtschiff bei Festbeleuchtung.

Nein, das war *If I could turn back time*.

Passt auch. Küsse sie noch einmal. Und achte nicht auf mich.

Zwei Männer treten aus dem Ministerium, nehmen die drei Stufen und nähern sich diagonal über den Platz. Trössner macht Annette und Siblenski ein Zeichen: Sie sollen sich wieder um ihn scharen, und sie tun es auch. Die Schleppe der Fans, wieder größer geworden, drängt sich mittlerweile an der Schranke.

»Hartmut!«

Der dünnere von den zwei Männern kann offenbar nicht warten, bis er den Platz überquert hat.

»Hartmut, ich fasse es nicht!«

Trössner macht einen Schritt von den anderen weg, und das ist gut so, denn Karolus stürzt ihm mit weit ausgebreiteten Armen entgegen. »Junge«, sagt er. »Kein Wort! Kein Wort hast du von dir hören lassen.« Er drückt Trössner an sich, aber es ist, als müsste der ihn stützen. Die Umarmung dauert endlos, und etwas schüttelt den dünnen Mann.

Wann hast du ihn zuletzt gesehen?

Vor acht Monaten war das, zwischen Weihnachten und Silvester. Seit ein paar Jahren ist Karolus nicht mehr Geschäftsführer des Interessenverbands, aber nach wie vor ist er in Sachen Windenergie unterwegs. Sie haben ihn offiziell zum Ehrenvorsitzenden ernannt; mit diesem Titel und auf Kosten des Verbands reist er durch die Welt. Er ist inzwischen irgendwo in den Achtzigern, hat sich aber kaum verändert. Seine Frau ist tot, Kinder hat er nie gehabt. In der Branche nennt man ihn inzwischen den *Don Quichotte*, was eigentlich überhaupt nicht passt und dann doch wieder sehr gut.

Sie trafen sich in einem Ausflugslokal am Stadtrand von Hamburg. Neuerdings gab es sich als Treffpunkt irgendeiner Folkszene aus, dabei lebte man hier wahrscheinlich immer noch von den älteren Damen, die zu Kaffee und Kuchen kamen. Aber das Lokal lag günstig. Trössner wollte zum Flughafen, Karolus hatte eine Offshoreanlage vor der Nordseeküste besucht, die gerade Furore machte.

Er war gleich zur Sache gekommen. Der chinesische *Fenghuo* Konzern plane den Einstieg ins Windgeschäft. Und wie alles, was die Chinesen machten, sei die Sache vor allem groß, sehr groß, in jeder Beziehung. Die Rede sei von Anlagen mit einer Nabenhöhe von weit über zweihundert Metern. Und dementsprechend mit deutlich höheren Stromleistungen.

Trössner hatte skeptisch reagiert.

Karolus war sehr aufgeregt. Er sei da draußen nicht alleine zu Besuch gewesen. Da war auch eine chinesische Delegation. Man kenne das ja. Die ließen sich gern zu solchen Informationsbesuchen einladen, und am Ende kauften sie das Unternehmen, oder sie guckten sich irgendwas ab.

Abends hätten sie an Land zusammengesessen. Der Chefingenieur von *Ventas* habe die Schlitzaugen abgefüllt, ohne dass sie es überhaupt mitkriegten. Keine Stunde, und sie hätten alle unter dem Tisch gelegen, vollkommen blau. Bis auf einen, und der habe gesungen. Nicht auf Englisch, das hätte sowieso niemand verstanden, aber es war eine junge Frau dabei, eine Deutsche von irgendeinem chinesischen Institut, und die habe anschließend erklärt, was er von sich gegeben habe: über zweihundert Meter Nabenhöhe, dreißig Prozent mehr Strom.

Trössner hatte gelacht. Im Ernst, sagte er, du wolltest mich treffen, unter konspirativen Umständen, weil du zufällig dabei warst, wie ein besoffener chinesischer Ingenieur Unsinn geredet hat?

Kein Unsinn, sagte Karolus. Er warte schon lange darauf, dass die Chinesen zum großen Schlag ausholten. Man müsse sich das Land bloß auf der Karte ansehen, dann werde einem das klar. So viel Platz! Und außerdem lauter Leute, die aufs Wort gehorchten. Nicht wie hier, wo mittlerweile überall die Bedenkenträger die Oberhand hätten, auch bei den Grünen. In China könnte man jedem eine Windmühle aufs Dach stellen, und keiner würde auch nur ein schiefes Wort von sich geben. Ansonsten – er machte die Geste des Kopfabschneidens.

Gut, hatte Trössner gesagt. Nehmen wir mal an, du hast Recht. Dann brauchen die Chinesen fünf Jahre, bis sie ein konkurrenzfähiges Produkt haben. Inzwischen sind wir aber auch wieder weiter, und wir haben immer noch das bessere Standing. Also, was soll uns passieren?

Du verstehst das nicht, hatte Karolus gesagt. Was ist, wenn die ihre Windmühlen gar nicht verkaufen wollen? Wenn die sich stattdessen überall auf der Welt Platz besorgen und dann den Strom verticken? Was wird dann aus uns?

Gut, sagte Trössner. Das wird schwierig. Aber vielleicht habe ich ja in der Zwischenzeit verkauft. An *Ventas* vielleicht, die würden sehr tief in die Tasche greifen, um mich loszuwerden.

Bist du verrückt?

Trössner hatte Karolus bei den Schultern gefasst, ähnlich wie jetzt.

Walter, bitte guck nicht so! Ich muss doch auch mal da raus. Es sind jetzt fast dreißig Jahre. Niemand kann mir einen Vorwurf machen.

Er hatte den alten Mann leicht geschüttelt.

Walter, ich weiß, für dich gilt das nicht. Du bist ein Heiliger. Du kannst nicht aufhören. Aber ich kann das, und ich will zuerst aufhören und dann sterben. Nicht andersrum, verstehst du?

Karolus hatte sich frei gemacht. Scheiße, sagte er. Du bist Mitte fünfzig. Was zum Teufel willst du dann tun?

Was für eine Frage! Er sei doch kein armer Mann, sagte Trössner. Er könne zum Beispiel englische Bücher übersetzen, Bücher, mit denen man kein Geld machen müsse. Oder er könne ganz in die Fernsehbranche wechseln. Nach dem Erfolg von PPC müsste er nur mit den Fingern schnippen, und die Leute würden mit ihren Ideen zu ihm kommen.

Oder, sagte er, ich kaufe mir so ein Wohnmobil, und damit fahren wir um die Welt. Charlotte am Steuer, ich auf dem Beifahrersitz mit einer Flasche Bier und einem Joint. Der Kleine liegt hinten im Wagen und schläft. Kein Streit, kein Gezerre. Schluss mit dem Stress, überall der Beste zu sein.

Aha, sagte Karolus.

Ja. Stell dir das vor: Wir halten irgendwo weitab von allem, dann grillen wir uns was, trinken Bier und gucken in den Sonnenuntergang.

Bullshit, hatte Karolus gesagt. Bullshit.

»Hartmut, was machst du nur für einen Unsinn?«

Endlich lässt der dünne Mann ihn los.

»Mache ich nicht«, sagt Trössner. »Und ich freue mich, dich zu sehen. Aber bevor wir reden, möchte ich dir ein paar Leute vorstellen.«

Karolus tritt einen Schritt zurück. Der Wachmann hat jetzt offenbar den Schauspieler erkannt, sieht aber so aus, als würde er sich nicht glauben.

»Das ist Lena«, sagt Trössner, »eine sehr gute Bekannte,

eine Freundin. Annette Kranz kennst du, Charlottes Agentin, ich glaube, ihr seid euch mal begegnet. Und der Mann hier, der wie Jürgen Siblenski aussieht, das ist Jürgen Siblenski, Charlottes Partner in PPC.«

Die Vier geben sich reihum die Hand, niemand sagt dazu ein Wort.

»Walter, ich habe mich kurzfristig entschlossen, an dem heutigen Treffen teilzunehmen. Würdest du bitte dafür sorgen, dass ich Zugang bekomme? Und die drei hier begleiten mich. Das dürfte ja wohl kein Problem sein.«

Karolus deutet auf den Mann, der mit ihm gekommen ist. Das sei Herr Pantel vom Ministerium, der sei für die Organisation zuständig. Und für die Sicherheit.

Der Mann hat bislang ein paar Schritte Abstand gehalten, jetzt tritt er heran und stellt sich noch einmal vor. Offenbar hat er die letzte Minute genutzt, um sich einen Text zurechtzulegen. Er sagt ihn auf. Der Text handelt davon, dass die Organisatoren nicht hätten wissen können und dass, soweit er gehört habe, kein Kontakt möglich gewesen sei und dass man deshalb die Planungen habe umstellen müssen und so weiter.

»Alles vollkommen richtig«, sagt Trössner, »aber geschenkt. Ich bin jetzt da, alles kann so ablaufen, wie wir es besprochen hatten. Im März war das, nicht wahr?«

Der Mann vom Ministerium sieht ratlos aus. Ich erkenne das deutlich, auch wenn das Grau in der Luft vor diesem grauen Gebäude hier wieder dichter ist. Aber Trössner hat Recht, die Dinner Speech zum großen Energietreffen im Ministerium, die hat er zwei Wochen vor dem neunten April zugesagt.

Eigentlich hatte er damals den Kopf schon nicht mehr frei

für solche Events irgendwo zwischen Pflicht und Kür. Die Lage war brenzlig geworden. Die Gewinne erholten sich nicht, auch wenn der Umsatz noch akzeptabel war. Schlimmer war die Nervosität an der Börse. Dieser fantastische Aufschwung dauerte jetzt schon so lange, das musste nach allen Gesetzen des Marktes demnächst ein Ende haben; also suchten die Analysten nach den ersten Kandidaten für einen Einbruch. Und warum nicht die Windenergie? Es gab neue, strengere Distanzverordnungen auf Landesebene, immer mehr Klagen der Anwohner; der Platz für die Windräder wurde enger. Vielleicht war es für die Anleger an der Zeit, die Branche zu wechseln.

Das alles rüttelte allmählich an den Nerven. Dabei ahnte noch niemand, dass die Portugiesen und die Franzosen demnächst abspringen würden, aus felsenfesten Verträgen, flankiert von einem Heer von Juristen, und das womöglich bloß, weil die Chinesen mit ihren billigen Wunderspielzeugen gewinkt hatten.

Trössner sieht dem Mann vom Ministerium in die Augen. Von dem hängt jetzt ab, wohin der nächste Schritt geht. Ich weiß nicht, was ich hoffen soll.

»Genau«, sagt Trössner. »Im März. Soweit ich mich erinnere, hatte ich damals Kontakt mit Staatssekretär Kaunitz. Der ist doch sicher schon hier, oder? Wollen wir ihn vielleicht anrufen?«

Der Mann vom Ministerium knickt sichtbar ein. »Kommen Sie bitte erst einmal herein.« Er gibt dem Wachmann und den Bewaffneten entsprechende Zeichen.

Zu sechst überqueren sie den Platz. Der Mann, wie hieß er doch gleich, Pantel, telefoniert dabei, er klingt entschuldigend, aber eindringlich. Dann betreten sie das Gebäude,

Pantel spricht mit einem Portier hinter einer Glasscheibe, auch der telefoniert. Endlich treten sie durch die zweite Tür ins Foyer. Hier ist die Luft wieder klarer, durchsichtiger. Was für eine Erleichterung!

Ich habe den genauen Ablaufplan der Veranstaltung nicht im Kopf, aber Trössner und seine Entourage dürften die ersten Gäste sein, ziemlich weit vor der Zeit. Hier im Foyer ist man allerdings schon auf alles eingerichtet. Zwei Dutzend Männer sind strategisch verteilt, sicher mehr als die Hälfte Sicherheitskräfte, zu erkennen an den geringelten Schnüren, die ihnen aus den Ohrmuscheln in die Krägen laufen. Gleich links, in einem offenen Nebenraum, ist die Sicherheitsschleuse aufgebaut. Zwei Uniformierte warten dort auf ihren Einsatz.

»Herr Trössner!« Eine Stimme von hinten.

»Herr Doktor!«, sagt Trössner. »Was für eine Freude, Sie wiederzusehen.«

Das muss Staatssekretär Kaunitz sein. Wenn ich das richtig verstanden habe, ist er hier nicht zu Hause. Er gehört zum Wirtschaftsministerium, aber heute wird er als Gastgeber fungieren. Er steigt die Treppe herunter, als führte sie auf die Bühne einer Revue. Kaunitz ist ein alter Hase, Trössner schätzt ihn sehr. Seit der Energiewende ist er Fachmann für die Erneuerbaren. Wie Trössner hat er schon mehrere Ministerwechsel hinter sich, ein Zeichen dafür, dass er etwas von seiner Materie versteht.

Er drückt Trössner die Hand. »Mein tief empfundenes Beileid«, sagt er. »Natürlich auch im Namen des ganzen Ministeriums. Der neue Herr des Hauses wird sich sehr freuen, Sie kennenzulernen.«

Hast du's bemerkt, Trössner?

Das schöne alte Wörtchen *Beileid*. Hätte ich irgendwelches Vermögen, ich würde alles darauf verwetten, dass es in den letzten Monaten kein einziges Mal gefallen ist. Ich meine, in deine Richtung. Was haben sie nicht alles zu dir gesagt, in jeder erdenklichen Tonlage, in jeder Fachsprache, in jedem Jargon. Nur dieses kleine Wörtchen haben sie alle vermieden.

Instinktiv? Unterbewusst?

Oder mit Absicht? Vielleicht wollte bloß keiner in den Verdacht geraten, mit so einer Floskel abzutun, was dir passiert ist? Womöglich war es Respekt.

Oder vielleicht doch Herzlosigkeit?

Trössner bedankt sich stumm.

»Selbstverständlich werden wir etwas arrangieren, um Ihre Teilnahme am Meeting zu ermöglichen.«

»Meine Teilnahme und die meiner Begleitung.«

Trössner zeigt auf seine Crew. Kaunitz erkennt Siblenski, und auch er traut seinen Augen nicht. Er schaut Pantel fragend an, der macht eine dezente Handbewegung, die wohl sagen soll: Jawohl, das ist er, warum auch immer.

»Da finden wir eine Lösung«, sagt Kaunitz. Er wendet sich an die drei und deutet eine kleine Verbeugung an. »Thomas Kaunitz. Ich bin Staatssekretär im Wirtschaftsministerium. Ich freue mich, Sie hier begrüßen zu dürfen.«

Pantel macht ihm ein Zeichen.

»Ach ja«, sagt Kaunitz. »Bevor wir woanders hingehen, muss ich Sie leider alle bitten, den Sicherheitscheck zu absolvieren. Die Vorschriften, Sie verstehen. Wir haben heute sehr hochrangige ausländische Gäste.«

»Na klar«, sagt Trössner. »Ich gehe zuerst.« Er drückt Karolus das Buch in die Hand. »Halt das bitte mal für mich.«

Dann geht er schnellen Schrittes Richtung Sicherheitsschleuse, nimmt schon unterwegs sein Smartphone und den Schlüssel zur Wilhelmstraßenwohnung aus der Tasche, hält sie demonstrativ hoch und legt sie in eine graue Plastikschale. Als er durch die Schleuse geht, meldet sich der Metalldetektor mit einem Piepton; einer der beiden Wachleute findet mit seinem Handgerät heraus, dass Trössners Gürtelschnalle der Störenfried ist. Und sonst nichts.

»Vielen Dank«, sagt der Wachmann.

Die anderen drei haben sich inzwischen an der Schleuse aufgestellt.

»Du hast uns verarscht«, sagt Siblenski leise, als Trössner an ihm vorbei geht. Das ist nicht ganz falsch. Man darf ihm seine Ausdrucksweise also verzeihen.

»Fall nicht aus der Rolle«, flüstert Trössner, mit einem, wie ich finde, höchst verbindlichen Lächeln. »Das gibt nur schlechte Presse.« Bis die drei durch die Sicherheitsschleuse sind, ist er wieder bei Karolus, der ihm wortlos das Buch reicht.

»Ich darf die Damen und Herren dann bitten«, sagt Kaunitz, als sie wieder versammelt sind. Er und Pantel gehen voran nach oben, Karolus folgt mit Annette und Lena. Am Schluss gehen Trössner und Siblenski. Auf einem Absatz teilt sich die Treppe vor einem großen, hellen Gemälde. Es ist eine Art Triptychon. Vielleicht hängt es hier, um das Gebäude aus seiner dunklen Zeit zu holen. Sollte das noch jemanden interessieren.

Auf der dritten Stufe fasst Trössner Siblenski am Arm, hebt das Buch in Nabelhöhe vor seinen Körper und lässt den Schauspieler kurz hineinschauen. Dann holt er die Glock aus ihrem Bett und steckt sie in seine rechte Jacketttasche.

»Du verdammter Hund«, sagt Siblenski.

Trössner lacht, ganz so, als hätte der Schauspieler einen Witz gemacht. Lena und Annette drehen sich nach den beiden um. Trössner boxt Siblenski in die Seite. »Sehr gut!«, sagt er laut. Und leise, als die Frauen wieder wegschauen: »Jürgen, du erinnerst dich. Ich schieße auf jeden, der nicht sofort tut, was ich sage. Und wer das weiß, der trägt für alle hier die Verantwortung. Mach das bitte auch Annette klar, falls nötig.«

Kaunitz und Pantel erreichen den ersten Stock und drehen sich um, synchron wie ein Wasserballett.

»Wir kommen«, sagt Trössner, und leise zu Siblenski: »Bevor du auf die Idee kommst, doch noch den Helden zu spielen, denk an deine Arthrose. Und an die Kollateralschäden.«

Auf dem oberen Flur findet die Gruppe wieder zusammen und biegt nach links. Die Tür zum großen Saal steht weit offen. Auch hier ist alles voller Sicherheitsleute, alle mit dem kleinen Kabel im Ohr und diesem einsatzbereiten Gesichtsausdruck.

»Herr Doktor Kaunitz«, sagt Trössner. »Ich müsste als erstes etwas mit Herrn Karolus besprechen, etwas sehr Persönliches. Sie können sich das sicher vorstellen. Es wird nicht lange dauern, aber wir müssten ein bisschen Ruhe haben. Gibt es einen Raum hier in der Nähe, wo wir ungestört sind?«

Kaunitz sieht Pantel an.

»Das klingt jetzt vielleicht etwas merkwürdig«, sagt der. »Aber hier gleich gegenüber ist eine Toilette, die praktisch nicht benutzt wird.«

»Ist das Ihr Ernst?«, sagt Kaunitz.

»Tut mir leid«, sagt Pantel. »Aber der Flur zu den Büros

ist heute tabu. Die große Sicherheitsstufe wegen der ausländischen Staatsgäste.«

»Und dieser Raum neben dem Saal?«

»Das wird nicht passen. Da ist jetzt das Catering drin.«

»Ich verstehe«, sagt Kaunitz, und zu Trössner gewandt: »Wenn Sie damit einverstanden sind?«

»Kein Problem«, sagt Trössner. »Vielleicht zeigen Sie meinen Gästen inzwischen den Saal. Und den Balkon. Erzählen Sie ihnen die Geschichte vom ersten Hausherrn, der von da seinen Chef begrüßt hat. Oder habe ich das falsch in Erinnerung?«

»Vollkommen richtig«, sagt Pantel.

»Dann genießt die Aussicht.« Trössner nimmt Lenas Hand und hält sie kurz hoch, als würde er sie zur Siegerin von irgendetwas erklären. »Unsere Lena bringe ich euch gleich wieder zurück.«

Er sieht Siblenski an. »Vollkommen unbeschadet, hoffe ich.«

Der Schauspieler macht einen überforderten Eindruck. Er nickt ein paar Mal stumm.

Soweit ich das erkennen kann, ist diese Toilette groß, sehr groß. Und so sauber, als würde sie tatsächlich niemals benutzt, dafür zweimal am Tag gereinigt. Aber ganz sicher bin ich mir nicht. Die Farbe der Luft hat sich wieder geändert, hier ist sie nicht mehr grau, sondern silbrig und irgendwie flirrend, als würde eine Discokugel unendlich langsam explodieren.

»Junge«, sagt Karolus. »Jetzt sag: Was kann ich für dich tun?«

Er hat sich gegen ein Waschbecken gelehnt. Es sieht nicht lässig aus, eher so, als bräuchte er eine Stütze. Lena ist an der Tür stehen geblieben. Ihre Haltung scheint mir ablehnend zu sein. Nun ja, wer geht schon gern in eine Toilette der anderen.

»Wie macht sich der Insolvenzverwalter?«, sagt Trössner.

»Schwer zu sagen. Er lässt keinen an sich ran. Ich hab's versucht, ehrlich, aber ich hab ja keine Funktion in der Firma, und der schottet sie vollkommen ab.«

»Was glaubst du, dass er tun wird?«

Karolus schaut in das Waschbecken. Erwägt er vielleicht, sich die Hände zu waschen?

»Wahrscheinlich das Übliche. Aufteilen und verkaufen. Aber was fragst du mich? Geh endlich selbst dahin und rede mit den Leuten. Noch gehört dir der Laden. Noch hast du die Verantwortung.«

»Tut mir leid«, sagt Trössner. »Ich gehe da nicht mehr hin. Ich verbringe doch nicht den Rest meines Lebens damit, irgendwelche Kleinigkeiten aus dem Feuer zu holen.«

»Die Leute rechnen aber mit dir.«

»Wer?«, sagt Trössner.

»Das fragst du? Die Leute in der Firma. Deine Mitarbeiter. Du erinnerst dich vielleicht. Oder etwa nicht? Ein paar Tausend Männer und Frauen. Sie haben deine Windräder konstruiert, sie haben sie zusammengebaut, verkauft und aufgestellt. Ein paar davon dürftest du persönlich kennen.«

»Und die warten alle auf mich?«

Sehe ich das richtig, Karolus zieht eine Grimasse?

»Nicht alle. Aber ich glaube, die meisten. Natürlich ist diese Unkerei losgegangen, von wegen, du wärst in einer Anstalt und kämst da nie mehr raus. Aber die meisten denken immer noch, du ziehst die Karre aus dem Dreck, ganz egal, was dir alles passiert ist.«

»Ich war tatsächlich in einer Anstalt.«

»Von mir aus. Aber jetzt bist du wieder raus. Was zum Teufel hindert dich daran, deinen Job zu machen?«

»Darf ich vielleicht mal das Fenster aufmachen?«, sagt Lena.

Ich sehe sie durch das Flirren hindurch die wenigen Schritte machen. Es klemmt ein bisschen, aber sie kriegt einen Flügel auf und lehnt sich hinaus. Sie müsste jetzt den Platz da unten sehen, die Stelle, an der sie und Trössner sich geküsst haben. Vielleicht sieht sie die beiden als Paar, als Figur, lebensecht wie im Wachsfigurenkabinett.

»Du kannst fragen«, sagt Trössner. »Ich bin jetzt raus aus der Sache. Sag mir nicht, ich müsste das erklären.«

»Und was machst du dann hier? Willst du im Ernst deine Dinnerrede halten?«

»Vielleicht. Ist doch eine schöne Gelegenheit, sich zu verabschieden. Haben sie dich an meiner Stelle eingeladen?«

Karolus brummt etwas Unverständliches. Oder fällt mir jetzt auch schon das Hören schwer?

»Worüber wirst du sprechen?«, sagt Trössner.

»Na, über was schon. Das Übliche. Ich trete natürlich gerne für dich zurück. Ich weiß nur nicht, ob du momentan in der Verfassung bist, für unsere Sache zu reden. Ich fürchte, du hast in deiner Anstalt nicht mitgekriegt, was mittlerweile vor sich geht.«

Er stößt sich von seinem Waschbecken ab und gleitet durch das silbrige Flirren in die Mitte des Raumes.

»Hartmut, in den Bundesländern machen sie jetzt Wahlkampf damit, dass die Windräder sich doch bitte vornehm zurückhalten möchten. Und wohlgemerkt, das sagen nicht die anderen, das sagen unsere Leute. Glaub mir, wir sind demnächst wieder genau da, wo wir vor dreißig Jahren waren. Wir müssen wieder genauso fighten wie damals. Und okay«, ich sehe ihn beide Arme ausbreiten, »das ist natürlich beschissen, dass du geschäftlich nicht mehr so groß mitmachst, aber es geht jetzt vor allem ums Ganze. Verstehst du? Es geht darum, in welche Richtung wir uns bewegen. Und darum, ob wir uns überhaupt noch bewegen, oder ob wir still dasitzen und die machen lassen, die sich am liebsten gar nicht bewegen.«

»Was habe ich damit zu tun?«

»Hartmut, du verlierst Geld, aber du verlierst doch nicht deine Aufgabe.«

»Ist das normal?«

Wer sagt das?

Es ist Lena. Sie öffnet den zweiten Fensterflügel und zeigt hinaus.

Karolus tritt neben sie, Trössner hinter sie; er legt ihr seine rechte Hand auf die Schulter. Da unten, vor dem grauen Platz, hinter der stählernen Absperrung, stehen Menschen, alle zum Gebäude gewandt. Sind es mehr als eben? Ja, wahrscheinlich, aber durch das Grau hindurch sehe ich es nicht so deutlich. Und kann es sein, dass von beiden Seiten noch mehr heranströmen? Ich sehe den Wachmann an der Schranke telefonieren, die bewaffneten Sicherheitsleute sind wohl Richtung Eingang zurückgetreten.

Trössner legt das Buch auf die Fensterbank, zieht sein Smartphone und tippt darauf. Ich kann wieder nichts, aber auch gar nichts sehen, nicht einmal tanzende Buchstaben oder verschwimmende Bilder. Ich sehe nur, wie von dem Gerät ein bläulicher Dunst hochsteigt, als würde ein eigentlich unbrennbarer Kunststoff sich bei gewaltiger Hitze schließlich doch in Rauch auflösen.

»Was tun die hier?«, sagt Lena.

Karolus lehnt sich aus dem Fenster, als wollte er irgendein Detail erkennen. Trössner lässt sein Smartphone sinken.

»Ob das Ärger gibt?«, sagt Karolus. »Der chinesische Handelsminister kommt. Hoffentlich haben die hier einen Hintereingang.«

Von rechts nähert sich langsam ein Polizeiwagen, er hält in einigem Abstand. Wenn ich es recht erkenne, steigen die Beamten nicht aus. Ich wollte, ich sähe besser.

»Lass uns wieder zu den anderen gehen«, sagt Karolus.

»Moment noch.« Trössner hält sein Smartphone jetzt in Selfieposition. Er zieht Lena an seine Seite. Er räuspert sich.

»Heute ist der siebenundzwanzigste August 2018. Wir befinden uns hier im Bundesfinanzministerium in Berlin. Ich, Hartmut Trössner, ernenne hiermit Walter Karolus zu meinem Generalbevollmächtigten in allen meinen Angelegenheiten, geschäftlich und privat. Die Frau an meiner Seite wird bezeugen können, dass ich das bei vollem Verstand tue.«

Er stoppt die Aufnahme und reicht Karolus das Gerät. »Bitte tu, was du für richtig hältst.«

Karolus scheint etwas sagen zu wollen, da geht die Tür auf, und eine Frau schiebt einen Reinigungswagen in den Raum. Sie sieht sich kurz um, dann geht sie in eine der Kabinen. Trössner nimmt das Buch von der Fensterbank und drückt es in den Müllsack, der vor dem Wagen hängt.

»Ich bin dann so weit«, sagt er. »Ich möchte jetzt gehen.«

Auf dem Flur spüre ich eine gewisse Aufregung. Ich sehe Sicherheitsleute durch grünliche Schlieren laufen. Einer spricht in sein Headset. Auf dem Weg zum großen Saal flankieren uns zwei von ihnen, als befänden wir uns in Gefahr.

Kaunitz und Pantel stehen hinter dem ovalen Konferenztisch, der mittig aufgebaut ist. Beide schauen zu den Fenstern und telefonieren. Uns bemerken sie erst, als Trössner mit Lena zusammen an ihnen vorbei auf eine der offenen Balkontüren zugeht.

»Einen Moment bitte!«, ruft Pantel.

Trössner reagiert nicht. Erst an der Tür holt Pantel ihn ein. »Sie haben das noch nicht gesehen?«

»Was meinen Sie denn?«, sagt Trössner. »Etwa die Leute?« Er nimmt Lena an die Hand und will mit ihr auf den Balkon treten, aber Pantel hält ihn zurück. Sofort stehen zwei Sicherheitsleute neben ihnen.

»Bitte«, sagte Pantel. »Bleiben Sie lieber hier drinnen. Da draußen ist irgendetwas im Gange. Wir wissen noch nicht, wer die Leute sind und was sie hier wollen. Aber wir sind dran. Gehen Sie nur bitte nicht hinaus. Das können wir im Moment nicht verantworten.«

»Ich dachte, meine Gäste genießen die Aussicht«, sagt Trössner.

»Ihre Gäste sind woanders. Kommen Sie bitte.«

Pantel geht voran in einen Nebenraum, in dem das Catering aufgebaut ist. Männer und Frauen in Schwarz und Weiß sind sehr beschäftigt. Ich würde sagen, es riecht nach besonders gutem Essen; Porzellan schlägt aneinander, Glas klirrt. Siblenski und Annette stehen am Fenster, vor einer geschlossenen Gardine.

»Ist bei euch alles in Ordnung?«, sagt der Schauspieler.

Trössner steckt seine Hand in die rechte Jacketttasche. Siblenski nickt, die beiden verstehen sich ausgezeichnet.

»Ist das ein Flashmob?«, sagt Annette. »Ich habe noch nie einen Flashmob gesehen. Was werden die jetzt tun? Werden sie tanzen?«

»Vielleicht«, sagt Trössner. »Wenn man sie dazu bringt.«

»Harry, hast du irgendetwas damit zu tun?«

»Entschuldigen Sie mich bitte einen Moment«, sagt Pantel. Ich glaube, man hat ihm ein Zeichen gemacht. Er geht.

»Harry, Jürgen sagt, du hast noch diese Waffe. Das ist nicht wahr, oder?«

»Du kennst doch Jürgens Rollen«, sagt Trössner. »Immer für Aufruhr sorgen, immer Unruhe stiften. Hör einfach nicht auf ihn.«

»Was für eine Waffe?«, sagt Karolus.

»Er meint das metaphorisch«, sagt Trössner.

»Ja«, sagt Siblenski. »Ich meinte das metaphorisch.«

Wir warten schweigend, vielleicht eine Minute, dann kommt Pantel mit Kaunitz zurück. »Wir haben jetzt was«, sagt er. »Die Leute da draußen sind über soziale Netzwerke hierhin bestellt worden. Aller Wahrscheinlichkeit nach ist das nichts Politisches. Also nichts Politisches im eigentlichen Sinne. Aber es kommen wohl noch welche dazu.«

»Und was wollen die Leute?«, sagt Annette.

»Das klingt jetzt ein bisschen seltsam«, sagt Kaunitz. »Aber sie erwarten offenbar eine programmatische Rede vom Vorsitzenden der PPC. Um Punkt sieben Uhr.«

Pantel sieht ihn ärgerlich an, sagt aber nichts. War das vielleicht eine Indiskretion?

»Ich habe damit nichts zu tun«, sagt Siblenski. Er schaut Trössner an, der immer noch seine rechte Hand in der Jacketttasche hat. »Ich kann mir darauf absolut keinen Reim machen.« Er unterbricht sich. »Oder, Moment! Es haben mich Leute auf dem Weg hierhin gesehen. Sie haben Fotos gemacht, ich hatte natürlich nichts dagegen, und jetzt verbreiten sie so einen Unsinn. Ich kann Ihnen sagen, das passt ins Bild.«

»Nun ja«, sagt Pantel. »Möglich, aber eher unwahrscheinlich.« Die Nachricht habe sich wie ein Virus verbreitet. Die ursprüngliche Quelle sei noch nicht identifiziert; es müsse allerdings ein sehr prominenter Absender sein, einer mit vielen Kontakten. Es gebe da schon gewisse Hinweise.

Ein weiterer Sicherheitsmann kommt und nimmt Kaunitz und Pantel zur Seite. Er redet auf die beiden ein.

»So eine Blamage.« sagt Kaunitz.

Pantel sagt: »Einverstanden. Veranlassen Sie alles.«

Der Sicherheitsmann verschwindet hinter den Schlieren, die jetzt auch hier im Raum sind.

»Wir müssen die Anfahrten anders organisieren, sicherheitshalber. Leider wird an unserem Hintereingang gerade gebaut. Das wird nicht den besten Eindruck auf unsere Gäste machen. Folgen Sie mir doch bitte.«

Pantel geht voraus in den großen Saal.

Wie still es hier ist, wo kein Geschirr klappert und keine Gläser klirren. Ich höre Stimmen von draußen. Täusche ich mich, oder klingen sie fordernd? Rufen sie einen Namen? Trössner schaut auf die Uhr an Siblenskis Arm.

»Vielleicht nehmen Sie schon einmal Platz«, sagt Pantel. »Herr Trössner, wir geben Ihnen den Platz von Herrn Karolus. Und Ihre Begleitung haben wir dort hinten untergebracht, wo der Bereich für die Haustechnik ist.«

»Nein«, sagt Trössner. »Es ist fünf vor sieben. In fünf Minuten geht es los.«

»Ich verstehe Sie nicht. Wovon sprechen Sie?«

»Die Rede«, sagt Trössner. »Ihre Worte: Es ist eine Rede des Vorsitzenden der PPC angekündigt. Deshalb sind die Leute da. Das stimmt doch, oder?«

»Nun ja«, sagt Pantel. »Das ist natürlich eine Ente. *Fake News*, wenn Sie so wollen.«

»Aber der Vorsitzende der PPC ist hier. Er steht neben mir. Das kann doch kein Zufall sein.«

»Haben Sie damit etwas zu tun?«, sagt Pantel. »Wissen Sie etwas darüber?«

»Nein«, sagt Trössner. Seine Hand ist immer noch in der Jacketttasche. »Ich weiß nichts. Rein gar nichts. Aber Sie haben gehört, was mein Freund Jürgen Siblenski gesagt hat. Die Leute sind ihm gefolgt und haben diese Nachricht in die Welt gesetzt. Mir leuchtet das ein.«

»Mir auch«, sagt Siblenski. Er macht einen Schritt an Trössners Seite. »Aber vielleicht ist das nicht von entscheidender Bedeutung. Wichtig ist doch, dass die Leute da draußen nach etwas verlangen, das man ihnen geben kann. Oder sehe ich das falsch?«

»Ganz meine Meinung«, sagt Trössner. »Ein paar Worte an diese armen Idioten, dann gehen sie wieder nach Hause. Sie können Ihre Gäste standesgemäß vorfahren lassen, und niemand wird unnötig in Gefahr gebracht.«

»Was soll das heißen?«, sagt Kaunitz. Ist er so unaufmerksam, oder tut er nur so?

»Gerne noch einmal«, sagt Trössner. »Die Leute sind hier, damit ihnen die Parteiführung der PPC etwas Wichtiges mitteilt. Also geben wir den Leuten, wonach sie verlangen.«

»Nein«, sagt Pantel. »Ich kann unmöglich erlauben, dass

von diesem Balkon aus für eine Fernsehserie Werbung gemacht wird. Und noch dazu für diese.«

»Glauben Sie wirklich, PPC braucht noch Werbung? Ich bitte Sie. Wir gehen nur kurz auf den Balkon und schicken die Leute nach Hause.«

»Ausgeschlossen!«, sagt Pantel.

»Und wenn draußen Panik ausbricht? Wenn Hunderte von Leuten sich zu Tode trampeln? Ausgerechnet vor diesem Ministerium.«

Pantel hebt beide Hände. »Für den Mob da draußen bin ich nicht zuständig. Das ist Sache der Polizei.«

»Ich bin mir sicher, Ihre Vorgesetzten sehen das anders. Ich wiederhole mich gerne. Sie haben die Chance, diese Leute in einer Viertelstunde zu zerstreuen. Die werden weg sein, als wären sie nie dagewesen.«

Siblenski legt Trössner eine Hand auf die Schulter. »Sie wissen doch noch, wen Sie hier vor sich haben?«, sagt er. »Zur Erinnerung, das ist Hartmut Trössner. Ich wette, man bräuchte eine Viertelstunde, um die Orden aufzuzählen, die ihm unter anderem dieser Staat hier verliehen hat. Und soweit ich weiß, hat er diesen Staat bisher immer ausgezeichnet beraten.«

Die Stimmen draußen werden lauter.

»Jetzt ist es sieben«, sagt Trössner. »Die Leute haben allen Grund, ungehalten zu werden.« Er lacht. »Die PPC ist bekannt dafür, in punkto Organisation nicht schlampig zu sein.«

»Ich kann das nicht«, sagt Pantel.

»Lassen Sie ihn nur«, sagt Kaunitz. »Ich verbürge mich für ihn. Herr Trössner ist ganz bestimmt nicht in der Verfassung, uns hier einen Streich zu spielen.«

Pantel zögert noch. »Aber die Leute werden Sie nicht hören.«

»Ein Megafon wird sich doch auftreiben lassen.«

Pantel schließt die Augen und lässt das Kinn auf die Brust fallen. Dann wendet er sich um und gibt eine Anweisung. Ein Mann läuft davon.

Diese Schlieren in der Luft werden immer breiter, und sie nehmen alle möglichen Formen an. Trössner, erinnerst du dich an die durchsichtigen Gummibälle mit dem bunten Innenleben? Wenn man sich die vor Augen hielt, gab es das Bild, das ich jetzt sehe.

Jemand kommt mit einem roten Megafon.

Trössner nimmt es. »Annette und Walter, ihr bleibt hier. Es dauert nur ein paar Minuten. Lena, kommst du bitte?«

Er tritt an ihre linke Seite und legt den rechten Arm um ihre Taille. Sie muss jetzt die Glock in seiner Tasche spüren.

»Jürgen, du bitte als erster.«

Sie gehen Richtung Balkontür.

»Hartmut«, sagt Siblenski leise, »was genau soll ich denn sagen?«

»Mach dir keine Sorgen. Ich habe deinen Text.«

Der Schritt hinaus auf den Balkon ist wie der Sturz in ein Meer aus Lärm. Sofort setzen Beifall und Pfiffe ein. Ich bin mir nicht sicher, was ich sehe; alles wird immer verschwommener. Hinter den Menschen vor der Absperrung ist die Welt wie verpixelt, außerdem wird dieses verdammte Grau immer dichter.

Trössner stellt das Megafon auf die Balustrade des Balkons, mit der linken Hand winkt er den Leuten zu, die rechte bleibt um Lenas Taille. Er stößt sie leicht an, dann winkt auch sie, und Siblenski, der jetzt neben ihr steht, tut es ebenfalls. Die Leute werden allmählich ruhiger; sie begreifen wohl, dass niemand zu ihnen sprechen wird, bevor sie nicht ganz still geworden sind. Endlich schweigen sie.

Trössner nimmt das Megafon.

»Vielen Dank, dass ihr alle gekommen seid.«

Ich höre ihn zweimal. Seine Stimme ganz nah, darüber die Stimme aus dem Megafon.

»Es ist gut, euch hier zu sehen. Und es tut gut zu wissen, dass ihr alles stehen und liegen lasst, um zu kommen, wenn man euch etwas zu sagen hat.«

Es gibt wieder Beifall, aber Trössner bringt die Leute mit einer Handbewegung zum Verstummen.

»Mich kennt ihr nicht, und um mich geht es auch nicht. Ich bin hier nur ein kleiner Mann, der eine große Aufgabe zu erfüllen hat.«

Woher kommen die Schlieren? Sind sie mir aus dem Gebäude gefolgt? Am Himmel bilden sie Wolken, auf der Straße lösen sie sich in unendlich viele bunte Punkte auf. Rechts und links stampfen die grauen Mauern geräuschlos in den Boden.

»Ihr wisst, wir haben einen furchtbaren Verlust erlitten«, sagt Trössner. »Unser Herz, unser Gesicht, unsere Seele, unsere Stimme hat uns verlassen. Unsere Carola. Ohne das, was sie uns bedeutet hat, was sie für uns war, wird uns alles schwerfallen und werden wir uns mit allem schwertun.«

Wieder Beifall, noch stärker.

Trössner, fühlst du, wie deine Lena sich von dir abwenden will und nur die Glock sie daran hindert? Oder ist es ganz anders? Schmiegt sie sich vielleicht in deinen Arm, und ist es ihr egal, ob das Schießeisen eine Kerbe in ihre Seite drückt?

»Ihr habt lange auf uns warten müssen. Aber jetzt möchte

unser Chefdenker, unser Kopf, Bischof Ulf Jahrmann, zu euch sprechen, um euch zu sagen, wie es weitergeht.«

»Leider«, Trössner lässt kurz das Megafon sinken, als wäre es ihm zu schwer, »leider hat Bischof Jahrmann sich bei den vielen Besprechungen in den letzten Wochen eine schwere Stimmbandentzündung zugezogen. Er muss sich unbedingt schonen. Deshalb werde ich in seinem Namen reden. Schaut also bitte ihn an, wenn ich spreche. Und Ulf«, er wendet sich, an Lena vorbei, Siblenski zu, »bitte entschuldige, wenn ich deinen Worten jetzt nicht die Seele geben kann, die du uns immer vermittelst, wenn du zu uns sprichst.«

Siblenski spielt mit, sehr verhalten, aber gut. Man merkt dem Geistlichen deutlich an, wie schwer es für ihn ist, ausgerechnet heute stumm bleiben zu müssen. Der Beifall ist anerkennend und Trost spendend zugleich.

»Verlust«, sagt Trössner, wieder zu seinem Publikum. »Verlust ist, was uns allen begegnet und was uns alle prägt. Verlust ist allgegenwärtig. Überall sehen wir rote Zahlen, überall entdecken wir ein Defizit, ein Manko. Aber das, meine lieben Freunde, das ist der Normalfall, das gehört zum Leben, damit müssen wir zurechtkommen.«

Ich spüre, wie die Sympathie der Menschen dem Mann hier oben auf dem Balkon entgegen steigt. Jedenfalls seiner Stimme. Ich spüre aber auch Neugier und Ungeduld dort unten. Und ich spüre eine Bewegung in unserem Rücken. Pantel steht in der Balkontür. Er macht Trössner ein Zeichen. Es ist das Zeichen *Hören Sie damit sofort auf!*: die Arme erhoben und nach vorne ausgestreckt, die Unterarme abgeknickt, ein Winken, das sich in der Mitte kreuzt, die Finger gespreizt. Ein Zeichen, das wahrscheinlich auf der ganzen Welt verstanden wird.

Trössner zieht die Glock aus seiner Jacketttasche, dann umarmt er Lena wieder. Sie muss die Waffe jetzt auf ihrem Bauch spüren. Pantel verschwindet im Gebäude.

»Doch manchmal«, sagt Trössner, »da packt es uns so schwer, da wirft es uns dermaßen auf den Boden und trampelt noch auf uns herum, dass wir denken: Das halten wir jetzt nicht mehr aus. Und auch wenn wir es überleben, das macht uns kaputt. Und dann fragen wir uns: Was soll das? Was hat das für einen Sinn? Hat das überhaupt einen Sinn?«

Auf den Dächern der Seitenflügel bewegt sich etwas. Sollten das schon die Scharfschützen sein? Oder bewegen sich die Dächer?

»Und wir fragen uns«, sagt Trössner, »warum passiert das ausgerechnet uns? Was zum Teufel haben wir getan, dass wir so etwas verdienen? Ein solcher Verlust, ein solcher Schlag, der kann doch nicht aus dem Nichts kommen, der kann uns doch nicht ohne jeden Grund treffen.«

Die Leute unten sind sehr still. Denkt jetzt gerade jeder, dass er derjenige ist, den es so hart getroffen hat?

»Aber«, sagt Trössner, »wenn wir nach dem Grund für die Katastrophe suchen, dann laufen wir gegen die Wand. Dann beißen wir auf Granit. Okay, bei irgendeinem Blechschaden wird man den Verantwortlichen finden, und wenn die Handwerker gepfuscht haben, dann kriegt man das raus. Na ja, wenn man ein bisschen Glück hat.«

Das Publikum reagiert dankbar auf den kleinen Witz.

»Aber wenn es uns ein richtig großes Loch ins Leben schlägt, wenn es von allen Seiten kommt, aus jeder erdenklichen Richtung, von oben und von unten, und wir dann wissen wollen, warum es ausgerechnet uns erwischt hat und nicht den Typen von nebenan, dann, wirklich, ich sage euch, dann wird es schwierig. Da läuft man, wie sagt man so schön, von Pontius zu Pilatus, um rauszukriegen, was man denn verbrochen hat. Und was kriegt man raus? Gar nichts.«

Wieder Stille im Publikum.

»Früher«, Trössner schluckt, »früher, da haben die Leute an einen da oben im Himmel geglaubt, der über uns alle Buch führt. Einer, der uns, wenn wir es zu toll getrieben haben, eins auf die Mütze gibt. Ja, viele von uns lachen heute darüber, aber so schlecht haben es die Leute mit ihrem Gott gar nicht gehabt. Immerhin war er zur Stelle, wenn man jemanden verantwortlich machen wollte. Oder jemanden verfluchen.«

Ein Gemurre, und ich weiß nicht, gegen wen es sich richtet. Gegen den abwesenden Gott?

»Heute«, sagt Trössner, »heute ist die Sache anders. Ihr, meine Freunde, ihr kennt die wichtigste Grundlage unserer Partei. Sie lautet: Gott ist Privatsache. Wer an ihn glaubt, dem sei das nicht genommen. Aber die vielen –«

Er macht eine Pause.

»Die sehr vielen, für die der Himmel über uns leer ist, ohne einen großen Buchhalter, ohne einen, der uns beurteilt und uns richtet, diese sehr vielen Menschen, auch die brauchen in der Stunde ihrer größten Not eine Antwort, eine Antwort auf die Frage nach dem Warum und dem Wozu.«

Trössner beugt sich ein wenig vor und schaut an Lena vorbei zu Siblenski herüber. Der nickt, bestätigend und, wenn ich das richtig sehe, ein bisschen übertrieben, wohl damit man es auch von weiter hinten sieht.

»Aber, verdammt noch mal, da ist keiner!«, schreit Trössner. Das Megafon heult. Er muss leiser werden.

»Und wir stehen mit unseren Problemen, mit unserem

ganzen Elend, mit dem Schrott, zu dem unser Leben geworden ist, mutterseelenallein in der Welt. Gut, wir haben vielleicht ein paar Freunde, die uns irgendetwas erzählen, von dem sie glauben, dass es uns tröstet. Aber glaubt mir, denen ist vollkommen egal, was sie uns sagen, Hauptsache, wir jammern nicht mehr und geben nicht mehr so ein peinliches Bild ab. Seien wir ehrlich: Niemand, dem es halbwegs gut geht, interessiert sich für die Frage, warum sein Nachbar in der Scheiße sitzt.«

Trössner, hörst du mich?

Er reagiert nicht. Mit keiner Faser. Nicht nur, dass mir allmählich die Sinne schwinden, ich spüre auch, wie ich den Draht zu ihm verliere. Trotzdem, in diese Sekunde seines Atemholens hineingequetscht, meine Frage, meine absolut dringende, meine letzte Frage:

Weißt du, was du hier tust? Glaubst du, die da unten sind Gefolgsleute, Freunde, auf deren Wohlwollen man wie auf einem Teppich schreiten kann? Schön wär's. Aber ich bin anderer Ansicht. Das da unten sind Kunden, das ist eine Meute. Und du bist nur Content. Also bitte! Bitte sei vorsichtig mit dem, was du sagst. Die sind am Ende noch gefährlich!

»Aber es gibt eine gute Nachricht.«

Trössner lässt das Megafon sinken. Er wartet, bis es ganz still ist, bevor er es wieder hebt.

»Die Partei hat in den letzten Wochen unendlich unter dem großen Verlust gelitten, der uns ereilt hat, als unsere geliebte Carola auf diese unerklärliche Art und Weise von uns gegangen ist. Wir waren mehrfach kurz davor, alles aufzugeben. Ganz ernsthaft, wir haben uns gefragt, ob das nicht vielleicht ein Zeichen dafür ist, dass wir auf dem falschen Weg waren, von Anfang an. Ja, das haben wir uns tatsächlich gefragt.«

Von der Straße höre ich Murren, dazwischen Rufe der Zustimmung.

»Vielleicht haben wir uns ja geirrt.« Trössner, mit leicht verstellter Stimme. »Vielleicht war alles ein Missverständnis. Vielleicht sollten wir uns still zurückziehen und die Welt genau so weitermachen lassen, wie sie es getan hat, bevor wir eingegriffen haben.«

Vereinzelte Rufe: Nein!

»Vielleicht«, sagt Trössner, »hatten wir in dieser Welt gar nichts zu suchen. Vielleicht haben wir uns nur in irgendeine Nische hineingequatscht, um nicht vor uns selber dämlich dazustehen. Vielleicht sind wir nur laut und aktiv geworden, damit uns keiner den Vorwurf macht, wir lägen der Allgemeinheit auf der Tasche. Und als so viele von euch mitgemacht haben, als wir so viel Bestätigung von euch bekommen haben – vielleicht war das alles auch nur ein Spiel. Etwas gegen die Langeweile. Nichts Ernstes.«

Ich spüre Verunsicherung da unten auf der Straße. Könnte ich bloß besser sehen, was vor sich geht.

»Aber dann ist uns eines klar geworden: Da ist der Schmerz.«

Trössners Stimme ist weich, aber fest.

»Da ist dieser furchtbare Schmerz, dieser Schmerz, den man nicht verleugnen kann. Und dieser Schmerz, der sagt uns: Ihr hattet Recht. Ihr seid ganz bei euch. Alles ist wahr.«

Trössner räuspert sich, neben das Megafon.

»Nein. Nicht, dass wir jetzt wüssten, warum es uns so hart getroffen hat. Das ist nicht der Fall, und das werden wir wohl nie erfahren. Dafür sind wir womöglich zu klein, und die Welt ist zu groß, zu kompliziert. Wir sind Ameisen, die den Wald verstehen wollen. Nein, meine lieben Freunde, es steckt nichts hinter dem Schmerz, es steckt in ihm. Ihr müsst den Unterschied verstehen, hört ihr?«

Ganz verschiedene Rufe kommen von unten, geeint durch Ungeduld.

»Der Schmerz ist absolut«, sagt Trössner. »Der Schmerz gehört jedem ganz allein, er ist das letzte persönliche Eigentum. Mit diesem Schmerz können wir tun und lassen, was wir wollen. Er gehört uns mehr als Geld oder sonst etwas. Selbst wenn wir ihn mit anderen teilen, wird er nicht weniger. Und wenn Zeit vergeht, dann verfault er nicht, und er schmilzt oder verschwindet nicht. Nein, im Gegenteil. Er wächst in uns hinein, er füllt uns von innen aus. Und er macht uns frei.«

Ganz plötzlich wird etwas anders. Es geschieht da unten, in der Menge, das fühle ich. Zu der Ungeduld ist etwas anderes gestoßen und hat sich mit ihr verbunden. Ich weiß nicht, was es ist. Vielleicht ist es Hilflosigkeit. Oder Angst. Oder Wut?

Ein lautes Geräusch, ein Knall, es kommt von der Schranke her, aber ich erkenne da nichts, ich sehe nur dieses bunte Wogen in einem Meer von Grau.

Trössner beugt sich über den Balkon. Ich glaube, Männer kommen aus dem Gebäude, Sicherheitsleute, sie bewegen sich in Richtung Schranke, dorthin, wo noch immer der Knall hängt. Siblenski geht mit vorsichtigen Schritten an Lena vorbei, bis er hinter Trössner steht. Ich höre, was er ihm ins Ohr flüstert.

»Hartmut, um Himmels Willen! Hör auf damit! Du machst die Leute ja verrückt.« Dann tritt er wieder an seinen Platz und legt die Hände auf die Balustrade.

Trössner, ich weiß, ich predige in der Wüste. Ich weiß, du willst mich nicht mehr hören. Was ich sage, bedeutet dir nichts. Nur eins noch, bitte, eins noch: Denk an –

Er hebt wieder das Megafon.

»Freunde, ich verstehe euch. Auch ihr seid voller Schmerz. Und deshalb –«

Wieder ein Knall, etwas Metallisches, hoffentlich kein Schuss.

»Und deshalb habe ich euch gerufen, damit aus unserem gemeinsamen Schmerz die Zukunft entsteht.«

Ich höre Schreien.

»Bitte Ruhe jetzt!«, sagt Trössner in das Megafon, und tatsächlich wird es ruhiger.

»Wir haben für uns und natürlich für euch alle eine Nachfolgerin für unsere Carola gefunden.« Er drückt Lena an sich, mit der Waffenhand. »Diese junge Frau hier an meiner Seite wird ab sofort das große Erbe antreten.«

Sofort bricht wieder Beifall aus.

»Und damit wir alle zusammen einen guten Anfang machen, wird sie jetzt zu euch herunterkommen, und dann werdet ihr alle euch davon überzeugen können, dass diese junge Frau die Kraft hat, uns alle aus dem Schmerz in eine bessere Zukunft zu führen.«

Trössner dirigiert Lena mit der Glock zur Balkontür. Im Saal stehen Pantel und Kaunitz, hinter ihnen eine Phalanx von Sicherheitsleuten mit gezogenen Waffen. Karolus und Annette kann ich nirgendwo sehen, die Schlieren sind noch dichter geworden.

Trössner gibt Siblenski ein Zeichen, dass er entlassen ist. Der Schauspieler lässt sich auf einen der Stühle am Konferenztisch fallen. Er beugt sich zurück und verschränkt die Arme im Nacken. »Danke«, sagt er »Das war's. Sag bitte allen Bescheid. Ich bin die nächsten Monate nicht zu erreichen.«

»Herr Trössner«, sagt Kaunitz. »Was haben Sie da getan?«

»Nur das Nötigste«, sagt Trössner. »Ich bitte um Entschuldigung.« Er fährt Lena mit der Waffenhand unter die blaue Kostümjacke mit dem weißen Kragen. »Lassen Sie uns jetzt bitte schnell nach unten. Ich gebe Ihnen mein Wort, dass nichts Schlimmes passiert.«

»Hartmut, lass doch wenigstens dieses Mädchen hier!« Hinter Siblenski stehen jetzt zwei Sicherheitsleute. »Die kann doch nichts dafür, zum Teufel.«

»Ihr bekommt sie wieder«, sagt Trössner. »Und dann kümmert euch bitte um sie. Annette weiß schon, was zu tun ist.«

»Habe ich wirklich Ihr Wort?«, sagt Kaunitz.

»Das haben Sie. Wir gehen, und alles ist gut.«

»Sie könnten auch ohne die Waffe gehen.«

»Und Sie lassen mich?«, sagt Trössner. »Bekomme ich dafür Ihr Wort?«

Kaunitz hebt eine Hand wie zum Schwur. »Wort gegen Wort.«

Trössner zieht die Glock hervor und streckt sie Kaunitz auf der offenen Hand entgegen, aber Lena ist schneller, nimmt sie und drückt sie sich selbst an die Brust.

»Jetzt können wir gehen«, sagt sie. »Aber wenn irgendjemand hier gelogen hat, erschieße ich mich.«

Pantel und Kaunitz machen den Weg frei. Trössner und Lena verlassen den Saal. Sie gehen die Treppe hinunter, am Spalier der Sicherheitsleute entlang, Pantel ist hinter ihnen, er schreit Anweisungen. Sie gehen durchs Foyer, an der Portierloge vorbei, durch die erste Tür, durch die zweite, auf den Hof, wo die Luft so grau ist wie die Mauern ringsum. Trössner will Lena die Glock aus der Hand nehmen.

»Nein«, sagt sie. »Die erschießen dich sonst. Warte noch.« Sie zieht die Kostümjacke mit dem weißen Kragen über die Waffe.

Vor der Schranke machen sie Halt. Dahinter drängen sich die Menschen. Ich kann ihre Gesichter nicht erkennen; sie sind nur wogende farbige Punkte im Grau.

»Platz machen!«, ruft jemand, Trössner ist es nicht. Tatsächlich weichen die Menschen zurück, so gut es geht. Die Schranke öffnet sich, und die beiden treten hinaus.

Dort stehen sie wie unter einem Glassturz. Niemand berührt sie. Es gibt wieder Rufe: »Macht Platz!«; und wie auch immer das geschehen mag, es wirkt, die beiden können einen ersten Schritt nach vorne tun. Der Abstand zu den Menschen bleibt gleich.

»Macht Platz!«

Langsam bildet sich vor den beiden eine Gasse. Ich spüre rechts und links die Begeisterung, da sind ausgestreckte Hände, die niemanden berühren. So kommen sie voran, ich weiß nicht, in welche Richtung. Vielleicht stehen sie schon mitten auf der Straße, als Trössner anhält.

»Du erinnerst dich«, sagt er zu Lena. »Ich wollte einmal quer durch Mitte gehen.« Er zeigt, ich weiß nicht, wohin. Dann drückt er Lena an sich und kusst sie auf ihren Mund. Der Jubel um die beiden herum explodiert. Ich stelle mir vor, wie die Botschaft vom Kuss in die hinteren Reihen getragen wird und auch dort Begeisterung auslöst.

»Ich komme mit«, sagt Lena.

»Nein«, sagt Trössner. »Du bleibst hier. Aber ich habe noch ein Geschenk für dich, zum Abschied: Du darfst das alles vergessen. Mich und den ganzen Tag.«

Ist sie überrascht? Oder ungläubig?

»Warum?«, sagt sie. »Sag mir bitte, warum!«

»*Zauberwort.*«

Es ist Trössner, der das sagt.

»Was?«

»*Zauberwort*«, wiederholt er im gleichen Tonfall, unaufgeregt, freundlich, verbindlich.

Dann wendet er sich ab; er geht, kein Zweifel, Schritt für Schritt, wohin auch immer, und ich schaffe es nicht, ihm zu folgen. Wie eben für die beiden, so gibt die Menge nun Raum für ihn allein.

Lena zieht die Glock hervor. Wie groß sie in ihrer Hand erscheint! Sie hebt die Waffe und zielt, dann lässt sie die Hand wieder sinken.

Jetzt ist es passiert. Ich sehe gar nichts mehr. Als hätte jemand die letzte Kerze im Raum gelöscht. Selbst Lenas schönen Mund, der gerade so nah war, kann ich nicht mehr erkennen; ich sehe nicht, ob er lacht oder weint.

Das war's. Trössner hört mich nicht mehr, ich bin blind, und ich bleibe zurück. Ich spüre nur noch, wie es sich hinter ihm schließt. Etwas Metallisches höre ich zu Boden fallen, aber das kann eine Täuschung sein, nur ein Klicken im Ohr. Es ist so weit, ich habe Hartmut Trössner verloren, für immer, unwiderruflich. Zusammen mit Lena bleibe ich hier, inmitten dieser Begeisterung, die jetzt ganz allein ihr gilt.